TRÈS CHÈRE VALENTINE

Titre original : *Very Valentine*

Traduit de l'anglais (États-Unis) par Fabienne Duvigneau

10, place des Cinq-Martyrs-du-Lycée-Buffon
75015 Paris – France
www.editionscharleston.fr

ISBN : 978-2-36812-455-0

Maquette : Patrick Leleux PAO

Pour suivre notre actualité, rejoignez-nous sur Facebook (Éditions.Charleston), sur Twitter (@LillyCharleston) et sur Instagram (@LillyCharleston) !

Adriana Trigiani

TRÈS CHÈRE VALENTINE

Roman

Traduit de l'anglais (États-Unis)
par Fabienne Duvigneau

CHARLESTON

En mémoire de mon grand-père,
Carlo Bonicelli, maître bottier.

TABLE DES MATIÈRES

1

Mariage à Long Island

JE NE SUIS PAS LA JOLIE SŒUR.

Je ne suis pas non plus la sœur intelligente. Je suis celle qui est rigolote. On me voit ainsi depuis si longtemps que toute ma vie, finalement, je me suis dit : *Toi, tu es la rigolote.*

Si je devais mourir, et croyez-moi je n'en ai aucune envie, mais si je devais choisir un endroit, je voudrais mourir exactement ici, dans les toilettes pour femmes du grand hôtel La Dolce Vita. C'est l'effet des miroirs. J'ai l'air tout simplement canon, même en 3D. Sans être une scientifique, je pense qu'il y a quelque chose, dans la manière dont les glaces sont inclinées, dans le chatoiement du marbre bleu et la lumière dorée des lustres en cristal, qui crée une illusion d'optique et transforme mon reflet en une longue cuillère à cocktail toute mince et rose.

C'est ma huitième réception (la troisième en tant que membre d'honneur) à La Dolce Vita, le nom officiel de l'usine à mariages préférée de notre famille à Long Island.

Tous les gens que je connais se sont mariés ici, du moins tous les gens avec qui j'ai un lien de parenté.

En 1984, mes sœurs et moi y avons fait nos premiers pas en portant les fleurs au mariage de notre cousine Mary Theresa, qui comptait plus de membres d'honneur sous le dais nuptial que d'invités aux tables. Ce mariage, outre un échange de vœux sacrés entre une femme et un homme, était aussi un *spectacle*, avec des costumes, une chorégraphie et des éclairages spéciaux, où la mariée était une star et le marié tenait le rôle du machiniste.

Mary T. se considérant comme une altesse royale italo-américaine, il y avait une haie de Chevaliers de Colomb lorsque le cortège s'est rendu au salon vénitien au plafond semé d'étoiles.

Les chevaliers étaient d'une élégance souveraine avec leurs smokings, leurs ceintures rouges, leurs capes noires et leurs chapeaux tricornes à plumes de marabout. J'avançais en même temps que les autres fillettes, tandis que l'orchestre entonnait *Nobody Does It Better*, mais j'ai voulu m'enfuir quand les chevaliers ont levé leurs épées pour former une voûte. Tante Feen m'a rattrapée et poussée en avant. Les yeux fermés, agrippant mon bouquet de toutes mes forces, j'ai couru sous les épées comme si j'étais poursuivie par des démons.

Malgré ma peur de ce qui est acéré et qui peut tuer, je suis tombée amoureuse de La Dolce Vita ce jour-là. C'était ma première grande soirée italienne. J'étais terriblement impatiente de grandir et de ressembler à ma mère et à ses amies qui buvaient des vodkas orange dans des verres en cristal taillé, toutes frémissantes sous les sequins argentés dont elles étaient couvertes de la tête aux pieds. À neuf ans, je trouvais que La Dolce Vita avait une classe folle. Peu m'importait que le bâtiment, vu depuis la voie rapide en bordure de Northern Boulevard, se dresse comme un casino de la Riviera française relooké façon Long Island. Pour moi, c'était la Maison enchantée.

L'enchantement commence dès que la voiture s'arrête devant l'entrée de l'hôtel. La majestueuse allée circulaire paraît tout droit tirée d'un roman de Jane Austen, et évoque aussi le parvis du voiturier devant Neiman Marcus dans un luxueux centre commercial du New Jersey. Telle est la caractéristique de La Dolce Vita : partout où se pose votre regard, l'établissement vous rappelle des lieux élégants où vous êtes déjà allé. Les hautes fenêtres sont une allusion au Metropolitan Opera de New York, tandis que la fontaine est clairement une réplique de la fontaine de Trevi. On pourrait presque se croire dans le centre de Rome, si l'on ne remarquait pas que l'eau qui cascade couvre à peine le bruit de la circulation sur la I-495.

Les jardins sont une merveille d'entretien, avec de longs rectangles délimités par des buis, des haies d'ifs, des médaillons ovales de troènes, des buissons de myrte dressés comme des cônes de crème glacée. Des lits de cailloux brillants émaillent les massifs soigneusement taillés, prélude décoratif aux sculptures en verre translucide qui surplombent le bar à sushis.

L'éclairage extérieur reproduit la splendeur de Las Vegas, mais ici la touche artistique témoigne d'un goût beaucoup plus sûr. Les ampoules savamment dissimulées répandent une lueur discrète et tamisée. Des buissons en forme de croissants de lune gardent la porte d'entrée. Au-dessous, des oiseaux lumineux piqués dans des boules de verdure dansent comme des ombrelles à cocktail.

L'orchestre joue *Burning Down the House* des Talking Heads pendant que je reprends mon souffle dans les toilettes pour femmes. Je suis seule pour la première fois en ce jour du mariage de ma sœur Jaclyn, et j'apprécie. La journée a été longue. La tension de ma famille entière s'est logée dans mes cervicales. Quand mon tour viendra, je m'enfuirai pour me marier à la mairie, parce que mes os ne supportent plus la pression que leur infligent ces extravagants mariages des Roncalli. Je n'aurai pas les crevettes panées à la bière ni les rillettes de saumon, mais je survivrai. Les mois de préparatifs pour ce mariage ont failli me provoquer un ulcère, et son exécution a déclenché une palpitation de ma paupière droite. Elle ne s'est apaisée que lorsque j'y ai appliqué un anneau de dentition glacé que j'ai subtilisé au bébé de ma cousine Kitty Calzetti après la messe nuptiale. Malgré les brûlures d'estomac, c'est un jour merveilleux, parce que je suis heureuse pour ma petite sœur. Je me rappelle l'avoir tenue dans mes bras à sa naissance, telle une rose en porcelaine de Capodimonte.

Je brandis devant le miroir ma pochette à sequins taillée comme un verre à martini (cadeau de la mariée pour l'occasion) et je déclare :

— J'aimerais remercier Kleinfeld de Brooklyn, qui a écrasé Vera Wang en produisant une robe de mariée bustier sans égale. Et j'aimerais aussi remercier Spanx, le génial concepteur de gaines amincissantes, grâce à qui la poire qui me tient lieu de silhouette s'est muée en planche de surf.

Je m'approche plus près du miroir et inspecte mes dents. Il n'y a pas de mariage italien sans palourdes à l'ail et au persil, et chacun sait où ce dernier atterrit.

Mon maquillage professionnel, assuré (à moitié prix) par la belle-sœur de la meilleure amie de la mariée, Nancy DeNoia, tient vraiment bien. Elle l'a réalisé vers huit heures ce matin, et nous en sommes maintenant au dîner, mais il reste frais et impeccable. « C'est la poudre. *Banane*, de LeClerc », a affirmé ma sœur aînée, Tess. Et elle sait de quoi elle parle : elle a gardé le teint mat pendant ses deux accouchements. Nous avons des photos pour le prouver.

Ce matin, mes sœurs, notre mère et moi avons pris place sur des chaises pliantes devant le grand miroir « Âge d'or d'Hollywood » de Maman, dans la chambre de la maison Tudor de mes parents à Forest Hills. Une ribambelle de jolies (pas toutes) demoiselles d'honneur assises côte à côte.

— Regardez-nous, a dit ma mère en étirant le cou comme une tortue, les mains en coupe sous son menton. On croirait que nous sommes sœurs.

— Nous *sommes* sœurs, lui ai-je rappelé, un œil sur les autres dans le miroir.

Voyant l'expression blessée de ma mère, j'ai ajouté :

— Et toi… tu es notre mère adolescente.

— N'exagérons pas !

Ma mère de soixante et un ans, baptisée Michelina en hommage à son père, Michael (tout le monde appelle ma mère « Mike »), avec son visage en forme de cœur, ses grands yeux marron, ses lèvres charnues et son rouge à lèvres de la couleur d'un pot en terre cuite, s'est admirée d'un air satisfait dans le miroir. Ma mère est la seule femme que je connaisse qui arrive déjà complètement maquillée devant la maquilleuse.

Les sœurs Roncalli, une fois exclu notre frère unique et aîné de la fratrie, Alfred (alias Le Raseur), et Papa (surnommé Dutch), sont un club réservé aux filles et ouvert H24. Nous sommes des meilleures amies qui partagent tout, à deux exceptions près : nous ne discutons jamais de nos vies sexuelles ni de nos comptes bancaires. Nous sommes liées par la tradition, par des secrets, et par le lisseur à cheveux de notre mère.

Ce lien a été forgé quand nous étions petites. Maman avait inventé les sorties Entre Filles ; elle nous a ainsi traînées à une rétrospective de Nettie Rosenstein au FIT – le Fashion Institute of Technology – ou à notre première pièce de théâtre sur Broadway, *Bonsoir Maman.* En sortant du théâtre, elle a déclaré : « Qui aurait pensé qu'elle se tuerait à la fin ? », inquiète de nous avoir traumatisées à vie. Nous voyions le monde à travers les élégantes jumelles d'opéra de Maman. Chaque année, la semaine précédant Noël, elle nous emmenait boire un thé au Palm Court, dans le luxueux salon du Plaza Hotel. Après nous être gavées de délicieux scones arrosés de crème Chantilly et de confiture de framboises, nous prenions notre photo sous le célèbre portrait d'Eloise. Nous étions toutes habillées pareil, et Maman, bien sûr, se tenait à nos côtés.

Quand Rosalie Signorelli Ciardullo s'est mise à vendre du fond de teint minéral à domicile, devinez quels mannequins Maman lui a proposés pour l'accompagner ? Tess (peau sèche), moi (peau grasse) et Jaclyn (peau sensible). Quant à Maman, qui avait cinquante-trois ans à l'époque, elle a offert ses services auprès du groupe des trente-neuf ans.

— Tous les grands artistes commencent avec une toile vierge, a annoncé Nancy DeNoia en étalant une base couleur Cheerios sur mon front.

J'ai failli répondre : « Ceux qui s'autoproclament artistes n'en sont probablement pas. »

Mais pourquoi iriez-vous contredire la femme qui tient dans sa main les outils pour vous transformer en Cher au top de sa carrière ?

Je me suis tue tandis qu'elle tapotait l'éponge sur mes joues.

— On efface le tarin…, a dit Nancy en posant le maquillage par petites touches appuyées sur l'arête de mon nez.

Son haleine sentait le chewing-gum à la menthe, et je me suis souvenue du jour où j'avais reçu un coup de batte de base-ball sur le nez en classe de troisième. On m'avait appliqué de la glace de la même manière, tandis qu'un flot de sang coulait sans discontinuer de mes deux narines.

Tel un architecte passant en revue son chantier, Nancy la Délicate a reculé pour observer mon visage.

— Bon, le nez a disparu. Maintenant, je peux sauver le reste.

J'ai fermé les yeux et feint de méditer pour que Nancy cesse de détailler à voix haute, un à un, les défauts de ma physionomie. Elle a pris un pinceau fin, l'a trempé dans de l'eau froide, puis l'a passé sur un boîtier carré imbibé d'une encre châtain. J'ai senti mes sourcils me chatouiller pendant qu'elle dessinait de minuscules poils. Moi, j'ai grandi avec Madonna pour modèle : quand elle épilait, j'épilais. J'en paie le prix à présent.

J'avais le visage raide de peinture fraîche jusqu'à ce que Nancy plonge un pinceau kabuki dans la poudre et me réveille la peau avec des mouvements circulaires, comme lors de la phase lustrante à la station de lavage Andretti. À la fin, je ressemblais à un chiot nouveau-né, lisse et pâteux, avec des yeux humides, et pas de nez.

Dans les toilettes, je me fais une séance retouche rouge à lèvres, parce que moi, je *mange* aux mariages. Après des semaines de régime pour rentrer dans ma robe, je me dis que je mérite bien une tournée de Pink Lady, tous les canapés que je peux avaler, et assez de *cannoli* pour laisser un cratère sombre sur le plateau tournant au milieu de la table vénitienne. Je ne suis pas inquiète : j'éliminerai tout cela en dansant sur la version longue de l'*Electric Slide*. Je prends le tube de rouge à lèvres dans mon sac. Il n'y a rien de pire que des lèvres nues avec un contour indélébile tracé au crayon prune. Je remets de la couleur au milieu.

Enfants, quand nous ne nous déguisions pas en mariées, mes sœurs et moi jouions à Notre Enterrement. Non que mes parents soient des gens morbides, ni que nous ayons traversé des expériences terribles. Nous sommes italiennes, tout simplement, et c'est donc la loi dans l'univers Roncalli : pour tout événement heureux, il doit y avoir une contrepartie triste. Les mariages sont pour les jeunes et les enterrements sont les mariages des vieux. Les uns comme les autres, ainsi que je l'ai appris, requièrent une longue préparation.

Il y a des règles sacrées dans notre famille. L'une impose d'assister à l'enterrement de toute personne connue ou avec laquelle nous avons eu un contact quelconque : les membres de la famille (issus du même sang, pièces rapportées et leurs cousins), les amis proches, mais aussi les professeurs, les coiffeuses et les médecins. Tout professionnel qui a émis une opinion ou rendu un diagnostic est admissible. Il y a une catégorie spéciale pour les livreurs, parmi lesquels « Oncle Larry », notre fidèle serviteur de chez UPS qui est parti brutalement un samedi matin de 1983. Maman nous a fait manquer l'école le lundi suivant pour nous emmener à son enterrement à Manhasset. « Question de respect », nous a-t-elle dit à l'époque, mais nous connaissions la vraie raison. Elle aime se pomponner, c'est tout.

La deuxième règle de la famille Roncalli est de participer à toutes les fêtes et à tous les mariages auxquels nous sommes invités, y compris celui du cousin Paulie, ce pervers qui a été renvoyé de l'école de danse Arthur Murray pour avoir peloté la prof (l'affaire s'est réglée à l'amiable, sans procès).

Il y a une troisième règle : ne jamais admettre que Maman s'est fait refaire le nez en 1966. Peu importe qu'elle ait un nez à la Annette Funicello, alors que nous, ses enfants biologiques, avons un profil digne de Marty Feldman. « Personne ne devinera jamais... sauf si vous le leur dites, nous a sermonnés notre mère. Et si on vous interroge, vous n'avez qu'à répondre que le gène du nez de votre père était dominant. »

— Ah, tu es là !

Ma mère entre en trombe dans les toilettes, toute de soie chiffonnée et de plumes. On dirait une mandarine frappée, comme si quelqu'un l'avait fourrée dans un mixeur et avait appuyé sur la fonction « glace pilée ».

— Ces miroirs sont incroyables, non ?

Maman présente son dos au miroir et scrute l'arrière de sa robe par-dessus son épaule. Satisfaite, elle déclare :

— J'ai l'air d'une sylphide. On peut penser ce qu'on veut, le régime Jenny Craig, ça marche. Comment c'est, à ta table ?

— Atroce.

— Oh, arrête. Tu es à la table des Amis. Tu es censée...

Elle serre les poings et pédale à toute vitesse. Je déteste lorsqu'elle fait ce geste, mais elle n'en tient pas compte.

— ... assurer l'animation.

— Maman, s'il te plaît.

— Cette attitude toxique t'empêche de t'amuser. Tu ressembles à un pétrolier qui déverse une nappe d'hydrocarbures en pleine mer.

Ma mère applique son rouge à lèvres sans se regarder dans le miroir, les yeux fixés sur moi. Elle referme le tube en métal d'un geste brusque.

— Tu aurais dû venir accompagnée. Ne t'étonne pas si tous les couples que nous connaissons te proposent leur fils unique comme on offre une brochette de bœuf.

— Les Delboccio aimeraient que je me mette avec Frank.

Je m'appuie contre le mur et croise les bras parce que, franchement, je ne peux pas m'asseoir dans cette robe. La gaine me broie le diaphragme.

— Formidable ! Tu vois, c'est le destin qui a voulu que tu sois à la table des Amis.

— Maman, Frank est gay.

— Oh, vous les filles. Vous utilisez cette carte gay chaque fois que ça vous arrange. Il a quarante-trois ans, il ne s'est jamais marié et il accompagne sa mère avec son club de mah-jong dans les îles tous les printemps, et alors ? Ça ne veut pas nécessairement dire qu'il est gay. C'est peut-être juste un hétéro qui sent bon, qui s'habille avec goût et qui s'intéresse aux gens quand il leur parle. Fais-moi plaisir. Sors avec Frank. Va danser ! Va au musée ! Au restaurant ! Tu porteras tes jolies tenues et tu te distrairas, au moins, avec un homme qui a de l'allure et qui sait comment traiter les femmes ! Un « gai luron » – voilà le véritable sens du mot « gay ».

Maman m'observe, et l'expression qu'elle voit sur mon visage lui fait fondre le cœur, comme toujours depuis aussi loin que je m'en souvienne. Elle est de mon côté, de cela je ne douterai jamais.

— Tu as tellement à offrir, Valentine. Je ne veux pas que tu baisses les bras. Tu es une gagnante ! Tu es drôle !

Ma mère me serre dans ses bras.

— Viens là, que je te regarde.

Elle pose ses mains sur mon visage.

— Tu as une beauté très originale. Tes beaux yeux marron sont écartés juste comme il faut. Tu as hérité les lèvres de mon côté de la famille, Dieu merci. Les lèvres des Roncalli sont si minces, il faut les maintenir avec du Velcro pour pouvoir mâcher. Et ton nez, malgré ce que Nancy a dit aujourd'hui…

— Maman, tout va bien.

— C'était grossier de sa part. Mais je me suis mordu la langue pour ne rien répondre parce qu'il y a deux catégories de personnes avec qui on ne discute jamais : les artistes maquilleuses et les plombiers. Les uns comme les autres, ils ont tout pouvoir. Et ton nez est parfait. L'arête est mince, ce qui est adorable de profil, et il est droit, alors que le mien avait une bosse.

— Ah bon ?

Je n'en reviens pas que ma mère évoque L'Opération. Je n'ai jamais vu son ancien nez. Il n'existe qu'une seule photo de Maman avec son nez d'avant, mais c'est une photo de classe lorsqu'elle était au lycée, et sa tête est si petite qu'on ne distingue pas bien ses traits.

— Oh oui, une bosse hideuse. Mais tu sais, j'ai toujours considéré cette bosse avec calme et lucidité. Je la voyais comme une imperfection que je pouvais réparer. Il y a des choses qu'on peut réparer dans cette vie. Alors, on les répare, et on avance.

— Tu es en train de me dire que je devrais me refaire le nez ?

— Personnellement, je n'y toucherais pas. En plus, le nez se voit moins chez quelqu'un de grand. Sois reconnaissante d'avoir pris tout ce qu'il y a de plus grand dans la famille.

— Merci, Maman.

Parmi la population moyenne, un mètre soixante-quatorze n'est pas exactement grand, mais aux yeux de ma famille, je suis un séquoia géant.

Maman ouvre sa minuscule pochette à sequins, en sort un atomiseur Dolce & Gabbana au bouchon rouge et s'en asperge la nuque.

— Tu en veux ?

— Non. La table des Amis devra se contenter de mon odeur musquée naturelle.

Maman lève haut le bras et vaporise du parfum au-dessus de ses cheveux, remontés en un époustouflant chignon banane constellé de paillettes orange, véritable sémaphore qui, selon votre position sur la piste de danse, peut vous aveugler de ses feux.

Quand j'étais petite, je la regardais se transformer devant le miroir avant de sortir avec Papa. Organisée et efficace, elle commençait par disposer ses divers produits et instruments sur la table de maquillage, ouvrait les poudriers, dévissait les capuchons des tubes et des flacons. Ensuite, elle réfléchissait, tout en taillant son eyeliner au-dessus de la poubelle. Une fois qu'un long serpent brun s'était détaché du crayon, elle soulignait la limite inférieure de ses sourcils, estompait à la brosse, puis posait l'ombre à paupières sur l'arcade.

— Ça ne va pas, Valentine ?

— Si, si. Je t'aime, c'est tout. C'est tout.

— J'ai hâte de découvrir ce que…

Ma mère s'interrompt, soudain pensive.

— Tu sais quoi ? reprend-elle. Si tu es la seule de mes enfants qui reste vieille fille, je te défendrai fièrement toute ta vie. Enfin, si c'est *vraiment* ce que tu souhaites.

Voilà sans doute la qualité que je préfère chez ma mère. Elle voit le célibat comme une infirmité, un peu comme être manchot, mais elle ne me donne jamais l'impression que je dois adopter son point de vue.

— Maman, je suis très heureuse.

— Tu pourrais l'être davantage.

— Ça, c'est vrai.

Elle pointe un doigt sur moi.

— Tu peux réinventer ta vie comme tu veux. Tu n'es pas obligée de vivre avec ma mère et de fabriquer des chaussures.

— J'adore mon boulot, et j'adore l'endroit où j'habite.

— Je ne comprendrai jamais. Moi, tout ce que je désirais, c'était partir de chez moi. Et je n'ai jamais eu envie d'être créatrice de chaussures.

Maman et moi retournons bras dessus, bras dessous à la réception, tels deux astéroïdes, l'un rose, l'autre orange vif, évoluant sur un fond de ciel bleu vénitien. Puis je comprends que ce n'est pas pour cette raison que les invités nous regardent. J'ai sûrement l'air de soutenir ma mère – on doit donc se dire qu'elle a trop bu, ou bien, Dieu nous en préserve, qu'elle est assez vieille pour avoir besoin d'aide. J'entends presque les pensées de ma mère cliqueter dans son cerveau à la manière de rouages tandis qu'elle aussi décode la situation. Elle me lâche le bras avec un geste gracieux et exécute une pirouette à trois cent soixante degrés au milieu de la piste de danse. Je plonge dans une révérence, comme si nous avions préparé ensemble ce petit numéro. Maman m'adresse un salut juvénile de la main et s'éloigne d'une démarche chaloupée en direction de la table des Parents, ne me laissant pas d'autre choix que de regagner la tyrannie des Amis.

La toute nouvelle belle-mère de ma sœur, Mrs McAdoo, porte un bouquet de corsage en roses pourpres qui pend comme un gros pneu sur sa robe de crêpe lilas. Le teint pâle de Mrs McAdoo se confond avec ses cheveux, coiffés en un carré tout simple. Ma mère ne tolérerait jamais le moindre cheveu blanc sur sa tête. Le seul blanc que vous trouverez à proximité de sa personne est dilué dans le carrelage en travertin de l'entrée, à la maison. « Pour avoir l'air d'une bonne sœur moribonde, non merci, dit-elle. Le look naturel, c'est très bien, mais je ne vois pas du tout pourquoi je choisirais celui-là. » Non, ma mère est d'un brun cendré intense, aujourd'hui et pour toujours (en tout cas tant que L'Oréal continuera à fabriquer cette nuance).

J'embrasse du regard la pièce, qui contient trois cent douze invités. Hier soir, ils étaient figurés par un tas de Post-it disposés sur un panneau, dans la cuisine de ma mère, et aujourd'hui, ils sont assis à la table qu'ils méritent en vertu de notre hiérarchie italo-américaine. Premier échelon : les Parents, Amis proches, Professionnels, Collègues, Cousins, Enfants. Deuxième échelon : la Belle-Famille. Et troisième : les Insulaires (des parents à qui on ne parle pas parce qu'il s'est passé quelque chose de moche, peu importe qu'on ne s'en souvienne pas) ; les Grossiers (ceux qui ont répondu tardivement) ; et enfin les Séniles (sans commentaire).

Je dois paraître bien esseulée sur la piste de danse. Pourquoi ne suis-je pas venue accompagnée ? Gabriel s'est offert comme cavalier, mais je ne voulais pas lui imposer une danse des canards avec ma cousine Violet Ruggiero, par cette chaleur. Comment se fait-il que, parmi toutes les personnes présentes ici, je reste la seule célibataire de moins de quarante ans ? Sentant la honte qui me gagne, mon frère, Alfred, me prend la main à la seconde où la musique commence. C'est un peu bizarre de valser aux bras de votre frère unique, avec qui vous avez une relation tendue, sur *Can You Feel the Love Tonight*, mais je m'en accommode de mon mieux. C'est un partenaire de danse, après tout, même si nous sommes unis par les liens du sang. Il faut savoir apprécier ce qu'on a.

— Merci, Alfred.

— Je danse avec toutes mes sœurs, répond-il, comme un mécanicien de chez Midas qui coche sa liste de réparations.

Nous tournoyons pendant un moment. Je tente maladroitement d'engager la conversation.

— Tu sais pourquoi Dieu a inventé les frères dans les familles italiennes ?

Il mord à l'hameçon.

— Non, pourquoi ?

— Parce qu'il savait que les sœurs célibataires avaient besoin de quelqu'un avec qui danser aux mariages.

— Tu as intérêt à trouver une meilleure blague pour ton discours.

Il a raison, et je fulmine en silence. Mon frère a trente-neuf ans, mais je ne vois pas un homme d'âge mûr, père de deux enfants, je ne vois que le gamin maussade qui décrochait partout la mention « très bien » et n'avait aucun ami à l'école. La seule fois où il s'égayait, c'était quand la femme de ménage venait le jeudi et qu'il l'aidait à astiquer le carrelage. Là, Alfred était content : avec un balai à la main et de l'ammoniaque dans un seau.

Alfred a toujours le même épi dans les cheveux et la même expression sérieuse que lorsqu'il était plus jeune. Il a aussi l'ancien nez de Maman et la lèvre supérieure mince du côté de Papa. Il ne fait confiance à personne, y compris à sa famille, et il peut dénigrer pendant des heures les médias et le gouvernement. Alfred vous plombe la journée dès qu'il ouvre la bouche. Il est le premier à appeler quand la chaîne New York 1 diffuse en direct les images d'une maison qui brûle, et le premier à envoyer des mails en masse lorsqu'on annonce une infestation de punaises de lit sur la côte Est. Il est aussi expert dans toutes les maladies qui affectent les familles de descendance méditerranéenne (les pathologies auto-immunes sont sa spécialité). Nous avons passé tout le réveillon de Noël l'année dernière à l'écouter discourir sur le prédiabète, de sorte que nous avons vraiment apprécié le baba au rhum quand est arrivé le dessert.

— Comment va Grannie ? demande-t-il.

Je regarde notre grand-mère, la mère de ma mère, Teodora Angelini, que l'on a assise à la table des Séniles afin qu'elle soit en compagnie de ses cousins et de sa dernière sœur encore en vie, ma grand-tante Feen. Tandis que les autres enlèvent les noix de la salade, courbés en deux sur leur assiette, elle se tient droite comme un général d'armée. Ma grand-mère est une rose solitaire dans un jardin de ronces grises.

Avec son rouge à lèvres rouge pimpant, son tailleur d'été en lin rouge, ses cheveux blancs mis en plis et de larges lunettes octogonales en écaille de tortue, elle ressemble à une gracieuse résidente de l'Upper East Side qui n'a jamais travaillé de sa vie. En réalité, la seule chose qu'elle a en commun avec ces dames de la haute société, c'est son tailleur. Grannie est une ouvrière propriétaire de son affaire. Nous créons des chaussures de mariage sur mesure dans Greenwich Village depuis 1903.

— Grannie va très bien, dis-je à mon frère.

— Elle peut à peine marcher, réplique Alfred.

— Elle a besoin de se faire opérer des genoux.

— Elle a besoin de plus que ça.

— Alfred. À part ses genoux, elle est en excellente forme.

— Tout est toujours rose avec toi, soupire Alfred. Tu es dans le déni total. Grannie a presque quatre-vingts ans et elle ralentit.

— C'est ridicule. J'habite avec elle. Elle virevolte toujours autour de moi.

— Vu que tu ne bouges pas, ce n'est pas difficile.

Et toc. La Pique. Comme je ne veux pas me disputer avec lui au mariage de ma sœur, je laisse passer, mais il continue :

— Grannie n'est pas éternelle. Elle devrait prendre sa retraite et profiter des enfants. Il y a une résidence seniors très sympa à côté de chez nous.

— Elle adore New York. Elle mourrait en banlieue.

— Je suis la seule personne dans cette famille qui soit capable de regarder la réalité en face. Il faut qu'elle prenne sa retraite. Je veux bien lui payer un appartement.

— Quelle générosité.

— Je ne pense pas à moi dans cette histoire.

— Ce serait bien la première fois, Alfred.

La loi de la jungle au sein d'une fratrie, nous sommes en plein dedans. Le ton d'Alfred, mon expression et le fait que nous avons arrêté de danser envoient une alerte muette à mes sœurs. Tess, pressentant un affrontement, s'est avancée sur la piste de danse et plante ses yeux dans les miens pour demander en silence : *Besoin de moi ?*

— Merci pour la valse.

Je tourne le dos à Alfred et me dirige vers la table des Amis, qui est à présent déserte parce que tous les plus de soixante ans foncent vers la piste pour se trémousser sur une version rock de *After the Lovin.*

Dans la ruée, je croise Papa et Maman.

— C'est notre chanson ! gazouille Maman en tenant la main de Papa en l'air comme une gymnaste brandissant un ruban.

Bientôt ils se pressent l'un contre l'autre, la joue de Maman collée à celle de Papa. On dirait deux frères siamois unis au sommet de la tête.

Une fois assise à la table des Amis, je prends ma fourchette et picore ma salade. Mon appétit s'est envolé. Je repose la fourchette. La piste de danse, bondée maintenant, m'évoque un tableau pointilliste composé de sequins, de perles et de cristaux Swarovski qui scintillent sur une mer d'étoffes lamées or et argent.

— Qu'est-ce qu'il t'a dit, Alfred ? demande Tess en se glissant sur la chaise à côté de moi.

Tess, mon aînée d'un an et demi, est une brunette à la forte poitrine et étroite de hanches. Sa robe de demoiselle d'honneur lui donne une allure de flûte à champagne. Malgré son physique de bombe, c'est la plus cérébrale de nous trois, peut-être parce qu'Alfred s'est servi d'elle pour réviser ses fiches dès qu'elle a eu quatre ans. Tess a le visage en cœur de Maman et le deuxième plus beau nez de la famille. Elle a aussi des cheveux noirs ondulés et des cils si épais qu'elle peut se dispenser de mascara.

— Il m'a traitée de loseuse.

J'étire le devant de ma robe comme si je soulevais un sac pesant une tonne.

— Et moi, de mauvaise mère. Il trouve que je n'ai aucune autorité sur Charisma et Chiara.

Je regarde du côté de la table vénitienne, où Charisma, sept ans, perfore un *cannolo* et le tend à Chiara, cinq ans, qui souffle dans le trou pour faire jaillir la crème. Tess lève les yeux au ciel.

— C'est la fête. Il faut bien qu'elles s'amusent.

— Alfred veut que Grannie prenne sa retraite.

— Oui, il est parti en campagne.

Tess examine son rouge à lèvres dans la lame du couteau à beurre.

— Tu sais, ces résidences seniors peuvent être vraiment chouettes.

— Ne me dis pas que tu es d'accord avec lui !

— Mais non… Je suis de ton côté, me souffle gentiment Tess.

— Chaque fois qu'il en parle, c'est comme s'il me donnait un coup de poignard.

— C'est parce que tu te soucies de Grannie.

De la pointe de son couteau, Tess attrape une rose en beurre et l'étale sur un reste de pain brioché.

— Et l'atelier de chaussures est ton gagne-pain.

Ma sœur a un air las. J'en déduis qu'elle a eu la même discussion avec Alfred et n'est arrivée nulle part.

Je ne veux pas gâcher la réception, aussi je change de sujet.

— Ça va, à ta table ?

— Pourquoi Maman nous a-t-elle éparpillées comme des casques bleus de l'ONU ? Elle n'a pas compris qu'on avait envie d'être assises *ensemble* ? D'accord, c'était une bonne idée de mettre Alfred et Clic-Clic à la table des Coincés...

— Appelle-la Pamela. Sauf si tu cherches la guerre...

D'un coup d'œil, je m'assure qu'ils ne sont pas dans les parages. Alfred est marié à Pamela depuis treize ans. Elle mesure un mètre cinquante et porte des stilettos de douze centimètres, même à la plage, et d'après la rumeur elle les a gardés aux pieds en salle de travail. On la surnomme Clic-Clic par référence au bruit de ses pas rapides quand elle marche.

— Les petites mènent le monde. Rien n'est plus attirant pour un homme qu'une femme qui tient dans son porte-monnaie.

— J'adorerais avoir ta taille, décrète Tess. Au moins, toi, tu as du panache. Pam n'en a aucun. Bref, ils vont parfaitement bien ensemble. Alfred est renfermé et Clic-Clic, froide comme un serpent. Cette cuillère a plus de personnalité qu'elle, conclut-elle en levant une cuillère.

Ma sœur regarde Charisma et Chiara, qui ont pris des olives dans les crudités et les ont calées sur leurs yeux. Les fillettes éclatent de rire quand les olives jaillissent de leurs orbites et tombent par terre. Tess leur fait signe d'arrêter. Les gamines s'enfuient en courant. D'un geste, Tess demande à son mari, Charlie, de les surveiller. Il est placé à la table des Grossiers, avec des invités qui se plaignent d'être assis trop près de la cuisine.

— Regarde les garçons d'Alfred, dis-je à Tess.

Nos neveux, Alfred Junior et Rocco, ressemblent à des banquiers miniatures avec leurs nœuds papillon et leurs serviettes blanches proprement étalées sur leurs genoux.

Tess soupire.

— Il paraît que Pamela leur fait prendre des cours de bonnes manières. Ils sont tellement bien élevés.

— Est-ce qu'ils ont le choix ?

Je tire à nouveau sur le devant de ma robe et consulte l'heure à ma montre. On dirait qu'il s'est écoulé quinze ans entre la soupe et la salade.

— Mr Delboccio m'a mis une main aux fesses.

— Berk, dit Tess.

— Pour être honnête, avec ma super gaine, je ne l'ai même pas senti. Je pourrais m'asseoir sur un lit de braises que je ne m'en rendrais pas compte.

— Alors comment sais-tu qu'il t'a pelotée ?

— À l'expression sur le visage de Mrs Delboccio. J'ai cru qu'elle allait attraper un bougeoir et le frapper.

— Il a sans doute trop bu. Et il fait tellement chaud dehors ! L'alcool monte droit au cerveau et grille les neurones. Promets-moi qu'il y aura une tempête de neige quand tu te marieras.

— Je te promets aussi de me marier à la mairie un mardi.

— Mais non, tu ne voudrais pas manquer tout ça.

Tess pivote sur sa chaise pour contempler la mer ondoyante des invités.

— D'accord, lâche-t-elle en se retournant vers moi. La mairie, ce sera très bien. Tailleur de ville et fleurs au poignet.

Des serveurs en smoking surgissent par les doubles portes de la cuisine, tels des pépites de chocolat déversées dans une pâte à gâteau. D'une main, ils portent d'énormes plateaux sur lesquels sont disposées des assiettes coiffées de couvercles en métal argenté. De l'autre, ils attrapent des chariots et y installent les plateaux. Les assiettes, offrant tournedos cuits à point, mousseline de pommes de terre et pointes d'asperges, sont placées sur les tables à un rythme soutenu. Voyant le dîner arriver, les danseurs quittent aussitôt la piste et repartent vers leurs tables comme une équipe de foot regagnant les vestiaires à la mi-temps. Tess se lève.

— Il faut que j'y aille. Le plat principal est servi.

Les Amis s'assoient en embrassant les assiettes d'un regard approbateur. Le tournedos, un mets coûteux, indique un certain niveau d'opulence, ce que les Italo-Américains apprécient encore plus que la fin de la guerre froide et les tubes de crème d'anchois à volonté.

— Comment ça va à l'atelier ? m'interroge Ed Delboccio.

Son crâne chauve ressemble aux couvercles en argent que les serveurs ont entassés dans un coin.

— Dites-moi... Est-ce que les gens achètent encore des chaussures fabriquées main ?

— Absolument.

J'ai essayé de répondre sur un ton aimable, mais c'est sans doute raté parce que tout le monde autour de la table me fixe.

— Ne vous vexez pas, reprend Mr Delboccio avec un sourire. Je vous pose cette question seulement pour faire la conversation. Pourquoi commanderait-on des chaussures sur mesure alors qu'on peut les acheter pour pas cher dans un de ces outlets ? Prenez, Shirley. Elle va aux soldes de tous les magasins. KGB...

— DSW, rectifie sa femme.

— Bref. Ce que je veux dire, c'est que j'ai économisé un paquet d'argent grâce à ces boutiques discount, croyez-moi.

Mrs Delboccio le pousse du coude.

— Tais-toi donc, Ed. Les chaussures de Valentine n'ont rien à voir avec celles qu'on trouve en grande surface. Ce sont des articles de luxe. Et Valentine travaille avec Teodora, elle est...

Elle agite sa fourchette dans ma direction en cherchant le mot juste.

— Créatrice de chaussures. Enfin, je suis son apprentie.

— Vous vous occupez de votre grand-mère aussi, n'est-ce pas ? continue Mrs Delboccio.

— Elle s'occupe très bien d'elle-même.

— Mais vous habitez avec elle, ce qui est si gentil. Et tellement généreux. Vous renoncez à votre liberté pour veiller sur Teodora.

Mrs Delboccio sourit, lèvres étroitement pincées comme la fermeture Éclair d'un porte-monnaie. Ses cheveux bleus relevés sur le haut de la tête brillent de laque. Elle ajuste son gros collier en or. Ses ongles violets sont assortis à sa robe, laquelle est assortie à ses chaussures.

— De nos jours, on ne voit plus beaucoup de jeunes s'occuper des personnes âgées, renchérit Mr Delboccio.

Il se penche vers moi et me souffle son haleine au visage. Par chance, ce n'est pas une odeur épouvantable : moitié cannelle, moitié fromage de tête (réfrigéré).

— Voilà pourquoi je mets de l'argent de côté, explique-t-il. Je veux aller dans un de ces appartements seniors… Je vais devoir payer pour ce que mes parents – et Shirley aussi, d'ailleurs – ont eu gratis. Parce que ça m'étonnerait que nos gosses nous prennent chez eux, quand viendra le moment.

Mrs Delboccio le fusille du regard.

— C'est vrai, quoi, Shirley. Soyons réalistes.

Avec son couteau, Mr Delboccio pousse de la mousseline de pommes de terre par-dessus la viande qu'il a déjà piquée sur sa fourchette et fourre le tout dans sa bouche.

— Ils ont leur vie à eux. Ce n'est pas comme notre génération. Nous, on prenait les membres de la famille avec nous, qu'ils aient toute leur tête ou non. À mon avis, nos gosses ne feront pas ça.

— Pourquoi êtes-vous devenue créatrice de chaussures ? demande Mrs La Vaglio.

C'est une blonde minuscule avec une coiffure à la Linda Evans dans *Dynastie*. Les La Vaglio habitent dans l'Ohio. J'imagine que là-bas on ne connaît pas mon histoire.

— J'étais prof d'anglais dans un collège du Queens…

— Et ensuite vous avez rompu avec votre petit ami, m'interrompt-elle. Vous êtes restés ensemble combien de temps ?

Bon. Même dans l'Ohio, on sait tout sur moi.

— Pendant mes années de fac, et un peu après.

Je refuse de fournir une réponse précise à ces gens. Ils me marqueraient du *L* de Loseuse sur le front avec la tapenade.

— Votre premier amour, déclare Mrs Delboccio, qui se tourne ensuite vers son mari. Ed et moi, c'est pareil, sauf que la fin de l'histoire est différente. Je l'ai connu à dix-huit ans. J'en avais vingt-quatre quand on s'est mariés. Et ça continue.

— Vous êtes un modèle pour nous tous, dis-je en ajoutant trop de sel à ma salade.

— Merci, répond Mrs Delboccio avec suffisance.

Sue Silverstein se penche vers moi et me tapote la main.

— À l'époque, votre mère s'est fait un souci monstre pour vous.

— Elle ne devrait pas. Je suis très contente d'avoir une vie mouvementée.

Formidable. Quand les amis de mes parents ont trop bu, ils me racontent des choses que ma mère me cache.

— Ce qui compte, c'est de garder une attitude positive, décrète Max Silverstein en pointant sa fourchette sur moi.

— Vous savez, notre fils Frank est tout à fait libre, dit Mrs Delboccio. Il n'est pas gay, enchaîne-t-elle aussitôt après avoir bu une gorgée de vin. C'est juste quelqu'un de difficile.

Je me force à sourire.

— J'aime bien les gens difficiles, justement.

Mrs Delboccio presse la cuisse de son mari sous la table pour qu'il se rappelle que j'ai dit quelque chose d'encourageant sur Frank.

— Ça fait combien de temps que vous avez été larguée ? s'enquiert Mr Delboccio.

— Ed ! s'écrie sa femme.

— Trois ans, je marmonne.

Mr Delboccio émet un discret sifflement.

— Trois de vos plus belles années.

— Vous sortez avec quelqu'un en ce moment ? interroge Mrs La Vaglio.

C'est Mrs Delboccio qui répond. Elle parle de moi comme si le vin que je bois était une potion magique qui me rendait invisible.

— Si c'était le cas, elle l'aurait amené.

— Elle pourrait se trouver un galant, continue Mr Delboccio, qui louche sur mes seins comme sur deux poissons évoluant chacun de leur côté dans un aquarium. Mais elle préfère sans doute rester en solo.

— Rassurez-vous, dis-je en serrant les dents, je suis très heureuse.

— Personne n'a dit le contraire.

Mr Delboccio finit son thé glacé au bourbon et pose le verre sur la table à la manière d'un bûcheron qui abat sa hache. Je cherche des yeux un serveur. Au secours, décapitez-moi ce type ! Se méprenant sur mon signal, le serveur apporte une énorme saucière. Mr Delboccio s'en saisit et verse un litre de jus sur ce qui reste de son tournedos.

— Valentine, écoutez-moi bien. En tant que femme, vous disposez d'une fenêtre. Une fenêtre d'opportunité : quand vous avez le visage, le corps et la vitalité qu'il faut pour attirer un homme. Vous devez en choper un pendant que la fenêtre est ouverte, parce qu'une fois qu'elle se referme, boum, terminé. Vous avez raté l'occasion et vous êtes enfermée dans un placard sans air. Seule. Vous me suivez ? Il n'y a plus d'oxygène. Aucun homme ne peut survivre là-dedans. Pigé ? Tic-tac, tic-tac. Un homme peut toujours trouver une femme, alors que pour une femme, le compteur tourne et au bout d'un moment, elle ne trouve plus d'homme.

— Ed, tu as bu assez de bourbon.

Mrs Delboccio retire le verre des mains de son mari et me jette un regard d'excuse.

— Valentine a encore la vie devant elle.

— Je n'ai jamais dit le contraire. Mais tu te rappelles ma sœur Madeline, qui a emménagé chez Ma quand celle-ci a eu son cancer du cerveau ? Ma pauvre mère souffrait de céphalées de tension, et du jour au lendemain c'est devenu une tumeur cancéreuse. Bref, quel âge avait Madeline à l'époque ? Trente ans, pas plus. Elle a habité chez Ma, elle s'est occupée d'elle jusqu'à ce qu'elle meure – paix à son âme –, et puis finalement elle est restée, où serait-elle allée ? C'était la tante vieille fille.

Ed cherche son petit pain pour le beurrer. Comme il l'a déjà mangé, il prend celui de sa femme.

— Il y en a une dans toutes les familles italiennes, conclut-il.

J'ouvre la bouche pour protester, mais aucun mot n'en sort. Peut-être a-t-il raison. Je me laisse aller un instant à imaginer mon avenir dans une maison de retraite pour femmes célibataires. Vu la tournure que prend cette soirée, je devrais peut-être déjà réserver ma chambre.

— Madeline était une sainte. Elle nous a tous bien soulagés. Évidemment, nous, nous avions nos vies et des enfants à élever, dit Mrs Delboccio en lissant sa serviette sur ses genoux.

— On a une vie *aussi* quand on est célibataire, claironne Mrs La Vaglio.

Un silence tombe sur la tablée pendant que les Amis scient consciencieusement leur tournedos. Je consulte ma montre à la dérobée. Les gens qui pensent que le temps passe trop vite devraient venir s'asseoir à la table des Amis, où manger le plat principal est plus long que la guerre du Péloponnèse. En ce moment précis, je donnerais n'importe quoi pour être placée à la table des Grossiers.

Mr Delboccio, penché en avant, plonge littéralement son regard entre mes seins.

— Dieu a voulu que les hommes et les femmes s'assemblent par paires.

Je me recule et noue ma serviette autour de mon cou en l'étalant sur mon décolleté comme un plastron.

— Combien de chaussures fabriquez-vous par an ? demande Mr Silverstein (qu'il soit béni).

— L'année dernière, nous avons sorti pas loin de trois mille paires.

— Avec combien d'employées ?

— Trois à plein temps, et quatre à temps partiel.

— Dites donc, c'est une affaire qui marche, lance Mr Silverstein d'un air admiratif.

L'orchestre entame *Good Vibrations* ; aussitôt les Amis posent fourchettes et couteaux.

— C'est le quart d'heure Beach Boys ! s'écrie Mr Silverstein.

Ils se lèvent. Les femmes ajustent leurs robes au niveau de la taille, des hanches et des fesses, puis partent vers la piste en remorquant leurs maris.

Je me détends à la table déserte, les pieds sur une chaise. Tess revient s'asseoir près de moi pendant que Papa dépose Tante Feen à la table des Séniles. Après avoir parcouru la salle des yeux, il nous rejoint au pas de course. Il ne mesure qu'un mètre soixante-huit mais est bien proportionné et paraît plus grand. Il a d'épais cheveux poivre et sel, le nez proéminent des Roncalli et les lèvres crispées de sa lignée.

— Sainte mère de Dieu, je meurs de chaud !

Papa tripote son nœud papillon comme s'il tournait le cadran d'un climatiseur. Il se laisse tomber sur la chaise à côté de Tess.

— Je viens d'emmener Tante Feen fumer une cigarette dehors et j'ai cru qu'elle allait avoir une attaque. Vous savez qu'elle fume encore un paquet par jour ? Ses poumons doivent ressembler à une passoire à spaghettis. Ça va, les filles ?

Nous mentons en chœur.

— Impec.

— Votre mère veut que je chante *Butterfly Kisses* à votre sœur, mais je ne connais pas du tout les paroles.

— Empêche Maman de boire, dit Tess. Sinon elle va se mettre debout sur une table pour lui chanter quelque chose elle aussi, comme pour votre vingt-cinquième anniversaire de mariage.

Mon père hoche la tête à ce souvenir.

— Elle a eu une sciatique pendant des mois après ça.

— N'essaie pas de chanter, Papa, je lui suggère. Danse plutôt avec Jaclyn sur le CD.

— Je préférerais, mais tu connais ta mère. Pour elle, les mariages sont l'occasion de présenter les futurs candidats de *La Nouvelle Star*. Mon frère se fera une joie de monter sur scène, sans lâcher son verre de gin, bien sûr.

Notre sœur Jaclyn est ravissante, dans une robe sans bretelles toute simple et un jupon de tulle vaporeux qui met en valeur sa taille de guêpe. Elle se faufile entre les tables, pareille à un fouet que l'on extirpe d'un saladier de blancs battus en neige.

Maman a suggéré de border le bustier en soie de Jaclyn avec un ruban iridescent couleur menthe pour faire ressortir ses yeux. C'était une idée de génie. Grannie a fabriqué de magnifiques escarpins verts dont j'ai poli le cuir jusqu'à lui donner une patine à l'ancienne. De la tête aux pieds, ma petite sœur a l'éclat de la plus pure des émeraudes.

Jaclyn se pose sur la chaise de Mrs La Vaglio. Elle est vraiment adorable, avec son visage aux traits délicats et aux proportions parfaites, encadré par ses boucles d'un noir brillant.

— Est-ce que votre viande était dure ?

Papa, Tess et moi répondons d'une seule voix.

— Non !

Ma sœur s'évente avec la carte sur laquelle est imprimé le menu.

— Moi, j'aurais eu besoin d'une tronçonneuse pour couper la mienne… Valentine, tu vas devoir rattraper ça avec ton discours !

— Vu le public, ne te mets pas trop la pression, marmonne Tess en balayant la salle des yeux.

Je sens la sueur perler à mon front.

— Veille à ce que tout le monde ait allumé ses Amplifon à la table de Grannie, d'accord ?

Jaclyn boit une gorgée de mon eau glacée et presse le verre contre sa joue.

— N'en tiens pas compte, mais il faut que tu saches une chose : ma belle-mère déteste tout. *Sauf* critiquer. Comme si les Irlandais étaient des comiques et des pros du discours… Je rêve.

Tess et moi échangeons un regard. Les Irlandais, non contents d'être d'excellents conteurs, ont élevé l'art du discours à des sommets imbattables.

— Attention, Jac, intervint mon père. Mrs McAdoo fait partie de la famille maintenant. Sois bienveillante. Le plus important dans la vie, c'est de bien s'entendre avec les autres. Sans les autres, on est seul. Et quand on est seul, on est seul.

Mon père glisse son index à l'intérieur de son col, comme s'il recueillait les dernières gouttes de confiture dans un pot.

— Tout va très bien se passer. En général, ça marche…

J'ai beau m'ériger en porte-parole de l'optimisme, je me mords la lèvre si fort que j'en ai mal à la tête.

— Valérie ! C'est à vous ! lance le chef d'orchestre en me montrant du doigt.

— Valentine ! rectifient Tess et Jaclyn.

— Peu importe…

Il agite le micro dans ma direction comme une baguette de batterie.

Cherchant des yeux le témoin du marié, je le repère de l'autre côté de la piste de danse, en train de descendre un cocktail Mimosa avec sa bande de copains.

— Ils vont adorer ! dit Papa pour m'encourager.

Jaclyn et Tess lèvent le pouce en me souriant de toutes leurs dents, à croire qu'elles exhibent un récent détartrage. À la table des Cousins, Alfred disserte sur les allergies au gluten.

— Bonsoir, la Famille et les Amis.

Je cale le micro sur son trépied et règle la hauteur. Avec mes talons, je mesure un mètre quatre-vingts. Je suis sans doute plus grande que le témoin. Et sûrement plus grande que tous les Amis assis autour de la table, pour cause de hernie discale, tassement lombaire et arthrose de la hanche, autant de sujets qu'ils ont librement évoqués au moment du gaspacho.

Le brouhaha diminue peu à peu dans la salle. Quelques voix se détachent encore, puis vient le silence total. Le seul son que j'entends est l'air qui siffle entre le dentier et les gencives de Tante Feen quand elle respire.

— Bonsoir… Valentine Roncalli, une sœur de la mariée.

— On sait qui vous êtes ! s'écrie Lorraine Pinuccia, assise tout au fond à la table des Insulaires, tellement loin que la main qu'elle agite ressemble à un signal de détresse.

Tess se soulève légèrement sur sa chaise et lui lance un regard noir. Ma mère a plaqué un sourire encourageant sur son visage, comme le jour où j'ai oublié l'unique réplique que je devais dire pendant le spectacle de l'école, en dernière année de maternelle. « Tu ne peux pas m'aider, là, Maman », ai-je envie de lui crier, mais elle a l'air complètement momifiée.

— Merci, ma chère cousine. Mais puisque vous êtes ici ce soir, vous savez que nous sommes maintenant unis par des liens très forts avec la famille McAdoo. Les McAdoo ne nous connaissent pas encore tous.

C'est peut-être à cause de la sueur qui me coule dans les yeux, mais il me semble que Boyd McAdoo, le frère électricien trois fois divorcé de mon nouveau beau-frère, me fixe d'un air lubrique. Aussi je me dépêche d'enchaîner :

— Bon, alors… Figurez-vous qu'un jour, Dieu dans son paradis a décidé qu'il était temps de créer un pays. Il voulait créer un pays formidable, avec des vignobles magnifiques, des prés luxuriants et de superbes couchers de soleil…

— Le premier pays de la Création ! lance mon père en dessinant le chiffre un dans les airs.

— Papa, s'il te plaît… Tu ferais peut-être mieux d'économiser ta voix pour chanter *Butterfly Kisses.*

Et je reprends mon histoire.

— Dieu savait qu'il voulait nommer ce pays Italie…

Le frère de mon père, Oncle Sal, qui ne rate jamais une occasion de mettre les pieds dans le plat, arrache une rose à la composition florale au milieu de la table des Parents et se lève en l'agitant comme un drapeau.

— *Viva Italia sempre !*

Mr McAdoo se lève à son tour et prend lui aussi une rose.

— Vive l'île d'Émeraude ! riposte-t-il.

— L'union fait la pizza ! beugle ma mère.

D'un grand geste des bras, j'englobe l'humanité tout entière.

— Vive les citoyens du monde !

Tess applaudit. Seule. Je continue bravement :

— Dieu devait ensuite peupler l'Italie avec des habitants, et Il s'est demandé : « Vais-je créer la femme en premier ? Ou vais-je créer l'homme ? » Il a longuement réfléchi, plusieurs mois, et enfin Il s'est décidé. « Je créerai les femmes en premier pour qu'elles préparent le dîner des hommes. »

Un silence tombe. Au bout d'un moment, solidarité oblige, Grannie, Tess, Jaclyn, Maman et Papa partent d'un rire forcé. Les autres invités, muets, affichent des mines patibulaires à la lueur des bougies.

— Bien, alors…

Je rassemble mes forces.

— Vous savez pourquoi Dieu a créé les frères dans les familles italiennes ? Pour que leurs sœurs célibataires aient quelqu'un avec qui danser aux mariages.

La deuxième salve n'atteint pas davantage son but que la première. Je suis crucifiée sur scène. Le silence est tel que j'entends les glaçons fondre dans le rhum Coca de Len Scatizzi.

Mr Delboccio, le peloteur de fesses, s'écrie :

— Je vous ai invitée à danser, Valentine.

— Elle a prétendu qu'elle avait mal aux pieds, piaille sa femme. Une créatrice de chaussures qui a mal aux pieds ? Ce n'est pas crédible.

— Vrai ou pas, je n'allais pas la forcer, dit Mr Delboccio.

— Il ne faut jamais forcer, rétorque sa femme.

— Vous me laissez finir, tous les deux ? Ensuite vous pourrez retourner sur la piste pour nous montrer à nous les jeunes comment on s'y prend. Je crois que l'orchestre a prévu un petit quart d'heure Neil Diamond.

Je fais alors cette chose que je déteste : je serre les poings et pédale vigoureusement. Comme Maman.

— *Nous* les jeunes ? ironise Tante Feen à la table des Séniles. Tu as trente-trois ans… Tu n'es plus exactement une perdrix de l'année.

Elle émet un sifflement avec son dentier supérieur pour ponctuer sa déclaration, puis regarde l'assistance. Ses yeux bondissent dans leurs orbites comme des balles de golf lancées au hasard.

— Trente-trois ans ! *Madonna* ! C'est l'âge qu'avait Jésus quand il est mort sur la croix.

— À l'époque, les gens ne vivaient que jusqu'à quarante ans, lui renvoie Tess d'une voix forte.

— Et alors ? Quel rapport ?

Tante Feen fronce ses sourcils blancs qui se rejoignent et forment une ligne épaisse en travers de son visage.

— C'est encore pire ! Ça veut dire qu'à trente-trois ans, en fait, elle a un pied dans la tombe et l'autre sur un tapis qui glisse.

— Tante Feen, ça suffit. Si tu continues, tu n'auras plus droit au punch cognac. Allez, une dernière... Un jour, mon père va chez le médecin. Il emmène ma mère pour que ce soit elle qui parle...

De petits rires jaillissent parmi les tables.

— ... et le médecin dit : « Dutch, vous avez une bursite. Il y a deux traitements possibles. Moi, je peux vous faire une piqûre de cortisol. Mais vous n'en avez pas besoin, votre corps le produit naturellement. » « Ah bon ? » s'exclame mon père. « Oui, explique le médecin. Il vous suffit d'avoir un rapport sexuel. » Mon père et le médecin se tournent vers ma mère, et elle dit : « Je n'ai pas de bursite, moi, docteur. »

Les applaudissements crépitent.

— Levez vos verres, s'il vous plaît.

Je m'aperçois alors que je n'en ai pas. Le témoin du marié me fourre le sien, qui est poisseux et à moitié vide, dans la main. Je brandis haut le verre.

— Tom, bienvenue dans notre famille. Jaclyn, tu es superbe, et on t'aime, et on est tous là pour toi. *Salute ! Cent'anni !*

Je bois une gorgée, en passant outre mon sens personnel de l'hygiène et toutes les recommandations sanitaires officielles.

— Surtout, n'oubliez pas vos pochettes cadeau en partant. Il y a de l'eau de Cologne Aramis pour les messieurs et des chocolats Li-Lac pour les dames.

À la table des Grossiers, Monica Spadoni lâche d'une voix rauque :

— Du chocolat ? Par cette chaleur ! On devrait plutôt nous offrir des ventilateurs de poche. Nous, ici, on est coincés à côté des cuisines où les fours chauffent en permanence.

Je ne lui prête aucune attention, décroche le micro du trépied et le tends au témoin. Sans daigner m'accorder un regard, il l'approche de sa bouche exhalant une forte odeur d'alcool. D'autres discours sont prononcés, le gâteau est coupé, après quoi je gagne la table des Séniles où Grannie trempe un *biscotto* dans son expresso. Je me penche derrière elle pour lui chuchoter à l'oreille :

— Tu t'amuses bien ?

— Si tu es prête, moi aussi. Je veux juste dire au revoir aux jeunes.

Grannie attrape son petit sac brodé de perles sur la table en repoussant sa chaise.

Je retourne au chariot des desserts où se tient ma mère et la prends par les épaules.

— Maman ?

Ma mère, toujours clairvoyante, fronce les sourcils.

— Tu t'en vas ?

— Il faut que je ramène Grannie.

— Si tôt ?

— Maman… On ne ratera plus rien maintenant, sauf le ballet des grands-tantes qui ramasseront les compositions florales sur les tables.

Demain, toutes les tombes de mes ancêtres, depuis Bayshore jusqu'à Sunnyside, seront décorées avec des bouquets rapportés du mariage. Les Italiens ne supportent pas de gâcher les fleurs. C'est un péché.

Ma mère me serre dans ses bras.

— Merci, ma chérie. Je t'adore, Valentine. Merci de t'occuper si bien de ma mère.

— J'ai un service à te demander…

— Oui, quoi ? Tout ce que tu voudras.

— N'oblige pas Papa à chanter *Butterfly Kisses.*

Ma mère rejette la tête en arrière.

— Oh, vous n'êtes vraiment pas drôles…

Grannie vient déposer un rapide baiser sur la joue de ma mère. Maman enveloppe un morceau de gâteau dans une serviette en papier et le glisse dans mon sac. L'un après l'autre, Alfred, Jaclyn et Tess embrassent Grannie. Suivent encore de trop nombreuses accolades, puis, quand le dernier cousin issu de germain a été salué, Grannie et moi pouvons filer.

Sur la table du vestibule au plafond à caissons où sont peintes des scènes bucoliques, Grannie attrape deux pochettes cadeau. L'orchestre entonne *Oh Marie* au moment où nous sortons dans l'air tiède de la nuit. Notre voiture s'avance et nous grimpons à l'arrière. Le chauffeur nous regarde par-dessus son épaule.

— Alors, mesdames. On rentre tôt ?

— Manhattan, s'il vous plaît, répond simplement Grannie.

Ma grand-mère et moi échangeons un sourire complice. Oui, on rentre. Enfin.

2

166 Perry Street

LA VOITURE ÉVITE DES NIDS DE POULE en approchant du Queens-Midtown Tunnel. Grannie et moi grignotons les chocolats Li-Lac tandis que les gratte-ciel de Manhattan se dressent devant nous comme des touches de piano géantes, noires et blanches contre le ciel argenté.

À la sortie du tunnel, nous tournons dans la Deuxième Avenue. Ce soir, une foule bigarrée profite de la douce nuit d'été dans la lueur rose et bleu pâle des néons. Quittant l'animation trépidante de l'East Village et de ses grands immeubles, nous continuons vers l'ouest et pénétrons au cœur de Greenwich Village, ce sanctuaire aux rues étroites et tortueuses bordées de charmantes maisons en grès rouge, avec des jardinières fleuries aux fenêtres et des lampadaires victoriens.

De la fenêtre de ma chambre dans le Queens, tandis que j'écoutais inlassablement *La Isla Bonita* de Madonna, je m'imaginais les splendeurs et le raffinement de Manhattan, quelques arrêts de métro plus loin, sur la ligne E. J'attendais avec impatience les déjeuners du dimanche dans le Village avec mes grands-parents. Quand la voiture s'engageait sur les pavés de Perry Street, nous tressautions à l'arrière comme des balles de tennis. Les rues pavées signalaient que nous étions presque arrivés à notre destination magique : l'atelier de chaussures Angelini.

— Où est-ce ? demande le chauffeur.

Je lui montre du doigt.

— Là, l'immeuble au coin. Vous voyez l'auvent bleu et blanc ?

Le chauffeur s'arrête le long du trottoir.

— Ça fait une trotte, dites donc. Vous habitez ici ?

— Depuis le jour de mon mariage, répond Grannie.

— C'est branché, comme quartier.

Grannie sourit.

— Maintenant, oui.

J'aide Grannie à descendre. Elle cherche ses clés dans son sac à la lumière du lampadaire. Au-dessus de la porte, un panneau indique :

Chaussures Angelini
Greenwich Village
Depuis 1903

Mais des années de pluie ont presque effacé les quatre dernières lettres. À présent, on lit :

Chaussures Ange
Greenwich Village
Depuis 1903

Ce qu'il reste du « l » a la forme d'une bottine ancienne à boutons. Quand j'étais petite, j'aurais adoré porter une telle paire de bottines. Grannie se moquait de moi. « Ces brodequins-là ne se vendent plus depuis des lustres ! »

L'odeur boisée du cuir neuf, celles du cirage au citron et de la graisse pour les machines nous accueillent dans l'entrée. Je passe devant la porte de l'atelier en verre dépoli, sur laquelle est tracé un « A » cursif, et je gravis l'escalier étroit en relevant le bas de ma robe. Au premier étage se trouve une vaste pièce à vivre avec cuisine ouverte.

— Va éclairer là-haut, dit Grannie. Avec mes genoux, je mets des heures à monter.

— Prends ton temps.

J'allume les petites lampes au-dessus du plan de travail. La cuisine occupe tout le mur du fond. Elle est séparée de l'espace salle à manger par un bar en granite noir et blanc devant lequel sont alignés quatre tabourets tendus de cuir rouge. Je me rappelle Grannie me hissant sur le tabouret quand j'étais enfant. *Et voilà,* me dis-je. *C'est moi maintenant, à trente ans passés, qui allume les lumières et élimine les éventuels dangers, comme elle le faisait toujours pour moi.*

Au centre de la pièce, se tient une longue table de ferme où peuvent s'asseoir douze personnes. Ma mère a brodé des motifs champêtres au fil de laine sur les galettes des chaises. Nous prenons nos repas, nous discutons avec nos clients et nous élaborons notre stratégie professionnelle autour de cette table, le cœur de notre vie de famille.

Un impressionnant lustre en cristal de Murano est suspendu au-dessus du meuble, où trône toute l'année un vase de fleurs fraîchement coupées. Grannie fréquente assidûment le marché coréen de Charles Street. Les fleurs y sont livrées le mardi, et Grannie choisit toujours les plus belles. Cette semaine, ce sont des lis orange, disposés dans une cruche en terre cuite.

Dans la partie salon, un grand canapé en velours beige, agrémenté de coussins vert pomme et rouge pompier, est logé sous les fenêtres donnant sur la rue. Grannie s'assied en général dans un fauteuil inclinable, en cuir noir comme l'ottomane qui lui fait face. Il y a aussi une lampe sur pied ornée d'un abat-jour en soie à rayures noires et blanches, et une télévision posée sur une console près du canapé. Les fenêtres sont garnies de voilages coquille d'œuf qui laissent entrer la lumière tout en protégeant des regards indiscrets.

— Je boirais bien un dernier petit verre, lance Grannie, debout à l'entrée du salon. Et toi ?

— Oui, je veux bien.

Je me débarrasse de mes chaussures à talon.

— Tu avais arrosé les tomates avant qu'on parte ?

— J'ai complètement oublié ! Et il a fait si chaud aujourd'hui.

— Pas de problème, je monte.

Retroussant encore une fois ma robe, je grimpe au deuxième étage. Je passe d'abord par la chambre de Grannie pour allumer sa lampe de chevet et je remarque la pile de livres sur son lit. Grannie est une lectrice vorace. Une fois par mois, elle se rend à la bibliothèque publique de la Sixième Avenue et remplit un gros sac de livres.

L'ancienne chambre de ma mère, en face de celle de Grannie, est décorée pour une enfant unique élevée dans les années cinquante. Papier à fleurs désuet avec des violettes nouées par des rubans dorés, petit bureau et chaise peints du même bleu lavande que la courtepointe en organza et les coussins sur le lit.

À côté se trouve ma chambre, qui était autrefois la chambre d'amis. Quand Grannie a souffert de la solitude, après la mort de Grand-Papa, Tante Feen s'y est installée pendant quelque temps. Dix ans plus tard, son flacon de Bonne nuit où reste un doigt de parfum ambre est toujours sur la commode. Un lit double tout simple, avec tête de lit et édredon blanc, est placé entre deux fenêtres habillées de stores bateau en coton clair.

Un secrétaire ancien occupe une partie du mur avec, en face, un fauteuil bergère recouvert d'une housse en velours côtelé blanc. Cette pièce contient le meilleur placard de la maison, un vrai dressing avec des étagères sur trois côtés. Nous y jouions au Monopoly autrefois, Tess, Alfred et moi, et c'était toujours Alfred qui tenait la banque.

Je mets la climatisation en marche. Je ne peux pas dormir sans, tandis que Grannie ne peut pas dormir s'il fait frais. En sortant, je ferme la porte pour que le froid ne s'échappe pas, puis je passe devant la salle de bains avec sa baignoire d'époque sur pieds et son carrelage vert forêt et blanc que mon arrière-grand-père a posé quand il a acheté le bâtiment.

Au fond du couloir, un escalier en chêne brut permet d'accéder au toit. Mon grand-père l'a construit après avoir utilisé une vieille échelle pendant des années. Cet escalier est l'objet de discussions interminables. Ma mère envoie régulièrement des ouvriers pour le remplacer, ou modifier les marches, afin de respecter les normes de sécurité, mais Grannie les congédie chaque fois. Elle refuse de le changer. Grannie est déterminée à conserver en l'état tout ce qui peut encore servir dans la maison, qu'il s'agisse de cet escalier, du réveil sur sa table de chevet qui date de 1940 ou du corps qu'elle habite.

J'ôte le verrou de la petite porte qui donne sur le toit et je l'ouvre. À une époque, il n'y avait aucune serrure, mais à présent nous fermons tout à clé, y compris les fenêtres.

Je referme la porte derrière moi, me redresse, et mon regard embrasse le plus joli jardin du monde, baigné d'une douce lueur bleue qui monte de la rue. Ceci est notre « espace extérieur », ainsi que l'on désigne à Manhattan tout endroit où l'on peut être à l'air libre. En été, le déjeuner de midi a lieu sur le toit, et nous poussons les tables et les chaises contre les parapets pour que les petits-enfants puissent gambader.

À l'automne et en hiver, Grannie et moi prenons souvent nos pauses café ici, emmitouflées dans nos manteaux, écharpes et gants. Nous avons eu certaines de nos meilleures conversations ici, sous le ciel de cette ville, juste toutes les deux. Même si nous avons passé beaucoup de temps ensemble durant ma jeunesse, nous n'étions jamais en tête à tête. Quand nous sommes sur le toit, l'atelier, la pression du travail et nos problèmes familiaux semblent à des années-lumière.

Le décor n'a pas changé depuis mon enfance. Dans le coin sud, il y a une grande table ronde en fer forgé peinte en blanc, avec ses chaises assorties. Elle est flanquée de trois arbustes persistants dans des pots en terre. La fontaine à côté représente saint François portant une cruche d'eau, un oiseau perché sur son épaule.

Tout autour, en bordure des parapets, notre jardin se compose de caisses en bois d'un mètre de haut qui ont été assemblées par mon grand-père et dans lesquelles poussent des tomates à profusion. Nous alternons les variétés et cultivons une trentaine de plants par an, ce qui fournit assez de tomates pour approvisionner la famille entière en conserves et pour les croquer comme des pommes tout l'été.

Un grillage est fixé au-dessus des parapets, en partie pour des raisons de sécurité, mais surtout afin de palisser les pieds qui s'étalent ainsi en un mur de verdure jusqu'à l'automne et l'arrivée des premières gelées.

La culture des tomates est avant tout affaire de patience. À la fin du printemps, nous déposons précautionneusement les plants dans une terre végétale amendée et paillée. Bientôt, les fragiles tiges se couvrent de petites fleurs blanches. Des semaines plus tard, ces fleurs deviennent des grappes, d'abord dures et vertes, virant peu à peu au vermillon à mesure qu'elles grossissent. Au plus fort de la récolte, nos tomates éclatent d'un beau rouge rubis au soleil.

Accoudée au parapet, je contemple l'Hudson et la voie piétonne sur le quai, abondamment éclairée par la lumière jaune des lampadaires. Depuis toutes ces années que j'observe la rivière depuis le toit, jamais l'eau ni le ciel au-dessus ne me sont apparus de la même couleur. Certains jours, le ciel se pare de nuages gris mouchetés ; ou bien c'est un entrelacement de traînées blanches qui se détachent contre un brasier orangé ; ou encore un lac d'eau bleu pâle sur lequel dérivent des filaments anthracite. De même que le ciel, la rivière est sujette à de brusques sautes d'humeur. Parfois elle se hérisse de moutons d'écume, d'autres fois elle est calme, parcourue de minuscules vaguelettes semblables aux rides d'une tasse à thé. Ce soir, elle dévide ses eaux comme un rouleau d'organza argenté devant la statue de la Liberté, puis sous le pont Verrazano-Narrows où elle plonge dans le bleu profond de l'océan. Ces inlassables transformations me rassurent.

Il n'y a pas beaucoup de circulation sur la West Side Highway ; ni crissements de freins, ni sirènes, ni klaxons. Dans le silence de cette nuit d'été, Manhattan tout entière semble nappée de miel. Le ciel indigo s'ourle d'une pâle lumière blanche qui auréole de dentelle les immeubles sur l'autre rive, côté New Jersey. Je ne trouve pas la lune, mais un bateau de croisière voguant sur l'Hudson scintille comme une topaze.

— Pardon de vous avoir oubliées, dis-je tout haut en m'adressant aux tomates.

La terre dans les bacs est plus sèche que de la sciure de bois. Je décroche le vieux tuyau vert de l'enrouleur et tourne le robinet. L'eau jaillit, tiède au début, puis plus fraîche. Ma robe de demoiselle d'honneur est tellement moulante qu'elle me paralyse. Je pose le tuyau, dégrafe la fermeture dans le dos, et je l'enlève. Mon instinct me commande de l'épargner, mais à quoi bon ? Le rose bonbon me va atrocement mal et je ne vois pas en quelle circonstance je pourrai un jour remettre ce carcan.

La robe gît à présent sur le dossier de la chaise comme un fantôme disloqué. Je braque le tuyau dans sa direction. Une fois trempé, le satin prend la teinte rouge sombre d'un cocktail au jus de canneberge. Voilà une couleur qui m'aurait mieux convenu !

Je ne suis plus vêtue que de la gaine Spanx, pareille à un maillot de bain des années trente. Le panty m'enserre les cuisses comme un bandage. Mon abdomen est comprimé si étroitement qu'on pourrait croire qu'il s'agit de maintenir en place une côte cassée. Mes seins sont deux cupcakes roses scellés dans une coque en plastique. Aucun pli ne se forme dans le tissu, pas le moindre bourrelet, tandis que j'arrose les pieds de tomates du côté de la rue, libérée de la robe, des chaussures, et du rôle de demoiselle d'honneur.

Bientôt l'air s'emplit d'une odeur de terre mouillée dans laquelle flotte un subtil arôme de café. Nous jetons notre marc de café autour des racines, une vieille astuce de jardinage de mon grand-père. Je pense à lui, et je m'interroge sur celui qu'il a été pour Grannie, si différent de l'homme que je me rappelle et que j'aimais. Je soupçonne des choses difficiles, de secrets tourments, sous la nappe blanche qu'il exigeait de voir étalée sur la table à chaque repas. Un jour, peut-être, Grannie s'en ouvrira à moi et me racontera l'histoire de leur mariage, qui est aussi l'histoire de l'atelier Angelini.

La fabrique de chaussures de mes grands-parents, ainsi que ce bâtiment, est l'un des derniers vestiges de l'ancien temps dans ce quartier. Au cours des dix dernières années, les usines et entrepôts qui s'élevaient en bordure de l'Hudson ont laissé place à des ribambelles de restaurants chics et à de vastes lofts. Des immeubles modernes, tout de verre et d'acier, ont surgi à mesure que les sinistres façades grises disparaissaient. Aux docks mal famés, aux jetées sombres où s'amarraient les péniches, aux quais infestés de camions sordides, ont succédé des parcs et des espaces verts, des structures multicolores dans des aires de jeu sécurisées et des allées soigneusement entretenues, bordées de spots bleus qui s'allument dès l'arrivée de la nuit.

Grannie a très bien supporté le changement, jusqu'à ce que les grands chefs décident d'altérer notre vue à jamais. Quand trois immeubles conçus par le célèbre architecte Richard Meier ont été construits juste à côté de chez nous, Grannie a menacé d'ériger une haute palissade croulant sous le lierre autour de notre jardin sur le toit afin de nous préserver des regards indiscrets. Mais elle n'a pas eu besoin de le faire, pas encore, parce qu'il semble que personne n'ait emménagé dans ces tours de cristal. Pendant des mois, je suis montée sur le toit en redoutant des voyeurs, mais pour l'instant, nous avons devant nous un appartement vide.

Je m'asperge le visage d'eau froide avec le tuyau et je sens le picotement de la poudre qui se détache de mes pores. Il n'y a bientôt plus aucune trace du travail de Nancy DeNoia sur ma peau toute propre. Mon chignon se défait sous la force du jet. Mouillée, la gaine Spanx m'étrangle comme une liane puissante étouffant une branche. Après un rapide regard aux alentours, je la fais rouler sur mon ventre, mes cuisses, mes mollets, et lorsque, enfin, je l'enjambe, la gaine sombre sur le toit de goudron ressemble au contour d'un corps dessiné à la craie sur une scène de crime.

Je ferme les yeux, lève le tuyau au-dessus de ma tête et m'arrose comme les plants de tomates. Tandis que je me tiens là, sous la délicieuse ondée, me revient le souvenir d'une nuit d'été identique à celle-ci, il y a longtemps, où Grannie nous avait rafraîchies avec le jet, mes sœurs et moi, debout dans une piscine en plastique bleu.

Une lumière crue envahit brusquement le toit. Au début, je ne comprends pas. Est-ce un hélicoptère de la police équipé de phares géants qui cherche des dealers ? J'imagine déjà le gros titre : UNE FEMME NUE S'ÉBAT SOUS UN JET D'EAU LORS D'UNE ARRESTATION DE TRAFIQUANTS. Sauf que le ciel est parfaitement dégagé ! Il n'y a pas l'once d'un mouvement dans Perry Street. Je me tourne vers la gauche. *Oh non.* L'appartement d'ordinaire vide au quatrième étage de la tour de cristal Richard Meier est illuminé.

Mon regard croise celui d'une femme en tailleur d'été, qui me fixe elle aussi. Elle est surprise de me voir, et elle n'est pas seule. À côté d'elle se tient un homme grand, très beau, vêtu d'un short et d'un tee-shirt Campari. Ses yeux d'un noir intense quittent les miens et descendent, puis dansent d'un côté à l'autre comme s'il lisait les panneaux horaires à l'aéroport. Je me rappelle alors que je suis nue et plonge derrière une haute rangée de tomates.

Courbée en deux, je me rapproche du robinet, mais le tuyau choisit ce moment pour m'échapper des mains et se tord comme un serpent affolé en éclaboussant furieusement le toit. Je refrène un juron et me précipite pour le maîtriser. Lorsque j'ai enfin réussi à l'attraper, toujours pliée en deux, je vais couper l'eau. J'ai presque atteint la porte – et le salut – quand la lumière s'éteint dans l'appartement. L'obscurité revient sur le toit, comme, me semble-t-il, sur une bonne partie de Manhattan. Je me redresse et risque un coup d'œil. L'appartement, vide à nouveau, est une boîte de cristal dans le noir.

En bas, Grannie est assise dans son fauteuil inclinable, les jambes relevées. Ses chaussures en cuir verni rouge ont été abandonnées près de la table, mais la veste de son tailleur est drapée avec soin sur le dossier d'une chaise. Un verre de limoncello glacé m'attend sur le bar.

— Tu as pris une douche.

— Oui.

Je noue la ceinture de mon peignoir. Mieux vaut épargner à Grannie les détails de mon épisode en costume d'Ève sur le toit.

— Je t'ai préparé un double cocktail. À moi aussi.

Elle lève son verre pour porter un toast.

— Les pretzels sont sur la table.

Elle me montre son snack préféré, dans une version italienne badigeonnée à l'huile d'olive. J'en prends un et le coupe en deux.

– J'ai eu une conversation avec ton frère pendant la soirée. Il veut que je prenne ma retraite.

J'ai retenu ma colère toute la journée. À présent, je n'en peux plus et je lâche durement :

— J'espère que tu l'as envoyé sur les roses.

— Valentine, je vais avoir quatre-vingts ans. Combien de temps encore pourrai-je…

Elle s'interrompt et décide de reformuler :

— Tu t'occupes de tout ici. L'atelier, la maison, et même le jardin.

— Et ça me plaît tellement que je serai un fardeau pour toi toute ta vie, je lui réplique en plaisantant. La dernière célibataire de la famille à dormir dans ta chambre d'amis.

— Pas pour longtemps et pas pour toujours. Tu retomberas amoureuse.

Elle lève à nouveau son verre dans ma direction.

Ma grand-mère a une manière très douce de m'encourager, et ses petites phrases me reviennent souvent à l'esprit quand je suis seule, plongée dans mes réflexions. Elles m'aident à avancer. Lorsqu'elle dit : « Tu retomberas amoureuse », elle est sincère, et en même temps, elle reconnaît que j'ai été autrefois amoureuse d'un type bien, Bret Fitzpatrick, et que ce n'était pas une illusion. J'avais prévu un avenir avec lui, et quand celui-ci est tombé à l'eau, elle a été la seule à déclarer que ça ne devait pas se faire. Tous les autres (mes sœurs, ma mère, mes amis) ont présumé qu'il n'était *pas assez* pour moi, ou peut-être qu'il était *trop*, ou qu'il s'agissait d'un premier amour qui n'était pas censé tenir la distance, mais personne n'a su me présenter les choses de sorte que je puisse y voir un chapitre dans l'histoire de ma vie, et non pas le dénouement définitif de mon parcours sentimental. Je me fie à Grannie pour me dire la vérité et me donner son opinion en toute franchise. Je recherche aussi sa sagesse. Et son approbation, évidemment.

— J'ai peur d'être un frein pour toi. Tu devrais profiter de ta jeunesse.

— D'après Tante Feen, je suis une ruine.

— Écoute-moi. Seule une vieille dame peut te parler comme je le fais. Personne d'autre n'osera t'avouer la vérité. Le temps n'est pas ton ami et…

Grannie fixe ses mains en silence.

— Et quoi ?

— Le temps est comme de la glace entre tes mains.

Je pose mon verre.

— Alors là, je suis complètement paniquée.

— Trop tard, murmure Grannie. Je panique déjà assez pour deux.

— Qu'est-ce qui se passe ?

Elle relève les yeux, et je suis effrayée par le ton de sa voix.

— Oh, Val… J'ai fait de grosses bêtises.

— Comment ça ?

— Quand ton grand-père est mort, il avait contracté plusieurs hypothèques sur l'immeuble. Je le savais, mais j'ignorais le montant exact, et, au moment du règlement de la succession, j'ai découvert que la somme était plus importante que je ne le pensais. Aussi, au lieu de rembourser, j'ai emprunté encore pour financer l'atelier. Il y a dix ans, je croyais que je pouvais retourner la situation et dégager des bénéfices, alors qu'en réalité, nous arrivions à peine à nous en sortir.

— Et maintenant ?

— Et maintenant, c'est grave.

Mon esprit carbure à toute vitesse. Nous travaillons chaque jour de la semaine et souvent le week-end. Comment est-il possible que nous ne gagnions pas d'argent ? J'avale une bonne gorgée de limoncello pour me calmer. Grannie et moi ne parlons jamais de l'aspect financier de l'entreprise, des profits et des pertes, du coût de la fabrication des chaussures. C'est elle qui gère les stocks et les commandes. Pour la rémunération des employés et les fiches de paie, elle fait appel à une société externe. À un moment, j'ai pensé me proposer pour assurer la comptabilité, mais j'étais bien assez occupée dans la boutique. Ces quatre dernières années, j'ai appris à *fabriquer* des chaussures, pas à les *vendre.* À part le modeste salaire que me verse Grannie, il n'est jamais question d'argent entre nous.

— Co… comment est-ce arrivé ?

— Je n'ai pas le sens des affaires. Je me contente d'espérer.

— Que veux-tu dire par là, exactement ?

— J'ai souscrit un autre emprunt. Ensuite, quand la banque a envoyé le nouveau tableau d'amortissement, j'ai essayé de refinancer, mais ma demande a été rejetée. L'année prochaine, nos traites vont doubler, et je ne sais pas comment je pourrai les payer. Ton grand-père était un jongleur formidable avec les chiffres. Ce n'est pas mon cas. Moi, j'ai consacré toute mon énergie à fournir les chaussures, en pensant que l'argent suivrait naturellement. Quand tu es venue travailler pour moi, j'ai senti que tu allais m'aider à sortir de ce trou. Mais nous sommes une petite structure.

— On devrait peut-être s'agrandir, produire plus de chaussures, et engager des gens pour gérer notre croissance.

— Avec quoi ?

Je bats des mains en feignant de ne pas remarquer le regard sombre qu'elle me jette.

— J'ai une idée ! Je peux faire une vidéo sexy et la vendre sur Internet ! Comme les starlettes. Elle ne nous rapportera peut-être pas grand-chose, mais ce sera toujours ça de pris.

Grannie rit.

— Gardons les mesures désespérées pour plus tard, si tu veux bien.

Je me lève et serre ma grand-mère dans mes bras.

— À tout problème, il existe une solution.

— Qui t'a dit ça ?

— La championne de la pensée positive, ma chère mère.

— Mike est une optimiste forcenée.

— Vu les circonstances, on ferait mieux de prendre exemple sur elle.

— Tu as raison…

Grannie soupire d'un air las.

— Grannie… ce n'est que de l'argent.

— C'est *beaucoup* d'argent.

— On trouvera un moyen.

Les yeux de Grannie s'emplissent de larmes. Elle les essuie après avoir repoussé ses lunettes sur son front. Grannie n'est pas quelqu'un qui s'épanche facilement, il est rare que je la voie pleurer.

— Tu n'es pas seule, Grannie. Je suis là.

Ma grand-mère monte à l'étage pendant que je ferme en bas. Je rince nos verres, tire les rideaux et éteins les lumières, tout en passant en revue dans mon esprit les questions que j'ai à lui poser. Puis je grimpe l'escalier à mon tour, bien décidée à en apprendre davantage.

Assise dans son lit contre l'oreiller, Grannie lit le journal de sa manière bien particulière : le *New York Times*, plié et replié, forme un rectangle de la taille d'un livre qu'elle approche de la lampe.

Grannie a un visage ovale, un front lisse, un nez mince et droit. Il reste un soupçon de rouge à lèvres corail sur ses lèvres. Ses yeux d'un brun chaud parcourent intensément le journal. Elle ajuste ses lunettes, renifle, sort un mouchoir en papier de la manche de sa chemise de nuit, s'essuie le nez, range le mouchoir, et reprend sa lecture. Telles sont les images, je suppose, que je conserverai d'elle quand elle sera partie. Je me rappellerai ses habitudes et ses excentricités, sa façon de lire le journal, de se pencher sur la table de coupe dans l'atelier, de mobiliser son corps entier pour fermer le couvercle d'un pot quand nous mettons des tomates en conserve. À présent, j'ai une autre image à ajouter à ce florilège : l'expression sur son visage ce soir quand elle m'a annoncé que l'atelier Angelini est endetté jusqu'aux yeux, pour ne pas dire jusqu'au jardin sur le toit. J'ai affecté un air calme et détaché, mais en réalité, j'ai l'impression d'être maintenue en vie artificielle sans oser demander au médecin combien de temps il me reste.

— Ce n'est pas poli de fixer les gens, dit Grannie en me regardant par-dessus ses lunettes. Qu'y a-t-il ?

— Pourquoi ne m'as-tu pas parlé des emprunts ?

— Je ne voulais pas t'inquiéter.

— Mais je suis ton apprentie. Et une apprentie, ça apporte de l'aide.

— Ah bon ?

— Bon, pas vraiment. Mais moi, si. Je suis là pour t'aider. À partir du moment où je suis devenue ton apprentie, tes problèmes sont devenus *mes* problèmes. *Nos* problèmes.

Grannie tente de protester. Je l'en empêche.

— Ne discute pas. Je veux maîtriser la technique de fabrication des chaussures parce que je veux en dessiner un jour, et je n'y arriverai pas sans toi.

— Tu es douée, assure Grannie en posant les yeux sur moi. Très douée.

Je m'assieds au pied du lit.

— Alors fais-moi confiance avec mon héritage.

— Je te fais confiance. Mais, Valentine, plus que le succès de cette entreprise, plus que tout au monde, je souhaite la paix dans ma famille. Je veux que tu t'entendes avec ton frère. Que tu essaies de le comprendre.

— C'est peut-être lui qui devrait essayer de nous comprendre. On n'est plus en 1652, dans une ferme de Toscane où le fils aîné dirige tout et où les filles sont cantonnées à la vaisselle. Ce n'est pas notre *padrone*, même s'il se comporte comme tel.

— Il est intelligent. Il pourrait nous aider…

— Très bien. Demain, à la première heure, je fumerai le calumet de la paix avec Alfred.

Mais c'est un mensonge. Je refuse de me lier à mon frère par une quelconque servitude, émotionnelle ou financière.

Le téléphone sonne sur la table de chevet de Grannie. Elle décroche.

— Allô ? *Ciao, ciao !*

Elle se redresse dans le lit et agite la main pour me souhaiter bonne nuit.

— *Il matrimonio è stato bellissimo. Jaclyn era una sposa straordinaria. Troppa gente, troppo cibo, la musica era troppo forte, ed erano tutti anziani.*

Elle rit.

Je me lève et part vers la porte. Beau mariage. Jolie mariée. Musique trop forte… L'intonation de Grannie a changé, les mots chantent dans sa bouche, se bousculent, elle reprend à peine son souffle. Elle paraît toute jeune quand elle parle italien, légère et frivole comme une adolescente. À qui s'adresse-t-elle ? Je lance un dernier regard dans sa direction. Elle couvre le combiné d'une main et me chasse de l'autre.

— Mon tanneur en Italie…

Puis elle me sourit et retourne à son correspondant.

J'éteins les lumières dans le couloir. Depuis quelque temps, ces appels d'Italie sont devenus plus fréquents. Le cuir doit être un sujet hilarant entre les fabricants de chaussures et les tanneurs, à en juger par le ton enjoué de Grannie au téléphone. La personne à qui elle parle ne manque pas d'énergie, à cinq heures du matin, heure italienne. Mais comment peut-elle rire quand le loup est à la porte, avec une lourde hypothèque et une saisie potentielle ? J'entre dans ma chambre, où il fait vingt degrés de moins que dans le couloir, et je ferme la porte pour que le froid ne s'échappe pas.

Je suis bouleversée, incapable de me coucher, alors j'arpente la pièce de long en large. Quelle journée. Une chaleur telle que lorsque j'ai dansé avec le beau-père de Jaclyn, sa main a laissé une empreinte humide sur ma robe. L'humiliation à la table des Amis, où j'ai dû me justifier, expliquer ma *vie*, à des gens que je ne vois qu'aux mariages et aux enterrements. C'est dire la place qu'ils occupent dans mon univers. Ensuite, de retour à la maison, une mauvaise nouvelle qui, si je suis complètement honnête avec moi-même, ne me surprend pas tant que ça. J'avais remarqué un changement d'humeur chez Grannie à l'atelier. J'ai préféré ne pas y prêter attention, ce qui est une erreur que je ne commettrai plus. Dorénavant, je ne ferai pas comme si tout va bien alors que ce n'est pas vrai. Je suis en colère contre Grannie parce qu'elle a mal géré l'entreprise. Je lui en veux d'avoir repris les dettes de grand-père sans restructurer ni rechercher l'aide de professionnels. Elle a laissé s'installer un engrenage qui débouchera sur la faillite de l'atelier, à moins que ce ne soit sa façon de prendre sa retraite, en se reposant sur les autres pour décider à sa place. Je vois clairement ce qui va se passer maintenant : Alfred va fermer la boutique, vendre le bâtiment, je vais me retrouver à la rue, pendant que Grannie ira vivre dans une de ces résidences froides et impersonnelles, et un jour, ses arrière-petits-enfants regarderont les photos des chaussures qu'elle fabriquait comme des reliques sous verre dans un musée.

J'aurais dû lui demander de tout m'expliquer quand je suis venue travailler ici, pas seulement l'histoire de l'entreprise familiale ou les techniques de fabrication, mais les faits impitoyables, les chiffres, la vérité sur les efforts qu'il faut déployer pour faire tourner une petite affaire indépendante à l'ère de la grande distribution et de la main-d'œuvre étrangère bon marché. J'ai évité le sujet, parce que je lui étais redevable de me prendre comme apprentie. J'avais une dette envers elle, et maintenant je vais en payer le prix.

J'aurais abordé les choses différemment si je n'avais pas eu ma grand-mère comme mentor. Je ne me sentais jamais autorisée à l'interroger. De quel droit ? Mais maintenant, je sais. J'aurais dû poser des questions. J'aurais dû m'affirmer ! La voilà, la racine de ma colère et de ma frustration, c'est tellement évident que je m'étonne de ne pas y avoir pensé plus tôt. J'ai perdu trop de temps, j'ai attendu d'avoir plus de trente ans pour trouver ma voie, et ensuite je me suis pointée tranquillement, en présumant que la suite coulerait d'elle-même. J'aurais dû venir travailler ici quand j'étais jeune et que mon grand-père était encore en vie. J'aurais dû devenir leur apprentie juste après l'université, au lieu de faire un détour par Bret et une carrière dans l'enseignement, dans laquelle je ne me suis jamais complètement investie. Alors, peut-être, nous ne serions pas dans cette situation.

Je suis de ces personnes qui s'épanouissent tard, et la pratique du jardinage m'a appris que les plantes à floraisons tardives, parfois, ne fleurissent pas du tout. Je ne deviendrai peut-être jamais l'artisane que j'espère être, parce qu'il n'y aura pas de maître pour m'enseigner, ni d'endroit où je pourrai exercer mon art. L'atelier de chaussures Angelini fermera, et avec lui mon avenir sera emporté.

Je suis arrivée tout doucement à la création de chaussures alors que j'aurais dû m'y précipiter. Le week-end, je consacrais quelques heures à dessiner des patrons, lustrer le cuir, teindre la soie ou poser des œillets, mais ce n'était pas une vocation pour moi au début, je n'aspirais pas à acquérir une compétence. Je cherchais juste une excuse pour passer du temps avec Grannie.

Et puis, j'ai eu une révélation.

Un samedi matin, alors que j'étais encore professeur au lycée de Forest Hills, je suis venue donner un coup de main à l'atelier. J'ai déployé une magnifique pièce de velours brodé sur la table de coupe. Avec un crayon, j'ai tracé les contours du gabarit, en matérialisant les futures coutures. J'avais dessiné d'instinct, sans briser une seule fois le trait, comme si quelque chose ou quelqu'un guidait ma main. J'accomplissais cette tâche sans effort, c'était aussi naturel que de respirer. J'ai *su* à cet instant-là que j'avais trouvé ma vocation. Fini, l'enseignement. J'allais quitter cette carrière, ma vie dans le Queens et, tristement, Bret, qui avait déjà établi son projet d'avenir, dans lequel il ne se voyait pas avec une artiste sans le sou vivotant grâce à un prêt étudiant, mais avec une mère au foyer qui élèverait les enfants pendant qu'il prendrait Wall Street par les cornes. Je n'avais pas ma place dans son tableau, ni lui dans le mien. J'ai donc décidé que l'amour devrait attendre, pendant que je recommençais à zéro.

J'attrape mon carnet d'esquisses sur la table de nuit avec le crayon attaché par une cordelette. Je l'ouvre et feuillette mes croquis d'empeignes, de bouts, de semelles intérieures, de talons et de tiges, dessinés d'une main hésitante au début, puis plus assurée. *J'y suis presque,* me dis-je en les examinant. *Je progresse, j'ai juste besoin d'un peu plus de temps.*

Au fil des pages, je relis les notes que j'ai griffonnées dans la marge : *essayer avec du cuir de chevreau ? matière élastique, ici ? velours ?* J'absorbe tous ces éléments du savoir-faire que m'a transmis Grannie, des consignes dont j'ai sans cesse besoin, des idées à creuser et à mettre en pratique chaque jour, y compris dans les opérations les plus banales. Enfin, je m'arrête sur une page vierge.

J'écris :

Comment sauver l'atelier de chaussures Angelini

Et j'ajoute :

Depuis 1903

Plus d'un siècle s'est écoulé. Les Angelini ont pu aller à l'école, s'habiller, se loger grâce aux revenus de leur boutique ; une vie financée par un labeur assidu et consciencieux. Je ne peux pas laisser l'entreprise familiale mourir, mais quel sens a cette entreprise aujourd'hui, dans un monde où les chaussures artisanales sont un luxe ? Nous fabriquons des modèles sur mesure tandis que, partout, des monceaux de chaussures sont assemblées en quelques minutes par de la main-d'œuvre sous-payée dans des endroits dont personne n'a entendu parler, ou pire, dont on feint de croire qu'ils n'existent pas. Faire des chaussures à la main est un art antique comme souffler le verre, confectionner des édredons en patchwork ou mettre des tomates en conserve. Comment pouvons-nous survivre dans ce monde moderne sans perdre tout ce que mon grand-père a construit ?

J'écris :

Sources de revenus

Je fixe ces mots jusqu'à ce que ma vision se trouble. Les seules personnes dans mon entourage qui connaissent vraiment la finance et les ficelles pour se procurer de l'argent sont Bret et Alfred, deux hommes à qui je préférerais ne pas demander d'aide. Je referme le carnet, glisse le crayon dans la spirale et le pose près du lit avant de me coucher. Puis j'éteins la lumière et rabats la couette sur ma tête en me faisant une promesse solennelle : *J'y arriverai. Il le faut.*

3

Greenwich Village

Buon Italia est une épicerie italienne du Chelsea Market, un ancien entrepôt sur la 15e Rue converti en marché couvert où l'on peut déguster quantité de mets délicats et variés, du homard du Maine, entre autres, et des cupcakes à l'effigie de Scarlett O'Hara habillés d'un jupon en glaçage.

Sous sa verrière de type industriel, c'est un véritable paradis lumineux et aéré pour les gourmets, mais rien n'arrive à la cheville de Buon Italia, avec sa large palette de produits directement importés d'Italie : camomille Bonomelli ; *farina* Molino Spadoni (la seule que Grannie accepte de mettre dans la soupe ; j'en mange depuis l'âge de six mois) ; gros bocaux d'*acciughe salate*, anchois de Sicile, avec lesquels on fourre des piments que l'on mange accompagnés de pain tout chaud.

Au fond du magasin, des bacs réfrigérés regorgent de pâtes fraîches. Il y a une offre spéciale sur le plat préféré de Grannie, les *spaghetti al nero seppia*, des linguine à l'encre de seiche qui ressemblent à de minces bâtonnets de réglisse. Je les préparerai avec du jus de citron frais, du beurre et de l'ail.

J'attrape aussi un sachet de roquette, des champignons blancs bien fermes et des poivrons rouges rôtis pour faire une salade. Et un pot de copeaux de chocolat noir de Zia Tonia, que Grannie adore avec sa glace à la vanille. En sortant, je m'arrête chez le caviste et j'achète une bouteille de chianti.

Tout en redescendant Greenwich Street pour retourner à l'atelier, je me rappelle qu'autrefois ma mère ne nous permettait pas de nous promener ici, du côté de Meatpacking District. Entre les camions des bouchers lancés à toute allure et les vendeurs de drogue, pensait-elle, nous risquions d'y laisser notre peau.

Au début des années quatre-vingt, il a été question que Grannie et Grand-Papa vendent la boutique et déménagent. Des meurtres non élucidés se produisaient régulièrement sur les docks de l'Hudson, et des clubs aux noms sinistres accueillaient toute la nuit une clientèle à l'allure guère plus engageante le long de la West Side Highway. De nombreux voisins de mes grands-parents, redoutant le pire, ont cédé leurs immeubles à des prix dérisoires et sont partis pour Long Island, le Connecticut ou la côte du New Jersey. Grannie est toujours en contact avec les Kirshenbaum, propriétaires d'une imprimerie sur Jane Street, qui habitent maintenant dans le Connecticut. Leurs amis qui ont résisté jusqu'à la boboïsation des années quatre-vingt-dix s'en sont bien mieux sortis. Mes grands-parents ont tenu bon, et Grannie en recueillera les bénéfices. Ce quartier en bordure de l'Hudson est devenu l'un des plus chers et des plus prisés sur l'île de Manhattan.

Je me souviens du Village de mon enfance, un lieu habité par une population ouvrière où la vie ressemblait à celle d'une petite bourgade. Ces jardins impeccables n'existaient pas. Si un peu de verdure poussait devant chez vous, c'était un pur hasard. Les bâtiments, entretenus tant bien que mal, n'étaient pas rénovés. Les murs de brique rouge, craquelés et fendillés, battus par le vent et la pluie, prenaient une teinte rose terne, tandis que des trous se creusaient dans les arêtes des marches en ciment, comme les statues de l'Antiquité grecque auxquelles il manque les oreilles.

Il y avait de grandes poubelles grises fermées avec des chaînes dans les jardinets devant les immeubles et des vélos accrochés aux grillages. Aujourd'hui, ces mêmes jardinets s'ornent d'urnes en marbre débordant de plantes exotiques, et les vélos ont été remplacés par des lianes décoratives parmi lesquelles le célaste grimpant, qui donne une profusion de fleurs au printemps et de magnifiques fruits rouge orangé à l'automne. Des images de magazine, qui ne sont pas la vraie vie.

Les poètes et les musiciens qui déambulaient dans ces rues ont été chassés par les élégantes de l'Upper East Side, assises à l'arrière de limousines noires, qui viennent acheter des articles de la haute couture européenne. Les pavés n'ont pas encore été arrachés, mais cela ne saurait tarder. Combien de temps les gens riches supporteront-ils de cahoter sur la banquette de leur limousine ? Tant qu'il y aura des pavés, j'aurai la preuve que mon enfance s'est déroulée ici. Une fois qu'ils auront disparu, je pourrai douter de mes souvenirs.

Je pousse la porte et parcours rapidement l'atelier du regard. Le cuir que Grannie a taillé ce matin est disposé sur la table. Les fenêtres à l'arrière sont entrebâillées ; une douce brise fait frissonner le papier à patron.

— Grannie ?

La porte de la salle d'eau est ouverte, mais je ne la vois pas à l'intérieur. Sur la table, il y a un mot de June Lawton, notre coupeuse : « Terminé. À demain matin. »

Je monte l'escalier avec mes sacs de provisions. En haut, dans l'appartement, j'entends une voix d'homme qui donne une recette de cuisine.

— *Quando preparo i peperoni da mettere in conserva, uso i vecchi barattoli di Foggia.*

Il parle de poivrons en conserve…

— *Prendo i peperoni verdi, gli taglio via le cime, li pulisco, dopodichè li riempio con le acciughe.*

Et explique qu'il les fourre avec des anchois.

— *Faccio bollire i barattoli e poi li riempio con i pepperoni et acciughe.*

Je ne reconnais toujours pas cette voix.

Il continue :

— *Aggiungo aceto e spicchi di aglio fresco. All'incirca sei spicchi per barattola.*

— *Cosi tanti ?* lui demande Grannie.

J'entre dans l'appartement avec mes provisions.

Grannie est assise à la table de la cuisine. Assis en face d'elle, l'homme me tourne le dos. Grannie me sourit.

— Valentine, j'aimerais te présenter quelqu'un.

Je pose mes sacs sur le plan de travail et me retourne, main tendue.

— Bonjour…

L'homme se lève. J'ai immédiatement l'impression de le connaître. Je l'ai déjà vu quelque part. Je fouille ma mémoire, sans cesser de sourire, mais mon disque dur ne me restitue rien. Il est beau. Sexy, même. Est-ce un fournisseur ? Un représentant ? Ce ne peut pas être le livreur UPS, puisqu'il ne porte pas d'uniforme marron. Il ne porte pas non plus d'alliance, donc il n'est sans doute pas marié.

— Roman Falconi, dit-il.

À sa manière de se présenter, j'en déduis que son nom devrait m'éclairer, mais pas du tout.

— Valentine Roncalli.

Il me serre la main et la maintient dans la sienne, un peu trop longtemps à mon goût, avec un sourire vaguement entendu. Peut-être a-t-il fréquenté l'école de Holy Agony ? Mais je m'en souviendrais…

— Ravi de vous revoir, déclara Roman.

De vous revoir ? Ravi de vous revoir ? Je tourne ces mots dans ma tête, et, soudain, je comprends. *Oh non.*

C'est le type de l'appartement. Dans l'immeuble Meier. Hier soir. Vêtu d'un tee-shirt Campari… C'est l'homme qui m'a vue toute nue. Je tâte discrètement mes vêtements, soulagée de les sentir sous mes doigts.

Roman Falconi me domine de sa haute stature. Il est plus grand que je ne le pensais. Évidemment, dans un immeuble tout en verre, la nuit, à cette distance, il me semblait petit, comme les insectes conservés dans de la résine qui décorent les classes de sciences naturelles.

À côté de son nez, les appendices de ma famille sont une sélection de modèles réduits, mais encore une fois, tout chez lui paraît plus gros, vu de près. Il a d'épais cheveux noirs, avec des longueurs en dégradé, mais la coupe n'a rien d'affecté. Ce serait merveilleux s'il était gay. Un gay aurait considéré ma nudité comme un sujet d'étude, un mélange de lumière, de contrastes et de formes. Ce type-là m'a regardée avec appétit, comme un sandwich au jambon et un soda que l'on découvre par hasard dans la boîte à gants d'une voiture pendant un trajet interminable où il n'y a aucun endroit où s'arrêter pour manger. Il n'est pas gay.

Ses yeux sont brun foncé, le blanc autour légèrement bleuté – de l'Italien pure souche. Il a un large sourire, des dents superbes. Quand j'arrache enfin ma main à sa forte poigne, un étonnement passe sur son visage. *Quelle femme a l'audace de me lâcher la main ?* Les gens dotés d'un gros ego ont souvent des mains en proportion.

— Valentine est ma petite-fille, et mon apprentie à l'atelier.

— Vous vous occupez aussi du jardin sur le toit ?

Il me gratifie d'un autre sourire. Franchement suggestif, cette fois.

— Ça m'arrive, oui.

— Valentine y monte tout l'été, précise Grannie. Chaque jour. C'est une jardinière hors pair. Je ne sais pas ce que je ferais sans elle. J'ai du mal avec les escaliers maintenant.

— Tu te débrouilles très bien, Grannie.

— Ce n'est pas ce que disent mes genoux. Valentine me sauve la vie.

Si seulement Grannie pouvait arrêter de me passer la brosse à reluire. Plus elle parle, plus elle lui laisse le temps de comparer la femme sur le toit avec celle qui se tient devant lui. Cet homme m'a vue nue. Or, il se trouve que j'aime avoir un minimum de contrôle sur les circonstances dans lesquelles je m'expose dans mon plus simple appareil. Par exemple, je tiens à choisir la lumière.

— Hier soir, je cherchais un local au rez-de-chaussée à côté, pour ouvrir un restaurant. L'agente immobilière m'a proposé de visiter un appartement en hauteur, elle essayait clairement de me vendre la vue sur la rivière. Il est vrai qu'au quatrième étage, le panorama est époustouflant, mais j'ai aperçu une femme sur ce toit qui battait largement le spectacle de l'Hudson.

— Qui ? demande Grannie, puis, s'adressant à moi : C'était toi ?

Je la foudroie du regard.

— Bien sûr, poursuit-elle en haussant les épaules. Qui d'autre cela pourrait être ?

Je croise les bras sur ma poitrine, puis les décroise et les laisse retomber le long de mes hanches. À quoi bon, ce type a déjà tout vu.

— Si vous voulez bien m'excuser, Roland…

— Roman.

— Ah oui, oui. Désolée. Je… j'ai des choses à faire.

— Quoi ? s'étonne Grannie. On a fini pour la journée.

— Grannie…

Franchement agacée maintenant, je plaque sur mon visage le sourire faussement crispé que nous affichons quand nous sommes coincées avec une cliente particulièrement tatillonne.

— J'ai d'autres choses à faire.

— Quoi ? insiste-t-elle.

Roman, lui, est visiblement amusé par notre échange.

— *Beaucoup de choses*, Grannie.

— J'aimerais bien voir le toit, lance Roman d'un air pas tout à fait innocent.

— Valentine peut vous le montrer. Emmène-le, ordonne Grannie, qui se lève et se dirige vers l'escalier pour monter à sa chambre. Il faut que je téléphone à Feen. Je lui ai promis de l'appeler avant le dîner. Roman, j'ai été ravie de faire votre connaissance.

— Tout le plaisir est pour moi, Teodora.

Où est passée la grand-mère qui ne voulait pas d'invités à l'étage ? Qu'est devenue la femme qui préserve son intimité comme des bons du Trésor cachés dans une boîte en fer-blanc rouillée sous une latte du plancher derrière un meuble de la cuisine ? La voilà qui déroge tranquillement aux règles de la vie domestique avec ce *paisano.* Il y a quelque chose qui la séduit chez lui.

— Excusez-moi un instant..., dis-je à Roman.

Je rejoins Grannie dans l'escalier et lui chuchote :

— Grannie, qu'est-ce que tu fabriques ? Tu le *connais,* ce type ? Nous sommes deux femmes seules ici.

— Mais qu'est-ce que tu vas inventer là ? Il n'a rien de menaçant.

Elle agrippe la rambarde pour gravir les deux dernières marches et se tourne vers moi.

— Tu es hors du coup depuis trop longtemps, jeune fille. Tu ne sais plus te fier à ton instinct.

— On en reparlera tout à l'heure, je grogne en serrant les dents.

Je redescends au salon. Roman a écarté sa chaise de la table et, les jambes nonchalamment croisées, il m'attend.

— Je suis prêt pour la visite guidée.

— Vous ne trouvez pas que vous en avez assez vu ici ?

— Vous croyez ? réplique-t-il avec un grand sourire.

— Je ne vous connais pas, moi... Vous êtes peut-être un psychopathe qui entourloupe les vieilles dames en leur parlant un italien pourri...

— Vous me blessez.

Je ris malgré moi lorsqu'il pose une main sur son cœur.

— D'accord, pas si pourri que ça. Vous le parlez très bien, en fait. Et je le sais parce que, pour ma part, je suis à peine capable de sortir trois mots.

— Je pourrais vous apprendre.

— Oui, bon, on verra. Si un jour je décide de...

Mais qu'est-ce qui m'arrive ? Brusquement, je ne sais plus ce que j'allais dire. La présence de cet homme m'embrouille complètement l'esprit.

— … si je décide d'apprendre à parler mieux italien.

Ouf, j'ai retrouvé ma langue. Pourquoi me regarde-t-il de cette manière, en plissant un peu les yeux ? Que cherche-t-il ?

— J'aimerais vous faire à dîner, dit-il.

— Merci, mais je n'ai pas faim.

— Pas maintenant, peut-être. Mais à un moment ou à un autre, vous aurez envie de manger.

Il se lève.

— Et quand l'appétit vous viendra, je serai là pour vous.

Roman extirpe son portefeuille de sa poche arrière. Il en sort une carte de visite et la pose sur la table.

— À votre service.

Il se détourne pour partir.

— Vous ne devriez vraiment pas avoir honte de votre corps. Il est très joli.

Je l'entends siffler en descendant l'escalier, puis la porte d'entrée claque. Je prends la carte sur la table.

ROMAN FALCONI
Chef/Propriétaire
Ca' d'Oro
18 MOTT STREET

Il arrive qu'une carte de visite portant le numéro de téléphone d'un homme vous suive partout. J'ai d'abord collé celle de Roman sur le réfrigérateur, comme si nous pouvions vraiment envisager d'y réserver une table un soir. Ensuite je l'ai mise dans mon portefeuille, où elle est restée deux jours à côté des bons de réduction de Bloomies que j'avais découpés dans un prospectus. Elle est à présent au fond de ma poche, tandis que je monte dans ma chambre où je la glisserai dans le cadre du miroir sur ma commode, avec les photos d'école de mes neveux et nièces.

Grannie, qui tient absolument à ce que nous informions Alfred de nos finances désastreuses, l'a invité cet après-midi pour lui montrer nos livres de comptes. Et parce que nous sommes avant tout des femmes italiennes, nous lui préparons son mets préféré, de la *focaccia* à la tomate et au basilic, afin de l'amadouer et d'en appeler à son sens du devoir et de la famille pour qu'il redresse la situation.

Assis à la place de Grand-Papa en bout de table, Alfred épluche une orange, très proprement, au-dessus d'une serviette en tissu. Son ordinateur portable, une calculette, ainsi que les registres et les chéquiers de Grannie sont placés devant lui. Il porte un costume et une cravate, des souliers de ville Berluti bordeaux au cuir reluisant. Il consulte les chiffres à l'écran en tambourinant distraitement avec ses doigts sur la table.

Grannie et moi avons dégagé le plan de travail en granite et nous en servons comme planche à découper. J'ai fait un puits dans la farine où je casse un œuf. Grannie en ajoute un autre. J'incorpore de la levure et je pétris la pâte. Grannie répand de la farine sur le plan de travail pendant que je malaxe la pâte jusqu'à former une boule toute lisse. Grannie l'étale sur une plaque beurrée en étirant peu à peu les bords avec les pouces. Je dispose les tranches de tomates, Grannie les parsème de basilic ciselé et arrose le tout d'huile d'olive. Je glisse la *focaccia* dans le four chaud.

— Bon… Grannie et Valentine, asseyez-vous.

Grannie et moi prenons place l'une en face de l'autre, nos chaises tournées vers Alfred. Grannie entortille un torchon rayé autour de sa main.

— Grannie, commence Alfred, tu t'es bien débrouillée pour continuer à fabriquer des chaussures et à les vendre. Ce que tu n'as pas fait, c'est gagner de l'argent.

— Comment est-ce qu'on pourrait…

Alfred lève une main pour m'intimer le silence.

— D'abord, il faut examiner la dette. Quand Grand-Papa est mort, au lieu de chercher un partenaire pour t'aider à financer l'opération, ce qui aurait été sage, tu as encore hypothéqué l'immeuble. Grand-Papa avait déjà emprunté à hauteur de trois cent mille dollars. Tu as conservé son emprunt, mais hélas, tu n'as remboursé que les intérêts. Donc, dix ans plus tard, tu dois toujours trois cent mille dollars à la banque.

— Même si elle a payé pendant tout ce temps ?

— Même si elle a payé. Les banques savent comment gagner de l'argent, et c'est ainsi qu'elles s'y prennent. Ton erreur, Grannie, c'est d'avoir accepté un crédit à taux variable – avantageux au moment de la souscription, mais, comme son nom l'indique, le montant des mensualités peut varier. Et cette année, elles doublent. Encore une fois, les banques sont futées. Elles savent que la valeur de ton bien ne peut qu'augmenter dans ce quartier, et elles gagnent de l'argent en anticipant le fait que tu en gagneras quand tu le vendras.

Je proteste aussitôt.

— Elle ne veut pas vendre.

— Je sais. Mais l'immeuble a été engagé comme garantie, et la production, elle, n'est pas variable à la hausse.

Grannie soupire.

— J'ai essayé de produire plus.

— Tu ne peux pas. C'est incompatible avec la nature de ton entreprise. Tu fabriques des produits artisanaux qui sont censés être uniques, n'est-ce pas ?

Alfred se tourne vers moi pour obtenir confirmation.

— C'est ce que nous vendons, oui. De magnifiques chaussures sur mesure, faites à la main et...

Ma voix se brise. Alfred me regarde avec toute la compassion dont il est capable.

— Bon, compte tenu du coût de la matière première et de la quantité de commandes que vous pouvez honorer, il est hautement improbable que vous gagniez de l'argent. En gros, la boutique est un gouffre financier.

— Mais si on réussissait à produire davantage de chaussures ?

— Valentine... Il vous faudrait un chiffre d'affaires multiplié par dix.

— Ce n'est pas possible, souffle Grannie.

— Il n'y a qu'un seul moyen de résoudre vos problèmes : vendre l'immeuble et vous relocaliser dans un quartier moins cher. Ou alors, fermer complètement. L'heure est peut-être venue.

Mon estomac se révulse : ce scénario clairement énoncé signe la fin de mon association avec Grannie et de mes espoirs de reprendre l'atelier dans un avenir plus ou moins proche.

Grannie le sait.

— Alfred, je ne suis pas prête à vendre.

— D'accord, mais tu comprends que cet immeuble est tout ce que tu as à ton actif ? Tu serais libérée de ta dette, et il te resterait encore largement de quoi vivre pendant le restant de tes jours. Laisse-moi au moins le faire évaluer par des agents immobiliers…

— Je ne suis pas prête à vendre, Alfred, répète-t-elle.

— J'entends bien. Mais nous devons avoir une idée de sa valeur, ne serait-ce que pour aller à la banque et essayer de refinancer ton prêt et restructurer ta dette.

J'observe Grannie. D'ordinaire, je lui trouve l'air jeune, mais aujourd'hui, face à l'impitoyable bilan comptable d'Alfred, elle est visiblement exténuée. L'odeur du basilic emplit soudain la pièce.

— La *focaccia* !

Je me précipite vers le four pour scruter l'intérieur, j'attrape les maniques et je sors la pâte dorée dont les bords commencent à brunir. Je pose la plaque sur le plan de travail.

— C'était moins une, dis-je en agitant l'une des maniques au-dessus de la pâte pour la refroidir.

J'entends Alfred énoncer à voix basse :

— Ne t'inquiète pas, Grannie. Je m'occuperai de tout.

Cette promesse murmurée dans mon dos me fait frissonner. Un jour, en regardant en arrière, je verrai dans cette scène le moment où Alfred a tenté de prendre le contrôle de l'atelier de chaussures Angelini. Ce qu'il ne saura jamais, c'est que je suis tout aussi décidée à rester et à me battre qu'il est déterminé à vendre. Mon frère ignore ce dont je suis capable, mais il va le découvrir.

La pluie qui apporte les premiers froids de l'automne à New York m'a réveillée ce matin. La chaudière s'est mise en route, signal que la température extérieure a chuté au-dessous de treize degrés. L'odeur de la peinture fraîche sur les radiateurs est celle de l'hiver qui approche à petits pas. Grannie dort encore quand je passe devant sa chambre. Comme les choses ont changé. Elle qui était toujours debout et dans l'atelier avant l'aube. Je n'ai jamais été une lève-tôt, mais aujourd'hui, avec la mission qui m'incombe, je n'attends pas le soleil.

Je pousse la porte vitrée de l'atelier, la bloque avec une vieille cale, puis je pose mon mug d'expresso et lait chaud et je commence ma ronde, basculant tous les interrupteurs. Depuis notre conversation avec Alfred, je savoure chaque instant dans cet immeuble. Chaque paire de chaussures que nous finissons, que nous emballons et expédions, me galvanise pour essayer de m'accrocher à cette boutique. Je ne peux pas imaginer un monde où le 166 Perry Street serait autre chose que l'atelier Angelini, autre chose que mon foyer. Mais à certains moments, le désespoir me submerge et j'ai l'impression que mon rêve m'échappe, que mon avenir s'éloigne sur l'Hudson, emporté vers la mer comme un bateau en papier.

Notre atelier est une vaste pièce, comportant plusieurs espaces de travail. Il est haut de deux étages, avec des fenêtres aux quatre murs – ce qui est très rare en zone urbaine –, de sorte que nous avons de la lumière toute la journée. Quand les nuages sont bas et sombres, comme ce matin, on se croirait enveloppé dans une fine mousseline grise. La lumière est plus faible, mais elle entre quand même.

Les fenêtres en saillie qui donnent sur la West Side Highway constituent une belle devanture à l'ancienne. Nous sommes comme dans une cage vitrée où les passants nous voient en train d'œuvrer. Certains restent plantés de longues minutes, aussi fascinés par le spectacle de cet artisanat d'une autre époque que par les phoques dans le zoo de Central Park.

J'attrape le trousseau de clés suspendu au crochet près de la porte, puis je déverrouille les grilles en métal qui sécurisent les fenêtres, les repousse sur le côté et les fixe avec une barre. Grand-Papa les a installées il y a une vingtaine d'années, parce que l'assurance menaçait d'augmenter sa cotisation s'il ne le faisait pas. Il a protesté qu'il n'y avait jamais eu la moindre effraction depuis que son père avait acheté l'immeuble en 1903. Le courtier d'assurance a rétorqué : « Monsieur Angelini, votre immeuble n'a pas changé depuis 1903, mais les *gens* ont changé. Vous devez mettre des grilles. »

Quand mon arrière-grand-père est arrivé, il a construit des placards en bois tout autour de la pièce avec un mélange d'essences qu'il a pu trouver dans les chantiers des environs – planches de chêne, morceaux d'acajou, portes en érable moucheté. Le résultat est un patchwork unique de couleurs et de textures qui habillent l'atelier du sol au plafond. Enfants, nous y jouions à cache-cache.

Outils, tissus, cuirs et fournitures, tout est rangé dans les placards. L'organisation n'a pas changé non plus depuis l'ouverture de la fabrique. Les formes en bois apportées d'Italie par mon arrière-grand-père lorsqu'il a émigré en Amérique trônent sur des étagères inclinées. C'est autour de ces formes aux pointures diverses que nous construisons la structure de la chaussure.

Nous nous servons d'une échelle pour atteindre le large rouleau de papier à patron gris-bleu en haut du placard aux tissus, et, au-dessous, un épais rouleau de mousseline toute simple. Puis vient une somptueuse sélection de tissus qui varient selon les saisons. Du jacquard double face en satin blanc bordé de losanges arlequin ; de la soie crème avec des pétales de fleur en relief ; du velours coquille d'œuf dans lequel scintillent des reflets d'or pâle selon la lumière ; de l'organza beige transparent aussi raide que le glaçage sur un gâteau ; du coton égyptien d'un blanc laiteux orné de pois brodés au plumetis. Enfin, sur la tablette inférieure, enroulés autour de petites bobines, sont alignés des rubans de satin de toutes les teintes, depuis le plus pâle des roses jusqu'au violet le plus profond.

Je me rappelle que mes sœurs et moi demandions des chutes à Grannie pour confectionner des habits de poupée. Avec les perles de jais, franges à pompons et plumes de marabout fournies par l'atelier, nos Barbie étaient l'image même du raffinement de la mode italienne.

Le cuir est entassé dans le plus grand des placards. Nous glissons des carrés de flanelle propre entre les pièces de cuir verni, et de minces feuilles de papier à patron entre les découpes de cuir de veau. Ici, les étagères sont régulièrement enduites de cire parfumée au citron afin de maintenir une hydratation optimale autour des peaux. La bonne odeur du cuir et du citron se répand dans l'atelier chaque fois que nous ouvrons l'une des portes de ce placard.

Près de l'entrée, nous avons installé une petite table et une chaise qui font office de bureau. Le téléphone, un vieux modèle noir à cadran, attend sagement à côté d'un carnet de rendez-vous relié de cuir rouge. Au-dessus du bureau sont accrochés un tableau d'affichage couvert de photos des petits-enfants et un collage de nos clientes en robe de mariée, avec nos chaussures. Il y a deux sortes de mises en scène : soit la mariée soulève le bas de sa robe pour montrer ses chaussures, soit elle est pieds nus, après le départ des derniers invités, et les tient à la main.

Une statuette en bois de saint Crépin, le patron des cordonniers, repose sur un tas de factures au coin du bureau. Elle a été bénie par le prêtre de Grannie en 1952.

Dans le fond de l'atelier, outre une machine à laver et un sèche-linge empilés l'un sur l'autre, on observe trois grosses machines : la rouleuse, de forme oblongue, dotée de larges cylindres métalliques qui étirent et lissent le cuir ; la lustreuse, de la taille d'un lave-linge environ, dont les brosses polissent le cuir et en brisent le grain pour le faire briller ; et enfin *la Cucitrice*, machine à coudre industrielle avec laquelle on pique les semelles et les coutures.

Un peu plus loin se tient une vieille planche à repasser dont la housse bleue à motifs cachemire présente un certain nombre de brûlures, en grande partie mon œuvre. Le fer est petit et lourd, un triangle avec une poignée en métal habillée de rotin. Lui aussi est venu d'Italie dans les bagages de mon arrière-grand-père. Il met une bonne dizaine de minutes à chauffer, mais nous n'envisagerions jamais d'en acheter un autre. Mon arrière-grand-père l'a adapté pour qu'il fonctionne à l'électricité quand il était jeune. Avant cela, on le posait simplement sur une grille dans la cheminée jusqu'à ce qu'il soit chaud.

Repasser est la première tâche que doit maîtriser une apprentie. Vous n'imaginez pas le temps qu'il m'a fallu avant de pouvoir repasser un tissu sans que les bords ne frisent. Je me pensais plutôt compétente, mais comme tout ce qui a trait à la fabrication des chaussures, la moindre technique que l'on croit posséder doit être réapprise et perfectionnée. Étape après étape, chaque élément de l'assemblage contribue à ce que la chaussure épouse parfaitement le pied auquel elle est destinée. Aucune rugosité n'est tolérée, aucun pli, ni fronce, ni épaisseur superflue. Voilà pourquoi porter une chaussure faite à la main est un tel luxe. Elle ne va à personne d'autre que vous.

Je consulte ma liste de travaux à effectuer aujourd'hui. Je dois coudre des perles sur une paire d'escarpins en satin pour un mariage d'automne. Grannie a terminé la chaussure proprement dite, c'est à moi qu'il revient de la décorer. Je vais me laver les mains aux toilettes. Mon grand-père a lancé une tradition consistant à placarder sur les murs de la pièce des gros titres qui l'amusaient, découpés dans les journaux de New York. Son préféré ? En 1958 : UN BÉBÉ NAÎT AVEC TOUTES SES DENTS. Moi, j'ai collé LA CORDE AU COU(ILLES) quand un acteur en vogue s'est marié pour la troisième fois il y a deux ans. Grannie a ajouté L'ESCROC ASTOR lorsque le fils de la philanthrope Brooke Astor a été mis en examen pour extorsion de fonds patrimoniaux.

Je m'approche de la table pour m'atteler à ma mission. J'adore travailler les jours de mauvais temps. Le bruit de la pluie qui fouette les vitres rythme à merveille les tâches délicates.

— Bon sang, c'est la mousson !

June Lawton entre en trombe, secoue son parapluie noir, puis l'ouvre et le pose à côté de la porte pour le faire sécher. Elle suspend son imperméable kaki à un crochet au-dessus du radiateur.

— Il manque juste vingt degrés pour se croire au bord du Mékong.

June, la plus ancienne et la plus chère amie de Grannie, a un peu plus de soixante-dix ans. C'est une magnifique Irlandaise avec des yeux bleu azur et un cou de cygne, qu'elle met en valeur grâce à de profonds décolletés en V, plusieurs rangs de perles et de longues chaînes fantaisie. June est l'archétype des premiers artistes bohèmes du West Village, et fière de l'être. Certains après-midi d'été, elle me rejoint sur le toit quand j'arrose les tomates. Elle ne vient pas seulement pour le soleil ; il lui arrive parfois de fumer un joint pendant sa pause-café. « Purement récréatif, déclare-t-elle. En souvenir du bon vieux temps. » Durant les années cinquante et soixante, elle chantait avec un groupe de jazz nommé Whiskey Jam, et Grannie assistait à ses concerts dans les clubs du Village.

June a les cheveux roux flamboyant de sa jeunesse et la peau d'une femme de trente-cinq ans. Je lui ai un jour demandé quel était le secret de sa beauté (ce n'est pas l'herbe) et elle m'a répondu que depuis qu'elle a dix-huit ans, elle se savonne le visage et le cou puis les frotte doucement avec une pierre ponce humide. Ensuite, elle rince et applique une mince couche de margarine. Quand on pense à ces crèmes qui coûtent une fortune !

Greenwich Village regorge de femmes comme June qui sont venues à New York quand elles étaient jeunes pour embrasser une carrière d'artiste et ont réussi tant bien que mal à en vivre. À présent qu'elles sont à la retraite, logées dans des appartements aux loyers plafonnés qui ne grèvent pas trop leur budget, elles cherchent une occupation intéressante pour remplir leur temps libre.

June adore travailler avec ses mains et elle a beaucoup de goût. Encouragée par Grannie, elle a proposé ses services à l'atelier il y a quinze ans, mon grand-père l'a formée, et elle est devenue une excellente coupeuse de patron.

— Où est Teodora ? demande June.

— Elle n'est pas encore levée.

June enfile un tablier de velours côtelé rouge.

— Ah… Mais ça va ?

— Oui, bien sûr. Pourquoi poses-tu la question ?

— Je ne sais pas. Elle semble fatiguée depuis quelque temps.

— On se couche un peu tard en ce moment parce qu'on regarde des films avec Clark Gable.

— Ah, tout s'explique !

— Hier soir, c'était *L'Appel de la forêt.*

June émet un petit sifflement.

— Gable est terriblement sexy dans ce film-là.

— Loretta Young est assez canon aussi.

— Magnifique ! Et sans aucun artifice. Elle a eu une liaison avec Gable pendant le tournage, tu savais ? Elle est tombée enceinte, a caché sa grossesse, a accouché d'une fille et l'a confiée à l'adoption. Et devine ce qu'elle a fait après ? Elle a adopté son propre bébé, l'a nommée Judy et n'a pas reconnu pendant des années que la petite était son enfant biologique.

— C'est vrai ?

— À l'époque, c'était très mal vu d'avoir un enfant hors mariage. Sa carrière aurait été fichue. Alors que les stars d'aujourd'hui… Même si elles jouent comme des pieds, leur carrière n'en souffre pas !

June se sert une tasse de café et soupire.

— Ne plus fumer me manque vraiment avant de me mettre au travail… Et toi, comment ça va ?

— J'ai besoin de six millions de dollars.

— Pas de problème, je peux te dépanner.

Nous partons ensemble d'un éclat de rire. Puis June reprend son sérieux.

— Pourquoi te faut-il une telle somme ?

Je n'ai dit à personne que j'avais fait une recherche Internet sur l'immobilier dans le quartier. Depuis que Grannie a autorisé Alfred à contacter des agences, j'ai décidé que je devais connaître les chiffres moi aussi pour contrer la stratégie de mon frère. Les résultats de mon enquête sont ahurissants. Sachant que je peux avoir confiance en June, je lui avoue :

— Je voudrais acheter l'atelier. Les murs *et* le fonds de commerce.

June s'assied sur l'un des tabourets à roulettes.

— Comment vas-tu faire ça ?

— Je n'en ai aucune idée.

June sourit.

— Oh, que c'est beau.

— Tu plaisantes ?

— Valentine, voilà ce qui est délicieux dans la jeunesse. Tout essayer. Tendre *vers* quelque chose. Six millions, six dollars, peu importe la différence quand on est jeune et qu'on pourrait réussir ! Ces années de lutte, tu t'en rendras compte plus tard, sont terriblement excitantes.

— Je ne dors plus la nuit.

— Parfait. C'est le meilleur moment pour élaborer une stratégie.

— Oui, peut-être, mais je ne trouve aucune réponse.

— Tu trouveras.

June pose son café et se lève. Elle déroule un morceau de papier à patron, le coupe et l'épingle au satin duchesse sur sa table.

— Qu'en pense ta grand-mère ?

— Elle n'est pas au courant.

— Pourquoi ne lui poses-tu pas la question ?

— June, c'est un sujet très sensible. Tu la connais. À ton avis, qu'est-ce qu'elle en pense ?

— Ta grand-mère est ma meilleure amie, mais par certains côtés elle reste une énigme pour moi. Contrairement à elle, j'ai toujours affirmé ouvertement ce que je voulais.

C'est une femme brillante, tu le sais. Mais elle garde beaucoup à l'intérieur.

— Ce qui fait d'elle un cas unique dans la famille.

June lisse le papier d'une main.

— Je crois qu'elle va mieux depuis que tu travailles ici.

— Tu trouves ?

— Vous formez une bonne équipe. Et tu l'amuses, aussi. Ça aide.

— Est-ce qu'elle t'a parlé de prendre sa retraite ?

— Jamais, affirme June, ce que j'interprète comme un très bon signe.

Grannie pousse la porte de l'atelier.

— Bonjour, mesdames.

— Le café est chaud.

— Tu aurais dû me réveiller, Valentine.

Grannie s'approche du bureau, ramasse quelques papiers, les parcourt, et soupire. Ces derniers temps, elle ressemble au cordonnier du conte de fées. Je crois qu'elle s'attend presque à se réveiller un matin, descendre l'escalier et découvrir que des lutins ont fait tout notre travail par magie pendant que nous dormions ; de magnifiques chaussures, prête à être livrées.

— J'ai une grosse journée aujourd'hui…

— Tout va bien, ne t'inquiète pas.

— En plus, tu n'étais pas en train de perdre ton temps, là-haut, renchérit June en souriant. N'étais-tu pas en train de rêver de Clark Gable ?

— Comment le sais-tu ?

— Qui ne rêve pas de Clark Gable ? répond June.

J'attrape les chaussures terminées sur l'étagère. Grannie les a enveloppées dans un tissu de coton blanc. Je les sors délicatement, comme un nouveau-né à qui on enlève sa couverture.

Je place la chaussure gauche sur mon piédestal et je lisse le satin du bout des doigts. Je suis émerveillée par le travail à l'aiguille réalisé par Grannie sur l'empeigne. Les points sont si minuscules qu'on ne les voit pratiquement pas.

Soudain, des coups sonores retentissent à la porte. Je me tourne vers June. Elle est en train de couper et ne peut s'interrompre. Grannie griffonne sur sa liste.

Je vais ouvrir la porte. Une jeune femme d'une vingtaine d'années se tient devant moi, trempée sous son léger parapluie noir, serrant un bloc-notes contre sa poitrine. Elle porte un sac à dos et des écouteurs autour du cou, reliés à un talkie-walkie accroché à sa ceinture.

— Vous réparez les chaussures ? demande-t-elle.

Elle repousse la capuche mouillée de son sweat-shirt. Ses longs cheveux auburn sont retenus par un bandana bleu marine et blanc noué sur le dessus de sa tête. Elle a une peau très blanche et des taches de rousseur, mais seulement sur l'arête du nez.

— Désolée. Nous n'effectuons pas de réparations.

— C'est une urgence.

La jeune fille semble au bord des larmes. Quand je l'invite à entrer, elle s'avance et cale son parapluie à côté de la porte.

— Qui êtes-vous ? s'enquiert poliment Grannie.

— Je m'appelle Megan Donovan.

— Vous êtes irlandaise, dit June sans lever les yeux. Moi aussi. Nous sommes en minorité ici. Vous pouvez rester.

— De quoi avez-vous besoin ? demande Grannie.

— Je suis assistante de production sur un tournage à l'église Notre-Dame-de-Pompéi…

— C'est ma paroisse.

Grannie paraît étonnée que l'on puisse tourner un film là où elle va à la messe, où elle s'est mariée et a fait baptiser ma mère.

— Comment ? ironise June en levant les yeux. On ne t'a pas demandé l'autorisation ? Appelle le Vatican immédiatement.

— C'est un film sur quoi ? j'interroge Megan.

— Ça s'appelle *Lucia, Lucia.* Et c'est l'histoire d'une femme à Greenwich Village dans les années cinquante. Bref. On est en train de tourner la scène de son mariage, et son talon s'est cassé. Je vous ai trouvés en tapant « chaussures de mariage » dans Google. Je me disais que vous pourriez peut-être la réparer…

— Où est la chaussure ?

Megan pose son sac à dos, l'ouvre et en sort une chaussure qu'elle tend à Grannie. Je m'approche pour évaluer les dégâts. Le talon est complètement arraché de la tige.

— Elle n'est pas réparable, dis-je. Mais c'est du 37, comme nos prototypes.

Megan sort un BlackBerry et pianote rapidement sur le clavier avec ses pouces. Aussitôt, elle lance :

— Elles arrivent.

— Qui ? s'étonne Grannie.

— Mes chefs. La costumière et la productrice.

— Nous ne pouvons pas réparer cette chaussure, déclare Grannie d'une voix ferme.

Megan est visiblement très anxieuse.

— C'est mon premier film, et je n'ai jamais vu des gens aussi perfectionnistes. Quand le talon s'est cassé, ils ont tous hurlé. Ils m'ont ordonné : « Fais-le réparer. » Ils sont incroyablement tatillons. Plus que ça, ils sont carrément obsessionnels ! La mariée ne pouvait pas avoir un simple bouquet de roses blanches. Non, il fallait que ce soit une certaine variété de roses blanches. Je suis allée au marché aux fleurs à trois heures du matin aujourd'hui pour chercher des roses d'Équateur qui ne fleurissent qu'une fois par an.

Megan essuie la pluie sur ses yeux avec sa manche. À moins que ce ne soit des larmes de frustration.

Grannie lui sert un café. Megan ajoute du lait et du sucre jusqu'à ce que le breuvage devienne couleur sable. Elle tient son mug à deux mains et boit à petites gorgées.

— On sait maintenant où sont passés les savoir-faire en Amérique, commente Grannie en souriant. L'artisanat est parti au cinéma.

— Donnez-moi votre sweat-shirt, dis-je à Megan. Je vais le mettre dans le sèche-linge.

Après m'avoir tendu le vêtement, Megan jette un regard curieux autour d'elle.

— C'est drôlement vieux, ici.

— Oui, dit Grannie. Ça vous plaît de faire des films ?

— Je suis tellement au bas de l'échelle que vous n'avez même pas besoin de monter pour m'atteindre, soupire Megan.

On frappe encore à la porte.

— Les voilà !

Megan panique, pose son café et se précipite vers la porte.

Elle revient accompagnée de deux femmes qui arborent un air soucieux et se parlent avec agitation.

En présentant la première, Megan fait presque une révérence.

— Debra McGuire, notre costumière.

Debra a de longs cheveux brun foncé noués en une tresse lâche qui lui tombe jusqu'à la taille, un rouge à lèvres vermillon et des yeux bruns en demi-lune qu'elle promène autour de l'atelier. Elle enlève son imperméable ciré noir. Dessous, elle porte un pantalon de sari turquoise enfoncé dans des bottes jaunes en caoutchouc verni, une courte jupe de patineuse rose et un blouson à rayures jaunes et blanches. Il est difficile de lui donner un âge. Elle pourrait avoir une trentaine d'années, mais elle a la prestance et l'autorité d'une femme de cinquante ans.

— Tu l'as fait réparer ? demande-t-elle sèchement à Megan.

— Non, rétorque Grannie, puis elle se tourne vers la femme à côté de Debra : Et vous ? Qui êtes-vous ?

— Julie Durk, la productrice.

Julie, la trentaine, a le teint pâle et les yeux bleus. À la différence de l'impérieuse Debra, elle s'habille comme moi, en jeans délavés, col roulé noir et bottines en daim noires. Elle est coiffée d'une casquette de base-ball bleue sur laquelle est écrit LUCIA, LUCIA en rouge.

— Où sommes-nous, ici ?

Le regard que Debra pose sur Megan après avoir inspecté l'atelier témoigne de son agacement. Grannie répond à nouveau à la place de la jeune fille :

— À l'atelier Angelini. Nous fabriquons des chaussures de mariage sur mesure.

— Je n'ai jamais entendu parler de vous.

Debra s'approche de la table de coupe pour observer le gabarit sur lequel travaille June.

— Vous connaissez Barbara Schaum ?

— La créatrice de sandales dans l'East Village ? dit Grannie. Oui, elle est formidable. Elle s'est installée au début des années soixante.

— Notre atelier existe depuis 1903, je lance, en espérant que cette femme comprendra mon allusion et montrera un peu de respect envers ma grand-mère.

— Les gens comme vous ne sont plus très nombreux.

Debra vient examiner la chaussure sur le piédestal devant moi.

— Qu'est-ce que vous faites, exactement ?

Elle commence à m'énerver.

— Des chaussures de mariage.

— Ms[1] McGuire a beaucoup de choses en tête, interviens Megan, pour excuser sa patronne.

Celle-ci balaie son intervention d'un revers de la main.

— Pourquoi ne pouvez-vous pas réparer ma chaussure ? me demande-t-elle.

— Elle n'est pas récupérable.

— Il va falloir échanger des scènes, déclare Julie en se mordant la lèvre.

— C'est un film sur la mode, lâche vertement Debra. Nous n'avons pas droit à l'erreur.

Grannie montre la chaussure cassée.

— Qui l'a fabriquée ?

— Fougeray. Un Français.

1. Formule de politesse en vigueur dans les pays anglophones qui combine Mrs (madame) et Miss (mademoiselle). (NdT)

— Si vous lui parlez, dites-lui qu'il vaut mieux utiliser du titane dans le talon.

— Il est mort, mais j'en toucherai un mot à son commercial, ricane Debra.

Ce à quoi Grannie réplique sans se démonter :

— J'ai du travail, ma petite dame. Gardez vos sarcasmes pour vous.

Elle désigne ensuite le talon.

— Le fabriquant l'a collé sur la tige. Ce n'est pas une exécution de qualité.

— Nous les avons pourtant payées cher, fait remarquer Julie avec l'air de s'excuser, mais je ne sais pas si c'est à Grannie ou à Debra qu'elle s'adresse.

— Je n'en doute pas. Il n'empêche qu'elles sont mal faites.

Ayant clairement établi cette vérité, Grannie fronce les sourcils.

— Est-ce qu'on voit beaucoup la chaussure à l'image ?

— L'image, *c'est* la chaussure. En gros plan, en travelling…

Debra pose les mains sur la table de coupe et incline la tête pour réfléchir.

— Peut-être que…, commence Julie.

Debra l'arrête aussitôt.

— Si on ne peut pas la réparer, on ne peut pas la réparer. Nous allons recommencer avec une autre chaussure.

— Aimeriez-vous voir notre collection ? s'enquiert Grannie, et, voyant que Debra ne répond pas, elle ajoute avec perfidie : Nous ne sommes pas français, mais nous connaissons notre métier.

— Bon, d'accord, montrez-nous ce que vous avez.

Debra attrape un tabouret à roulettes et s'assied, non sans avoir enveloppé Megan d'un regard sévère.

— Tu nous as amenées ici, Megan. Il vaudrait mieux pour toi que je sois éblouie.

La jeune fille tourne des yeux pleins d'espoir vers Grannie et moi.

— Cet endroit est une vraie caverne d'Ali Baba, dit-elle.

— C'est un atelier de chaussures sur mesure, rectifie Grannie. Valentine, sors les prototypes, s'il te plaît.

— Que cherchez-vous précisément ? demande June à Debra.

— La scène est un clin d'œil à *Cendrillon.*

Debra se lève et mime l'action.

— La mariée sort de l'église en courant et perd sa chaussure…

— Mauvais présage, dit Grannie.

— Comment le savez-vous ?

— C'est un conte de bonnes femmes chez nous, en Italie. Le film parle d'une Italienne ?

— Oui. La fille d'un épicier dans le Village.

— Megan a dit que cela se passait en 1950.

Heureuse d'être incluse dans la conversation, la jeune femme sourit avec gratitude à Grannie.

— L'un de nos modèles a été créé en 1950 par mon mari.

— Formidable, montrez-moi ça, dit Debra, avec un enthousiasme feint.

Je sors les boîtes du placard à échantillons et les aligne sur la table. Grannie les essuie avec un chiffon de flanelle avant de les ouvrir. C'est une habitude que nous respectons scrupuleusement, puisque nous travaillons avec des teintes claires susceptibles de se tacher et fragiles au toucher.

— Nous proposons six styles différents de chaussures de mariage, explique Grannie. Mon beau-père leur a donné les noms de ses personnages d'opéra préférés. La Lola, inspirée de *Cavalleria rusticana,* est de loin la plus populaire. C'est une sandale avec un talon bottier. Nous garnissons souvent les brides de petites breloques et d'ornements divers. Elle est en général faite en cuir de veau, mais je l'ai réalisée aussi en satin double face.

Debra regarde la chaussure, puis la repose sur la table.

— Très jolie. Mais elle est trop légère, trop aérienne. Il me faut du robuste.

Grannie ouvre une autre boîte.

— Celle-ci, c'est la Ines, de *Il Trovatore*.

Debra considère l'escarpin classique avec son élégant talon.

— Pas mal, mais ce n'est pas tout à fait ça.

— La Mimi, de *La Bohème*, est une bottine que l'on commande le plus souvent en satin façonné ou en velours embossé. J'y ajoute de délicats œillets et des lacets en ruban de gros-grain.

Grannie place la bottine sur la table.

— Magnifique, reconnaît Julie. Mais on ne perdrait pas une bottine.

— La Gilda de *Rigoletto* est une mule brodée avec un stiletto, mais nous l'avons souvent fabriquée avec un talon moins haut.

— C'est ma préférée ! lance June.

— La Osmina de *Suor Angelica* est une baby avec des boutons. La mariée peut choisir une bride double ou simple, ou encore une lanière en T.

Debra considère la chaussure en plissant les yeux.

— Non.

— La Flora de *La Traviata* est un modèle assez récent. Je l'ai créée en 1989.

Grannie exhibe une ballerine en cuir de veau avec des rubans qui se croisent autour de la cheville et remontent jusqu'à mi-mollet.

— J'en avais assez d'envoyer des clientes chez Capezio, alors j'ai décidé de rafler une petite part de ce marché. C'était vraiment le seul style qui manquait à notre collection.

— Si je me remariais, je n'hésiterais pas une seconde, déclare Debra. Je prendrais la Flora. Mais il ne s'agit pas de ce que j'aime. L'important, c'est notre personnage.

Debra attrape la Gilda.

— Celle-ci, je pense. Elle est absolument superbe. Et on peut perdre une mule.

— C'est celle que mon mari a créée en 1950. D'un point de vue historique, vous êtes donc parfaitement juste.

— Et vous, Mrs Angelini, vous êtes le secret le mieux gardé dans le monde de la chaussure.

Debra sourit pour la première fois. Soit parce qu'elle est soulagée, soit que la chaussure lui plaît, je ne sais pas. En tout cas, elle paraît contente.

Quant à Grannie, une expression de pure satisfaction s'étale sur son visage. Dans le royaume de la chaussure, personne ne la détrônera jamais. Elle règne en maître absolu.

— C'est du 37, constate Debra en regardant à l'intérieur de la chaussure. Combien nous devons-vous ?

— Je regrette, nous ne vendons jamais les prototypes.

Le sourire de Debra s'évanouit.

— Il le faut. C'est urgent.

— Alors, peut-être pourriez-vous juste nous les prêter ? suggère Julie. Vous seriez remerciée au générique.

— Dans ce cas, je veux bien.

Grannie serre la main de Julie pour sceller cet accord.

— Megan, emporte-les et retrouve-nous à la régie, ordonne Debra. Mrs Angelini, nous avons besoin de votre présence sur le plateau, bien sûr.

— Moi ? Pourquoi ?

— Nous sommes en train de tourner la scène. S'il arrive quoi que ce soit, vous pourrez régler le problème. Je ne peux pas risquer que ce souci se reproduise, ajoute-t-elle en pointant du doigt la chaussure Fougeray.

Grannie se tourne vers moi.

— Puis-je amener…

— Amenez, amenez, coupe Debra avec impatience. Megan vous montrera le chemin.

Debra enfile son imperméable en regagnant la porte avec Julie. Les deux femmes disparaissent aussi vite qu'elles sont venues, comme un éclair qui illumine une pièce pendant un orage. Je récupère le sweat-shirt de Megan dans le sèche-linge et le lui tends.

— Je trouverais Notre-Dame-de-Pompéi les yeux fermés, marmonne Grannie. Prends ma mallette, Valentine. Allons-y.

Il y a toujours un tournage quelconque dans les rues de Greenwich Village, qu'il s'agisse d'un film ou de l'une des multiples séries télévisées qui mettent en scène la police judiciaire de New York. Nous avons l'habitude d'attendre au coin d'une rue, le temps que la séquence soit terminée, puis d'enjamber des monceaux de câbles et de fils en longeant des camions devant lesquels les membres de l'équipe parlent dans des micros-casques et consultent leurs notes.

Quand Grannie était jeune, les stars de cinéma vivaient dans un endroit magique nommé Hollywood. À présent, elles se promènent dans nos rues comme des gens ordinaires. Ce n'est plus magique quand je vois Kate Winslet à quelques mètres de moi dans la file d'attente du Starbucks de la 14e Rue, si près que je distingue son vernis à ongles Essie « Ballet Slippers ». Ce ne sont pas des icônes quand vous pouvez les croiser en faisant vos courses. Grannie n'est jamais tombée sur Bette Davis chez l'épicier ni sur Hedy Lamarr chez son coiffeur.

— Suivez-moi, dit Megan au moment d'entrer dans Notre-Dame-de-Pompéi, puis elle se retourne vers nous et sourit timidement. Pardon, j'oubliais… Vous connaissez l'endroit bien mieux que moi.

Le parfum de l'encens flotte dans l'air depuis la messe de dimanche. Le sol en marbre poli est jonché de matériel d'éclairage et de rouleaux de câbles. Sur la table où sont d'ordinaire présentés les bulletins d'information de la paroisse s'entasse une profusion de bagels, de sandwichs et de thermos de café. Que c'est étrange de voir la vieille église gothique, avec ses bancs en bois sculpté, ses vitraux et son autel baroque ainsi dénaturée.

— Je n'arrive pas à croire que le père Prior leur ait permis de tourner ici, me chuchote Grannie.

— Même l'Église catholique ne crache pas sur une bonne pub… Ni sur l'argent de la location.

Je repère la star du film à sa robe de mariée.

— C'est Anna Christina, explique Megan. Elle n'est pas encore connue, mais avec ce film, elle fera plus d'entrées que Reese Witherspoon dans *La Revanche d'une blonde.*

Anna Christina a à peine vingt ans. Elle est minuscule, fluette comme un sablier. Son visage ovale est encadré de boucles brunes qui créent un contraste saisissant avec son teint parfait. Ses lèvres sont des cerises dans la neige, un vrai rouge, typique des années cinquante. Debra, à genoux, lui passe les chaussures.

— Elles sont trop grandes, annonce la productrice en se redressant, l'air d'être sur le point d'exploser.

J'entends presque le cœur de Megan s'accélérer à côté de moi.

— Faites voir.

Grannie s'avance d'un pas assuré vers la comédienne, mais il lui faut s'accrocher au bras de Debra pour s'agenouiller.

— Fichu genou..., je l'entends grommeler en approchant à mon tour.

Grannie attrape la mule par la pointe et par l'empeigne afin de l'ôter délicatement.

— Quel pied perd la chaussure dans la scène ?

— Le droit.

— Donne-moi la ouate de coton, me demande Grannie. On va en coudre à l'intérieur.

Grannie déroule la bande de ouate et en coupe un carré avec de petits ciseaux en or. J'enfile l'aiguille et fais un nœud. Grannie place la ouate dans la pointe de la chaussure et remet la mule au pied d'Anna. C'est encore trop grand. Grannie ajoute un autre carré de ouate au premier pour tapisser l'empeigne, puis elle me tend la mule.

— À toi.

Piquant la fine aiguille dans le satin et dans la ouate, je couds tout autour de la mule. En gros, je crée une chaussure à l'intérieur d'une autre. Grannie la glisse à nouveau au pied de la comédienne.

— C'est trop serré maintenant ! s'écrie Debra. Elle ne tombera jamais.

— Nous n'avons pas terminé.

Je n'ai pas entendu une telle autorité dans la voix de Grannie depuis qu'elle nous a surprises, Tess et moi, en train de dessiner sur les murs de sa chambre quand j'avais cinq ans. Plus personne ne parle sur le plateau. Levant les yeux, je vois le réalisateur, un jeune homme coiffé d'une casquette de base-ball et vêtu d'un gilet en duvet, qui marche de long en large comme s'il attendait la naissance de quadruplés. Grannie me tend à nouveau la mule.

— Désépaissis un peu du côté gauche.

Un instant plus tard, je rends la mule à Grannie.

Grannie enduit de cire l'intérieur de la semelle, ce qui assouplit le cuir et le rend pliable, puis elle passe la mule au pied d'Anna.

— Voilà. Quand vous devrez perdre la chaussure, étirez les orteils. Le pied devrait glisser tout seul. Essayez.

Anna s'exécute, et la mule tombe.

— Ça marche !

Un grand sourire éclaire le visage de la comédienne. Entre elle et moi, je ne saurais dire laquelle est la plus soulagée.

Les membres de l'équipe, qui s'étaient massés autour de nous, nous envoyant les ondes de leur inquiétude, passent brusquement à l'action. Chacun reprend son poste, lance des ordres, tandis que le réalisateur s'assied dans son fauteuil et fixe l'écran de contrôle.

Megan nous entraîne à l'ombre d'un pilier. Nous regardons Anna Christina qui pousse à deux mains la lourde porte en acajou de l'église, puis traverse le porche en courant dans sa robe en satin duchesse et sort sur le parvis de Notre-Dame-de-Pompéi. Comme prévu, elle perd la Gilda en posant le pied sur la première marche.

— C'est un travelling, explique Megan. Une action en continu.

La mule roule sur l'escalier, dans un silence religieux. Grannie et moi retenons notre souffle. Enfin, un homme debout à côté du réalisateur crie :

— Coupez !

Les membres de l'équipe ramassent le matériel. Debra s'approche du réalisateur et échange quelques mots avec lui.

— On a eu chaud aux fesses. Heureusement que vous êtes là, dit Megan en souriant. Il peut garder le plan.

Debra donne une tape dans le dos du réalisateur et nous rejoint.

— Exit Fougeray. Angelini entre en scène.

4

Gramercy Park

Je m'asperge le cou avec un peu d'eau de toilette Burberry (cadeau de ma mère lorsqu'elle était dans une de ses phases « littérature anglaise classique ») et j'en vaporise dans l'air au-dessus de moi afin que le parfum retombe en fine brume et m'enveloppe de sa délicate fragrance pêche-cèdre. Puis, penchée vers le miroir de la commode, je vérifie mon maquillage. Dans son cadre doré à la feuille d'or, le miroir est si vieux que la peinture derrière le verre a pris une nuance sépia, ce qui me donne un teint d'albâtre. Ce miroir magique est mon meilleur antirides. La carte de Roman Falconi est toujours glissée dans le coin du cadre, et, allez savoir pourquoi, je la prends dans la poche de mon manteau du soir. Peut-être qu'un jour j'oserai tester son restaurant.

J'attrape ma pochette sur le lit et je vérifie que j'ai bien mon portefeuille, ma MetroCard et mon kit de retouche maquillage : rouge à lèvres mauve, crayon à lèvres rose pâle, correcteur. Quand je passe devant sa chambre,

Grannie est en train d'ôter ses vêtements de travail pour enfiler sa robe d'intérieur.

— Gabriel t'attend, me prévient-elle pendant que je descends l'escalier.

À peine suis-je entrée dans le salon que Gabriel lance sans même me saluer :

— Grannie m'a dit que tu connaissais Roman Falconi.

Gabriel est une version condensée de Marcello Mastroianni avec les couleurs de Blanche-Neige. Nous nous sommes rencontrés le premier jour à la fac, dans la longue file d'attente pour s'inscrire à un cours d'art dramatique. Immédiatement après s'être présenté, il a annoncé : « Je suis gay. » À quoi j'ai répondu : « Ça ne posera pas de problème. » Nous sommes meilleurs amis depuis.

— Tu veux un verre de vin avant de partir ?

— J'en ai besoin, soupire-t-il.

Je passe côté cuisine et prends une bouteille de poggio al lupo dans les casiers. Gabriel s'assied au bar.

— Alors… Tu crois que tu peux nous faire entrer au Ca' d'Oro ?

— Tu en as entendu parler ?

— Dis donc, tu ne sors vraiment pas beaucoup, hein ?

— Seulement quand tu m'invites.

Je nous sers deux verres.

— D'après le magazine *New York*, c'est le meilleur nouveau restaurant italien de l'année. J'essaie de réserver une table depuis qu'il a ouvert. Tu voudrais bien appeler Falconi ?

— Sûrement pas. *Salute.*

Gabriel lève son verre aussi.

— *Salute.* Pourquoi ?

— Je suis arrivée un soir et je l'ai trouvé en train de parler italien à Grannie, qui était complètement sous le charme. Elle n'a qu'à l'appeler, *elle.*

— On peut accorder sa confiance à un homme qui montre du respect pour les femmes d'un certain âge.

— Pas sûr… Il n'était pas venu pour revivre les souvenirs de Grannie dans le Manhattan de l'après-guerre. Il voulait rencontrer la femme qu'il a vue à poil sur le toit.

Gabriel ouvre de grands yeux.

— C'est *lui* ?

— Eh oui. Il me prend sans doute pour une exhibitionniste.

— Je suis certain que le spectacle lui a plu.

— Tu ferais vraiment n'importe quoi pour manger dans son restaurant.

Gabriel lève les mains.

— Je suis un passionné de cuisine. C'est une affaire sérieuse pour moi. Bon, alors… il est comment ?

— Séduisant.

— Quel manque d'enthousiasme dans la description.

— D'accord. Il est grand, brun, et hétéro. On pourrait même dire qu'il est beau. Sauf le nez, peut-être, qui ressemble un peu trop à celui de Groucho Marx.

— Le profil italien. Une malédiction, pour certains d'entre nous.

Je montre ma robe à Gabriel en écartant les pans de mon manteau et en prenant une pose façon Suzy Parker.

— Comment tu me trouves ?

— Correcte.

— Et tu estimais que *séduisant* manquait d'enthousiasme ! *Correcte*, c'est pire !

— Je m'explique : tu es habillée comme il faut pour voir un ex-petit ami que tu as failli épouser et qui est maintenant marié à quelqu'un d'autre. J'aime bien les fronces.

— C'est la robe de Grannie.

D'un coup de hanche, je fais danser les rosettes de soie qui ornent l'ourlet.

— Elle lui va bien mieux qu'à moi, déclare Grannie en entrant. Qu'est-ce que c'est, cette petite sauterie où vous allez ?

— La soirée d'entreprise de Bret Fitzpatrick sur le toit de l'hôtel Gramercy Park.

Gabriel repousse son épaisse frange sur le côté.

— Je suis content que Bret ait réussi à devenir ce qu'il est maintenant. Il est quoi, déjà ?

— Une sorte de conseiller en gestion.

Je range un petit rouleau de pastilles à la menthe dans ma pochette. J'ai deux raisons d'aller à cette fête ce soir. Premièrement, je suis encore mince grâce au mariage de Jaclyn. Deuxièmement, j'ai besoin des lumières de Bret pour financer mon avenir. Je ne pense pas que mon frère se souciera de mes intérêts en restructurant notre dette. Bret, en revanche, pourrait m'apporter une aide précieuse.

— Il est vice-président de quelque chose. Pour être honnête, je ne comprends pas ce qu'il fait.

— C'est normal. Tu es cordonnière et moi, je suis maître d'hôtel au Café Carlyle. Regardons les choses en face. Nous travaillons dans le service, alors que ton ex-amant Bret... Pardon, Teodora.

— C'est bon, Gabriel.

Je l'arrête avant qu'il ne s'enfonce davantage et sers un verre de vin à Grannie.

— Je suis contente d'apprendre que ma petite-fille a un métier épanouissant.

— Tu as besoin de quelque chose avant que je m'en aille ?

— Non, merci. Je vais me réchauffer les *penne*, boire ce vin et regarder l'émission de cuisine de Mario Batali.

— Tu savais que ton copain Roman Falconi tenait un restaurant très en vogue ?

— Il en connaît un rayon sur les tomates, répond fièrement Grannie. Et il parle un italien impeccable.

Grannie croise les mains avec gratitude, comme si elle priait.

— Je l'ai trouvé formidable.

— Dès que quelqu'un a un bon accent, tu es fascinée.

— Moi aussi, souffle Gabriel d'un air rêveur.

— Je voudrais juste que tu fasses attention à ne pas laisser entrer n'importe qui dans la maison.

— Valentine, détends-toi. Roman est originaire de Bari. J'ai connu son grand-oncle Carm il y a un demi-siècle. C'était un client régulier chez Ida De Carlo's, sur Hudson Street. Et je parie que tu n'as pas été aimable avec lui. Je me trompe ?

— Suffisamment aimable pour qu'il m'invite à dîner.

Après avoir embrassé Grannie, je rattrape Gabriel qui descend déjà l'escalier.

Le toit du Gramercy Park est un élégant salon intérieur/extérieur, avec des murs lisses ornés d'immenses tableaux aux couleurs vives, d'épais tapis persans, un mobilier laqué et une cheminée où brûle un bon feu pour une fraîche soirée d'automne. Un étincelant lustre de feuillage en verroterie figure la frondaison d'une forêt magique. Le paysage urbain semble reculer, et vus d'ici les gratte-ciel ressemblent à des coffrets à bijoux en velours noir qui exposent des rangées de perles.

Nous ne sommes pas dans le New York d'autrefois, où l'on passait ses nuits d'un night-club à l'autre, en terminant nécessairement au Latin Quarter ou au El Morocco. Ici, c'est un New York flambant neuf, où les hôteliers sont des imprésarios dont les salons accueillent une clientèle de nouveaux riches à qui il faut offrir un décor d'une originalité et d'un luxe inouïs. Mon ex-petit ami est entouré de ses courtisans, le Chrysler Building dressant son épée de platine en arrière-plan. Image tout à fait appropriée, puisque cet homme fut un temps mon chevalier à l'armure resplendissante.

— Valentine !

Bret s'excuse auprès de ses compagnons et vient droit vers nous. Il m'embrasse sur les deux joues, puis serre Gabriel dans une vigoureuse étreinte.

— Depuis le temps !

Gabriel lui assène une claque dans le dos.

— Tu nous trouves l'air vieillis, c'est ça ?

— Par rapport à moi, vous avez encore de la marge, réplique Bret en souriant. Je suis sacrément content de vous voir. Merci d'être venus.

Gabriel promène son regard autour de lui.

— Qui sont tous ces gens ?

Bret baisse la voix.

— Des clients et leurs amis. J'ai pensé que ça vous amuserait…

— C'est impressionnant, en effet, j'admets.

— Tu es superbe, Valentine, dit Bret quand Gabe part nous chercher quelque chose à boire au bar.

— Toi aussi.

Et c'est vrai. Bret a tout du financier qui s'est hissé au sommet de Wall Street. Son costume taillé sur mesure accentue encore sa taille élancée, et ses souliers de ville Ferragamo témoignent de son bon goût. Ses cheveux châtain clair s'éclaircissent un peu sur le haut du crâne, mais cela n'a pas d'importance. Ses yeux ont le velouté et la chaleur de la flanelle. Il a un visage qui inspire confiance, une assurance qui n'a rien d'arrogant. Bret s'est forgé tout seul et il se comporte avec la grâce d'un homme qui mérite sa réussite. Alors que, plus jeune, il se tenait les épaules voûtées, il est à présent droit comme un militaire. Il a acquis ce que les enfants des classes privilégiées semblent avoir dès la naissance, et que tous les autres doivent développer – la classe.

Quand j'ai rencontré Bret, c'était un gamin brillant des quartiers ouvriers du Queens, doté d'une ambition farouche. Il gagnait son argent de poche en tondant la pelouse d'un éminent courtier de Wall Street, lequel avait promis de l'embaucher s'il allait à l'université et obtenait un diplôme en économie et finance. Bret a fait encore mieux. Sorti premier de sa promotion à Saint John, il a poursuivi son ascension à la Harvard Business School. En dix ans, Bret a quitté son ancienne existence et s'est glissé dans une nouvelle vie, qui lui va comme une chemise de chez Barneys. Malgré notre histoire compliquée, il n'y a aucune gêne entre nous.

Bret s'excuse, entraîné par un homme d'âge mûr à l'air distingué. Quelques secondes plus tard, Gabriel revient et me tend un verre.

— Cet endroit n'est pas comme dans mon souvenir, fais-je remarquer en contemplant la cime des arbres de Gramercy Park, un îlot de verdure dont les allées sont dessinées par le halo des lampadaires. Je me rappelle quand mon amie Beáta Jachulski s'est mariée. L'ambiance, la cuisine… il y avait un côté presque familial. Tu as vu les tableaux dans le hall ?

— Et Bret alors ? Tu ne trouves pas qu'il a changé ? me chuchote Gabriel.

— Bien obligé.

Je m'adosse au parapet qui entoure le toit et étudie la foule des invités.

— Tous ces gens qu'il doit impressionner. Ce ne doit pas être facile.

— Tu es tellement indulgente. Moi, ça me rend un peu malade.

— En fait, je suis surtout fière de lui.

Gabriel me jette un regard à la fois compréhensif et soupçonneux. Cinq ans ont passé depuis que Bret et moi avons rompu. Ce soir est la preuve qu'il n'aurait jamais été à l'aise dans la nouvelle vie que je me suis façonnée, comme cousue avec des morceaux de cuir ramassés sur le sol de l'atelier. Il était destiné à *ceci*.

— Je suis peut-être blessé, concède Gabriel, parce que nous trois, avant, c'était toujours *nous* contre *eux*. Alors que maintenant, Bret est avec *eux*.

Il pêche une cerise au marasquin dans son cocktail. Il en reste deux autres au fond de son verre.

— Comment tu as fait pour avoir trois cerises ?

— J'ai demandé, me répond-il.

Je vois Bret quitter ses clients et se diriger vers un coin du toit où trois jolies filles d'une vingtaine d'années fument en sirotant leurs cocktails. Il fait frais, mais elles sont jambes nues – bronzées –, et juchées sur des escarpins aux talons de dix centimètres qui laissent entrevoir la naissance des orteils, avec un espace à l'arrière. Ces filles-là achètent des chaussures pour le look, peu importe qu'elles ne leur aillent pas.

— Je vais me caler dans le canapé près de la cheminée, déclare Gabriel. Les terrasses, c'est sympa, sauf quand on se caille.

— Je te rejoins dans une minute…

Deux des filles s'en vont. La troisième, une blonde, s'agrippe à son verre en frissonnant. Bret se penche pour lui souffler quelque chose à l'oreille. Ils rient. Elle lui redresse sa cravate, et il recule légèrement pour se soustraire à ce geste intime.

Une brise balaie le toit. Les lumières du lustre projettent un ballet de lumières sur le sol. Entre la fille et Bret, le ton est devenu grave. Je les observe un moment, puis, tournant le dos au vent glacé de la nuit, je m'approche.

Je tends la main à la fille, interrompant leur conversation.

— Bonsoir. Valentine… Je suis une vieille amie de Bret.

— Chase.

Elle lève les yeux vers Bret.

— Une des nombreuses assistantes de Bret.

— Il en a beaucoup ?

— Non, j'exagère.

Chase sourit. Elle a les dents parfaites d'une fille qui a passé son enfance sur le fauteuil d'un orthodontiste.

— Vous avez vraiment des dents magnifiques, lui dis-je.

Elle semble un peu prise de court. Manifestement, elle est habituée à recevoir des compliments, mais j'imagine que personne ne mentionne ses dents parmi ses attributs les plus frappants.

— Merci, dit-elle.

Je croise les bras en tenant mon verre au creux de mon coude comme une plante en pot.

Lorsqu'elle comprend que je n'ai pas l'intention de partir, elle annonce :

— Je vais me chercher quelque chose à manger…

Ses yeux s'attardent sur Bret.

— Vous voulez quelque chose ?

Le ton de sa voix n'est pas celui d'une assistante. Bret me lance un coup d'œil pour voir si je m'en suis aperçue, puis répond avec une amabilité toute professionnelle :

— Non, je vous remercie. Allez-y, et amusez-vous bien.

Tandis que Chase s'éloigne, il regarde du côté de l'East River que l'on distingue au-delà de la ligne des toits. Je pointe mon doigt dans la direction du Queens.

— On voit le quartier où on a grandi, d'ici.

— Absolument pas.

— Dommage. (Je lui tends mon verre et il boit une petite gorgée.) Ça t'aiderait peut-être à te souvenir d'où tu viens.

— C'est une pique ?

— Non. Pas du tout. Je suis très admirative de ta réussite.

Bret me fait face, touché par mon évidente sincérité.

— Alors, qu'est-ce qui se passe avec cette fille ? je lui demande.

— Tu fonctionnes tellement comme une Italienne, toi.

— N'évite pas la question.

— Rien. Il ne se passe rien.

— Elle, elle croit que si.

— Comment le sais-tu ?

— Depuis combien de temps on se connaît, toi et moi ?

— Des années et des années.

Bret se tourne à nouveau vers le Queens, comme s'il pouvait nous voir là-bas, deux adolescents assis sur la clôture du presbytère, discutant jusqu'à la tombée de la nuit.

— C'est ça, depuis l'époque où je portais encore un appareil dentaire. En plus, il se trouve que je suis une femme. C'est pourquoi je sais qu'elle espère autre chose que t'apporter un canapé au saumon.

Bret prend une profonde inspiration.

— Bon. Qu'est-ce que je dois faire ?

— Tu vas lui dire que tu es mariée à une femme adorable et que tu as deux jolies petites filles nommées Grace et Ava. Elle connaît ta famille, évidemment, parce qu'elle répond au téléphone à ton bureau. C'est bien ton assistante qui répond au téléphone ? Bref. Tu lui diras ensuite qu'elle mérite d'avoir un homme qui soit tout à elle. Elle protestera, et tu ajouteras alors qu'elle est trop jeune. Ça refroidit, en général, quand on est vraiment jeune.

Bret éclate de rire.

— Très drôle, Val. Tu as fini ton petit laïus ?

— Oui, j'ai fini. Maintenant, toi aussi, tu peux m'enseigner quelque chose.

— Qu'est-ce que tu veux ?

Il va droit au but, comme seuls de vieux amis qui ont une histoire peuvent se le permettre.

— Que tu m'aides à sauver l'atelier.

— Quel est le problème ?

Je me lance dans une explication un peu décousue où se mêlent Alfred, la dette, Grannie et moi. Bret m'écoute avec attention. Puis il me fait précisément la réponse qui m'apaise, celle qui m'a toujours apaisée et m'apaisera toujours :

— Ne t'inquiète pas, Val. Je m'en occupe.

Dans le taxi, je me blottis contre Gabriel comme s'il était un radiateur soufflant de l'air chaud.

— Je n'irai plus jamais à une soirée sur une terrasse après le mois d'août. Cette cheminée, c'était vraiment du flan ! Autant essayer de se chauffer avec un briquet.

— Oui, il faisait froid, mais je suis contente d'y être allée.

— De quoi tu parlais avec Bret ? Il plaque sa femme et vous vous remettez ensemble ?

— Seulement si tu viens vivre avec nous pour t'occuper des enfants.

— Laisse tomber. Je déteste les mômes.

— Ma *nonna* Roncalli avait raison à propos des hommes. À n'importe quel âge, il faut les surveiller avec un œil d'aigle.

Gabriel lève les yeux au ciel.

— Tu es dure. Cette pauvre fille n'a plus osé s'approcher de Bret pendant tout le reste de la soirée. Tu crois qu'elle a pleuré combien de temps dans les toilettes ?

— Elle a pleuré ?

— Non, elle n'a pas pleuré, mais elle aurait bien aimé attraper une de ces magnifiques sculptures tahitiennes et te la balancer sur la tête.

Gabriel se renverse en arrière contre la banquette.

— Sauf qu'elle aurait eu besoin d'aide pour la soulever. Ces filles minces comme des lianes n'ont aucune force dans les bras. Et fumer ! Au troisième millénaire ! Quelles crétines.

— Elles ont *vingt* ans. Tu as oublié comment on était, à leur âge ? J'ai trouvé que le buffet était bon.

— Un peu trop de figues. Tout le monde met des figues partout, en ce moment. De la pâte de figues sur la *focaccia*, des tranches de figues dans la roquette, des figues écrasées dans les raviolis, énumère Gabriel, accablé.

— Elle s'appelle Chase.

— Qui ?

— La fille qui s'intéresse à Bret.

— Chase, comme la banque ?

Gabriel secoue la tête.

— Eh bien, voilà un système de valeurs qui marche ! Qui est son papa ? Monsieur Monopoly ?

— Qui sait ? Son amie s'appelle Milan.

— Comme la ville ?

— Comme la ville *et* comme la marque de biscuits.

— Autrefois, on choisissait des prénoms bibliques ou inspirés de personnages de feuilletons célèbres. Ruth, Laura, ça me va très bien, moi... Aujourd'hui, les gens baptisent leurs enfants du nom d'endroits où ils n'ont jamais mis les pieds.

— Une Ruth ou une Laura ne draguerait pas son patron. Mais une Chase, si.

— À propos de Bret... Je crois que tu lui manques.

— Il me manque aussi. Mais quand j'étais avec lui, je ne me demandais pas vraiment ce que j'allais faire de ma vie. Je la construisais vaguement autour de lui. Quand on a rompu, j'ai été obligée de chercher ce qui me rendait heureuse.

— J'ai des doutes, Valentine... Parfois je me dis que tu as échangé une personne contre une autre. Avant, tu t'occupais de Bret, maintenant tu t'occupes de Grannie. Tu devrais retomber amoureuse et avoir une vie.

— J'ai une vie !

— Tu me comprends.

Le taxi s'arrête le long du trottoir au croisement avec la 21e Rue, à Chelsea. Gabriel m'embrasse sur la joue. Il me fourre un billet de dix dollars dans la main et descend.

Je baisse ma vitre et lui tends le billet.

— C'est trop.

Gabriel agite la main.

— Garde-le. Et appelle le resto.

Après avoir donné au chauffeur l'adresse de Perry Street, je me laisse aller confortablement contre le dossier et je contemple le spectacle des rues qui défilent, dans cette zone frontière entre Chelsea et Greenwich Village. Devant un ancien entrepôt converti en boîte de nuit, des guirlandes de néons jaunes et pourpres illuminent l'ancien quai de chargement où se presse une joyeuse population, retenue par un cordon rouge à la porte. Une usine abrite à présent un restaurant branché, avec des banquettes en cuir rouge et des murs tapissés de miroirs sur lesquels sont inscrits les plats au menu, tandis qu'à l'extérieur, les auvents claquent comme des capes rouges dans le vent.

Par la fenêtre de mon taxi, je vois des jeunes femmes comme Chase cheminer par petits groupes entre des pans de lumière bleutée, tels des oiseaux exotiques. Des éclairs de couleur fusent dans la nuit noire : un blouson bleu peacock, un imperméable rouge Valentino, une jupe en lamé qui danse autour de cuisses fuselées. Leurs longues jambes évoquent les pattes des échassiers. Quand elles traversent la rue, elles rient en se tenant les unes aux autres et évitent soigneusement de planter leurs talons aiguilles entre les pavés. Ces filles-là savent marcher en terrain dangereux.

Les mains enfoncées dans mes poches, tassée sur la banquette arrière du taxi, je me demande combien il me reste encore de ma jeunesse. Et à quoi suis-je en train d'employer ce temps précieux ? Vais-je continuer ainsi, couchée tôt et levée à l'aube pour trimer dur, jour après jour ? Gabriel a-t-il raison de s'inquiéter ? Suis-je devenue quelqu'un qui se consacre aux autres, noyée dans le travail et les soucis, laissant filer ses plus belles années ?

Au fond de ma poche, je sens la carte de visite. Je la sors. Le taxi s'arrête à un feu. Je fixe la carte comme une enfant de sept ans qui reçoit une entrée gratuite pour la foire de Coney Island le jour de son anniversaire. *Ca' d'Oro.* Un endroit nouveau. Roman Falconi. Quelqu'un de nouveau. Je ne croise pas d'hommes à mon travail. Pour m'y rendre, je ne prends même pas les transports en commun, où je pourrais en rencontrer un. Je ne vais pas sur Meetic parce que je ne suis pas photogénique, et d'ailleurs, comment décrirais-je ce que je cherche alors que je n'en ai aucune idée ? Je ne cours pas un gros risque à appeler Roman Falconi, puisque c'est lui qui m'a donné sa carte. Il veut que je l'appelle. J'extirpe mon portable de ma pochette et compose le numéro. J'écoute trois sonneries, puis :

— Allô ? dit Roman.

J'entends du bruit en arrière-fond. Des voix. Des chocs métalliques. De l'eau qui coule.

— C'est Valentine.

Encore du bruit.

— Valentine ?

À en juger par son intonation hésitante, il ne se souvient pas du tout de moi. Je l'imagine distribuant sa carte de visite à des inconnues partout dans la ville, avec un clin d'œil, un sourire, et la promesse d'une assiette de *braciole* chaudes. Je m'apprête à raccrocher quand il reprend :

— *Ma* Valentine ? La petite-fille de Teodora ?

Je colle à nouveau le téléphone contre mon oreille.

— Oui.

— Où êtes-vous ?

— Dans un taxi sur Greenwich Street. Vous avez l'air occupé.

— Pas du tout, assure-t-il. J'allais fermer. Venez donc !

Je me penche vers le chauffeur.

— Changement de plan. Vous pouvez me déposer au coin de Mott et Hester, à Little Italy ?

Le taxi traverse Broadway et s'engage sur Grand Street. Little Italy brille de tous ses feux dans la nuit, tel un bijou incrusté d'émeraudes et de rubis. Ici, à n'importe quelle saison, c'est toujours Noël. Des guirlandes blanches, rouges et vertes festonnent la rue, offrant les couleurs éclatantes du blason italien. Comme ma mère, les gens de mon pays aiment se mettre sur leur trente-et-un et décorer leurs rues toute l'année.

Nous dépassons des étalages qui vendent des tee-shirts portant la mention PRIEZ POUR MOI, MA BELLE-MÈRE EST ITALIENNE, et des mugs proclamant L'AMÉRIQUE, NOUS L'AVONS TROUVÉE, NOMMÉE, CONSTRUITE. Des photos vintage de nos icônes en noir et blanc sont placardées sur les devantures, comme des statues dans une église : Sylvester Stallone/Rocky qui gravit en courant les marches du musée de Philadelphie, Dean Martin qui salue la caméra avec un verre de whisky, et l'incomparable Frank Sinatra coiffé d'un chapeau de feutre qui chante devant le micro d'un studio d'enregistrement. À la porte d'une boutique est accrochée une affiche grandeur nature de Sophia Loren, en guêpière et bas noirs, dans *Mariage à l'italienne.* Je paie le chauffeur et je descends.

Des couples bien habillés flânent sur les trottoirs. Les hommes portent des chemises au col déboutonné et des blazers ; les femmes, à l'image de ma mère, des jupes étroites à volants, des vestes à basques et des chaussures pointues à talons. De temps à autre, un éclair léopard ou zèbre illumine un sac à main, une bottine ou une pince à cheveux. Les Italiennes adorent les motifs animaliers – vêtements, mobilier, accessoires, nous honorons la nature sauvage dans tous les aspects de nos vies. Les femmes s'accrochent aux bras de leurs maris, basculant contre eux quand leurs stilettos ne les soutiennent plus.

Tous ces gens pourraient être des membres de ma famille. Ce sont des Italo-Américains qui sortent le soir pour dîner dans le restaurant où ils ont leurs habitudes. Après le repas, et après une petite promenade (la version américaine de *la passeggiata*), ils prendront un dessert et un café chez Ferrara. Là, les femmes s'assiéront aux tables en marbre pendant que leurs maris iront choisir les pâtisseries derrière la vitre des présentoirs. Une fois qu'ils auront mangé et bu, ils retourneront aux vitrines pour acheter un assortiment de délicieux *sfogliatelle*, babas au rhum, gâteaux au chocolat et amandes, qu'ils rapporteront à la maison dans une boîte en carton fermée par un ruban.

Ferrara ne change pas, son décor est toujours celui qu'ont connu mes grands-parents quand ils se sont rencontrés et aimés. Mais ce qui a changé, ce sont les jeunes Italo-Américains. Les gens de ma génération ont épousé des « étrangers », des non-Italiens, nos enfants ne sont pas aussi typés que nous, nos nez romains raccourcissent, les mâchoires napolitaines s'adoucissent, les cheveux de jais passent au châtain et souvent directement au blond. Nous nous intégrons, grâce à un mari irlandais ou aux produits de colorations permanentes Clairol. Suivant l'exemple de Donatella Versace, les filles de Brooklyn ont opté pour le blond platine. Mais il reste encore quelques survivantes, des *paisanas* attachées aux anciennes coutumes qui attendent que les cheveux bouclés reviennent à la mode, mettent des tomates en conserve et déjeunent en famille après la messe. Nous prenons toujours un immense plaisir à observer le même rituel que nos grands-parents, sortir pour déguster un plat de pâtes maison, avec du pain chaud, arrosées de vin doux, et finir par une conversation à propos des *cannoli* chez Ferrara. Il n'y a rien de petit à Little Italy. C'est chez moi.

Le Ca' d'Oro est logé entre Felicia Ciotola & Co., la fabrique de raviolis toujours très fréquentée, et une confiserie nommée Tuttoilmondo. Un auvent audacieux rayé noir et blanc signale l'entrée, au-dessus d'une porte imitation marbre à reflets dorés sur fond crème. Une discrète plaque de cuivre indique CA' D'ORO.

J'entre dans le restaurant. De taille modeste, mais somptueusement décoré dans le style vénitien revisité par Dorothy Draper. Un bar habillé d'ardoise anthracite court tout le long du mur de droite, flanqué de tabourets en cuir verni argent. Les tables laquées noires, assorties de chaises tendues de damas or et volutes noires, ont été intelligemment disposées afin d'optimiser l'espace. Il est difficile de réussir une composition baroque dans un espace restreint (ou sur des chaussures), cet art reposant sur la répétition à grande échelle de ses exubérants motifs. Roman Falconi y est parvenu.

Il reste un homme et une femme attablés qui s'attardent après avoir réglé la note. Ils se donnent la main sur la nappe blanche. La douce lueur d'une bougie éclaire leurs visages et fait miroiter un soupçon de vin rouge dans le fond de leurs verres en cristal.

La barmaid, une jolie fille d'une vingtaine d'années, essuie des verres derrière le comptoir.

— Nous sommes fermés, dit-elle en levant les yeux.

— Je viens voir Roman. Valentine Roncalli.

Elle hoche la tête et s'éclipse dans la cuisine.

Une fresque murale occupe tout un mur, représentant un palais vénitien à la tombée de la nuit, avec colonnade, fenêtres cintrées et galeries, baigné par un clair de lune qui sème des rubans bleu pastel sur l'eau du canal. Le trait est assez primitif, mais une forte émotion se dégage de l'ensemble.

— Ah, vous voilà !

Roman apparaît sur le seuil de la cuisine, les bras croisés. Son torse est énorme dans la veste blanche de cuisinier, gonflé comme la voile d'un bateau. Il paraît encore plus imposant. Décidément, cet homme me déroute ; on dirait qu'il grandit chaque fois que je le vois. Un bandana bleu marine lui ceint le front et, dans cette lumière tamisée, il ressemble à un pirate au sourire insolent sur une bouteille de rhum.

— Cette fresque vous plaît ?

Il parle sans me quitter des yeux.

— Beaucoup. J'aime bien les reflets de la lune sur l'eau, et sur le *palazzo.*

Après tout, si ce type a séduit Grannie avec son italien, je peux bien balancer le seul terme d'architecture que je connaisse.

— C'est le Ca' d'Oro, au bord du Grand Canal. Il a été construit en 1421 par l'architecte Giovanni Bon et son fils

Bartolomeo. Les travaux ont duré plus de quinze ans. La façade était initialement recouverte de feuilles d'or. De quoi impressionner les négociants venus d'Orient et leur prouver l'incontestable suprématie de Venise.

— Très jolie fresque. Qui l'a peinte ?

— Moi.

Roman repart vers la cuisine en me faisant signe de le suivre. Au passage, je surprends mon reflet dans la glace derrière le bar et je lisse la ride du lion entre mes yeux. Il faudra que je demande à ma mère de me procurer une boîte de ces patchs que l'on porte toute la nuit pour effacer les rides pendant son sommeil. Ma mère, en tout cas, lorsqu'elle les enlevait le matin, avait une peau aussi lisse que du Formica.

La cuisine est si exiguë que, par comparaison, la salle paraît immense. Au-dessus d'un petit billot de boucher, au centre, sont suspendues une trentaine de casseroles de tailles diverses à de gros crochets en métal.

Le mur du fond est protégé par une plaque d'aluminium, derrière le gril qui se prolonge par quatre brûleurs alignés. Au coin de la pièce, quatre fours empilés les uns sur les autres évoquent un mini gratte-ciel.

Je remarque aussi un triple évier, trois armoires réfrigérées et un lave-vaisselle fumant près de la porte de service, laquelle est ouverte sur une courette aux murs tapissés de treillis en bois peint.

— Vous avez faim ? demande Roman.

— Oui.

— Ce sont les femmes que je préfère… Celles qui ont de l'appétit.

Il sourit et m'aide à enlever mon manteau. Je le pose avec ma pochette sur un tabouret.

— Il y a un tablier sur le crochet derrière vous.

— Je dois travailler pour manger ?

— C'est la règle.

J'enfile le tablier qu'il me désigne, blanc, propre et fraîchement amidonné. Roman croise les cordons dans mon dos et les noue sur le devant. Puis il me tapote les hanches. Je me serais volontiers passé de son geste, mais c'est trop tard. Roman me fourre une cuillère en bois dans la main.

— Allez-y, remuez.

Il montre une grosse marmite sous laquelle le brûleur est allumé à feu doux. En m'approchant, je découvre un risotto moelleux, doré, d'où s'élève une délicieuse odeur de beurre et de crème rehaussée de safran.

— Et ne vous arrêtez pas.

Mes semelles collent au chemin de caoutchouc disposé le long des divers postes de travail.

Roman s'agenouille et dénoue les rubans blancs de mes sandales de soirée, en cuir de veau teinté argent style gladiateur. Au contact de sa main chaude sur ma cheville, je sens un frisson me remonter le dos jusqu'à la nuque.

— Jolies chaussures, commente-t-il.

— Merci. C'est moi qui les ai créées.

Sans se relever, il attrape une paire de sabots en plastique rouge dans une case sous le billot.

— Tenez, mettez ça. Ce n'est pas moi qui les ai créés.

Tel le prince dans *Cendrillon*, il glisse le sabot droit sur mon pied, puis le gauche.

— Je chausse un petit 39. C'est du combien, ça ? Du 52 ?

— Du 47. Mais vous n'aurez pas beaucoup à marcher. Remuez bien... Je reviens tout de suite.

Avant de sortir, il accroche mes sandales au crochet.

Tout en tournant doucement avec la cuillère, je regarde mes pieds qui ressemblent à ceux de Donald Duck. Je me revois, petite, quand je chaussais les gros souliers de mon père et que je déambulais dans la maison en me prenant pour une adulte.

À présent que je suis seule, je peux observer la cuisine à loisir. Au-dessus de l'évier, il y a la photo encadrée d'une femme nue avec des seins énormes, appuyée contre une pile d'assiettes sales. La légende indique : LE TRAVAIL D'UNE FEMME N'EST JAMAIS FINI.

— C'est Bruna, explique Roman derrière moi.

— Impressionnant, ce tas d'assiettes...

— C'est la sainte patronne des cuisiniers.

— Et des chefs ?

Je décide de garder les yeux sur le risotto à partir de maintenant.

— Alors, pourquoi avez-vous décidé de m'appeler ? interroge Roman en me prenant la cuillère des mains.

— Parce que vous me l'avez demandé, et que je suis très bien élevée.

— Je ne crois pas que ce soit la raison.

Il verse une infime quantité de sel dans sa paume et en parsème le risotto.

— Je pense que vous me trouvez sympathique.

— Je vous confirmerai ça une fois que j'aurai goûté à votre cuisine.

Roman se contente de sourire en secouant la tête.

Le commis apporte de la vaisselle sale sur un grand plateau et l'entasse dans l'évier. Roman et lui discutent en espagnol. Puis Roman sort plusieurs billets de vingt dollars de sa poche et les lui tend. Le commis remercie, enlève son tablier et s'en va.

— Roberto travaille aussi dans un autre restaurant, dit Roman. Un jour, il ouvrira le sien. J'ai commencé comme lui, en faisant la plonge.

— Combien avez-vous d'employés ?

— Deux à temps plein, avec moi – le sous-chef et la barmaid – et trois à temps partiel – le commis et deux serveurs. Le restaurant ne peut accueillir que quarante-cinq personnes mais nous faisons salle comble tous les soirs. Vous savez comme moi que ce n'est pas facile d'avoir une petite entreprise à New York. On n'arrête jamais. Je me lève à l'aube pour aller au marché, et le soir, je cherche de nouveaux plats à ajouter à la carte.

Je remarque que sa main qui tient la cuillère est très propre, ses ongles limés avec soin.

— Et pourtant, certains jours, j'ai l'impression que j'arrive à peine à m'en sortir.

Je m'adosse à l'évier, tournant le dos à Bruna.

— Vous devez tout de même bien vous débrouiller. Vous cherchiez un appartement dans l'immeuble Richard Meier.

— Comme je vous l'ai expliqué, c'est l'agent immobilier qui a tenu à me faire visiter un appartement. J'y suis allé par curiosité, et c'est là que je vous ai vue.

Il sourit.

— C'est un sacré bâtiment que possède votre grand-mère.

— Nous le savons.

La barmaid, vêtue de son manteau, apparaît sur le seuil.

— Je m'en vais.

— Merci, Celeste. Je te présente Valentine.

— Enchantée, dit-elle avant de s'éclipser.

— Très belle fille.

— Elle est mariée.

— C'est chouette.

Et intéressant… Roman tient à m'apprendre que sa jolie barmaid est mariée.

— Pourquoi ? Vous êtes fascinée par le mariage ? demande-t-il.

— Par ceux qui marchent. Et vous ?

— Pas du tout fasciné.

— Au moins, vous êtes honnête.

— Vous avez été mariée ?

— Non. Et vous ?

— Oui.

— Vous avez des enfants ?

— Non.

Voyant qu'il sourit, je m'empresse d'ajouter :

— J'espère que vous ne m'en voulez pas de vous soumettre à un interrogatoire digne d'un agent du recensement.

— Vous avez un style inhabituel, dit-il en riant.

— Je ne recherche pas le style. Si c'était le cas, je vous aurais éliminé quand je vous ai vu dans un tee-shirt Campari et un short à rayures qui rappelle les culottes des gardes suisses au Vatican.

— Oh, vous avez quelque chose contre les couleurs vives ?

— Pas vraiment. Mais j'aime que les hommes s'habillent autrement qu'en tenue de sport, de temps en temps.

Roman râpe un peu de parmesan au-dessus du risotto.

— Quant à vous, si ma mémoire est exacte, vous portiez une toilette époustouflante.

Je deviens rouge rubis comme les stilettos de sainte Bruna.

— Ne soyez pas gênée ! s'exclame Roman en riant franchement.

— Si je vous surprenais nu sur un toit, je ferais mine de n'avoir rien vu. Question de politesse.

— Un point pour vous. Mais sachez que si je vous avais croisée dans la rue, vêtue d'une robe ravissante comme celle que vous portez ce soir, je vous aurais imaginée sans. Disons que nous avons juste sauté une étape.

— Vous, peut-être. Moi, je ne saute pas les étapes. En fait…

Après un silence, je m'entends soudain déclarer :

— Je ne sors pas avec des Italiens.

Il pose la cuillère et se sert de son tablier comme d'une manique pour retirer la marmite du feu.

— Puis-je demander pourquoi ?

— Ils trompent.

Roman s'esclaffe à nouveau.

— Vous plaisantez ? Vous écartez tout un groupe d'hommes qui n'ont rien fait parce que vous pensez qu'ils *pourraient* le faire ? Quel terrible préjugé.

— Je crois en l'ADN. Mais je vais vous expliquer en prenant un exemple dans le domaine de l'alimentation. Il y a une dizaine d'années, la presse vantait sans cesse le soja. Il fallait manger du soja, boire du soja, et arrêter de consommer des produits laitiers parce qu'ils sont affreusement nocifs pour nous. Alors j'ai cessé de manger du fromage et du lait, et j'ai acheté les produits au soja. Ils me donnaient la nausée, mais j'ai persisté parce que je lisais partout que le soja était bon pour moi, même si mon corps me prouvait le contraire. Quand j'en ai parlé à Grannie, elle m'a dit : « Jamais au cours de notre histoire nous n'avons consommé de soja. Le régime italien se compose de fromage, de tomates, de crème, de beurre et de pâtes depuis des siècles. Nous sommes en excellente santé. Laisse tomber le soja. » Et c'est ce que j'ai fait. Quand j'ai recommencé à manger comme mes ancêtres, je me suis sentie formidablement bien.

— En quoi cela légitime le fait de ne pas sortir avec des Italiens ?

— C'est le même principe. Depuis des millénaires, les Italiens se sont forgé un romantisme qui tourne autour de l'idée de la Madone et de la putain. Ils épousent la Madone et ils s'amusent avec la putain. Ce régime-là aussi est inscrit dans nos gènes, et je ne crois pas qu'il soit possible de changer la nature profonde de nos hommes. Le risotto est prêt.

Il me montre la porte.

— Je nous ai dressé une table. Après vous...

Dans le restaurant, les stores bateau ont été à demi baissés. Il doit y avoir cinquante bougies blanches disposées tout autour, dans des photophores en cristal de tailles et de formes différentes. Les murs sont baignés d'une délicate lueur rose, et l'on croirait presque y voir trembler le reflet de l'eau du Grand Canal qui scintille sur la fresque.

Ma montre indique deux heures du matin. Moi qui dîne rarement après sept heures ! Je ne suis pas sortie si tard depuis que j'ai emménagé dans le Village. Je n'arrive pas à y croire : je *m'amuse.* Lorsque je me surprends encore une fois dans le miroir, miraculeusement, aucune ride du lion n'apparaît entre mes yeux. La vapeur qui s'élevait de la marmite de risotto m'a sans doute fait l'effet d'un bain de Jouvence. Ou alors, j'aime tout simplement la tournure que prend cette soirée.

— Asseyez-vous, je vous en prie.

Roman pose sur la table une assiette de fleurs de courgette frites.

— C'est magnifique, ici, dis-je.

— Un simple décor. Qui remplit sa fonction…

— Sa fonction ?

— Servir de toile de fond au premier moment que nous passons ensemble. Virez le tablier.

Je retire le tablier et le drape sur le dossier d'une chaise à la table voisine. Puis je déplie la serviette sur mes genoux, attrape un beignet de fleurs de courgette et croque une bouchée. La délicate corole trempée dans une pâte croustillante est aussi légère que de l'organza.

Roman retourne dans la cuisine. Il en rapporte une miche de pain chaud enveloppée dans un tissu d'un blanc éclatant, puis disparaît à nouveau.

Pendant ce temps, j'admire les assiettes en porcelaine vert tendre ornée de délicates plumes blanches, qui forment un audacieux contraste avec le laqué noir de la table.

Roman revient avec une petite soupière qu'il pose au centre de la table. Il débouche une bouteille de chianti, nous sert du vin, puis s'assied et prend son verre.

— Du bon vin, de la bonne chère, et une belle femme…

Je lève mon verre.

— Oui. À Bruna !

Un fumet subtilement beurré me chatouille les narines quand Roman dépose une louche de risotto dans mon assiette. Le risotto est un plat très difficile à réussir, qui requiert beaucoup de patience. On doit remuer le riz jusqu'à ce que les grains gonflent en absorbant peu à peu le bouillon, ou jusqu'à ce que l'on attrape une crampe dans le bras, c'est selon. Tout l'art réside dans le temps de cuisson. Trop longtemps, on obtient une pâte semblable à de la colle pour papier mural ; pas assez longtemps, et on sert… du riz dans un bouillon.

— Vous êtes un génie, je déclare après avoir goûté.

Il en rougit presque.

— Où avez-vous appris à faire la cuisine ?

— Avec ma mère. Nous tenions un restaurant familial à Chicago. Chez Falconi, sur Oak Lawn.

— Alors pourquoi êtes-vous venu à New York ?

— Je suis le plus jeune de six garçons. Nous avons tous collaboré à l'entreprise familiale, mais mes frères ne m'ont jamais accordé d'autre statut que celui de petit dernier. Même après avoir dépassé trente ans, je n'ai pas réussi à me débarrasser de cette étiquette. Vous voyez ce que je veux dire ?

— Dans ma famille, Alfred est le chef, Tess est intelligente, Jaclyn est belle, et moi je suis la rigolote.

— Voilà, c'est ça. Depuis que je suis adolescent, j'ai toujours travaillé pour la famille. Ma mère m'a appris à cuisiner, et puis j'ai suivi une formation professionnelle. Mais quand j'ai voulu mettre à profit l'enseignement que j'avais reçu pour faire évoluer le restaurant, je me suis vite aperçu que les autres ne voulaient rien changer. J'ai longuement hésité, j'ai failli me noyer dans les larmes de ma mère, et je suis parti. J'avais besoin de m'affirmer, tout seul. Et quel meilleur endroit que Little Italy pour se bâtir une réputation de chef italien ?

Roman remplit à nouveau nos verres. Outre les racines, nous avons beaucoup en commun. Une histoire familiale similaire. Même si nous avons tous deux fait des choix audacieux et acquis une réelle expérience de vie, nous restons prisonniers de l'image que notre famille nous renvoie.

— Et vous, comment avez-vous décidé d'entrer dans l'affaire familiale ? Il n'y a plus beaucoup d'artisans bottiers de nos jours.

— En fait, j'étais prof dans le Queens, mais le weekend, j'allais souvent aider Grannie dans l'atelier. Elle me confiait des tâches annexes, les commandes des matériaux, le rangement, la préparation des expéditions… Petit à petit, elle a commencé à m'apprendre la fabrication des chaussures proprement dite. Et au bout d'un moment, ça m'a passionnée.

— Travailler avec ses mains, c'est formidable, n'est-ce pas ?

— Tout est mobilisé – le physique aussi bien que le mental. Parfois je suis tellement crevée à la fin de la journée que j'arrive à peine à monter l'escalier. Mais il n'y a pas que la réalisation. J'adore dessiner les chaussures, chercher de nouvelles idées, inventer des techniques d'assemblage. J'aimerais être créatrice à part entière.

Le vin m'a détendue, et voilà que je confie mes rêves à un homme que je connais à peine, un espoir que j'ose rarement exprimer, y compris à moi-même.

— Depuis combien de temps travaillez-vous avec votre grand-mère ?

— Presque cinq ans.

— Cinq ans. Donc cela vous fait à peu près... ?

Je ne cille même pas en répondant :

— Vingt-huit ans.

Roman incline la tête et m'examine sous un angle différent.

— Je vous croyais plus jeune.

— Ah oui ?

Je n'ai jamais menti sur mon âge, mais puisque je vais bientôt avoir trente-quatre ans, il est peut-être temps de m'y mettre.

— J'avais vingt-huit ans quand je me suis marié. Trente-sept quand j'ai divorcé. J'en ai quarante et un maintenant.

Il me livre les chiffres sans la moindre gêne.

— Comment s'appelait-elle ?

— Aristea. Elle était grecque. Jusqu'à ce jour, je n'ai jamais vu une femme aussi belle.

Quand un homme vous dit que son ex est la plus belle femme du monde alors qu'il vous dévisage depuis une heure, ça jette un léger froid.

Je bois une gorgée de vin pour masquer mon trouble, puis je déclare crânement :

— Les Grecques sont des Italiennes qui bronzent mieux... Qu'est-ce qui n'a pas marché ?

— Je travaillais trop.

— Allons donc. Les femmes grecques ne sont pas du genre à se tourner les pouces.

— Et je n'ai pas assez travaillé à notre relation.

Je contemple le résultat auquel est parvenu Roman – la fresque, les bougies, le repas sur la table –, puis je l'observe, ses yeux qui m'inspirent confiance. Je peux parler à cet homme, presque sans effort. Je regrette d'avoir menti à propos de mon âge. C'est peut-être le premier d'une série de moments que nous passerons ensemble. Comment vais-je m'en sortir ?

— Je suis content que vous m'ayez appelé..., commence-t-il.

— Il faut que je vous dise quelque chose. J'ai trente-trois ans.

Je deviens rouge comme les poivrons des *antipasti*.

— Je ne mens *jamais*. Mais là... Je ne sais pas... Trente-trois, c'est presque comme trente-quatre, et tout d'un coup ça m'a paru très vieux... Je voulais que vous le sachiez.

— Ne vous inquiétez pas. De toute façon, vous ne sortez pas avec des Italiens. Vous avez oublié ?

Il sourit. Puis il se lève, s'approche de moi et me tire par les mains. Debout tous les deux, nous nous regardons comme les gens qui hésitent avant de s'embrasser. Je m'en veux d'avoir dit à Gabriel que le nez de Roman ressemblait à celui de Groucho Marx. En fait, il a un nez magnifique, droit, absolument parfait.

Roman prend mon visage dans ses mains. Son baiser est doux et sensuel, très direct, comme l'homme lui-même. Je pourrais tout aussi bien me trouver sur la Piazza Medici à Venise, tant le contact de ses lèvres unies aux miennes m'emporte loin, très loin d'ici, dans un endroit merveilleux. Lorsqu'il m'enlace, la soie de ma robe fait entendre un imperceptible frémissement, comme le bruit d'une rame qui plonge dans l'eau du canal sur le mur derrière lui.

Le dernier homme que j'ai embrassé était Cal Rosenberg, le fils de notre fournisseur de boutons, dont l'entreprise est située dans un quartier gris du nord de Long Island. Disons simplement que ce baiser ne m'a pas donné envie d'aller plus loin. Mais celui de Roman Falconi, ici, dans ce joli restaurant de Little Italy où je suis debout à la lumière de bougies, chaussée de gros sabots, me fait espérer de pouvoir revivre une vraie histoire d'amour. Tandis qu'il m'embrasse encore, je perçois la fermeté de ses biceps sous mes doigts. De toute évidence, les chefs soulèvent des charges lourdes, à la différence des fournisseurs de boutons et des conseillers en gestion.

J'enfouis mon visage dans son cou. L'odeur de sa peau propre, réchauffée par un parfum d'ambre et de cèdre, est nouvelle pour moi mais j'ai pourtant l'impression de la connaître.

— Vous avez une odeur incroyable.

— C'est votre grand-mère qui me l'a donnée.

— Qu'est-ce qu'elle vous a donné ?

— L'eau de toilette.

Je n'arrive pas à croire que Grannie ait offert à Roman l'échantillon d'eau de toilette pour hommes provenant de la pochette surprise du mariage de Jaclyn. Je ne sais pas si je dois être gênée qu'elle ait fait une chose pareille, ou gênée pour lui parce qu'il s'en sert.

— Elle m'a dit que si je ne la prenais pas, elle la fourguerait à Vinnie, le facteur. Vous n'aimez pas ?

— J'adore.

— *Adorer* est un mot fort.

— Qui convient à un parfum fort.

Un éclat de rire dehors rompt le calme qui règne dans le restaurant. Par-dessous les stores à demi baissés, j'aperçois les pieds d'un groupe de joyeux lurons qui s'arrêtent devant le Ca' d'Oro : Richelieu à laçage fermé, boots en nubuck et deux paires d'escarpins à talon aiguille, l'une en cuir rouge rubis, l'autre en imitation croco noir.

— C'est fermé, dit une voix de femme.

Pas pour moi. Roman Falconi me chuchote sans cesser de m'embrasser :

— Viens, on mange.

*
* *

Penchée sur le parapet au bord de l'Hudson, j'attends Bret qui doit me retrouver pendant sa pause déjeuner. Un groupe de peintres en herbe s'est installé sur le quai, à l'abri des auvents de toile blanche dressés toute l'année à cet endroit. Douze élèves qui me tournent le dos, debout devant leurs chevalets, face à l'eau miroitante et aux immeubles en construction sur la rive opposée.

La professeure se déplace de l'un à l'autre. Elle touche l'épaule d'une jeune femme et lui montre quelque chose du doigt. L'artiste hoche la tête, recule d'un pas pour examiner son œuvre, puis revient à sa place, tapote sa palette avec un petit pinceau, et souligne d'un mince trait blanc le toit d'une vieille usine qu'elle est en train d'esquisser. Instantanément, le ciel gris qu'elle a peint au-dessus s'emplit d'une lumière nouvelle et toute la composition en est transformée. Grannie m'a enseigné le pouvoir du contraste, le recours à un passepoil clair sur une chaussure plus sombre, ou l'inverse, mais jamais encore je n'avais vu ce concept se matérialiser sous mes yeux avec une telle évidence.

Bret travaille non loin de l'atelier. Quand nous étions ensemble, il venait parfois nous aider le week-end, lorsqu'il n'en pouvait plus de potasser ses cours de MBA. Je me réjouissais de voir qu'il n'oubliait pas ses racines ouvrières et était capable de remonter ses manches pour mettre les mains à la pâte si nécessaire. Je crois qu'aujourd'hui encore, il répondrait à l'appel si nous avions besoin d'aide, en souvenir du bon vieux temps.

Je l'aperçois au loin, marchant d'un pas rapide, dans son costume et son trench-coat Burberry beige. Il croque une dernière bouchée de sa pomme et jette le trognon dans l'Hudson. Je suis sincèrement fière de lui et de ce qu'il a accompli ; mais je m'inquiète aussi. Il est le seul homme que je connaisse qui a tout, mais un homme qui a tout ne peut se surpasser que d'une seule manière : en obtenant encore *plus.* Je pense à Chase et à son éblouissant sourire. Est-elle ce *plus* ?

Bret m'embrasse sur la joue.

— Alors ? Du nouveau ?

— Alfred a regardé les comptes de Grannie. D'après lui, elle doit restructurer sa dette. Je crois qu'il se sert de cette excuse pour obliger Grannie à vendre le bâtiment et à prendre sa retraite. Compte tenu des prix de l'immobilier, elle dégagerait un bénéfice considérable, mais ce serait la fin de l'atelier Angelini. Et moi, je me retrouverais…

— Sans travail. Ni foyer.

— Ni avenir.

— Qu'en pense Grannie ?

— Elle lui a répondu qu'elle n'était pas prête à vendre. Mais je sais qu'elle a peur.

— C'est vrai que son bien a une valeur considérable. Je connais des gens très compétents pour ce genre de transaction.

— Je ne veux pas l'aider à le vendre. Je veux que tu m'aides à l'acheter.

Bret écarquille les yeux.

— Tu es sérieuse ?

— Tu sais combien je suis attachée à l'atelier. Il est tout pour moi. Mais je n'ai pas d'épargne, aucune garantie financière à offrir. Et même si j'ai acquis presque tout le savoir-faire nécessaire, j'apprends encore des choses de Grannie.

— Val, l'enjeu est énorme. Alfred a la confiance de ta grand-mère.

— Oui, mais moi aussi ! Je crois qu'elle m'écouterait si j'avais une alternative à proposer.

— Donc, tu cherches un investisseur qui te permettrait de conserver l'entreprise en attendant de trouver un moyen de la racheter ?

— Ce serait bien, ça. Sauf que je ne connais rien à la finance.

— Sans blague, dit-il en souriant.

— Mais *toi,* si.

— D'accord… Je vais voir ce que je peux faire.

Il me prend par le bras pour me raccompagner jusqu'à Perry Street et j'en profite pour changer de sujet.

— Tu es sage ?

— Un vrai enfant de chœur. Je sais ce que j'ai à la maison et je n'ai pas envie de le perdre, mais merci de me l'avoir rappelé.

— Pas de problème. La fidélité, c'est mon domaine.

*
* *

Tess contemple l'arrière de sa nouvelle coupe dans le miroir. J'ai entraîné ma sœur chez Eva Scrivo, le salon de coiffure le plus chic de Meatpacking District.

— Heureusement que tu as insisté, Val. J'en avais bien besoin. Je ressemblais vraiment à une mère au foyer qui emmène les enfants au foot le mercredi après-midi.

Tess sourit.

— Je ne critique pas les mères au foyer, note bien, vu que j'en suis une.

Scott Peré, spécialiste du cheveu bouclé, ébouriffe Tess d'une main en inspectant son travail.

— Le dégradé, mesdames. Après trente ans, le dégradé est un *must.*

— Il y a beaucoup de *must* après trente ans, je lui réplique, et le dégradé n'est pas ma priorité.

— Vous, vous êtes l'exception à la règle. Avec votre teint de pêche, vous avez jusqu'à quarante ans !

Tandis que Tess se lève et que Scott, armé de son peigne, s'approche de sa cliente suivante, je prélève un peu de crème de lissage dans le flacon sur l'étagère et me penche en avant pour frictionner mes cheveux. Mon portable sonne dans ma poche.

— Tu peux répondre, Tess, s'il te plaît ? C'est Grannie qui se demande où nous sommes passées.

— Allô ?

Tess écoute. Je noue mes cheveux en chignon haut.

— Je ne suis pas Valentine, répond Tess. Je suis sa sœur.

Elle me tend le téléphone.

— C'est un homme.

— Pardon, dit Roman. J'ai cru que c'était toi.

— Roman ?

Tess m'adresse une mimique enthousiaste, attrape son sac et se dirige vers la caisse.

— Je voulais te remercier pour l'autre soir, continue Roman. J'ai trouvé ton message. Je le garde dans ma poche.

— J'ai *adoré* ce risotto.

— C'est tout ? (J'entends une note déçue dans sa voix.) Je me demandais quand on pourrait se revoir.

— Tu as besoin d'une coupe de cheveux ?

— Non, dit-il en riant.

— Dommage. Il y a un fauteuil libre devant moi et je manie très bien les ciseaux.

— Mes cheveux ne sont pas une urgence, mais toi, si. Le seul problème, c'est que je suis pas mal coincé ici.

— Pareil pour moi à l'atelier. Je peux t'appeler pour prendre un café bientôt ? Après le déjeuner ?

— Parfait.

Je raccroche et glisse mon portable dans ma poche. Tess m'attend dehors. Elle me fait un petit signe tout en parlant avec son mari au téléphone.

— Non. Absolument pas. Charisma n'a plus droit aux bonbons aujourd'hui, et Chiara ne dort pas dans notre lit. Bon... Je retourne chez Grannie avec Val. Je serai rentrée avant que tu sois couché, chéri. Je t'embrasse.

Elle raccroche.

— Charlie était débordé... Charisma a appelé son patron par accident en jouant avec son portable.

Tess m'interroge du regard.

— Alors ?

— J'ai rencontré quelqu'un.

— Et ?

— Et il est très intéressant.

— Un geek à lunettes ?

— Pas du tout. Il est cool.

— Compliqué ?

— Ils le sont tous, non ?

— Oh, oui. Même mon Charlie. Il est compliqué dans sa simplicité. Il aime manger des pâtes tous les mardis, regarder un film le vendredi et faire l'amour le samedi.

Tess ne parle jamais de sa relation sexuelle avec son mari. Manifestement, cette nouvelle coupe de cheveux l'a libérée.

Je ris.

— Ça me paraît faisable, comme programme.

— Je ne me plains pas. Mais attention à la routine... Les hommes, il faut toujours les tenir en haleine. Charlie va bientôt avoir quarante ans, et on connaît le topo. Changement de voiture, changement de femme, changement de vie.

— Ça ne t'arrivera jamais, pas à toi.

— C'est arrivé à Maman.

— Oui, mais c'était les années quatre-vingt. À l'époque, ça arrivait à toutes les mères.

— L'histoire se répète souvent.

Tess enfonce ses mains dans ses poches tandis que nous marchons côte à côte.

— Même Grannie a eu son *problème* avec Grand-Papa.

Je m'arrête net pour dévisager ma sœur.

— Quoi ?

— Oui, Maman m'a dit que Grand-Papa avait eu... une amie.

— C'est *vrai* ?

— Je ne sais pas comment elle s'appelait ni rien, mais Maman m'en a parlé avant mon mariage.

— Et tu ne me l'as pas raconté ?

— Parce que les infidélités dans la famille sont un héritage qu'on doit partager, comme l'argenterie ?

— Non, mais quand même.

Je me sens blessée que Grannie ne m'ait jamais fait cette confidence.

— Grannie ne m'a jamais rien dit.

— Évidemment. Pas à toi... Tu idolâtrais Grand-Papa.

Quand nous entrons dans l'immeuble, je vois que la porte de l'atelier est entrebâillée. Sur le bureau, à côté de la petite lampe restée allumée, il y a un mot de Grannie. « *Retrouvez-moi sur le toit. Les châtaignes sont arrivées.* »

Nous montons l'escalier à toute vitesse.

— Dans ma prochaine vie, dis-je, hors d'haleine quand nous arrivons en haut, je veux habiter un loft. Pas d'étage !

Tess est aussi essoufflée que moi.

— Oui… comme des riches… assistés.

Je pousse la porte qui donne sur le toit. Grannie a allumé le barbecue et deux grosses poêles recouvertes de papier d'aluminium sont posées sur les braises. La fumée du charbon de bois se mêle à l'odeur de miel et de crème qui monte des châtaignes en train de griller.

— Elles sont bonnes, cette année, déclare Grannie. Fermes et grosses.

Elle secoue la poêle dont elle tient la poignée avec une manique. Elle a noué un foulard autour de ses cheveux et son manteau d'hiver est boutonné jusqu'en haut.

— Oh, Tess, j'adore ta coupe.

— Merci, dit Tess avec un gracieux mouvement de la tête. Scott est vraiment très doué. Tu devrais aller le voir, Grannie.

— Oui, j'irai peut-être.

Grannie attrape la spatule suspendue au crochet sur le bord du barbecue. Elle ôte la feuille d'aluminium de l'une des poêles avec sa manique, puis abat la spatule sur les châtaignes pour les ouvrir avant de les transférer sur un plat en métal qu'elle nous tend. Tess et moi nous asseyons côte à côte, soufflons sur les châtaignes, puis en épluchons chacune une et croquons dedans. Exquis.

— Ma mère détestait les châtaignes, raconte Grannie. Quand elle était enfant en Italie et que sa famille était si pauvre, ils faisaient tout avec des châtaignes – les pâtes, le pain, les gâteaux, la farce des raviolis. Une fois en Amérique, elle a juré qu'elle ne remangerait plus jamais une seule châtaigne. Et elle a tenu parole.

— Comme quoi on ne peut pas toujours se libérer de ce qui nous est arrivé pendant l'enfance.

Tess regarde d'un air rêveur dans la direction du New Jersey, où son mari est sans doute enfermé dans le garage tandis que Charisma et Chiara repeignent la porte à fermeture automatique avec du feutre indélébile.

— Moi, j'aimerais bien me libérer de ce qui m'est arrivé à l'âge adulte, je grommelle en épluchant une autre châtaigne.

La porte du toit s'ouvre.

— Pas de panique, ce n'est que moi.

Alfred pose sa mallette et va embrasser Grannie.

— Quelle surprise, lance Tess lorsqu'il nous embrasse à notre tour.

— Grannie m'a appelé pour me dire qu'elle faisait griller les premières châtaignes, réplique-t-il avec raideur.

— Je suis contente que tu aies pu venir.

Grannie couve des yeux son unique petit-fils avec assez d'amour pour remplir le bassin des bateaux de croisière au port de New York.

— Je suis passé à la banque, annonce-t-il après avoir inspiré profondément. Ils veulent des chiffres, une nouvelle estimation de ton bien.

Je réponds, aussitôt sur le qui-vive :

— Ça va aller, tu crois ?

— Je ne sais pas encore, Valentine. Il y a beaucoup d'informations à rassembler. Plus je creuse, plus je pense que tu devrais songer à vendre, Grannie.

Je me lève pour affronter mon frère.

— Ah, d'accord… Tu n'es pas venu pour les châtaignes, tu es venu pour accrocher un panneau « À vendre ».

— Val, soupire Alfred, tu ne nous aides pas…

— Parce que *toi*, oui ?

Grannie tourne les châtaignes avec sa spatule.

— Envoie les agences, Alfred, dit-elle calmement.

— Grannie…

Elle ne me laisse pas le temps de protester.

— Il le faut, Valentine. Nous allons demander une estimation.

À l'intonation de sa voix, je comprends que le sujet est clos. Alfred pioche une châtaigne sur la plaque. Je me tourne vers Tess. Ma sœur et moi échangeons un regard, puis Tess dit :

— N'oublie pas Valentine, Grannie. L'avenir de l'entreprise, c'est elle.

— Je pense à mes petits-enfants, oui.

Grannie récupère la plaque des mains de Tess.

— À vous tous.

5

Forest Hills

IL N'Y A PERSONNE DANS LA STATION de la 8e Rue quand Grannie et moi prenons le métro pour nous rendre dans le Queens. C'est un dimanche matin calme, mais les preuves de la folle nuit de samedi, bouteilles d'alcool et canettes de soda vides, jonchent le couloir. Lorsque nous franchissons le tourniquet et parvenons sur le quai, cela sent l'huile de moteur et les doughnuts. Je n'ai jamais compris comment l'odeur des doughnuts pouvait descendre depuis la rue, alors que l'air frais, non.

Une rame arrive. Les portes gris terne s'ouvrent, je monte et je scrute l'intérieur du wagon pour m'assurer que c'est *un bon.* Dans un bon wagon, on ne voit pas de restes d'aliments sur les sièges, ni d'usagers bizarres, ni de mystérieuses taches humides par terre. Grannie choisit deux sièges dans le coin et je m'assieds à côté d'elle. Tandis que le train repart, elle sort le *New York Times* de son sac et commence à lire.

— C'est un coup fourré, tu sais ? lui dis-je. Un brunch, officiellement, mais il y a anguille sous roche. J'ai du flair pour ce genre de choses.

— On ne va pas regarder les photos et la vidéo du mariage de Jaclyn ?

— Si, mais ce n'est pas tout.

Grannie plie le journal pour former un petit carré.

— Quoi, à ton avis ?

— Difficile à dire. Et *toi*, qu'est-ce que tu en penses ?

J'essaie la méthode frontale avec Grannie, qui est connue pour sa façon de ne pas parler des sujets importants, puis de lâcher une bombe en pleine réunion de famille. Comme elle ne me répond pas, je change d'angle d'attaque.

— Alfred a appelé. Qu'est-ce qu'il voulait ?

— Il avait juste une question à propos de la taxe d'habitation.

— Ah bon. Je croyais qu'il avait déjà vendu l'immeuble et qu'il nous envoyait les déménageurs.

Grannie pose le journal sur ses genoux.

— Valentine, je cherche seulement à faire ce qui est le mieux pour ma famille.

J'ai envie de lui rétorquer que, cette fois, le mieux pour sa famille est un mal pour nous deux. J'ai rencontré un agent immobilier, et il n'y a tout simplement aucun autre local dans nos prix à proximité de Perry Street où installer l'atelier Angelini. Il a trouvé un loft dans une zone industrielle de Brooklyn, entre un garage automobile, une fonderie et une scierie. L'idée de quitter les bords de l'Hudson et l'énergie de Greenwich Village m'a rendue si triste que je ne suis même pas allée le visiter.

— Tu comprends pourquoi je suis un peu tendue, dis-je en regardant par la fenêtre.

— Il ne s'est encore rien passé.

Je hoche la tête. C'est du Grannie typique, et précisément l'attitude qui nous a mises dans cette situation. Qui plus est, je crains d'être comme elle. Le déni procure un confort temporaire, capitonné avec l'espoir et la foi en la chance. C'est un état émotionnel neutre qui convient à toutes les circonstances. Des années peuvent s'écouler avant que tombe le couperet, et en attendant ? Tout va *très bien.* On se contente d'espérer. Le déni ne cause aucun dégât jusqu'à la dernière minute, lorsqu'il est trop tard pour se sortir d'une impasse.

— Excuse-moi. Je suis anxieuse, c'est tout.

Quand le métro arrive à la station de Forest Hills, j'aide Grannie à se lever. Sa main est ferme, mais ses genoux faiblissent de plus en plus. Elle peine à monter l'escalier le soir et elle a presque complètement cessé ses promenades dans le Village. J'ai découpé un article du *New York Times* sur la chirurgie du genou et je l'ai posé à côté de son café du matin, mais quand elle a lu qu'il fallait compter six semaines de convalescence, elle a déclaré : « Mes genoux ont résisté jusqu'ici, ils m'amèneront bien à la ligne d'arrivée. » Puis elle a jeté l'article dans la poubelle du recyclage.

Heureusement, il y a un ascenseur. Je ne sais pas comment nous aurions fait autrement. J'aurais peut-être été obligée de la charger sur mon dos pour gravir l'escalier, comme le berger de notre crèche de Noël qui porte son mouton.

Nous sortons dans la rue à la hauteur de l'église Notre-Dame-Reine-des-Martyrs, où je suis allée à la messe tous les dimanches jusqu'à ce que j'entre à l'université. Grannie se tient à mon bras pour parcourir les deux cents mètres qui nous séparent de la maison familiale.

— Tu sais, parfois je n'arrive pas à croire que j'ai grandi ici, dis-je en contemplant mon ancien quartier.

— Quand ta mère m'a annoncé qu'elle déménageait à Forest Hills après son mariage, j'ai failli avoir une attaque. Elle a dit : « *Mamma,* la qualité de l'air ! » À présent je te pose la question : est-ce que l'air est meilleur ici que chez nous à Manhattan ?

— Tu oublies la source principale de son bonheur : son jardin, et son garage attenant à la maison.

Grannie secoue tristement la tête.

— Voilà à quoi aspirait ta mère. Pouvoir garer sa voiture chez elle. J'ai dû mal m'y prendre…

— C'est une bonne mère, Grannie, et un membre respecté de la bourgeoisie de Forest Hills.

Nous traversons la rue, ma grand-mère toujours accrochée à mon bras.

— Est-ce qu'elle s'est révoltée, à l'adolescence ?

— Hélas, non ! J'espérais qu'elle deviendrait une hippie comme les jeunes de son âge. Eux, au moins, ils avaient du cran. Je lui ai dit que chaque génération devait attraper son époque au collet et la secouer un bon coup. Mais la seule chose que ta mère voulait secouer, c'était un Martini. Franchement, je ne sais pas d'où elle nous est venue, celle-là.

Je comprends ce que Grannie veut dire. Autrefois, je priais pour avoir une mère féministe. La mère de mon amie Cami O'Casey, Beth, était une femme mince comme un manche à balai, avec les cheveux grisonnants à trente-six ans, qui portait des sandales de pèlerin et mangeait des tonnes de flocons d'avoine. Elle travaillait pour une association d'aide aux démunis à Harlem et participait à des marches pour la paix pendant que la mienne restait assise à la maison en attendant le retour des bas résille.

Aujourd'hui encore, ma mère pratique la lecture des magazines de mode comme d'autres soulèvent des haltères. Elle sait quand il faut ranger le vert citron sur les étagères parce que le violet est la couleur du moment. Dans les années quatre-vingt, à l'époque glorieuse de la permanente, Maman ressortait de chez le coiffeur avec une crinière tellement volumineuse qu'elle rentrait à peine dans la voiture.

J'ai récité un chapelet en 1984 pour que ma mère ne souffre pas d'emphysème plus tard, à cause de toute la laque qu'elle vaporisait sur ses cheveux. Dans la foulée, j'ai prié pour mon père aussi, qui risquait de développer un asthme chronique en tant qu'inhalateur passif. J'imaginais la police découvrant notre famille entière morte sur la moquette du salon, empoisonnée par les chlorofluorocarbures contenus dans les aérosols. Le jour où j'ai montré un article scientifique à ma mère pour la mettre en garde contre les dangers de ces fixateurs, elle m'a répondu :

« En tout cas, quand la police nous trouvera, je serai bien coiffée. »

— Ta mère s'est encore déchaînée dans le jardin, fait remarquer Grannie lorsque nous parvenons devant le 162 Austin Street.

La résidence des Roncalli, de pur style Tudor, fraîchement repeinte, présente une façade à colombages chocolat et blanc cassé. Trois nouveaux buissons de houx ont été installés de part et d'autre de la porte. Au lieu de la traditionnelle pelouse, deux parterres de fleurs cerclés de brique débordent de citrouilles, de choux pommés et d'impatiens pourpres. Trois énormes paniers suspendus sous la véranda répandent une cascade de feuillage vert brillant. Au-dessus des fenêtres, un drapeau américain côtoie son homologue italien, tandis que les jardinières aux balustrades sont plantées de moulins à vent en plastique rouge, blanc et vert qui tournoient dans la brise. Partout où se pose le regard, quelque chose pousse, virevolte ou se balance.

— Elle ne sait pas s'arrêter, marmonne Grannie en remontant l'allée. Je me demande combien elle dépense chaque année à la jardinerie.

— Des tombereaux de billets.

— Bonjour, les jeunes !

Maman ouvre la porte et se précipite à notre rencontre.

— *Mamma*, tu as une mine resplendissante.

— Merci, Mike.

Grannie embrasse ma mère sur la joue.

— Ton jardin est…

— Je déteste l'herbe, tu sais bien. Ça fait trop campagne.

Maman est vêtue d'une longue tunique en soie blanche, avec un pantalon assorti. La profonde encolure en V de sa tunique est incrustée de turquoises. Ses cheveux bruns brushés flottent librement sur ses épaules et laissent apparaître d'énormes anneaux d'oreille en argent. Ses chaussures, des mules d'hiver en suédine blanche à talons compensés, mettent en valeur ses chevilles fines. Son bras gauche, du poignet au coude, est cerclé de bracelets en argent.

— Très Jennifer Lopez, non ? s'amuse-t-elle en levant le bras.

Je réponds sobrement :

— Très.

— Je prépare des omelettes individuelles. Papa sert son espèce de pain perdu… Tout le monde est là.

À l'intérieur, la maison de mes parents est un vibrant hommage à l'Empire colonial britannique comme on le voit dans les magazines de décoration. Les Italo-Américains adorent tout ce qui est anglais, parce que nous respectons ceux qui sont arrivés les premiers. Aussi ma mère a-t-elle une prédilection pour le chintz à dominante cerise, les tapis tressés, les lampes en céramique et les peintures à l'huile représentant une campagne anglaise qu'elle n'a jamais vue.

Grannie et moi suivons Maman dans la cuisine, toute blanche – appareils électroménagers modernes et plans de travail en marbre avec liseré noir. Maman appelle cette palette de couleurs « réglisse et marshmallow » puisque, dans sa vie, rien n'est jamais nommé noir ou blanc.

Jaclyn a étalé les photos de son mariage sur la table. Alfred est assis en bout de table, mais c'est Tess, à sa droite, qui retient mon attention. Son nez est rouge ; elle a pleuré.

— Tu n'es tout de même pas si moche que ça sur les photos ! je lance pour la taquiner, mais elle détourne les yeux.

Tandis les autres saluent et embrassent Grannie, je lui fais signe de me suivre dans le cabinet de toilettes. Le papier à pois roses, verts et jaunes de cet espace exigu me donne chaque fois l'impression d'avoir atterri dans un flacon de pilules.

— Qu'y a-t-il ?

Tess secoue la tête, incapable d'émettre un son.

— Allez, raconte…

— Papa a un cancer !

Tess fond en larmes. Soudain la porte s'ouvre, et nous découvrons Papa, Maman, Alfred et Jaclyn, pressés les uns contre les autres, comme si nous étions dans un train qui démarre et qu'ils nous disaient au revoir sur le quai.

D'un seul coup d'œil à Papa, je comprends que c'est vrai et je crie :

— Poussez-vous, j'ai besoin d'air !

Ils s'écartent pour nous laisser sortir. Papa me rattrape et me serre dans ses bras. Bientôt, Tess et Jaclyn l'enlacent. Alfred se tient en retrait, le visage encore plus sombre que d'habitude. Maman entoure de son bras les épaules de Grannie. De grosses larmes roulent sur ses joues, et pourtant, miraculeusement, son mascara ne coule pas.

— Papa, qu'est-ce qui t'arrive ?

— Je ne veux pas que vous vous inquiétiez. Ce n'est pas grand-chose.

— Pas grand-chose ! C'est un cancer !

Malgré ses efforts pour se maîtriser, Tess sanglote de plus belle.

— Un cancer de quoi ? je demande.

— La prostate, répond Maman.

Grannie prend mon père par le bras.

— Je suis désolée, Dutch. Que dit le médecin ?

— Qu'il s'agit d'un stade précoce, et que je peux donc envisager plusieurs options. Je crois que je vais choisir les implants radioactifs dans les couilles.

Jaclyn a les yeux noyés de larmes.

— Papa... Tu es obligé d'employer ce mot-là ?

— Je ne voulais pas dire scrotum devant ta grand-mère.

— C'est mieux que couilles, fait remarquer Maman.

— Bref. En tout cas, il paraît que soixante-quinze pour cent des hommes de mon âge ont un problème à la prostrate.

— La *prostate,* chéri.

À l'intonation de ma mère, je devine que ce n'est pas la première fois qu'elle corrige mon père depuis le diagnostic.

— Prostrate, prostate, qu'est-ce qu'on s'en fiche ? J'ai soixante-huit ans, il faudra bien que je parte de quelque chose.

Papa se frappe la poitrine.

— Et puisque mon palpitant se porte à merveille, alors voilà, ce sera le cancer. Je voulais vous annoncer à vous et à vous seuls, ma progéniture, contre quoi j'allais me battre. Sans la présence des conjoints ni des enfants... En plus, je me voyais mal raconter aux petits que Grand-Papa a un problème avec son zizi. J'ai eu raison, non ?

— Oui, tu as eu raison.

Je regarde mon père, qui est la personne la plus drôle que je connaisse mais ne s'en rend pas compte. Il a travaillé toute sa vie à la Direction des parcs municipaux, ici à Forest Hills, jusqu'à ce qu'il prenne sa retraite il y a trois ans et devienne alors le jardinier attitré de Maman. Il s'est serré la ceinture, économisant chaque sou pour envoyer ses enfants à l'université. Il a été la covedette avec Maman, qui tenait la tête d'affiche, dans le film de leur couple. Je n'imaginais jamais qu'il puisse lui arriver quelque chose. Ce n'est pas un saint, certes, mais il a toujours été stable.

Ma mère joint les mains comme une première communiante.

— Nous sommes une famille unie. Nous allons affronter cette épreuve tous ensemble. Nous nous battrons, et nous gagnerons.

Après cette déclaration digne d'un président au lendemain d'une catastrophe nucléaire, elle inspire profondément.

— Selon le médecin, le cancer est au stade deux...

— ... sur quatre, précise aussitôt Papa.

— ... ce qui est une très bonne nouvelle. Cela signifie qu'à son âge, votre père n'en mourra probablement pas.

Je n'aime pas beaucoup la formulation de Maman, et les autres non plus. Elle continue :

— Je suis prête pour ce combat. Lui aussi. Et Dieu merci, Alfred va appeler son ami oncologue à Sloan-Kettering, afin que votre père reçoive les meilleurs soins de tout le pays.

Alfred hoche la tête pour confirmer.

— Nous avons des enfants magnifiques... des petits-enfants...

Maman écarte les bras.

— … une maison de rêve, une belle vie…

Elle fond en larmes en concluant :

— Nous sommes jeunes et nous allons vaincre ce cancer. Un point c'est tout.

Papa applaudit.

— Bravo, Mike. Qui veut du pain perdu ?

J'ai bu beaucoup trop de café. Sans doute parce qu'avec la cafetière en argent de Maman et son délicat service en porcelaine, on évalue mal la quantité réelle que l'on absorbe. Ou bien parce que remplir à nouveau ma tasse me fournissait une excuse pour me lever de table de temps à autre et ne pas pleurer devant mon père.

Nous avons réussi à maintenir un semblant de légèreté autour de la table, mais la conversation, plombée par de fréquents silences, nous a tous épuisés. Feindre la bonne humeur sachant mon père malade, alors qu'il n'a jamais gardé le lit un seul jour durant sa vie, requiert un effort soutenu. Même pour moi, *la Rigolote.*

Les filles ont à présent débarrassé la table et trient les photos du mariage. Papa et Alfred font acte de solidarité masculine en regardant un match de foot dans le bureau.

Je me suis échappée dehors pour prendre l'air, mais une fois dans le jardin, je succombe à un accès de claustrophobie tant la décoration est surchargée. Il n'y a tout simplement aucun endroit où la nature ne soit pas assaillie par divers ornements, parmi lesquels un cadran solaire, une baignoire pour oiseaux et trois chérubins Renaissance jouant de la flûte. Mon visage reflété dans le globe en verre bleu posé sur un piédestal ressemble à un portrait de Modigliani, ovale, démesurément long, et triste.

— Tiens, tu es là, dit Papa derrière moi.

— À ton avis, pourquoi est-ce que Maman s'acharne à copier le style colonial anglais ? Tu penses qu'elle espère découvrir un jour Colin Firth en train de prendre un bain dans la baignoire pour les oiseaux ?

Je m'assieds sur un minuscule banc de jardin. Papa se glisse à côté de moi, de sorte que nous sommes serrés comme deux sardines. Nous restons silencieux un moment, puis je murmure :

— On se croirait dans le tableau *L'Agonie du Christ au jardin des oliviers*…

Papa rit et passe un bras autour de mes épaules.

— Je ne veux pas que tu t'inquiètes pour moi.

— Désolée, Papa, je ne peux pas m'en empêcher.

— J'ai eu beaucoup de chance dans la vie, Valentine. Et puis, le cancer n'est plus ce qu'il était. C'est comme une couronne dentaire, m'a dit le médecin. On oublie qu'on en a un… Parfois la rémission peut durer si longtemps qu'on finit par mourir d'autre chose.

— Bel optimisme.

— D'autant que je n'ai pas été un saint, Val. Je mérite sans doute ce qui m'arrive.

— Quoi ?

Je me tourne vers lui, ce qui n'est pas facile sur ce banc qui semble sortir d'une maison de poupées Barbie.

— *Mezzo-mezzo.*

De la main, mon père me fait signe de baisser d'un ton.

— J'ai essayé d'être un bon père et un mari correct. Mais je suis humain et j'ai parfois été défaillant.

— Tu es quelqu'un de bien, Papa. Tu n'as pas été si défaillant que ça.

— Ah… suffisamment pour que j'aie maintenant à payer la facture.

— Tu n'as pas un cancer parce que tu as commis des erreurs dans ta vie.

— Bien sûr que si. La preuve : Dieu ne m'envoie pas un cancer des poumons parce que j'ai fumé. Le cancer s'est mis là en bas parce que… tu sais.

Ce « tu sais » nous plonge chacun dans un examen silencieux de nos souvenirs. J'ignore ce qu'il revoit, lui, de l'année 1986. Pour moi, c'est une époque où le socle de notre famille a été ébranlé par la crise de milieu de vie de mon père, et par la façon dont ma mère l'a gérée.

— Je ne crois pas en un Dieu vengeur, dis-je au bout d'un moment.

— Moi, si. Je suis un catholique à l'ancienne. Je crois tout ce que les bonnes sœurs m'ont enseigné. Elles me racontaient que Dieu me regardait, chaque seconde, chaque jour, et que je ferais mieux de Lui demander de pardonner mes péchés avant de me coucher, parce que si, par accident, je m'étouffais pendant la nuit sans avoir purifié mon âme, j'irais droit en enfer. Ensuite, quand j'étais adolescent, elles m'ont répété qu'avant même de m'autoriser la moindre pensée sexuelle, je devais absolument épouser la fille. Ce que j'ai fait. Mais plus tard, je me suis interrogé sur Dieu, sur ce qu'Il est vraiment, et j'en suis arrivé à la conclusion qu'Il ne me regardait pas vraiment, jour après jour, comme le prétendaient les sœurs.

— Ah non ? Qu'est-ce qu'Il faisait, alors ?

— J'ai pensé qu'Il m'avait donné la vie, et après : « *Ciao*, Dutch, maintenant débrouille-toi. » La suite, mener une bonne vie et bien me conduire, c'était mon boulot à moi. Une âme, c'est comme une ardoise magique. Quand on se trompe, on a une chance de dire qu'on regrette, de retourner l'ardoise et de la secouer pour effacer la mauvaise action. En gros, c'est le principe de la confession. L'idée, c'est d'atteindre la ligne d'arrivée avec une âme vierge. Le cancer est peut-être une bonne chose, finalement, parce que ça me donne la possibilité de me préparer. C'est un cadeau qui m'est offert. La plupart des gens n'en reçoivent pas autant.

Mes yeux s'emplissent de larmes.

— Je ne veux pas que tu meures, Papa.

— Ça viendra bien un jour, pourtant.

— Mais pas maintenant. C'est trop tôt.

— En tout cas, je veux être prêt. S'il y a vraiment un jugement comme le promettaient les sœurs, j'aurais mis mes petites affaires en ordre. Dieu apparaîtra à la fin comme au commencement, et Il verra que j'ai bien agi. Qu'est-ce qu'on peut demander de mieux ? Moi, ça ne me déplairait pas de rencontrer le bon Dieu, au bout du compte.

Mon père n'a jamais été bavard, surtout pour ce qui touchait à ses sentiments. Mais même s'il ne le disait pas, je savais qu'il nous aimait, d'un amour profond et dévoué. J'ignorais qu'il nourrissait ce genre d'aspirations spirituelles. Selon moi, il n'en avait pas besoin, parce qu'on n'aurait pu trouver une once de noirceur chez lui.

— Tu ne m'avais jamais parlé de Dieu avant.

— L'église l'a fait à ma place. Pourquoi crois-tu qu'on vous traînait à la messe tous les dimanches ? Ces gens-là sont des pros de la rédemption…

Il croise les mains sur les genoux et marque une pause avant de poursuivre :

— Même si je suis loin d'être un saint homme, je me suis quand même posé la grande question : qu'est-ce qui en moi, Dutch Roncalli, est éternel ?

— Et quelle est la réponse ?

— L'unité paysagère 134. Quand j'ai été nommé à la Direction des parcs municipaux en 1977, on m'a chargé de créer un espace vert d'un hectare planté de sapins autour d'une mare. Cette parcelle ne pourra jamais être vendue, comme Central Park. La loi exige que l'habitat naturel y soit préservé à perpétuité. Alors, voilà. C'est mon petit cadeau aux générations futures du Queens. Ça ne vaut pas grand-chose, mais pour moi, c'est un morceau d'éternité.

— C'est formidable, Papa.

Je respire à fond.

— Tu ne penses pas que ce que tu donnes surtout à la postérité, ce sont tes enfants ?

— Je ne suis pour rien dans ce que vous êtes devenus, toi, Tess, Jaclyn et Alfred. Vous êtes comme ces hamsters qu'on vous confiait à l'école, une semaine tour à tour. Un prêt, c'est tout. J'ai simplement veillé sur vous jusqu'à ce que vous soyez assez grands pour veiller sur vous-mêmes.

— Mais tu nous as aimés, aussi.

— Absolument. Et du point de vue de mes obligations de père, je ne m'en suis pas mal tiré. Aucun de vous n'est devenu drogué, accro au jeu ou bookmaker. Personne n'a de tic. Mais ça, c'est à porter au crédit de ta mère. Vous avez tous réussi dans votre domaine. Et toi, qui reprends l'atelier et t'occupes de ta grand-mère... Tu seras payée de retour, Valentina.

Mon père est la seule personne dans mon entourage qui ajoute un *a* à la fin de mon prénom, et l'entendre me fait un bien immense.

Puis il ajoute :

— Quelqu'un s'occupera de toi aussi quand tu seras vieille. Juste retour des choses.

— Espérons-le.

— Un homme danserait sur les mains pour épouser une perle comme toi.

— Moi ?

— Oui, toi. Tu as un grand cœur. Dans la famille, tu es celle qui me ressemble le plus. Tu n'es pas née avec toutes les réponses, comme Alfred. Tu n'avais pas un plan tracé à l'avance, comme Tess. Et tu ne t'es jamais appuyée sur ton joli minois, comme Jaclyn. Tu as travaillé dur pour ce que tu as obtenu. Voilà pourquoi tu es rigolote. Il te fallait avoir le sens de l'humour quand les choses ne marchaient pas comme tu le souhaitais. C'est pareil pour moi. Ça n'a pas toujours été facile. Mais je n'ai jamais renoncé. Ne renonce pas, toi non plus.

— Je te le promets.

— Je voudrais que tu trouves un gentil garçon.

— Tu as quelqu'un à me présenter ?

Papa lève les mains en un geste d'impuissance.

— C'est toi qui décides. Je ne me mêle pas de ces affaires-là.

— Justement, j'ai rencontré quelqu'un.

— Ah bon ?

À son tour, mon père se cogne la hanche en se tournant vers moi. Je me serre sur le côté pour lui permettre de boucler son virage à cent quatre-vingts degrés.

— Qu'est-ce qu'il fait ?
— Il est chef cuisinier. Italien.
— Un vrai Italien ? Ou un Albanais ou un Tchèque ? Tu sais, de nos jours, ils arrivent avec un accent et ils ouvrent des pizzerias en se faisant passer pour les fils de Mama Leone. Nous, les vrais Italiens, on n'est pas dupes.
— Non, c'est un vrai Italien, Papa. De Chicago.
— Et alors ? Qu'est-ce que tu en penses, de ce *paisano* ?
— Je ne sais pas.
— Tu veux que je te dise ? Tu n'es pas obligée de *tout* savoir. Parfois, c'est mieux.

Le calme d'un dimanche après-midi envahit le jardin. L'accoudoir du banc me pince la cuisse, mais je ne bouge pas. Je voudrais rester assise à côté de mon père aussi longtemps que possible, rien que nous deux ; lui, avec ses théories sur la religion, l'amour et la vie éternelle des arbres, et moi, espérant qu'il sera encore là pour les autres tournants de mon histoire.

Je glisse ma main dans celle de mon père, un geste que je n'ai pas fait depuis mes dix ans. Il la serre fort, comme s'il n'allait jamais la lâcher. Tandis qu'il fixe la Vénus de Milo miniature devant lui, probablement sans la voir, je regarde vers la maison. Ma mère est debout à la fenêtre de la cuisine, et c'est elle à présent qui ressemble à une triste figure de Modigliani.

*
* *

Les brosses de la lustreuse tournent quand j'appuie sur la pédale. J'enfile un gant de coton, attrape délicatement un escarpin en cuir rose que je place entre les brosses et le maintiens jusqu'à ce qu'il ressemble à l'intérieur d'un coquillage iridescent.

Lorsqu'on travaille avec du cuir, il n'y a pas de plus grande joie que de trouver la patine appropriée. Les pièces que nous envoient les tanneurs sont superbes, mais sans l'art du maître bottier, ce ne sont que des morceaux de peau. Le cuir travaillé à la main développe sa propre personnalité ; le martelage et le repoussage lui donnent un profil, tandis que le polissage lui confère du caractère. Et le caractère le rend unique en son genre.

Après la création du dessin, il faut parfois plusieurs jours pour restaurer le cuir avec du cirage, le laisser sécher, puis le lustrer et le glacer pendant des heures afin d'obtenir une teinte qui plaît aux yeux et sied à la chaussure. Celle-ci capte la lumière de manière différente selon les nuances de la couleur, son intensité et, enfin, le brillant qui révèle la nature précise de son énergie. Ma grand-mère m'a appris que la combinaison des effets possibles était infinie, tout comme les notes de musique. Une fois, une mariée particulièrement capricieuse a demandé des chaussures du même bleu Tiffany que la boîte qui avait contenu sa bague de fiançailles. J'ai mis un mois avant de parvenir à la bonne nuance.

Je m'attaque à la seconde chaussure quand j'entends soudain de petits coups frappés à la fenêtre. Bret me salue de la main, et je lui fais signe de se diriger vers la porte.

— Tu es debout drôlement tôt, dit-il quand je lui ouvre.

— Tel est le lot des maîtres bottiers. Apparemment, les barons de Wall Street sont logés à la même enseigne.

Je consulte la pendule. Il est six heures et demie. Je suis descendue dans l'atelier à cinq heures.

— J'ai des infos pour toi.

Bret s'assied sur le tabouret à la table de coupe. Il ouvre un des dossiers qu'il tient à la main.

— J'ai fait quelques recherches. D'abord, je dois te dire que ton activité est la pire qui soit, du point de vue de l'attrait pour les investisseurs.

— Super.

— La mode est un domaine à haut risque, totalement dépendant des caprices du marché et des habitudes de consommation individuelles. On note bien plus d'échecs que de réussites. Les créateurs sont des artistes, par conséquent considérés comme peu fiables dans le monde des affaires. En gros, tous les produits fabriqués à la main ont une cote assez faible en termes d'investissement.

Il me paraît étrange que les chaussures, qui sont un objet de première nécessité pour l'être humain, puissent susciter une telle méfiance, mais je laisse Bret poursuivre :

— Sauf si tu es Prada, ou une autre famille vénérable susceptible de servir de vitrine à un conglomérat.

— Et le fait que l'entreprise existe depuis 1903, ça aide ?

— Oui. C'est un indicateur de qualité et de savoir-faire. Mais cela envoie aussi un signal à l'investisseur, qui dit : *raréfié.*

— Pardon ?

— Ton nom n'est connu que d'un public très restreint et les chaussures de mariage sont un produit de luxe. Compte tenu de l'économie actuelle, les gens qui cherchent un bon retour sur investissement ne vont pas vers le luxe. La mode, en ce moment, c'est essentiellement une question de tendances et de prix d'achat. Ce qui explique pourquoi tant de célébrités ont maintenant leur ligne de vêtements. Et ce sont les grandes enseignes à bas prix comme H&M qui financent.

— Très bien, mais nous, on ne fait pas la même chose.

— Ce que vous *pourriez* faire, en revanche, comme la plupart des créateurs, c'est louer votre marque et vos modèles. Vous autorisez alors la production en masse et vous touchez une part des bénéfices. Mais il faudrait tout de même gagner la confiance des marchés.

— Tous les grands stylistes de robes de mariée ont utilisé nos modèles, à un moment ou à un autre. Vera Wang nous envoyait régulièrement ses acheteuses, jusqu'à ce qu'elle commence à les fabriquer sous son propre nom.

— C'est exactement ce que je suis en train de t'expliquer. Quand ils lancent leur ligne secondaire à des prix plus abordables, ils raflent la part du marché qui devrait vous revenir, à *vous.* Val, si on veut que les chaussures Angelini sortent du rouge grâce aux liquidités apportées par des investisseurs, il te faut un produit stylé, certes, mais qui puisse être fabriqué et vendu en masse pour rapporter gros.

— Je ne sais même pas si Grannie m'autoriserait à vendre nos modèles. Ils ont été créés par mon arrière-arrière-grand-père…

— Alors tu dois en dessiner de nouveaux. Quelque chose qui reflète la marque Angelini, mais qui t'appartienne en propre. Dans ce cas, tu n'aurais même pas besoin de la permission de Grannie. La dure vérité, c'est que personne n'est intéressé par un atelier de chaussures qui ne peut produire que trois mille paires par an. Tu continuerais bien sûr à fabriquer des chaussures sur mesure, puisqu'elles sont l'identité de la marque. Mais si tu ne fournis pas à tes investisseurs la possibilité de se positionner sur le marché de masse, tu ne pourras jamais rembourser ta dette, payer tes traites et conserver un espace de travail en plein Manhattan, dans l'un des quartiers les plus prisés au monde. C'est la seule solution.

En partant, Bret me laisse un dossier, résultat de sa recherche sur diverses entreprises familiales spécialisées dans les articles de luxe qui ont affronté le passage à la modernité. Il y a des colonnes de chiffres, des tableaux et des graphiques comparant l'augmentation des ventes de certains produits au cours des vingt dernières années, ainsi que le récit de plusieurs faillites. Parmi les réussites sont citées Hermès, Vuitton et Prada. Le rachat des petites entreprises par des conglomérats semble être la norme dans le monde de la mode. Je contemple l'atelier, avec ses machines du siècle dernier et nos patrons dessinés à la main sur du papier fort, et je me demande s'il est vraiment possible d'adapter l'atelier Angelini à l'ère de la vente en masse. Et quand bien même ce serait possible, suis-je capable de piloter l'opération ?

*
* *

Le ciel de novembre au-dessus de l'Hudson est couleur lilas, frangé de nuages sombres. De temps à autre, le soleil orangé jette quelques rayons sur les eaux agitées du fleuve où se pressent des moutons menaçants comme les dents d'un couteau. Je serre la ceinture de mon manteau en laine, rabats ma casquette de base-ball sur mon front et enfonce ma longue écharpe chenille dans mon col.

— Tiens.

Roman me tend un gobelet de café chaud qu'il a acheté en chemin et s'assied avec moi sur le banc du parc. Il cale ses pieds chaussés de Doc Martens vintage noires sur la rambarde devant nous. Dans son jean délavé et son blouson en cuir chocolat qui a sans doute une bonne vingtaine d'années, il est tout ce qu'on imagine de plus sexy.

Il passe un bras autour mes épaules.

— C'est gentil d'avoir appelé, dis-je.

— Entre tes chaussures et mes gnocchis, c'est un miracle qu'on ait pu s'échapper en même temps.

Roman est venu me rejoindre quand je lui ai annoncé que j'allais faire une pause-café sur le quai. La veille, il avait deviné que quelque chose me perturbait quand je suis passée au restaurant et que je l'ai aidé à préparer ses aubergines, et aujourd'hui, au téléphone, je lui ai dit que mon père avait un cancer. Je ne voulais pas lui en parler, parce qu'il n'y a pas pire qu'une mauvaise nouvelle pour plomber les débuts d'une histoire d'amour. L'un de nous (lui) se serait senti obligé de réconforter et de distraire l'autre (moi). À éviter, non ?

Roman boit son café à petites gorgées.

— Quel genre d'homme est ton père ?

Je considère longuement la rivière, comme si les eaux allaient s'ouvrir en deux pour m'apporter la réponse. Enfin, je réponds :

— Le genre cuir toscan.

Roman rit.

— Qu'est-ce que ça veut dire ?

— Dur à l'extérieur, doux à l'intérieur. Pas glamour. Durable. Mais très souple. Il me ressemble beaucoup. Quand il fait une erreur, il met du temps à comprendre.

— Donne-moi un exemple.

Roman me serre contre lui, en partie pour me réchauffer, mais surtout parce que quand nous sommes ensemble, nous avons du mal à ne pas rester collés l'un à l'autre.

— Papa travaillait à la Direction des parcs municipaux du Queens, et il est allé à une conférence au nord de l'État de New York pendant l'été 1986. Là-bas, il a rencontré une femme. Une certaine Mary, de Pennsylvanie… Bref. Il est revenu, et tout paraissait normal, sauf qu'il s'est soudain fait pousser la moustache et a porté des lentilles de contact. J'étais petite, mais je me souviens que je n'arrêtais pas de le regarder et je pensais : « Cette moustache ressemble à un masque. Que cache Papa ? »

— Comment ta mère l'a-t-elle su ?

— Elle a reçu un coup de fil anonyme un jour. Quand elle a raccroché, elle est devenue de la couleur d'une laitue iceberg. Elle a fermé la porte et elle a appelé Grannie. Enfants, déjà, on savait que ma mère ne nous annoncerait jamais une mauvaise nouvelle. Alors Tess, ma sœur aînée, a écouté la conversation sur le deuxième combiné. Après avoir raccroché, Maman a fait nos valises et on est venus ici, à Perry Street, avec Grannie et Grand-Papa. Bien sûr, elle n'a jamais dit qu'elle quittait Papa. Elle a inventé une histoire de gros travaux de réfection dans notre maison et que Papa restait pour superviser les électriciens.

— Donc, personne ne savait.

— Officiellement, non. Maman a quand même dit à Grannie qu'elle avait besoin de réfléchir. Mais nous, les enfants, on était dans un brouillard total.

— Ton père ne vous a jamais expliqué ce qui se passait ?

— Il venait dîner avec nous le dimanche soir, mais curieusement, Maman disparaissait pile à ce moment-là. Elle avait toujours une excuse, une course à faire, une amie à retrouver. Maintenant je sais qu'elle ne supportait pas de le voir. J'ai appris récemment qu'elle allait au cinéma chaque fois que Papa venait. Elle a vu *Flashdance* neuf fois cet été-là.

— J'ai vraiment hâte de la rencontrer, déclare Roman avec un sourire amusé.

— Au bout de deux mois, Maman a regroupé ses bataillons et décidé d'une stratégie pour sauver sa famille. Mon père est un obsédé de la sécurité. Il vérifie que tout est fermé avant d'aller se coucher, chaque fenêtre, chaque porte. Maman a toujours été la téméraire. Papa, le responsable. Elle savait qu'il ne renoncerait jamais à la sécurité conjugale pour se lancer dans l'inconnu avec une maîtresse en Pennsylvanie.

Je bois une gorgée de café avant de poursuivre :

— Elle n'a jamais parlé de cette liaison. Jamais. Elle s'est simplement mise en retrait pour qu'il expérimente la vie sans elle pendant un moment. Crois-moi, quand on connaît ma mère et que soudain elle n'est plus là, on ressent un manque énorme. Elle a une telle force, une telle énergie. Elle était profondément blessée, mais elle savait aussi que, confronté à son absence, mon père se rappellerait ce qui l'avait attiré chez elle au début.

— Ça a marché ?

— Absolument. J'ai vu mes parents retomber amoureux l'un de l'autre. Et je peux t'assurer qu'il y a une raison pour laquelle les parents vivent leur histoire d'amour *avant* la naissance des enfants : parce que c'est un spectacle insupportable. Je surprenais ma mère sur les genoux de mon père quand je rentrais de l'école. Une fois, je les ai même vus en train de se peloter dans la cuisine. À partir de ce moment-là, ma mère s'est montrée tellement adorable, tellement facile à vivre, tellement présente et à l'écoute que Papa a rendu les armes. Brusquement, l'autre femme a perdu tout intérêt à ses yeux. Comment Mary de Pennsylvanie aurait-elle pu rivaliser avec Mike de Manhattan ?

— Je n'ai jamais vu mes parents attentionnés l'un envers l'autre.

— Forcément. Ta pauvre mère était épuisée par le restaurant. Qui se sent tendre après avoir passé douze heures à préparer des bolognaises, à frire du poisson et cuire du pain ? Pas moi.

— Et elle continue à se tuer à la tâche dans cette cuisine, pendant que mon père se pavane en costume et bavarde avec les clients. C'est un restaurateur de la vieille école. Mais ils fonctionnent bien ensemble.

— Tu sais ce que Grannie a dit à ma mère quand elle est retournée avec mon père ?

— Quoi ?

— Elle a dit : « Lâche-lui la bride, Mike. » En d'autres termes, ne lui fais pas payer son erreur jusqu'à la fin de sa vie. Montre-lui que tu as confiance. Et Maman a suivi son conseil.

— J'aime bien cette idée… Lâcher la bride.

— J'étais sûre que ça te plairait.

Je noue mes bras autour de son cou. Pendant que nous nous embrassons, je songe aux nombreuses fois où j'ai vu des couples enlacés sur un banc quand je marchais le long du quai. Je détournais le regard, en me demandant quand – et si – je trouverais moi aussi quelqu'un à embrasser pendant ma pause-café par une journée grise d'automne. Et maintenant qu'il est là, je me demande à quoi il pense.

Roman se lève.

— Ce soir, je sers de la bavette d'aloyau marinée.

Je rejette la tête en arrière et éclate de rire. Il me tire par la main.

— Qu'est-ce que ça a de si drôle ?

— Je dois drôlement bien embrasser pour que tu rêves de marinades en même temps.

— Tu n'imagines pas de quoi je rêve avec toi, me souffle-t-il à l'oreille en me serrant contre lui.

Il me prend par la main et m'entraîne.

— Viens, je te raccompagne.

*
* *

— Vous vous en sortez ?

Je suspends mon manteau à l'entrée de l'atelier, qui prépare une expédition. Grannie emballe des escarpins en satin dans les boîtes rouges et blanches, signature de la maison. June les couvre avec un papier de soie rouge et blanc, place le couvercle et fixe notre logo, une couronne dorée surmontée de l'inscription ATELIER DE CHAUSSURES ANGELINI en lettres d'argent très sobres.

June charge une boîte dans une caisse.

— Ouf… Soixante-quinze paires d'escarpins coquille d'œuf pour Harlen Levine chez Picardy Footwear à Milwaukee. J'ai besoin de boire une bière !

— La petite Palamara va arriver d'une minute à l'autre, m'annonce Grannie pendant que j'enfile un tablier. Tu prendras les mesures pour le patron.

— D'accord.

C'est une première. D'habitude, les mesures sont réservées à Grannie. Je jette un coup d'œil à June, qui lève un pouce enthousiaste.

On frappe à la porte. Dehors, le vent qui souffle de la rivière est tellement violent que la future mariée est presque propulsée dans l'atelier quand je lui ouvre.

Rosaria a vingt-cinq ans, un visage rond, des yeux noirs, un petit sourire rose et des cheveux blonds raides. Sa mère aussi a fait faire ses chaussures de mariage ici.

— Je suis tellement excitée ! s'exclame-t-elle.

Fouillant dans son sac, elle sort un article de magazine froissé, agrafé à une grande feuille de papier sur laquelle la robe est dessinée à la main.

— Voilà ma robe. J'ai copié une Amsale.

— Très jolie.

Grannie me tend la photo et le dessin.

— Valentine va s'occuper de vos chaussures. Elle assurera toutes les étapes de la fabrication, du début à la fin.

— Super, s'extasie Rosaria avec un grand sourire.

La robe est un modèle taille empire en faille de soie, toute simple, avec une encolure carrée et des manches courtes.

— Comment vous la trouvez ?

— Très romantique-médiéval, dis-je. Vous avez déjà vu le film *Camelot* ?

Rosaria fait non de la tête.

— Vous ne regardez pas de vieux films avec votre grand-mère ?

— Non.

June s'esclaffe.

— *Camelot* n'est pas un vieux film.

— Pour elle, si. Il date de quarante ans, dit Grannie en continuant à remplir les boîtes de chaussures.

— Le mariage a lieu en juillet prochain. Vous pensiez à une sandale ?

— J'adorerais une sandale !

J'ouvre un livre sur le bureau pour lui montrer les variantes de la Lola. Elle pousse un petit cri de joie et pointe du doigt une élégante sandale en lin à dominante rose pâle avec des lanières croisées.

— Oh, mon Dieu ! Celle-là !

— Parfait. Déchaussez-vous, nous allons prendre vos mesures.

Rosaria s'assied sur un tabouret et enlève ses chaussures. J'attrape deux morceaux prédécoupés de papier fort sur l'étagère, et après avoir écrit son nom au coin de chacun, je les étale par terre devant Rosaria, je l'aide à placer son pied droit au milieu et j'en trace le contour en marquant bien les orteils, puis je réitère l'opération avec le pied gauche. Je mesure ensuite son cou-de-pied et sa cheville pour les lanières à l'aide de brins de ficelle que je dépose dans une enveloppe marquée aussi à son nom.

— Voilà. Maintenant, le plus amusant…

J'ouvre le placard des accessoires. Rosaria contemple les boîtes en plastique transparent comme une petite fille qui a atterri dans un coffre rempli de bijoux et peut choisir tout ce qu'elle veut.

Nous sommes très fières de tous les éléments qui entrent dans la fabrication de nos chaussures. Grannie va les acheter chaque année en Italie. C'est pour elle une affaire d'éthique, autant que de loyauté. Elle achète le cuir à Arezzo, les clous et les lacets chez La Mondiale, le plus ancien fournisseur italien de matériel pour cordonnerie. Pour les embellissements, elle travaille avec deux jeunes artistes de Naples, Carolina et Elisabetta D'Amico, qui créent de véritables bijoux de chaussures. Grannie apporte des dessins de ce qu'elle souhaite, ou bien choisit parmi le vaste stock de boucles et de parures que proposent les D'Amico, dans lequel scintillent éclats de cristal, pierres en strass, fausses émeraudes et cabochons de rubis.

Nous offrons aussi une large sélection d'ornements en tissu : nœuds en velours si délicats que nous les maintenons sur les fines lanières de cuir avec des pinces à épiler pour les coudre ; fleurs en satin, lis calla en soie grège, marguerites en organza et tulle, rosettes en taffetas de toutes les couleurs possibles, depuis le rouge rubis jusqu'au pourpre sombre, sur des feuilles en velours vert mousse. À quoi s'ajoutent les minuscules lettres et chiffres découpés dans du cuir métallisé doré, argent et cuivre, avec lesquels nous composons les initiales des mariés ou la date du mariage et que nous cousons dans la tige de la chaussure, en mémoire de l'événement.

Émerveillée, Rosaria se penche sur l'étagère transparente où sont alignées les rosettes. Elle choisit d'abord un bleu barbeau, la couleur que portent ses demoiselles d'honneur. Elle est intriguée aussi par les rubans de satin incrustés de cristaux transparents, mais décide finalement qu'ils sont trop « disco » à son goût. Après maintes hésitations, elle opte pour les rosettes crème classique. Puis elle appelle sa mère afin de recueillir son approbation.

Je donne les croquis des pieds de Rosaria à June, qui les ajoute à son panier. Sur une fiche, je note quelques remarques, reporte toutes les dimensions des pieds de Rosaria, puis agrafe un échantillon du tissu, le numéro des rosettes et l'enveloppe contenant les ficelles étalon pour les lanières, pendant que Rosaria, extatique, raconte tout en détail à sa mère. Elle est aussi excitée par les chaussures que par sa robe. Après avoir raccroché, elle se tourne vers Grannie.

— Je suis tellement fière de perpétuer la tradition, sur les pas de ma mère.

— Quand est prévu votre dernier essayage ? je lui demande.

— Le 10 mai, chez Frances Spencer, dans le Bronx.

— Oui, je connais. C'est la meilleure couturière de New York. J'apporterai vos chaussures pour qu'elle ajuste l'ourlet avec la hauteur des talons.

— Merci !

Rosaria me serre chaleureusement le bras, récupère son sac et s'en va.

J'inscris la date de l'essayage sur la fiche et j'ouvre le coffret où nous rangeons les factures sur le bureau.

– Je les offre à Rosaria pour son mariage, dit Grannie sans lever les yeux des chaussures qu'elle est en train d'essuyer avec un linge en mousseline de coton. Elle ne paye pas.

— D'accord.

Je barre une facture vierge de deux traits obliques en songeant que ce n'est vraiment pas le moment.

— Tu es sûre ?

— Je suis sûre.

Grannie dépose les chaussures dans une boîte.

— Alfred a le nez dans nos chiffres, tu sais…

— Je sais. Mais ce n'est pas Alfred qui dirige cette maison. C'est moi.

June me regarde en haussant les sourcils pour signifier : *Ne discute pas.*

Je punaise la commande au tableau. Mon regard tombe sur un mot écrit de la main de Grannie : « *Rdv Rhedd Lewis au Bergdorf, 5 décembre, 10 h. Avec V.* »

— C'est quoi ce rendez-vous, Grannie ?

— Tu te rappelles la costumière sur le tournage ? Debra McGuire ? Figure-toi que malgré son sale caractère, nous lui avons plu. Elle nous a recommandées à Rhedd Lewis du Bergdorf, et celle-ci a demandé à nous rencontrer.

Je contiens tant bien que mal l'excitation dans ma voix.

— Elle a dit pourquoi ?

— Non. Peut-être qu'elle se marie et a besoin de chaussures.

— Ou bien elle veut distribuer notre marque !

La tête me tourne à l'idée de nous associer avec le grand magasin le plus chic de New York. C'est exactement le genre de configuration que Bret évoquait : une plus grosse visibilité.

— Tu imagines ? Nos chaussures au Bergdorf ?

— J'espère que non.

June, les mains sur ses hanches, se tourne vers Grannie.

— Tu te souviens quand ton mari a placé des modèles chez Bonwit Teller ? Quel désastre ! Nous n'avons presque rien vendu. On nous a finalement fait comprendre que les mariées ne voulaient pas dépenser d'argent pour leurs chaussures après s'être ruinées pour leur robe.

— Ça a été notre première et dernière percée dans l'univers du prêt-à-porter, renchérit Grannie.

— Ce sera peut-être différent cette fois. En ouvrant n'importe quel magazine de mode, on voit bien qu'il y a un marché pour des sacs à deux mille dollars. Nos chaussures paraissent une bonne affaire à côté. On ne peut pas laisser passer l'occasion.

— Ou bien vous écoutez juste ce qu'elle a à dire, et vous vous offrez un café et une viennoiserie à la cafétéria du dernier étage, résume June avec son sens pratique.

Elle attrape ses ciseaux et découpe des semelles de pointure 38 dans le papier à patron. Depuis le temps qu'elle travaille ici, elle sait qu'il est hautement improbable que Grannie change quoi que ce soit à ses habitudes, même au risque de tout perdre.

— Grannie, je pense qu'on devrait aller à ce rendez-vous avec l'esprit ouvert. D'accord ?

Elle ne me répond pas. Au même moment, une longue limousine noire s'arrête devant l'atelier. Un homme en costume bleu marine et cravate rouge sort par la portière arrière, suivi de mon frère. Le vent fait s'envoler leurs cravates comme des queues de cerfs-volants tandis qu'ils s'approchent de la porte.

— Qu'est-ce qu'Alfred fabrique ici ?

— Il a appelé pendant que tu étais sortie avec Roman… Il amène un agent immobilier.

Je croise les yeux de June, mais elle les détourne aussitôt.

— Bonjour, mesdames, dit Alfred en entrant.

Il va embrasser Grannie, puis s'adresse à l'homme :

— Je vous présente ma grand-mère Teodora Angelini. Grannie, voici l'agent immobilier dont je t'ai parlé, Scott Hatcher. Nous étions à l'université de Cornell ensemble.

Toute fière, Grannie serre la main de l'agent. Alfred, tranquillement campé sur ses jambes, examine l'atelier comme si nous n'étions pas là, June et moi. Je m'étonne toujours de voir combien mon frère sait se montrer sociable, lui qui est tellement morose en famille. Dans un contexte professionnel, sur son terrain, il a un charme incontestable.

L'agent immobilier, grand et mince, ressemble au prince Albert de Monaco – en mieux. Il a une abondante chevelure, des yeux verts écarquillés et le sourire chaleureux et forcé d'un vendeur.

— On va jeter un coup œil, Grannie, annonce Alfred qui, lui, a le sourire hypocrite d'un banquier.

— Faites donc.

Alfred entraîne l'agent.

— Commençons par le toit.

Je m'assieds sur mon tabouret et lâche un énorme soupir.

— Et voilà. Le jour que je redoutais…

— Ne le prends pas comme ça, dit gentiment Grannie.

— Comment devrais-je le prendre ?

June pose ses ciseaux.

— Je sors boire un café, déclare-t-elle. Vous voulez quelque chose ?

J'ai à peine le temps de décliner son offre qu'elle a déjà enfilé son manteau et disparaît.

— June sent quand il va y avoir une dispute, murmure Grannie.

— Je n'ai pas l'intention de me disputer avec toi. J'aimerais seulement que tu te battes un peu.

— Le Bergdorf ne nous sauvera pas. La seule chose dont je suis certaine, c'est qu'il n'y a pas de solution magique en affaires. Qui veut gravir une montagne commence par le bas.

Soudain, les vieux aphorismes de Grannie me paraissent parfaitement inappropriés, absurdes, et je sors de mes gonds.

— Tu ne sais même pas pourquoi elle nous propose ce rendez-vous ! Tu n'as pas demandé ! Dans ce cas, pourquoi tu n'accroches pas tout de suite un panneau « Liquidation totale » sur la porte ?

— Écoute-moi. J'ai déjà tout vu, tout expérimenté avec cette entreprise. Je ne compte plus les fois où nous avons failli fermer. Ton grand-père et moi étions au bord du gouffre après la mort de son père en 1950. Mais nous avons tenu bon. Nous avons survécu aux années soixante, quand nos ventes ont plongé parce que les hippies se mariaient pieds nus. Nous avons résisté pendant les années soixante-dix, alors que le volume des importations était multiplié par quatre. Ensuite, il y a eu les années « Princesse Diana », où la mode était aux beaux mariages avec des robes et des chaussures sur mesure. Nous avons remboursé nos dettes, réalisé des bénéfices… et j'ai créé les ballerines de danse pour récupérer les parts de marché que nous perdions au profit de Capezio.

Elle hausse le ton.

— Je t'interdis d'insinuer que je ne suis pas une battante. J'ai lutté, lutté, sans cesse lutté. Et je suis fatiguée.

— OK, j'ai compris !

— Non, tu ne comprends rien du tout. Tu n'as pas travaillé ici, jour après jour, depuis cinquante ans. Tu ne peux pas comprendre ce que je ressens !

À mon tour, j'élève la voix.

— Laisse-moi essayer de racheter l'entreprise.

— Avec quoi ? C'est moi qui te verse ton salaire, je sais combien tu gagnes.

— Je trouverai l'argent !

— Comment ?

— J'ai besoin d'un peu de temps pour réfléchir.

— Nous n'avons *pas* le temps ! s'écrie Grannie.

— Accorde-moi la même bienveillance que tu témoignes à ton petit-fils, et attends au moins que je lui fasse une contre-proposition.

Visiblement furieux parce que nous parlons trop fort, Alfred revient, laissant Hatcher terminer seul son inspection.

— Qu'est-ce qui se passe ?

J'annonce à mon frère :

— Je veux acheter l'entreprise et le bâtiment.

Il s'esclaffe.

Le son de son rire cruel me tord le ventre et sape ma confiance, comme chaque fois depuis que je suis toute petite.

— Avec quoi ? lance-t-il. Tu rêves !

Il écarte les bras, comme s'il était propriétaire du lieu et embrassait d'un seul geste l'atelier et le 166 Perry Street.

— Comment pourrais-tu ? Tu n'as même pas les moyens d'acheter le fer à repasser.

Je ferme les yeux et repousse mes larmes. Je ne veux pas pleurer devant mon frère. Il n'en est pas question. J'ouvre les yeux. Au lieu de me cabrer, comme je le fais toujours, je réponds fermement, de ma voix la plus grave :

— J'ai un plan.

Scott Hatcher apparaît sur le seuil de l'atelier, les mains dans ses poches.

— Je suis prêt à vous faire une offre, Mrs Angelini. Je paie comptant.

J'enfonce mon bonnet en laine sur mes oreilles qui me piquent à cause du froid. Les rues de Little Italy sont désertes en ce mardi soir, et la guirlande lumineuse de Grand Street évoque le dernier mât d'un cirque ambulant qui a replié son chapiteau. Je tourne dans Mott Street et je pousse la porte du Ca' d'Oro. Le restaurant est à moitié plein. Je fais un signe de la main à Celeste, derrière le bar.

— Salut, dis-je en entrant dans la cuisine.

Roman est en train de décorer deux assiettes d'osso buco avec du persil frais. Le serveur les prend et les emporte dans la salle. Roman me sourit, s'approche pour m'embrasser et m'enlève mon bonnet.

— Tu es gelée.

— Ce sera encore pire quand je n'aurai plus de boulot ni de maison.

— Qu'est-ce qui s'est passé ?

— Grannie a reçu une offre pour l'immeuble.

— Tu veux venir travailler avec moi ?

— Mes gnocchis ressemblent à de la pâte à modeler et mon veau est souvent dur comme du caoutchouc.

— Bon. Alors, je retire ma proposition.

— Comment on s'y prend, Roman ? Comment on achète un immeuble ?

— Il te faut un banquier.

— J'en ai un. Mon ex-petit ami.

— J'espère que vous vous êtes séparés en bons termes.

— Absolument. Je ne cultive pas le drame dans ma vie personnelle. Ce qui n'est pas plus mal, vu que j'ai mon compte de ce côté-là avec ma vie professionnelle.

— Qu'a répondu ta grand-mère ?

— Rien. Elle a entendu, apparemment. Ensuite elle a fini son travail de la journée, elle est montée, et elle est allée au théâtre.

— Mais est-ce qu'elle a dit qu'elle acceptait ?

— Non.

— Alors peut-être qu'elle ne vendra pas.

— Tu ne connais pas ma grand-mère. Elle ne prend pas de risque. Elle choisit toujours la sécurité.

Roman m'embrasse encore. Mon visage se réchauffe à son contact, c'est comme si le soleil italien apparaissait dans cette nuit glaciale. Je sens un courant d'air froid qui entre par la porte de service, ouverte, calée au moyen d'une énorme boîte de tomates pelées San Marzano. Je me blottis contre lui.

— Depuis la dernière fois qu'on s'est vus, je n'ai que des mauvaises nouvelles à t'annoncer, tu as remarqué ? Le cancer de mon père, mes difficultés de boulot…

— Oui, et alors ?

— Tu n'as pas peur que je t'apporte la poisse ?

— Non.

— Est-ce que tu as vu un chat noir aujourd'hui ?

Il rit.

— Tu es prudent quand tu traverses la rue ?

Le serveur revient.

— La deux. Raviolis aux truffes.

Son regard impatient glisse sur moi et fustige son patron. Je recule aussitôt d'un pas.

— Je te laisse…

— Non, non. Reste assise ici pendant que je travaille.

Je parcours la cuisine des yeux.

— Je fais bien la vaisselle…

— Vas-y, ne te gêne pas.

La mine réjouie, il retourne à ses fourneaux. J'enlève mon manteau et le suspends au crochet. Puis j'attrape un tablier propre derrière la porte, je l'enfile par la tête et noue les cordons autour de ma taille.

— Tu me plairas peut-être plus que Bruna, dit-il.

Je surprends mon reflet dans le réfrigérateur en inox chromé. Pour la première fois aujourd'hui, je souris.

6

L'Hôtel Carlyle

GRANNIE ET MOI ARRIVONS PILE À L'HEURE pour notre rendez-vous avec Rhedd Lewis au Bergdorf Goodman.

Ma grand-mère est vêtue d'un tailleur-pantalon noir tout simple, éclairé par un énorme soleil accroché en pendentif au bout d'une grosse chaîne en or. Le bas de son pantalon tombe souplement sur l'empeigne de ses escarpins noir et or. Serrant son sac à bandoulière contre sa hanche, elle se tient droite et fière comme le mannequin en manteau à chevrons Christian Lacroix dans la vitrine du grand magasin derrière elle.

Construit sur l'emplacement d'un ancien manoir de la famille Vanderbilt, le Bergdorf dresse sa majestueuse façade en grès clair ornée de fenêtres à petits carreaux. Cette portion de la Cinquième Avenue est l'un des endroits les plus prestigieux de New York, à proximité de Central Park et du célèbre Plaza Hotel.

Grannie me sourit. Elle a appliqué son rouge à lèvres rouge vif avec le plus grand soin.

— J'adore comment tu es habillée, me dit-elle.

Je porte une courte veste en soie bleue avec un large col et un pantalon assorti à jambes évasées. L'ensemble m'a été offert par un styliste, en échange d'une paire de chaussures que j'ai fabriquée pour sa mère.

— Et toi, tu es très belle, Grannie.

Nous franchissons la grande porte tambour et pénétrons dans le magasin. Sous l'énorme lustre qui jette des reflets couleur de miel sur le parquet blond, nous passons entre des présentoirs de luxueux sacs à main et nous dirigeons droit vers les ascenseurs. Je suis pleine d'espoir, même si je n'ai reçu aucun encouragement de la part de Grannie.

Au huitième étage, où les bureaux se dissimulent dans une sorte de vaste appartement à l'atmosphère feutrée, je me présente à la secrétaire. Elle nous fait attendre sur un canapé de velours moiré vert pomme souligné d'un trait bleu marine. Je m'apprête à saisir l'un des catalogues de la collection hiver du Bergdorf sur la table basse quand une jeune femme surgit devant nous.

— Ms Lewis va vous recevoir. Si vous voulez bien me suivre.

Elle nous conduit dans le bureau de Rhedd Lewis, où flotte un parfum subtil de thé vert et de pivoines roses. La table de travail est un grand rectangle recouvert de cuir turquoise, simple et moderne. La moquette en sisal donne à la pièce la fraîcheur d'une villa grecque qui aurait atterri au milieu de la Cinquième Avenue. Le siège en bambou laqué est vide. Grannie et moi prenons place dans des fauteuils Fornasetti garnis de coussins caramel. Grannie montre du doigt le parc que l'on aperçoit par la fenêtre.

— Quelle vue.

Je me lève et m'approche de la fenêtre. Les arbres de Central Park, à présent dépouillés de leurs feuilles, tendent leurs gracieuses branches vers le gris du ciel.

— Ce devait être une existence de rêve autrefois, dans cette somptueuse demeure, dit une voix grave de femme derrière nous.

Je me retourne. À la porte, je reconnais Rhedd Lewis pour avoir vu son profil sur Internet. Elle est grande et mince, vêtue d'un pantalon cigarette rouge avec une tunique en cachemire noir et un collier qui m'évoque un porte-pots en macramé des années soixante-dix. Mais curieusement, cet étrange accessoire ne choque pas. Quant à ses chaussures, elle se contente des ballerines classiques en cuir noir de Capezio. C'est d'ailleurs presque sur la pointe des pieds qu'elle s'avance.

Rhedd Lewis a à peu près le même âge que ma mère, une posture altière indiquant qu'elle a été danseuse dans une vie antérieure, et de courts cheveux blonds, dégradés et effilés, avec une longue frange qui habille un côté de son visage comme un rideau.

Elle sourit en tendant la main à Grannie.

— Rhedd Lewis. Merci d'accepter de monter dans les quartiers nord...

— Teodora Angelini. Et mon associée, Valentine Roncalli. C'est aussi ma petite-fille.

Tout à ma joie d'entendre Grannie me présenter comme son associée (c'est la première fois !), je me jette sur la main de Rhedd à la manière d'un distributeur de tracts devant la sortie du métro.

— Une entreprise familiale, voilà qui me plaît énormément. Et je suis ravie de voir une jeune femme reprendre le flambeau. Les meilleurs stylistes héritent de leur talent. Mais ne dites à personne que je vous ai confié cela.

— Nous garderons votre secret, répond Grannie.

— Je vais vous en livrer un autre : pour ce qui est du savoir-faire, il n'y a pas mieux que les Italiens.

— Tout à fait d'accord.

— Parlez-moi de vous...

Rhedd s'adosse à sa table et croise les bras comme un professeur qui soumet une question difficile à ses élèves.

— Je suis une maîtresse bottière de la vieille école, Miss Lewis. J'ai appris le métier avec mon mari, qui l'avait lui-même appris avec son père. Je fabrique des chaussures de mariage depuis plus de cinquante ans.

— Comment décririez-vous votre gamme de produits ?

— Élégance et simplicité. Au cours de ma jeunesse, j'ai eu l'occasion d'observer une foule de créateurs très variés. Claire McCardell, Jacques Fath, Hattie Carnegie, Nettie Rosenstein… J'en ai retenu les éléments clés que j'ai appliqués plus tard à la fabrication de chaussures : la ligne – ou l'allure générale, si vous préférez, et les proportions. Et bien sûr, le confort.

— Je partage votre avis, affirme Rhedd, visiblement intéressée. Qui admirez-vous à présent ?

— Dans le monde de la chaussure, personne ne peut rivaliser avec la famille Ferragamo. Ils réussissent tout.

— Et quelles sont les figures féminines qui vous inspirent ?

Grannie sourit.

— Oh, je reste fidèle à mes trois modèles…

— À savoir ?

— Jacqueline Kennedy Onassis, Audrey Hepburn et Grace Kelly.

— Simplicité et style, en effet.

— Exactement.

Rhedd va s'asseoir derrière sa table, sur laquelle trône une pendule Tiffany. Après avoir déplacé quelques papiers, elle déclare lentement, de sa voix grave :

— Mon amie Debra McGuire m'a parlé de vous. Elle m'a apporté les chaussures que vous lui avez prêtées pour son tournage… Je les ai trouvées superbes.

Grannie et moi répondons en chœur :

— Merci.

— Et j'ai eu une idée. Nous concevons nos vitrines de Noël un an à l'avance, explique-t-elle. Quand j'ai vu vos chaussures, j'ai pensé à quelque chose. Je veux des robes de mariée, sur le thème « neiges de Russie ».

— Ah oui, dit Grannie. Velours coupé, bottines, cuir de veau, peau de mouton.

— Peut-être. Je cherche une chaussure fantaisie unique en son genre, qui serait présentée *exclusivement* dans mes vitrines.

— Intéressant, assure Grannie, bien que je perçoive la note sceptique dans sa voix. Mais je dois vous préciser que nous travaillons à partir de nos créations maison...

— Grannie, *toutes* nos chaussures sont des modèles uniques.

Je continue en me tournant vers Rhedd :

— Nous avons réalisé plusieurs modèles fantaisie. Une paire de bottines en veau blanc et cuir verni noir, par exemple, pour un mariage célébré dans un haras en Virginie.

— C'est vrai, reconnaît Grannie. Et des mules en satinette rouge pour la future épouse d'un pompier du Lower East Side.

— Un escarpin Madame de Pompadour pour une jeune fille qui se mariait avec un Français, avec des nœuds en ruban de soie...

— Je vous avoue que je n'ai pas eu tellement de chance jusqu'à présent avec les petites entreprises comme la vôtre. Il y a une raison au fait qu'elles *restent* petites. En général, elles se cantonnent à ce qu'elles connaissent et ont du mal à envisager une plus grande diffusion. Il leur manque un regard sur le monde, une vision.

— *Nous*, nous avons une vision.

Sans regarder Grannie, je me lance dans un discours dont je ne me serais jamais crue capable :

— Nous savons que nous devons élargir notre public et nous positionner sur le marché actuel. Chaque client est pour nous une occasion de nous réinventer. Mais nous sommes fières de notre héritage et revendiquons un savoir-faire qui s'est transmis sur plusieurs générations. En même temps qu'un produit à fort potentiel, nos chaussures sont de véritables œuvres d'art.

Les yeux de Rhedd glissent vers la porte fermée derrière nous comme si elle attendait qu'une autre conclusion entre dans la pièce, et j'ai l'impression que mon argumentaire n'a rien de nouveau pour elle.

— C'est la raison pour laquelle j'aimerais vous donner une chance.

— Et nous vous en remercions.

— Une chance, à vous et à d'autres créateurs, de m'apporter ce que je souhaite.

— Il y en a d'autres ? demande Grannie en reculant contre son dossier.

— C'est un appel d'offres, oui.

Je bois une gorgée d'eau.

— Des grands noms aussi ?

— Absolument. Mais si vous avez le talent que vous affirmez, je ne doute pas que vous saurez me le prouver... Mon directeur artistique va bientôt me présenter des esquisses pour les fonds de vitrine ; les décors, si vous préférez. Je choisirai ensuite les robes de mariée qui seront présentées dans chacun de ces tableaux, et parmi elles, nous vous en enverrons une ainsi qu'aux autres candidats. Une fois sélectionné par mes soins, le créateur chaussera toutes les mariées de la vitrine.

Mon cœur se serre. J'espérais une proposition ferme et immédiate. Rhedd, qui est fine observatrice, devine ma déception.

— Je sais que vous attendiez davantage. Vous craignez de ne pas être aussi bien placée que les autres... Mais je vous garantis que si vous faites ce dont vous vous déclarez capable, vous avez toutes vos chances.

— C'est tout ce qu'il nous faut, Miss Lewis...

Je me lève et lui tends la main. Grannie aussi.

— Vous ne regretterez pas de nous avoir contactées.

Quand nous ressortons dans la Cinquième Avenue, Grannie rentre à Perry Street en taxi et je prends le bus pour retrouver Maman à l'hôpital Sloan-Kettering. J'envoie des SMS à Maman et à mes sœurs, en copie à Alfred, pour raconter le rendez-vous avec Rhedd Lewis et l'appel d'offres. Tess est très forte pour dire une neuvaine (nous avons vraiment besoin de prières maintenant), Jaclyn me prodiguera son soutien et Alfred comprendra que j'ai une vision pour l'avenir de l'entreprise. J'ai ajouté une photo de Grannie devant le magasin, à l'intention de Maman ; elle aime bien que les nouvelles soient documentées avec des images.

En franchissant les portes de l'hôpital, j'aperçois ma mère assise sur un canapé près d'une fenêtre, en train de taper frénétiquement sur le clavier de son BlackBerry. Ses lunettes de soleil relevées sur ses cheveux lui font un diadème, et elle est vêtue entièrement de bleu layette, avec une grande écharpe en cachemire beige qui lui ceint la poitrine comme un drapeau.

— Je suis là, Maman.

Elle se lève d'un bond.

— Valentine ! Je suis tellement contente quand c'est ton tour.

Maman a décidé qu'il n'était pas utile que nous, les enfants, nous rendions à chaque rendez-vous de Papa, et a mis en place une rotation afin de nous ménager. Elle-même assiste bien sûr à toutes les injections, aux IRM et examens divers.

Maman, elle, n'a pas besoin de se ménager et n'abandonne jamais un projet avant qu'il soit terminé. Pour tout ce qui touche à sa famille, je ne l'ai jamais vue fatiguée ; elle est et a toujours été pleine d'énergie, qu'il s'agisse de faire des tresses africaines à trois petites filles avant l'école, d'organiser les vacances ou de couler du béton pour modifier la forme de l'allée dans le jardin. Son objectif du moment, c'est le rétablissement de mon père.

— J'adore la photo devant le Bergdorf ! Comment s'est passé le rendez-vous ?

— On va participer à un appel d'offres pour la vitrine de Noël prochain.

— Formidable ! Ça, c'est un gros coup !

— La compétition sera serrée, Maman. On verra.

Il ne vient même pas à l'idée de ma mère que nous pourrions ne pas gagner. Encore une raison de l'aimer.

— Comment va Papa ?

— Oh, ces examens sont interminables... Ils mettront les implants juste après l'anniversaire de Grannie.

Nous nous asseyons toutes les deux. Instinctivement, je pose la tête sur son épaule. Sa peau sent la rose et le chocolat blanc.

— Il s'en sortira.

— Oui, je sais, dis-je, alors que je n'en ai pas la moindre idée.

— On reste positifs, on prie, et le tour sera joué.

J'adore l'attitude de ma mère, qui s'imagine que l'on peut jouer un tour au cancer avec un sourire et un *Je vous salue Marie.* Moi, quand je suis au lit et que je pense à mon père et à l'avenir, je me dis que même si je passais à la vitesse supérieure, il ne connaîtra jamais mes enfants. Parfois, je jurerais que ma mère lit dans mes pensées, car elle demande :

— Comment ça va avec ce garçon… Enfin, ce monsieur que tu vois ?

Je redresse la tête.

— Il est grand.

— Très bien.

Ma mère hoche lentement la tête. Au panthéon des attributs masculins, elle admire la taille, plus que les poches pleines ou des cheveux fournis.

— Beau ?

— Je dirais que oui.

— C'est merveilleux. Papa m'a appris que c'était un chef cuisinier. J'adore ce nom, Roman Falconi.

— Il est propriétaire de son restaurant à Little Italy.

— Oh, j'adorerais avoir un chef dans la famille. Imagine toutes les idées nouvelles qu'il nous apporterait.

— Des idées, il en a beaucoup.

— Quand comptes-tu nous montrer cette merveille ?

— Je l'amène à l'anniversaire de Grannie au Carlyle.

— Parfait. En terrain neutre. Mon conseil, de manière générale, c'est de prendre les choses comme elles viennent… Ne rien forcer.

Ma mère se mord la lèvre.

— Je n'en ai pas l'intention.

— J'espère seulement que tu trouveras le bonheur durable que j'ai avec mon Dutch. Ton père et moi, nous sommes fous l'un de l'autre, tu sais.

— Oui, je sais.

— Nous avons connu des difficultés, essuyé toutes sortes de tempêtes et de grains. Mais d'une manière ou d'une autre, nous avons toujours réussi à rentrer au port. Difficilement, parfois, mais nous sommes rentrés !

— C'est vrai.

— Un grand philosophe a dit… Oh, je ne me rappelle jamais exactement les paroles des philosophes, mais en gros, il a dit que l'amour, ce sont les épreuves que l'on traverse ensemble.

— James Thurber. C'est un humoriste et un écrivain.

— Bref. Il semble que nous en traversons encore… Ton père n'a pas été un saint. Mais je ne suis pas Mère Teresa non plus…

— Tu as plus de bijoux.

Ma mère rit.

— Je sais en tout cas qu'il n'a jamais voulu me faire de mal, ni à vous, les enfants. Il a juste perdu la tête pendant un moment. Les hommes aussi ont une crise de la quarantaine, et ton père n'a pas échappé à la règle.

— Roman a quarante et un ans.

— Alors, il a peut-être déjà affronté la sienne, l'an dernier, avant de te rencontrer ! lance-t-elle gaiement.

— On peut l'espérer.

Maman ouvre son sac à main ; une bouffée de menthe fraîche et de jasmin s'en échappe. La petite poche conçue pour ranger un téléphone est remplie de bandelettes-test de chez Estée Lauder. Voilà encore une astuce de ma mère pour donner du chic à la vie : elle en glisse dans les tiroirs à lingerie, pochettes de soirée, sacs à main et grilles d'aération de voiture, là où il est nécessaire de créer une ambiance, c'est-à-dire, de l'avis de ma mère, absolument partout.

Fouillant parmi les ordonnances et instructions diverses de l'hôpital, elle déniche une plaquette de chewing-gums rouges, en détache un, me le tend, puis en prend un aussi. Nous mâchons de concert.

— Maman, qu'est-ce que tu as fait pour récupérer Papa après… l'incident ?

— Rien du tout.

— Mais si.

— Non, je t'assure. Je l'ai juste ignoré. La pire punition pour un homme, c'est de se retrouver seul. Je n'en connais pas un qui soit capable de le supporter. Il suffit de regarder nos prêtres… Mais bon, c'est un autre sujet.

— Je me rappelle quand Papa et toi êtes retombés amoureux.

— Nous avons eu de la chance de pouvoir repartir. La plupart des gens n'y arrivent pas.

— Comment t'y es-tu prise, exactement ?

— Je ne m'occupais pas de lui, mais je me suis concentrée sur moi. Pour me rendre de nouveau désirable à ses yeux et me montrer à chaque moment sous mon meilleur jour. J'ai tout reconstruit autour de nous, y compris la maison et ma garde-robe. Mais le plus important, c'était d'être sincère avec moi-même. Je ne pouvais pas rester avec lui pour vous ni pour ma mère ni pour ma religion. Je restais avec lui parce que, moi, je le voulais.

— Et comment as-tu su que tu avais réussi ?

— Un jour, ton père est rentré avec un gros sac de courses de l'épicerie D'Agostino. Vous étiez à l'école. Nous étions revenus à la maison depuis peu de temps et c'était une semaine chargée. La semaine de la rentrée…

— Septembre 1986. J'étais en sixième.

— Oui. Bref, il est arrivé dans la cuisine… J'étais assise à la table, en train de remplir des papiers pour l'école, et il a ouvert le frigo et l'a rempli. Puis il a allumé le gaz sous une grosse marmite d'eau. Il a sorti une poêle, émincé des oignons et de l'ail, fait revenir la viande, ajouté des tomates, des épices, *et cetera*. Au bout d'un moment, j'ai demandé : « Dutch, qu'est-ce que tu fais ? » Il a répondu : « Le dîner. J'ai pensé que ce serait une bonne idée de manger des lasagnes. » Et j'ai dit : « Très bien. »

— C'était sa manière de te montrer qu'il t'aimait ?

— En dix-huit ans, il n'avait jamais préparé un seul repas. Bien sûr, il m'aidait si je lui demandais. Il coupait du melon pour une salade de fruits, donnait un coup d'éponge à la glacière avant un pique-nique ou garnissait le bar à l'approche des fêtes. Mais il n'était jamais allé acheter les ingrédients d'un plat pour cuisiner tout seul. Ça, c'était mon rôle. Alors, oui, à ce moment précis, j'ai su que je l'avais récupéré. Il avait changé. Vois-tu, c'est là que tu peux être sûre que quelqu'un t'aime. Il comprend de quoi tu as besoin et il te le donne – sans que tu aies à demander.

— C'est ça, alors… Ne pas avoir à demander.

— Il faut que le geste vienne du cœur.

Je hoche la tête et garde le silence. Nous regardons les gens qui vont et viennent dans le hall, des patients attendus à une consultation, des soignants de retour d'une pause, des visiteurs qui s'engouffrent dans les ascenseurs ou en ressortent. Le soleil entre à flots par les fenêtres, et la réverbération sur le carrelage blanc est si forte que je ferme les yeux.

— J'ai dit quelque chose qui te chagrine ? s'inquiète ma mère.

J'ouvre les yeux.

— Non. Tu es une fontaine de sagesse, Maman.

— C'est si facile de te parler, Valentine. Je voudrais juste…

Brusquement, alors que je ne m'y attendais pas du tout, elle se met à sangloter doucement.

— Mais qu'est-ce qui me prend de pleurer ?

— Tu as peur ?

— Non, ce n'est pas ça…

Ma mère trouve un petit paquet de mouchoirs en papier au fond de son sac.

— Ces mouchoirs sont vraiment nuls ! dit-elle en dépliant un minuscule carré de tissu.

Elle se ressaisit, après s'être tamponné délicatement la paupière inférieure.

— Je voudrais juste que nous n'ayons pas fait tout ça pour rien. Nous avons tenu jusque-là et j'espérais que nous vieillirions ensemble. Mais, maintenant, le temps pourrait nous être *compté* ? Ça, ça me *tuerait* ! C'est comme le soldat qui rentre de la guerre. Il a échappé aux balles, aux grenades, aux bombes, et juste avant d'arriver chez lui, il glisse sur une peau de banane, sombre dans un coma et meurt.

— Garde ta foi.

— Entendre une telle parole, dans la bouche de la moins pratiquante de mes enfants…

Maman renifle discrètement et se redresse, le dos très droit.

— Ce n'est pas un jugement, note bien.

— Je veux dire, ta foi en *lui.*

— En Dieu ?

— Non. En Papa. Il ne nous laissera pas tomber.

*
* *

Comme toutes les autres familles italo-américaines, nous raffolons des Fêtes à Prétextes : les anniversaires ou anniversaires de mariage dont les dates se terminent par un zéro ou un cinq. Nous avons même des noms pour les désigner. Vingt-cinq ans de mariage, c'est un « Jubilé d'argent », un anniversaire de trente ans, c'est « La Festa », cinquante ans de mariage, un « Jubilé d'or », soixante-quinze ans, un miracle. Alors, vous imaginez combien nous sommes ravis de porter un toast à Grannie – pleine de vitalité, en excellente forme physique si ce n'est ses genoux, et qui « ne perd pas la boule », comme elle dit – pour ses quatre-vingts ans.

J'ai pensé aussi que ce serait l'occasion parfaite pour venir avec Roman. Je sais que je prends un risque mais, connaissant ma famille, il vaut mieux présenter son nouveau petit ami lors d'un événement de grande ampleur plutôt qu'en comité restreint. Il y a alors une chance que personne ne fasse une gaffe ou sorte les albums photos pour me montrer toute nue, avec des ailes d'ange dans le dos, le jour de mes quatre ans.

Nous avions offert à Grannie une grosse réception dans une salle de banquet, avec DJ, ballons argentés au plafond, des kilomètres de ruban en papier crépon et un énorme gâteau avec son âge en lettres de pâte d'amandes. Mais elle a préféré la sortie plus raffinée de ce soir, dîner et spectacle de cabaret au Café Carlyle. Elle a vu assez d'oncles, de tantes et de cousins au mariage de Jaclyn. En plus, sa chanteuse préférée, Keely Smith, s'y produit en ce moment. Quand je l'ai appris par Gabriel, nous avons réservé une table.

J'inspecte plusieurs fois mon rouge à lèvres pendant le trajet en taxi. Lorsqu'une fille du Village passe au nord de la 14e Rue, elle a intérêt à se fondre dans le chic de l'Upper East Side. J'ai surtout envie d'impressionner Roman, qui ne m'a jamais vue pomponnée depuis que nous nous fréquentons. Comment puis-je lui paraître glamour quand je l'aide à découper des tagliatelles et à ouvrir des palourdes dans la cuisine de son restaurant ? Ce soir, il découvrira ce que j'ai de mieux à offrir.

Je suis habillée d'une robe manteau bleu nuit ornée d'une large ceinture brodée qui a appartenu à ma mère. Je la convoite depuis des années, et cet été, quand elle a fait du tri dans son placard, j'ai enfin réussi à l'obtenir. Sur une photo, Maman est vêtue de cette robe le jour de mon baptême en 1975, avec ses longs cheveux relevés par un serre-tête qui tombent en cascade jusqu'à sa taille. Comme la robe est plus courte sur moi, je la porte avec un pantalon.

Tandis que le taxi tourne dans la 76e Rue Est, j'aperçois Gabriel devant l'entrée de l'hôtel. Je paie le chauffeur et descends aussitôt.

— Vous avez la meilleure table au premier rang, annonce mon ami.

— Super. Grannie est là ?

— Oh, oui ! Elle en est déjà à son deuxième scotch soda. J'espère que le spectacle va bientôt commencer… Sinon, il y en aura un autre, mais ce ne sera pas celui pour lequel vous avez payé.

— Elle est pompette ?

— Moins que June. Cette femme-là a une sacrée descente. Et ta tante Feen a l'air d'une opiomane. Avec quoi elle se shoote, elle ? Statines et somnifères ? Tu ferais mieux de surveiller ses médocs.

Gabriel m'entraîne vers la porte.

— Roman arrive ? Je déteste les gens en retard.

— Oui.

— Vous avez couché ensemble ?

— Non.

Je resserre ma ceinture. Ce sera peut-être pour ce soir, mais je ne suis pas obligée d'en informer Gabriel.

— Tu me fatigues…, soupire-t-il. Qu'est-ce que tu attends ?

— Je voudrais passer un peu plus de temps avec lui avant de lui dévoiler tous mes charmes. Notre relation se porte très bien, je te remercie.

— Je ne te parle pas de relation ! Je te parle de sexe.

— Tu sais que les deux sont indissociables pour moi. Comme le café et la crème.

— Oui ben, en attendant, ton café, tu le bois toute seule… Allez, viens.

Je pénètre à sa suite dans le vestibule du Carlyle Hotel, tapissé de miroirs Art déco, dont le sol en marbre scintille comme un lac de glace sous les lustres en cristal. Nous traversons le bar, où de discrètes appliques diffusent une lumière tamisée sur les élégants fauteuils club en velours pêche, puis nous entrons dans le Café Carlyle par une double porte en verre gravé.

La pièce tendue d'étoffe vert sauge et rose pâle est luxeuse et extrêmement cosy. Aux murs dansent des figures féminines inspirées de Gustav Klimt, cheveux au vent, dans des robes chiffonnées aux couleurs tendres. Le plafond bleu nuit est repris en écho par les nappes des tables regroupées devant l'estrade.

Grannie et June sont assises coude à coude à la grande table en forme de fer à cheval qui a été dressée pour notre famille. Tante Feen picore un mélange de noix présenté dans une coupe en argent, pendant que June fait tourner la cerise au fond de son cocktail avec l'énergie d'un joueur de flipper. Les musiciens s'installent l'un après l'autre sur la scène à côté d'un piano à queue d'un noir luisant. Un micro sur un trépied se loge dans son arrondi : Keely chantera littéralement à un mètre de notre table.

— Ah, te voilà ! s'exclame Grannie en me voyant.

Elle lève son verre pour me saluer et je l'embrasse.

— Joyeux anniversaire !

— J'adore ta tenue, me complimente June.

— Merci. Et toi, tu es superbe.

— À la santé des vieilles ! lance Grannie en portant un toast à June.

June choque son verre contre le sien.

— Vieilles, et fières de l'être !

— Grâce à Mrs Arden, j'ai rajeuni d'une semaine par rapport à ce matin.

Grannie me presse la main. Tess, Jaclyn et moi lui avons offert un soin complet à l'institut Elizabeth Arden, comprenant, entre autres, peeling enzymatique, masque et modelage aux pierres chaudes.

— Merci. J'ai passé une journée merveilleuse, et maintenant, nous allons avoir Keely !

Maman surgit derrière sa mère et la serre dans ses bras.

— Joyeux anniversaire, *mamma* !

Ma mère a choisi pour la circonstance un haut noir pailleté à bretelles, un pantalon palazzo en crêpe georgette et une ceinture à gros maillons d'or frangée de strass qui retombe le long de sa cuisse. Elle est chaussée de sandales à brides dorées pour compléter cet effet Cléopâtre. Mon père porte un costume sombre à fines rayures avec une cravate rayée noir et blanc et une chemise gris perle. Ils sont assortis tous les deux. Comme d'habitude.

June se lève pour embrasser mon père.

— Dutch, tu as une de ces classes !

— Pas autant que toi, June.

— Comment va ton cancer ? braille Tante Feen.

— Mes résultats sont bons, Tatie.

— J'ai demandé qu'on récite un chapelet pour toi à Saint Brigid.

— C'est gentil.

— Le dernier pour qui nous avons prié est mort, mais ce n'était pas notre faute.

— Bien sûr que non.

Papa nous coule un regard en biais et s'assied à côté de Tante Feen pour subir d'autres sévices.

Tess agite la main à la porte, dans une robe bustier rouge. Elle fait une entrée digne de ma mère, suivie de Charlie, qui arbore une cravate du même rouge. Certains atavismes ne valent pas la peine qu'on les combatte.

Tess embrasse Papa.

— Ça va, Papa ? Comment te sens-tu ?

— Comment veux-tu qu'il se sente ? lâche Tante Feen sans laisser à l'intéressé le temps de répondre. Il est rongé par le cancer.

Charlie se penche pour me poser une main sur l'épaule.

— Salut, toi. J'ai hâte de rencontrer le Colosse ce soir.

Il me sourit d'un air encourageant. Je trouve amusant que Charlie appelle Roman « le Colosse », alors que lui-même a une stature de géant. Le portrait de Brutus dans tous les péplums hollywoodiens. Il est sicilien, aussi, donc il bronze en douze minutes et met douze ans à pardonner un affront.

— Je suis contente de vous le présenter. Soyez sympas…

— Je serai très gentil, promet Charlie en s'asseyant à côté de Tess.

Gabriel escorte Jaclyn et Tom jusqu'à la table. Jaclyn est tout de crème vêtue : jupe courte en laine, pull en cachemire et collier de perles. Tom, dans son costume du dimanche, a une allure de premier communiant. Tandis qu'ils prennent place, Alfred et Pamela arrivent.

Pamela aura quarante ans l'année prochaine, mais elle en paraît vingt-cinq. Elle est très mince, avec de longs cheveux blond cendré et quelques mèches platine pour former un contraste autour du visage. Bien que d'ascendance polonaise et irlandaise, elle a adopté notre goût italien pour les tissus imprimés, les paillettes et la taille de sa bague de fiançailles. Ce soir, elle est habillée d'une longue robe portefeuille à motif orchidée.

Alfred est venu directement du travail et porte un costume Brooks Brothers rehaussé d'une cravate rouge. Pamela embrasse tout le monde, mais elle n'est visiblement pas à l'aise. Après treize ans de mariage avec mon frère, on dirait toujours qu'elle vient à peine de faire notre connaissance. Nous avons multiplié les efforts pour qu'elle se sente incluse, en vain. D'après Maman, Pamela est « hautaine », mais Alfred a dit à Tess que nous étions « intimidantes ».

Mes sœurs et moi ne pensons pas être effrayantes. Oui, nous avons l'esprit de compétition, des opinions tranchées et du discernement. Et oui, aux réunions familiales, nous crions, nous nous interrompons les unes les autres et redevenons les enfants que nous étions à dix ans, mis à part que nous ne nous tirons plus les cheveux. Mais intimidantes ? Il faut croire. Assise toute raide sur sa chaise, Pamela s'accroche à sa pochette comme à un volant, les yeux fixés sur le piano à queue avec un sourire patient, quelque peu forcé, pendant qu'Alfred lui commande un verre de vin blanc.

Bientôt, les entrées sont servies, les lumières s'abaissent, des applaudissements et des sifflements jaillissent. Je regarde vers la porte, espérant voir Roman entrer précipitamment et me chercher des yeux. L'orchestre entonne les premières mesures, le public applaudit plus fort, et Gabriel annonce :

— Mesdames et messieurs, Keely Smith !

La chanteuse s'avance. Elle ressemble exactement à la photo sur la pochette de ses albums : cheveux noirs coiffés à la garçonne, teint pâle immaculé, yeux pareils à des perles de jais. Elle est vêtue d'un simple pantalon en soie doré et d'une veste ample dont les manches retroussées laissent voir ses poignets et ses avant-bras chargés de bracelets brillants.

Digne et détendue, elle gagne la scène, s'empare du micro et balaie le public de son regard de braise. Puis, sans un mot, elle entonne une des chansons qui lui ont valu sa notoriété. Remarquant au bout d'un moment que j'ai les yeux braqués sur ses sandales dorées à talons stilettos, elle sourit.

Les applaudissements crépitent quand résonnent les dernières mesures. Keely s'approche alors de notre table.

— Vous aimez mes sandales ? me demande-t-elle.

— Oui, elles sont magnifiques.

— Une femme ne se résume pas à ses chaussures... Mais je dois avouer qu'elles ont été importantes pour moi. J'ai beaucoup marché durant ma vie. Je vais avoir quatre-vingts ans.

Le public frémit. Keely continue :

— Oui, quatre-vingts. Et je le dois à...

De l'index, elle désigne le ciel.

— Moi aussi !

Grannie lui fait un signe de la main.

— C'est son anniversaire ! crie Tess.

— Vraiment ?

Plus que les crèmes d'Elizabeth Arden, l'instant présent agit sur Grannie comme un miracle de jouvence. Elle est rayonnante.

— Oui ! Vous êtes mon cadeau.

— Levez-vous, chère amie !

Grannie obéit. Keely s'abrite les yeux de la lumière des projecteurs pour la regarder.

— Vous connaissez le secret, n'est-ce pas ?

— Vous allez me le dire, répond Grannie en jouant le jeu.

— Ne jamais cesser de se teindre les cheveux.

Ma mère lâche une exclamation enthousiaste.

— Bien vu, Keely !

— Et surtout : des hommes plus jeunes.

— Reçu cinq sur cinq !

June, qui a descendu trois whiskys secs, agite sa serviette comme le drapeau d'un vaincu. À l'attention de qui, je ne sais pas exactement, mais elle persiste.

Keely pointe un doigt sur elle.

— Pas pour la raison que vous croyez, belle Rousse. Même si ce n'est pas négligeable... Non, j'aime les hommes plus jeunes parce que ceux de mon âge ne voient plus assez pour conduire la nuit.

Le batteur salue la plaisanterie d'un roulement de caisse claire.

— Je vais chanter une chanson spécialement pour vous. Comment vous appelez-vous ?

— Teodora.

— Vous avez un petit ami ?

Mes sœurs et moi lançons en chœur :

— Non !

Un homme portant des lunettes à triple foyer siffle comme s'il hélait un taxi.

— Peut-être qu'elle en cherche un…

Keely le fait taire d'un regard sévère.

— Teodora, vous avez un homme ?

— Je suis avec mes petits-enfants ce soir, répond Grannie en retenant un rire.

— Et croyez-moi, moins ils en savent, mieux ça vaut !

Keely tend gracieusement le bras vers l'assistance comme un prêtre accordant sa bénédiction.

— Si vous empêchez votre grand-mère de s'amuser, vous aurez affaire à moi.

Son geste s'arrête sur Grannie.

— Cette chanson est pour vous.

Pendant que Keely chante un de ses tubes les plus célèbres, Grannie pose ses coudes sur la table, cale son menton entre ses mains et écoute, les yeux fermés. Mon père passe un bras autour des épaules de ma mère, qui laisse aller sa tête contre lui comme dans la plume d'un oreiller. Tess me regarde avec des yeux pleins de larmes, Jaclyn lui prend la main. Leurs maris sourient en sirotant leurs cocktails. Pamela bat des paupières, raide comme un piquet, tandis qu'Alfred ôte un brin de persil d'un mini-beignet au crabe avant de l'engloutir. Mon portable vibre dans mon sac.

Un tonnerre d'applaudissements jaillit après les dernières notes. Grannie se lève et envoie un baiser à Keely. Je jette un coup d'œil discret au texto que j'ai reçu.

Inondation dans la cuisine. Impossible de venir.
Désolé. Bises à Grannie.
Roman.

Tess me chuchote à l'oreille.

— Ça va ?

— Il ne vient pas.

— Oh, dommage...

Je sens une chaleur envahir mes joues. J'ai imaginé toute la soirée, du début à la fin. Roman s'avançant à la rencontre de ma famille, beau et très à l'aise, charmant tout le monde, puis prenant mon père à part pour lui dire combien je compte pour lui ; et, plus tard, mon père me glissant qu'il n'a jamais été aussi conquis par un prétendant. J'anticipais la joie que j'éprouverais au creux du ventre, un sentiment si doux, si confiant, que je succomberais totalement à cet amour qui croise mon chemin. Au lieu de quoi, je suis gênée. Comment s'étonner qu'Alfred me juge si peu fiable ? On dirait que les choses ne marchent jamais comme je les prévois. *Évidemment*, il y a eu une inondation dans la cuisine, et *évidemment*, Roman a dû rester pour éponger les dégâts, mais pour moi, « impossible de venir » signifie tellement plus que « impossible de venir ce soir ». Est-ce que ce sera possible pour nous un jour ? Ou bien le Ca' d'Oro passera-t-il toujours en premier ?

Tandis que Keely entonne sa chanson suivante, les yeux de Grannie se remplissent de larmes. June aussi est émue, et même le visage de Tante Feen se détend, souriant presque. Quant à moi, je pourrais pleurer jusqu'à l'épuisement ce soir, mais ce ne serait pas à cause de la musique.

7

SoHo

DEBOUT AU COIN DE JANE ET DE HUDSON STREET, Grannie et moi examinons divers sapins de Noël. L'air froid de la nuit est empli de la délicieuse odeur des résineux.

Rien ne vaut le mois de décembre à Manhattan quand la vente des sapins bat son plein. Chaque carrefour devient une explosion de senteurs et de couleurs parmi lesquelles domine le rouge des rubans qui ornent couronnes et bouquets de houx.

J'organise la livraison de notre épicéa bleu avec le vendeur, pendant que Grannie choisit une couronne pour la porte de l'atelier.

— Vas-tu inviter Roman le soir de Noël ? me demande-t-elle quand nous repartons bras dessus, bras dessous.

J'élude la question avec une plaisanterie.

— Tu crois qu'il pourra nous supporter ?

En réalité, j'ai déjà briefé Roman. Heureusement qu'il vient lui aussi d'une famille italienne assez bizarre, ainsi me comprend-il sans trop de difficulté. Malgré tout, je m'inquiète un peu pour notre histoire d'amour. Nos sentiments sont clairs, mais côté passage à l'acte… C'est là que ça se corse. D'autant que j'habite avec ma grand-mère. Je n'ai jamais amené un homme à la maison, et je ne saurais même pas comment aborder le sujet avec elle. J'imagine que je pourrais faire ce que font les filles italiennes depuis des siècles : l'introduire dans ma chambre en cachette. Mais quand ?

Peut-être est-ce la norme pour deux entrepreneurs de plus de trente ans. Entre son emploi du temps au restaurant et le mien à l'atelier, notre communication est comme une pile de courrier qui n'a pas encore été lu : on s'y consacre quand on peut. Tout a commencé avec un long et délicieux dîner au Ca' d'Oro. Je jubilais de voir un homme cuisiner pour moi, me nourrir et y prendre du plaisir. Mais la réalité, c'est que la dernière fois que nous avons partagé un repas ensemble, nous avons acheté des nouilles froides au sésame chez Mama Buddha pour les manger sur un banc de Bleecker Street et j'ai ensuite foncé à un essayage avec une cliente.

— Il faut *absolument* que Roman nous fasse un petit plat pour Noël, dit Grannie en ouvrant la porte à l'étage. Ça mettrait un peu d'ambiance.

— Comme si on en manquait.

Grannie va dans la cuisine et commence à préparer des spaghettis marinara pour le dîner. Pendant ce temps, je monte chercher les décorations de Noël dans le placard de l'ancienne chambre de ma mère. J'allume la lampe de chevet, sors les boîtes les unes après les autres et les ouvre sur le lit. Chaque année, nous redécouvrons les ornements du sapin dont certains remontent à l'enfance de ma mère, le renne en feutre rouge qui a perdu un œil, le bonhomme de neige sur des skis et l'étoile en papier d'aluminium qu'Alfred a fabriquée à la maternelle. La guirlande multicolore est rangée dans un carton à part, mais je ne vois pas la rallonge avec l'interrupteur qui permet de faire clignoter les ampoules.

Je crie depuis le palier :

— Grannie !

Elle apparaît au pied de l'escalier.

— Qu'est-ce qu'il y a ?

— Où est la rallonge de la guirlande ?

— Regarde dans ma chambre. Elle est sûrement au fond d'un tiroir de la commode, répond-elle en repartant vers la cuisine.

Le parfum de Grannie flotte dans sa chambre, freesia et lys, l'odeur que l'on sent quand elle enlève son écharpe ou suspend son manteau.

J'ouvre le premier tiroir de sa commode. Grannie est un écureuil, comme moi. Ses tiroirs sont pleins à ras bord. Je passe la main sous un monceau de bas toujours dans leur emballage, déniche un flacon de Youth Dew derrière un tas de mouchoirs en dentelle qu'elle utilise encore lors d'occasions spéciales.

Dans le deuxième tiroir, entre ses gilets en laine soigneusement pliés, je tombe sur une lampe torche, une petite bouteille d'eau bénite de Lourdes et une enveloppe portant l'inscription « Bulletins scolaires de Mike ».

Je fouille le dernier tiroir, qui contient ses sacs de soirée rangés dans des pochettes en feutrine. Il y a aussi une boîte à cigares remplie de petits outils, vis et boulons servant à réparer les machines de l'atelier. Sous la boîte, protégée par un tissu de velours noir, je découvre une photo dans un cadre doré.

C'est un cliché de Grannie datant d'une dizaine d'années. Je ne reconnais pas la campagne à l'arrière-plan. Grannie se tient debout près d'un olivier avec un homme qui n'est pas mon grand-père. En Toscane, sans doute. L'homme a d'épais cheveux blancs séparés par une raie sur le côté, des yeux bleus pétillants et un grand sourire. Ils sont bronzés tous les deux.

Derrière eux, les collines sont couvertes de tournesols jaune vif. L'homme a un bras passé autour de la taille de Grannie, et elle semble radieuse. Vite, je remets la photo dans le tissu et l'enfouis à nouveau sous la boîte à cigares.

J'aperçois alors la rallonge pour la guirlande au fond du tiroir.

— Je l'ai trouvée !

Je referme doucement le tiroir et quitte la pièce.

*
* *

— C'est peut-être un de ses cousins, chuchote Tess.

Debout à la porte de Notre-Dame-de-Pompéi avant la messe de Noël, nous attendons nos parents. Des assortiments de feuillages décorent les piliers le long de la nef, et un bouquet aux délicates corolles blanches a été posé devant le tabernacle.

— Il ne ressemblait pas à un cousin.

Grannie est assise dans l'église, avec les petits-enfants, Alfred, Pamela, Jaclyn et Tom.

— Qui ça pourrait être ?

— Pour moi, il avait tout l'air d'un amoureux.

— Arrête ! C'est notre *grand-mère* !

— Les personnes âgées ont des histoires d'amour.

— Pas Grannie.

— Je ne sais pas… Elle reçoit beaucoup d'appels d'Italie, et tu te souviens du petit échange avec Keely Smith à propos d'un petit ami ?

— Elle n'a pas dit qu'elle en avait un, proteste Tess. Elle jouait le jeu, c'est tout.

— La photo est enveloppée dans un beau tissu en velours, au fond de son tiroir, comme un objet *important*.

— Bon, écoute… En rentrant, tu entraînes Grannie dans la cuisine pendant que je monte voir. Je suis sûre que ce n'est rien.

— Il y a du monde partout ! lance Papa en approchant avec Maman.

Tess, mes parents et moi nous glissons à côté de Charlie et des filles. Grannie est assise à l'extrémité du banc, près d'Alfred. Elle se penche en avant pour vérifier que chacun est bien installé et sourit, visiblement heureuse de nous voir tous rassemblés, puis reporte son regard sur l'autel. Tess a peut-être raison. Grannie n'est pas du genre à avoir une vie en dehors de la famille qu'elle adore. Elle a quatre-vingts ans. Ce navire-là, pour elle, a définitivement quitté le port.

Dans la cuisine de Grannie, conçue pour accueillir les réunions de famille, tout le monde a la place d'accomplir différentes missions. Le menu de Noël est exactement le même que lorsque nous étions enfants, sauf qu'à présent, au lieu de laisser Grannie seule aux fourneaux, nous apportons chacun un plat.

Grannie a préparé sa soupe aux épinards et mini-boulettes de veau ; Tess, ses fameux *manicotti* ; Maman, un rôti de porc accompagné de patates douces, ainsi que des escalopes de poulet panées avec des asperges à la vapeur ; Jaclyn, la salade. Je suis responsable des hors-d'œuvre qui, traditionnellement, doivent décliner sept sortes de poissons ou fruits de mer : éperlan, crevettes, sardines, huîtres, morue, homard et bulots.

— Et Clic-Clic sur ses talons aiguilles, c'est quoi son dessert ? demande Tess après s'être assurée que Pamela ne risque pas de l'entendre.

— Ils sont allés chez DeRoberti.

J'ai vu que Pamela avait choisi des cookies, des *cannoli* et des mini-cheesecakes, mais personne ne lui reproche de ne pas les avoir faits elle-même, parce qu'au moins, elle se fournit dans une excellente boulangerie italienne.

Maman réprimande Tess.

— C'est Noël, je veux la paix sur la Terre.

— Pardon, Maman.

— Regardez plutôt mes jolies escalopes de veau, dit fièrement ma mère en les disposant sur un plat. Je les martèle jusqu'à ce qu'elles soient fines comme du papier. Avant de les passer dans la chapelure, on voit presque au travers. Jaclyn, ta salade est magnifique.

— J'ai trouvé l'idée dans mon livre de recettes de Nigella Lawson. Avec un prénom pareil, j'ai pensé qu'elle était forcément d'origine italienne. On nous a offert la collection entière pour notre mariage.

Grannie nous rejoint dans la cuisine.

— La collection entière, rien que ça ! De mon temps, toutes les jeunes mariées recevaient le même livre de cuisine.

— Et maintenant, c'est moi qui l'ai, fanfaronne Maman en parsemant les escalopes de persil. Le *Talisman* d'Ada Boni.

— C'est le meilleur. Chaque fois que je prépare des boulettes pour Charlie, la recette numéro deux, il fait tout ce que je veux après. Je lui en ai servi le mois dernier, et il a changé le carrelage de la salle de bains.

Je ne me retiens pas d'envoyer une pique à Tess.

— En tout cas, tu sais ce qui le motive.

— J'essaie de suivre le modèle de Maman, quand on était petits. Un bon repas pour la famille le soir, avec des ingrédients de qualité… et beaucoup d'huile de coude. Ce n'est pas toujours facile.

— Je te remercie de me citer en exemple, réplique Maman. J'espérais que mes enfants apprécieraient mes petits gestes autant que mes gros repas. Comme a dit sainte Thérèse de Lisieux : « Faire les choses ordinaires de façon extraordinaire. » À moins que ce ne soit « les choses extraordinaires de façon ordinaire » ? Je ne me rappelle plus. Bref. J'ai travaillé dur toute ma vie… à la maison.

Maman soulève le couvercle de la marmite, sort les asperges avec une pince et les pose sur un plat, sans cesser de parler :

— Je n'ai jamais aimé que l'on oppose d'un côté les femmes qui ont une carrière professionnelle, et de l'autre, les mères au foyer. Le travail, c'est le travail. Et j'ai travaillé pour ma famille, sans me soucier de mes propres objectifs. Vous, mes quatre enfants, vous étiez mon boulot. J'ai considéré que j'avais réussi quand vous avez quitté le nid, une fois vos études terminées et que vous étiez capables de vous prendre en charge. Je vous ai donné ma vie, mais je ne me plains pas. Au contraire, c'était formidable ! conclut-elle en posant le plat sur la table.

Autrefois, mes amies me racontaient que leurs mères, lorsqu'elles étaient à bout, lançaient des phrases comme : « J'espère que vous bousillerez votre vie comme vous avez bousillé la mienne ! » ou : « Je vais finir par me tuer, et qu'est-ce que vous deviendrez, espèces de sauvages ! » ou encore : « L'année prochaine à la même époque, je serai morte, vous pourrez rester dehors toute la nuit si vous voulez ! » Maman n'a jamais proféré des choses pareilles. Elle ne nous a jamais menacés de se suicider, parce que c'est une accro de la vie.

Non, quand Maman voulait vraiment nous faire peur, elle disait : « J'arrête ! J'en ai assez ! Je vais me trouver un boulot ! Vous entendez ! Un *boulot* ! Vous regretterez les jours où vous aviez votre mère aux petits soins pour vous à la maison ! » Parfois, elle chantonnait : « Je vais retourner travailler ! » Peu importait qu'elle n'ait jamais exercé, une fois son diplôme d'institutrice en poche.

En vérité, ma mère avait d'autres projets. Elle était occupée à créer la société Roncalli, Inc. Elle a eu Alfred dix mois après avoir épousé Papa. Tess est venue ensuite, puis moi, et enfin Jaclyn. La carrière de Maman a alors décollé. À la tête de la famille, elle était en même temps PD-G et DRH, levée à l'aube, maquillée et habillée dès le matin comme pour partir au bureau. Maman dressait des listes, organisait la vie de six personnes sur un énorme calendrier effaçable, nous emmenait partout, venait nous chercher, et ne se plaignait jamais. Enfin, pas beaucoup. Une année, pour Noël, nous lui avons fabriqué des cartes de visite.

MICHELINA « MIKE » RONCALLI
MÈRE EXTRAORDINAIRE
DISPONIBLE 24H/24
FOREST HILLS, QUEENS, NEW YORK, USA

Elle était tellement fière de ces cartes qu'elle les a distribuées à tout le monde comme un candidat à l'élection présidentielle. Ce boulot-là aussi, elle aurait pu le faire, croyez-moi. Maman a l'étoffe d'un chef, c'est une gestionnaire et une visionnaire hors pair. Elle sait aussi chanter ses propres louanges, ce qui ne nuit pas en politique.

Grannie aligne les assiettes à soupe sur le bar.

— Où en sont les garçons, sur le toit ?

— Je vais voir.

— Et appelle les enfants, s'il te plaît, me lance Maman. C'est prêt.

À l'étage, je consulte la pendule dans la chambre de Grannie. Où est Roman ? Il devrait être arrivé depuis un quart d'heure. Tess et Jaclyn vont finir par croire que je l'ai inventé… Non, je refuse de m'inquiéter : il viendra.

Les enfants jouent à cache-cache, éparpillés dans tous les coins. À moins que Charisma ne soit en train de téléphoner au Japon comme la dernière fois qu'elle est passée ici (une communication facturée vingt-trois dollars). Voyant que personne ne saigne ni ne pleure, je continue mon chemin et monte sur le toit.

Les hommes sont chargés d'allumer le barbecue. Après le dîner, nous enfilerons nos manteaux pour faire griller des marshmallows. Le charbon de bois commence juste à rougir. Dans une heure, il sera à la température parfaite. Des volutes de fumée grise s'élèvent vers le ciel, tandis qu'Alfred pérore dans son pardessus Barneys.

Mon frère montre du doigt les immeubles de la West Side Highway. Il donne manifestement un cours sur l'immobilier. À ses côtés, Pamela frissonne dans une cape en fourrure. Charlie, Tom et mon père écoutent avec attention, captivés par l'étendue de son savoir. Il désigne un bâtiment au coin de Christopher Street et annonce le prix demandé lors de la récente transaction, le prix d'achat réel, le prix moyen au mètre carré dans le Village. Je l'interromps avant qu'il ne se lance dans une étude comparative des différents quartiers de Manhattan.

— Le dîner est prêt.

— Vous avez besoin d'aide dans la cuisine ? demande Pamela.

Je lui souris.

— Non, c'est bon. Mais pourrais-tu rassembler les enfants ?

— Oui, bien sûr.

Dans l'escalier, j'admire sincèrement sa mince silhouette juchée sur des talons aiguilles.

— Comment fais-tu pour avoir l'air toujours si jeune, Pamela ? Tu n'as pas pris un gramme depuis que tu as rencontré mon frère.

Elle rougit.

— Il m'a prévenue qu'aucun changement n'était négociable.

— Pardon ?

— Quoi qu'il arrive, a-t-il dit, il veut que je reste toujours la même.

— Est-ce que ce n'est pas une demande impossible ?

— Peut-être, mais j'essaie de respecter le contrat. Plus ou moins… Lui, sa vue commence à baisser, alors on est quittes.

Pendant que Pamela regroupe les enfants, je redescends à la cuisine. Maman, Grannie et mes sœurs décorent les assiettes pour présenter le Festin des Sept Poissons, ouverture du dîner de Noël. Je m'apprête à révéler à mes sœurs la Clause Non Négociable d'Alfred et le critiquer pour sa façon de vouloir tout contrôler, mais je me ravise. Après tout, Pamela – comme nous pendant des années – ne cherche qu'à le rendre heureux. Si elle doit pour cela rentrer dans son jean de jeune fille toute sa vie, la belle affaire. J'éprouve de la pitié pour ma belle-sœur. Pendant les réunions de famille, elle est souvent assise dans un coin et lit un magazine. Elle ne s'est jamais intégrée.

L'interphone retentit.

— On attend quelqu'un ? interroge Maman.

Tess me regarde avec un sourire taquin.

— Qui cela peut être ? Une livraison de dernière minute ?

Elle sait pertinemment que je bous d'impatience en attendant Roman.

— Ou bien une future mariée qui n'est pas contente ?

— Le soir de Noël ? dit Grannie. Jamais. Ni aucun autre jour, d'ailleurs.

— C'est probablement June, intervient Jaclyn qui entre dans le jeu de Tess. (Après tout, c'est Noël, une bonne occasion pour rigoler avec *la Rigolote*.) Tu l'as invitée, n'est-ce pas, Grannie ?

— Elle va manger une dinde vegan et fumer de l'herbe avec ses amis de l'East Village, fait Grannie en haussant les épaules. C'est ça, les artistes…

J'appuie sur le bouton de l'interphone.

— Oui ?

— C'est Roman.

— Monte !

Cachant mal ma joie, je me tourne vers mes sœurs.

— Soyez sages.

Tess trépigne d'excitation.

— Ton petit ami ! Je suis trop contente de faire sa connaissance !

— Je me demande quelle tête il a ! piaille Jaclyn.

— Allons, les filles, ne stressons pas Valentine.

Ma mère, consciente de l'importance de la première impression, vérifie son rouge à lèvres dans le grille-pain en chrome. Elle se redresse, étire le cou, pince légèrement les lèvres pour creuser la fossette dans sa joue gauche. Elle est prête à rencontrer mon amoureux.

J'accueille Roman à la porte. Il est chargé d'un grand plat à gâteau recouvert d'une feuille d'aluminium, vêtu d'un manteau en cachemire noir que je n'ai jamais vu.

— J'ai pensé qu'un dessert serait le bienvenu. Joyeux Noël.

— Joyeux Noël.

Je lui effleure la bouche d'un discret baiser, puis lui prends le plat des mains pour le poser sur le bar et le débarrasse de son manteau.

— Tu es très jolie, me souffle-t-il à l'oreille.

— Fais les présentations, Valentine, ordonne Maman.

Elle regarde Roman comme une étudiante aux Beaux-Arts qui détaille le *David* de Michel-Ange, et se hausse littéralement sur la pointe des pieds pour mieux voir.

— *Ciao*, Teodora.

Roman embrasse Grannie avant de tendre la main à ma mère.

— Ma mère, Mike.

— Joyeux Noël, Mrs Roncalli.

Voyant qu'elle lui offre sa joue, il l'embrasse.

— Appelez-moi Mike. Nous sommes très heureux de vous accueillir pour Noël.

— Ma sœur Tess...

— Vous avez deux filles, n'est-ce pas ? dit Roman à Tess en lui serrant la main.

— Oui, c'est ça.

— Et la cadette... Jaclyn.

— Qui vient de se marier ?

— Exactement.

Maman demande en papillotant des cils :

— Alors, Roman ? Qu'est-ce que vous nous avez préparé ?

— Un crumble aux mûres et aux figues.

Au même moment, j'entends ma nièce lancer dans l'escalier :

— C'est qui, lui ?

— Charisma, viens dire bonjour.

Tess se tourne vers Roman.

— Désolée. Elle a sept ans et déteste tous les garçons... C'est l'ami de Tante Valentine.

Charisma dévisage Roman d'un air méfiant.

— Tante Valentine n'a pas d'amis.

— Pas depuis longtemps, mais maintenant, si, et on est tous très contents pour elle, répond Tess, tandis que j'envisage sérieusement de me jeter par la fenêtre.

— Nous étions sur le point de nous asseoir, déclare Maman en laissant voleter une main gracieuse au-dessus de la table. Mon mari et les garçons arrivent.

— Notre frère, Alfred, ses fils, et nos maris, explique Tess, et elle entoure les épaules de Jaclyn comme pour dire : « Attention. Nous, on fait bloc. »

— Tu oublies Pamela.

Ma mère lève les bras avec un petit rire.

— Et Pamela, oui ! Ma seule belle-fille. Elle est si mince qu'on voit presque à travers.

Mon père et les garçons descendent l'escalier, et Maman prend en charge la suite des présentations. Les fils d'Alfred tendent la main comme des gentlemen en herbe. Chiara fait une grimace à Roman avant de courir rejoindre sa sœur aînée à la table.

Grannie nous appelle dans la cuisine. Pamela s'avance aussi, mais Tess l'arrête d'un geste.

— C'est bon, Pamela. Ne bouge pas.

Pamela hausse les épaules et va s'asseoir.

— Vous vous plaignez que Pamela n'aide pas, mais vous l'en empêchez, chuchote Grannie.

— J'ai trop peur de lui faire porter un plat lourd. Elle risquerait de s'enfoncer dans le plancher et de rester coincée sur ses talons aiguilles.

Tess attrape la corbeille à pain, une carafe d'eau et cale le poivrier sous son bras. Grannie, Jaclyn et moi la suivons de près avec les entrées.

Assis à sa place en bout de table, mon père croise les mains et se signe. Tout le monde l'imite.

— Mon Dieu..., commence-t-il. Ça a été une année d'enfer !

— Papa..., souffle Tess en jetant un coup d'œil aux enfants, qui jugent visiblement hilarante cette mention de l'enfer dans une prière.

— Tu me comprends, Seigneur. Nous avons connu des épreuves et des tribulations, et à présent, voilà que nous rencontrons un nouvel ami sur le chemin...

Papa se tourne vers Roman.

— Roman, lui souffle Maman.

— Roman. Seigneur, nous te remercions pour notre bonne santé, pour la mienne, un peu moins bonne, les quatre-vingts ans de Grannie, et tout le reste.

Papa esquisse le signe de croix.

— Papa ? dit Jaclyn. Je voudrais ajouter quelque chose...

Elle prend Tom par la main.

— Tom et moi allons avoir un bébé.

La joie explose autour de la table. Les enfants crient, Grannie essuie une larme, Maman se lève pour embrasser Jaclyn et Tom. Papa réclame le silence en levant les mains.

Roman passe son bras sur mes épaules. Je le regarde : il est rayonnant, ce qui me touche profondément.

— Mon bébé va avoir un bébé, continue Papa. Voilà bien la preuve que Dieu n'a pas encore décidé de couler notre navire…

Il porte les doigts à son front.

— Au nom du Père, et du Fils et du Saint-Esprit…

— Amen !

Tout le monde a tonné en chœur, y compris la moins pratiquante des enfants de ma mère. Entre l'annonce de Jaclyn et la présence de Roman à mes côtés, je trouve que ce réveillon de Noël commence formidablement bien.

Après le dîner, nous montons tous sur le toit, emmitouflés dans nos manteaux, bonnets et gants, pour les traditionnels marshmallows grillés de Noël. Maman porte une bouteille de vin et des gobelets en plastique décorés avec des danseuses sexy habillées en elfes. Mais où trouve-t-elle des gadgets pareils ?

Papa et Alfred enfilent les guimauves sur des bâtonnets et les donnent aux enfants qui se rassemblent autour du barbecue en les approchant des flammes.

— C'est l'heure des torches ! s'écrie Maman. Ambiance ! Dehors comme dedans…

— Elle est exactement telle que tu l'as décrite, me chuchote Roman à l'oreille, puis il rejoint Charlie et Tom qui disposent des torches aux quatre coins du toit et les allument.

Papa aide Alfred Junior et Rocco à tenir leurs bâtonnets de marshmallows au-dessus des flammes. Charisma, future pyromane, laisse son marshmallow si longtemps qu'il se répand en coulée de lave sur les charbons. Chiara tourne patiemment le sien pour le rôtir uniformément de tous côtés. Mes sœurs se tiennent derrière les enfants, les encouragent et prodiguent leurs conseils, transmettant un sens ancestral de la fête à la génération suivante.

— Grannie ? demande Charisma. Raconte-nous l'histoire des tomates en velours.

— Arrière-Grannie a bu trop de vin, répond Grannie en s'asseyant dans une chaise longue et en étendant les jambes. Demandez à Tante Valentine.

— Tante Valentine, raconte ! Raconte !

— Oui, oui… Alors, voilà. Quand j'avais six ans, ma mère m'a déposée chez Grannie et Grand-Papa, pendant qu'elle allait au théâtre voir *Le Fantôme de l'Opéra* pour la huitième fois.

— Je raffole des comédies musicales, confie Maman à Roman d'un air contrit, et il hausse les épaules avec indulgence.

— Alfred et Tess étaient en colo…

— À Don Bosco, précise Tess.

— … et Papa gardait Jaclyn, qui était bébé. Donc j'avais Grannie et Grand-Papa rien que pour moi. Et je suis venue jouer ici sur le toit. D'abord, j'ai joué à la dînette, avec des outils de jardin et de la terre pour faire des gâteaux. Ensuite j'ai décidé de biner les plants de tomates comme Grannie. Mais quand je me suis approchée, il n'y avait pas de tomates. Je suis descendue en courant dans l'atelier et j'ai dit : « Quelqu'un a volé les tomates. » Et je me suis mise à pleurer.

— Elle ne s'arrêtait plus, marmonne Grannie.

Chiara prend ma défense.

— C'est normal, elle était inquiète !

— Grand-Papa m'a expliqué que, parfois, les plants ne donnaient pas de fruits. Parfois, quand il a trop plu, et même si on s'en est bien occupé, ils ne produisent pas de tomates. Ils sont malins : ils ne fleurissent pas, parce qu'ils savent que les tomates seront fades et gorgées d'eau. Et ça ne vaut pas la peine, hein ?

— Il lui a promis que l'été suivant, nous aurions des tomates, continua Grannie. Mais Valentine était inconsolable.

Elle lève son verre de vin vers moi et je poursuis l'histoire en m'adressant à Roman, qui semble tout aussi fasciné que les enfants par l'infortune des tomates. À moins qu'il ne soit seulement poli.

— Le dimanche suivant, on est tous venus déjeuner, et Grannie a dit : « Va voir sur le toit, Valentine. Tu n'en croiras pas tes yeux. »

— Et tout le monde s'est précipité sur le toit ! s'écrie Chiara.

— Exactement.

Je pose les mains sur les épaules de Rocco et d'Alfred Junior.

— On est donc tous montés sur le toit pour voir ce qui s'était passé. Et là… Miracle ! Il y avait des tomates partout. Mais pas des tomates avec lesquelles on fait de la sauce. Des tomates en velours rouge et vert, avec même la petite queue accrochée à la tige. On sautait tous de joie comme si c'était le matin de Noël, alors que nous étions en plein milieu de l'été. J'ai demandé à mon grand-père de m'expliquer ce qui était arrivé, et il a dit : « C'est magique ! » Et nous avons tous fêté la récolte des tomates en velours.

Maman me félicite avec un geste du pouce, les enfants dégustent leurs marshmallows et nous buvons notre vin. Je me sens calme et heureuse au milieu de ma famille. Pamela reste collée à la hanche de mon frère comme un étui de pistolet, pendant que Grannie se prélasse dans la chaise longue. Tess et Jaclyn entraînent Maman pour admirer un bateau de croisière norvégien qui glisse lentement vers le port de New York. Je regarde Roman, qui paraît tout à fait à l'aise dans cette ambiance un peu fantasque. Plus loin, la lune brille entre les gratte-ciel, on dirait vraiment qu'elle nous sourit.

Papa lève la danseuse sexy qui orne son verre de vin.

— J'aimerais porter un toast. Au Dr Buxbaum, grâce à qui ma prostrate va de mieux en mieux.

— Au Dr Buxbaum !

Mon père est en train de gagner son combat contre le cancer de la prostate, et il n'arrive toujours pas à prononcer le mot correctement.

— Longue vie à toi, Dutch, dit Maman. Nous avons encore beaucoup de couchers de soleil à admirer, beaucoup d'endroits où aller. N'oublie pas que tu dois m'emmener à Williamsburg.

— En Virginie ? demande Tess.

— C'est ça, le voyage de tes rêves ? s'étonne Jaclyn. On peut y aller en voiture.

— Je crois que dans la vie, il vaut mieux se fixer des objectifs qu'on est susceptibles de réaliser. On est plus heureux quand on ne place pas la barre trop haut. Ça m'est égal de mourir sans avoir vu Bora-Bora, mais j'adorerais visiter le berceau de la Révolution américaine. Visez ce qui est faisable, mes enfants.

— Leçon de sagesse numéro un, dis-je, avant de vider mon verre.

— Absolument. Moi, j'ai rêvé de l'accessible, et l'accessible est venu à moi. Je voulais un gentil garçon italien qui ait de bonnes dents bien saines, et c'est ce que j'ai trouvé.

— J'ai encore toutes mes ratiches, se vante Papa.

— Les dents nous révèlent combien les petites choses sont importantes, observe Grannie dans sa chaise longue.

Nous méditons un moment sur le rêve de Maman et la dentition de Papa. Le silence est seulement troublé par le bruit des marshmallows qui s'embrasent et flambent, puis noircissent en se calcinant sur les charbons. Roman supervise l'opération, il a l'air de bien s'amuser. Il se tourne vers moi et me fait un clin d'œil.

Les enfants sont retournés jouer en bas tandis que les adultes terminent leur vin, réunis autour de la table sur le toit. Une bise glacée éteint les dernières braises. Je ramasse les gobelets et m'apprête à descendre pour commencer la vaisselle quand j'entends Alfred murmurer à Grannie :

— L'offre de Scott Hatcher tient toujours.

— Pas maintenant, Alfred, répond-elle à voix basse.

Je savais que ça viendrait. J'ai évité toute la soirée de regarder Alfred, sachant qu'il calculait le prix au mètre carré et la plus-value en mâchant ses *manicotti.* Lui, il a multiplié les allusions, et je finis par craquer.

— C'est Noël ! Elle n'a pas envie de parler de Scott Hatcher et de son offre au comptant. D'ailleurs, tu nous as dit que Hatcher était un *agent immobilier*, pas un acheteur.

— Il est les deux. Il vend des biens et il en achète aussi pour investir. Et alors ? Qu'est-ce que ça change ?

— Ce n'est pas du tout pareil. Un agent immobilier vient donner un *avis.* Ensuite, on se renseigne, on fait jouer la concurrence, et après, seulement après, si on veut vendre, on engage son propre agent et on annonce son prix. Mais là, ça n'a rien à voir. C'est un promoteur.

— Comment tu le sais ? contre-attaque Alfred.

— J'ai mené mon enquête.

Alfred n'imagine pas tout ce que j'ai appris sur Scott Hatcher. À m'en écœurer moi-même.

— Grannie ne doit pas accepter la première offre qui se présente. Ce n'est pas comme ça qu'on procède.

— Parce que toi, tu sais comment on procède ? ricane Alfred.

— En tout cas, je me suis penchée sur les chiffres.

Les autres me dévisagent, bouche bée. *La Rigolote* est une artiste, pas une matheuse. Ils n'en reviennent pas.

— Tu dis n'importe quoi, déclare Alfred.

— Je ne dis *pas* n'importe quoi !

Il me jette un regard interloqué.

— Pas maintenant, Valentine, gronde Grannie.

— De toute façon, c'est Grannie qui décide, pas toi.

— Je suis son associée.

— Depuis quand ? crie Alfred.

Grannie ouvre la bouche pour parler, mais se ravise.

— Les enfants, ne commencez pas, marmonne Papa.

— Oh, si, on va commencer !

Brusquement, je suis debout. Les pièces rapportées – Pamela, Charlie et Tom – se lèvent et reculent peu à peu vers le parapet. Seul Roman reste assis à la table, avec une expression qui semble dire : *C'est parti.*

— Ça suffit, tous les deux, intervient Maman d'une voix flûtée. Nous avons passé une très belle soirée.

Je persiste.

— Il a offert combien, Alfred ?

Mon frère ne répond pas.

— J'ai dit, combien ?

— Six millions.

Une exclamation s'étrangle dans toutes les gorges.

— Grannie, tu es méga riche ! s'exclame Tess.

— Qu'est-ce que tu vas faire ? souffle Jaclyn.

— C'est une offre très élevée, reprend Alfred. Une offre en or, même, et j'ai conseillé à Grannie de vendre. Après cinquante ans à se tuer au travail, elle pourra *enfin* prendre sa retraite, s'acheter un appartement dans le New Jersey, près de chez nous, et se reposer pour la première fois de sa vie.

— Elle se repose, là. (Je me tourne vers Grannie.) Que deviendra l'atelier Angelini ?

Grannie ne me répond pas.

Alfred en profite pour hausser encore le ton.

— Valentine, elle est *fatiguée.* Arrête d'être si égoïste et pense à elle, pour une fois !

— Alfred, proteste Grannie, j'adore mon travail.

— Et les affaires marchent, figure-toi. On produit trois mille paires de chaussures par an.

— Ce qui est à peine rentable, pour une entreprise moderne. Vous n'avez pas de site Internet, vous ne faites pas de pub, et la comptabilité est tenue comme en 1940... Ne le prends pas mal, Grannie.

— Je ne le prends pas mal. Ça a été une grosse année, je me souviens.

— Vous utilisez toujours les outils de Grand-Papa, continue Alfred. L'atelier Angelini n'est qu'un hobby pour vous et pour vos employés à temps partiel. Au mieux, une bonne année, vous ne perdez pas d'argent, mais vous creusez encore plus votre dette. Vendre est la seule solution envisageable ! D'ailleurs, même si vous trouviez quelqu'un pour racheter le fonds de commerce, il représenterait à peine un pour cent de la valeur du bâtiment. Tout l'actif est dans les murs.

— C'est notre *entreprise* !

Comment peut-il ne pas voir que l'or véritable, ce sont les modèles conçus par notre arrière-grand-père ? Notre nom. Notre savoir-faire. Notre réputation. Mais pour Alfred, ces traditions qui nous définissent n'ont aucune valeur.

— C'est ce qui nous permet de gagner notre vie !

— Très mal. Si tu n'habitais pas sur place, tu n'aurais pas les moyens de te payer un loyer.

Clic-Clic revient se tenir au côté d'Alfred. Elle passe son bras dans le sien comme pour l'entraîner, marquant ainsi qu'elle a déjà entendu l'argument.

— Je ne me plains pas de mes revenus. Je n'ai jamais demandé un sou à personne.

— Je t'ai aidée quand tu as rompu avec Bret et que tu as quitté l'enseignement.

— Trois mille dollars. Tu ne me les as pas *donnés*. Je t'ai remboursé en six mois avec sept pour cent d'intérêt !

Je suis outrée. En même temps, je ne devrais pas être étonnée avec mon frère ! Maman se trémousse sur sa chaise, mal à l'aise, et Papa contemple le pont Verrazano-Narrows, aussi fasciné que les enfants tout à l'heure devant les marshmallows.

— Il me semble que ce qu'Alfred essaie de dire, déclare Maman avec une prudence de diplomate, c'est que *mamma* arrive à un certain âge et qu'il faut nous attendre à des changements dans un avenir plus ou moins proche.

— Oui, c'est ça, Maman. Et toi, tu ne changes pas. Comme d'habitude, tu soutiens Alfred, ton fils chéri et tellement brillant. Quoi qu'il demande, il l'obtient. S'il se préoccupait vraiment de Grannie et de son bien-être, je me tairais. Mais il ne voit que l'argent. Tout ce qui l'intéresse, depuis toujours, c'est l'argent.

— Comment oses-tu ? Je me fais du souci pour Grannie ! s'insurge Alfred.

— Ah bon ?

— Ton frère adore ta grand-mère, glisse Papa.

Je riposte aussitôt :

— Ne parle pas à sa place.

— Ne parle pas à ma place, dit Alfred à Papa.

Papa lève les deux mains en signe de reddition.

— Et ne parlez pas à ma place, vous, gronde Grannie en se mettant debout. Je prendrai moi-même les décisions concernant l'atelier Angelini et mon immeuble. Alfred, tu es intelligent, mais tu ne sais pas tenir ta langue. On ne doit jamais donner de chiffres. Tu as affolé tout le monde.

— J'ai pensé qu'en famille...

Roman regarde ailleurs, comme un invité qui espère se retirer de la mêlée. Mais il est coincé. Je surprends un éclair d'impatience dans ses yeux.

— Surtout pas ! coupe Grannie. De tels montants perturbent les esprits. Bon sang, *moi*, ils me perturbent. Je suis plutôt discrète par nature, et je n'ai pas envie qu'on déballe ma vie privée comme un cadeau de Noël. Quant à toi, Valentine, j'apprécie tout ce que tu fais pour moi, mais je ne voudrais pas que tu te sentes obligée de rester ici...

— Je *veux* rester ici.

— ... Et Alfred a raison. Je ne suis plus très vaillante.

— Ce n'est pas ce que j'ai dit, Grannie, proteste Alfred. La décision t'appartient entièrement. Mais j'aimerais bien te voir enfin te reposer. Les gens ne travaillent plus quand ils ont quatre-vingts ans, il y a une raison.

— Parce qu'ils sont morts ? lance Grannie, qui se rassied en renonçant à discuter.

— Non, parce qu'ils l'ont mérité. Et, Valentine, personne ne t'empêche de continuer à fabriquer des chaussures, à tes heures de loisir, mais il serait temps que tu penses à trouver un vrai métier. Tu as largement dépassé la trentaine, et tu vis toujours comme une ado. Qui s'occupera de toi quand tu seras vieille ? J'imagine que cette facture-là sera pour moi aussi.

— Tu es la dernière personne à qui je demanderai de l'aide !

Clic-Clic pousse un soupir : voilà au moins une inquiétude qui lui est ôtée.

— On verra. Pour l'instant, je suis le seul des enfants Roncalli à ramasser l'addition.

— De quoi tu parles ? questionne Tess.

— La fête de Grannie.

— On a proposé ! protestent Jaclyn et Tess en chœur.

— Moi aussi ! dis-je.

— Mais c'est moi qui ai payé ! Comme toujours, au cas où vous ne l'auriez pas remarqué.

— Tu exagères, Alfred. Tu ne peux pas offrir de régler la note et te plaindre après. Mais quel manque d'élégance !

D'un geste, Tess signale que Grannie – la bénéficiaire – nous écoute.

Alfred n'en a cure. Il continue :

— Et pour les soins de Papa, à votre avis, qui signe les chèques ? Tout n'est pas pris en charge par son assurance, il y a des franchises, des dépassements... Mais vous, les filles, vous n'en savez rien ! Pourquoi ? Parce que vous ne posez jamais la question !

— Nous te rembourserons, Alfred, souffle Maman.

Je sors de mes gonds.

— On aimerait bien contribuer ! Mais tu joues les grands seigneurs et tu assumes tout, uniquement pour pouvoir nous le balancer à la tête ensuite !

— Je ne vais pas m'excuser auprès de *toi* parce que je réussis. On paye une taxe sur la réussite dans cette famille, et j'en fais les frais tous les jours. Je gagne de l'argent, donc je banque. Et vous me le reprochez !

— Parce que tu n'arrêtes pas de râler ! Je préférerais être sans le sou et vivre dans un taudis de Bowery plutôt que pétrie de peur comme toi dans ton palais. Il n'y a qu'à regarder Clic-Clic...

Trop tard, les mots ont franchi mes lèvres.

Tess et Jaclyn retiennent leur souffle.

— Oh non, murmure Maman.

Dans le silence qui suit, je jurerais entendre les nuages filer dans le ciel.

— Qui est Clic-Clic ?

Pamela m'interroge du regard, puis consulte son mari.

— Je ne sais pas, grommelle Alfred.

— Valentine ? dit Pamela en fixant les yeux sur moi.

— C'est…

Tess vient à ma rescousse.

— Un surnom. Mais c'est affectueux, en fait…

— Ce n'est pas affectueux si je ne l'ai jamais entendu.

Pour la première fois depuis dix-sept ans, la voix de Pamela monte dans les aigus.

— J'ai un surnom, et je ne le connais pas ! Pourquoi ?

— Je vous en prie, les filles, laissons tomber le sujet, intervient Maman en relevant le col de son faux vison. Descendons boire un Irish coffee ! Il fait trop froid maintenant. Quelqu'un veut un Irish coffee ?

Pamela la fusille du regard.

— Non, personne ! Pourquoi, Clic-Clic ?

Ma mère se tourne vers moi.

— Valentine ?

— C'est un surnom qui…

— C'est le bruit que tu fais quand tu marches avec tes talons hauts, lâche Jaclyn à toute vitesse. Comme tu es petite, tu fais des petits pas, et ça fait clic-clic clic-clic clic-clic.

Les yeux de Pamela s'emplissent de larmes.

— Vous vous moquez de moi depuis tout ce temps ?

— Ce n'était pas méchant…, commence Tess, morte de honte.

— Je n'y peux rien, si je suis petite. Moi, je ne me moque jamais de vous, et pourtant, les occasions ne manquent pas dans cette famille de dingues !

Pamela se précipite vers la porte. Clic-clic clic-clic clic-clic. Consciente du claquement de ses talons, elle se hausse sur la pointe des pieds et termine sa course en se jetant sur la poignée.

— Alfred, viens !

Elle disparaît dans l'escalier. À l'étage en dessous, on l'entend appeler les garçons.

Alfred part à son tour. À la porte, il se tourne vers nous.

— Vous pouvez être pestes avec moi, je m'en fiche. Mais Pamela, elle ne vous a jamais rien fait. Elle a toujours été une gentille belle-sœur.

— Je vais envelopper des restes pour eux, décide Maman en descendant derrière Alfred.

Tess est accablée.

— Oh, Valentine... Quelle gaffe !

Je montre Jaclyn du doigt.

— Pourquoi tu lui as expliqué, toi ?

— Je me sentais coincée.

J'ai le visage brûlant, sous l'effet cumulé du vin et de la dispute.

— Tu n'aurais pas pu inventer quelque chose d'un peu plus valorisant ? Je ne sais pas, moi... Le cliquetis d'une montre de luxe ?

— Ce serait plutôt tic-tic, fait remarquer Charlie, en retrait derrière la fontaine.

— Vous allez devoir vous excuser, décrète Grannie.

— Et moi qui suis censé éviter les émotions fortes, soupire Papa. Je vous rappelle que ces implants sont radioactifs. Si ma tension monte, je risque la fission nucléaire.

— Pardon, Papa...

Mon père dévisage ses trois filles qui ont l'air penaud.

— Nous sommes une famille, vous savez. Que dis-je ? Nous tous, ici, nous sommes un pays. Sauf toi, Tom, avec ton sang irlandais, mais on te pardonne. Et toi, Charlie, même si les Fazzani sont un quart siciliens, tu es cent pour cent italien. Nous n'avons aucune excuse.

Gracieusement, Papa accueille Roman dans la congrégation.

— Roman. Je présume que vous êtes cent pour cent.

Pris de court, Roman hoche silencieusement la tête.

— Nous devrions être unis, continue Papa, et nous devrions être invincibles. Mais au lieu de ça, qu'y a-t-il entre nous ? De la rancœur. De la rancœur qui nous sort par le nez et par les oreilles. Et pour quel résultat ? Laissez tomber, lâchez prise. Rien de tout ça n'a d'importance.

Croyez-moi. J'ai croisé le regard de la Grande Faucheuse, et c'est une sale bête. On n'a qu'une vie, les enfants. Une seule.

Papa lève un doigt vers le ciel avec emphase.

— Il faut en profiter, c'est votre vieux paternel qui vous le dit. Donc, si Pamela est courte sur pattes et qu'elle doit porter des talons hauts pour voir l'heure à sa montre, nous devons l'accepter telle qu'elle est. Et si Alfred l'aime, alors *nous aussi*, nous l'aimons. Suis-je clair ?

Jaclyn, Tess et moi répondons d'une seule voix.

— Oui, Papa

Roman, Charlie et Tom acquiescent. Grannie se rallonge sur la chaise en fermant les yeux.

— Bien. Ainsi soit-il et qu'il en soit ainsi.

Papa se lève et gagne la porte. Charlie et Tom, qui ont reculé aussi loin que possible de la dispute, sont plaqués contre le parapet, les mains dans les poches, comme s'ils s'attendaient encore à recevoir une balle perdue. Voyant que la fusillade de Noël semble terminée, Tom jette un regard autour de lui et demande :

— Il reste de la bière ?

Roman me tient la portière ouverte, puis s'installe au volant. Je frissonne en attendant qu'il démarre.

— Qu'est-ce que tu veux faire maintenant ? s'enquiert-il.

— Emmène-moi sur le pont de Brooklyn, je pourrai sauter.

— Très drôle. J'ai une meilleure idée.

Il tourne sur la Sixième Avenue et remonte vers le nord. Les rues de Manhattan sont illuminées et désertes.

— Désolée que tu aies eu à subir ça, dis-je en posant une main sur sa cuisse.

— Ne t'inquiète pas. Une fois, à un Noël Falconi, nous avons dressé la table dans le garage. Mes frères se sont disputés, et ils étaient tellement furax qu'ils se sont balancé des pneus à la figure.

— Ah, d'accord. Je vois qu'on ne joue pas dans la même cour !

Nous rions.

— Qu'as-tu pensé d'Alfred ?

— Je ne peux pas encore me prononcer, répond Roman avec tact.

— Alfred place la barre vraiment haut. Personne n'a le droit d'échouer. Après la liaison de mon père, il est devenu très pieux et il a même pensé à entrer au séminaire. Et puis il a reçu un autre appel, il est devenu banquier. C'était aussi une manière de sanctionner Papa, évidemment. Mon père n'a jamais gagné beaucoup d'argent... Alfred détient maintenant une supériorité morale *et* financière.

— Et sa femme ?

— Elle est sous sa coupe. C'est quelqu'un d'extrêmement angoissé, elle ne mange que de la purée parce qu'elle a un ulcère chronique.

— Pourquoi est-il si dur avec toi ? demande doucement Roman.

— Il trouve que je ne suis pas sérieuse. J'ai changé de métier, j'habite avec ma grand-mère et j'ai lâché un futur mari parfait.

— Qui était-ce ?

— Peu importe. La perfection ne m'intéresse pas.

— Qu'est-ce que tu veux ?

— Toi.

Roman embrasse ma main. Je suis sur un nuage, follement heureuse. Malgré cette terrible dispute ce soir, je me suis sentie apaisée par sa présence, même s'il n'a rien dit ni rien fait. Protégée.

Roman ralentit devant Saks Fifth Avenue. Il tourne dans la première rue après le grand magasin, se gare et descend pour m'ouvrir la portière.

— Viens, on va voir les vitrines de Noël !

Il m'entraîne par la main et nous déambulons, seuls, derrière les cordons de velours rouge, comme deux enfants émerveillés. Soudain, le silence qui nous enveloppe est rompu par les notes d'un saxophone. Un homme vêtu d'un vieux manteau et coiffé d'une casquette en tweed, un peu plus loin sur le trottoir, accompagne notre promenade le long de ce décor féerique avec la magie d'un air traditionnel. Devant la dernière vitrine, Roman me prend dans ses bras et m'embrasse. Quand j'ouvre les yeux, les flèches de la cathédrale Saint-Patrick voguent contre le ciel sombre dans ma vision extasiée.

— Tu veux venir chez moi ce soir ? murmure Roman.

Nous retournons à la voiture. Avant de démarrer, il me sourit. Je l'embrasse dans le cou et décide de continuer pendant tout le trajet jusque chez lui. Il allume la radio. J'entends à peine la musique, transportée par la pensée que nous allons commencer quelque chose de merveilleux ce soir. Si seulement la voiture pouvait décoller et nous déposer devant sa porte.

Je suis en train de tomber amoureuse ! Mes pensées cascadent dans ma tête comme les pièces d'une machine à sous qui se déversent sous les yeux du gagnant. Mes oreilles perçoivent des milliers de cloches sonnant à toute volée, des images se bousculent dans mon esprit, un envol d'oiseaux blancs qui s'éparpillent à tire-d'aile, des cerfs-volants multicolores et des ballons dans un ciel bleu, les rosaces d'un feu d'artifice au son d'une grandiose fanfare. Mon cœur déborde de joie, mon cœur se dilate, tant et tant que la lune, ce soir, pourrait s'y loger tout entière.

Roman s'arrête à l'entrée d'un parking de Sullivan Street. Il laisse la clé sur le contact et fait signe au voiturier. Une fois que nous sommes descendus, Roman m'embrasse sous le lampadaire.

— Tu habites où ?

— Là.

Il désigne une ancienne usine reconvertie en lofts, puis m'entraîne par la main et nous courons vers la porte. Nous prenons l'ascenseur jusqu'au quatrième étage, sans cesser de nous embrasser. Quand la cabine s'arrête brutalement, nos deux nez se heurtent et nous rions.

La porte de l'ascenseur s'ouvre, révélant un vaste espace tout en verre sur un côté. Le plancher est en chêne brut, quatre piliers blancs dessinent une sorte de tonnelle qui abrite le salon au centre de la pièce, et des moulures ourlent le plafond cathédrale. Sur un mur est accroché un grand tableau représentant un nuage blanc contre un ciel bleu nuit.

En face des baies vitrées, une cuisine industrielle occupe toute la longueur du loft. Propre, fonctionnelle, équipée d'un matériel dernier cri. Un lustre moderne en verre de Murano déploie ses fleurs orange et vertes au-dessus du bar.

Le lit de Roman, au fond, est un lit à baldaquin garni d'une fine mousseline blanche nouée aux quatre coins. De gros radiateurs en fonte dégagent une puissante chaleur, il doit faire cinquante degrés ici. Je commence à transpirer.

— Viens, je vais te débarrasser, chuchote-t-il.

Il m'embrasse en m'ôtant mon manteau et ne s'arrête pas là. Après avoir détaché un à un les délicats boutons en nacre de mon gilet en cachemire rose pâle, il le fait glisser sur mes épaules. Un bref instant, je me demande ce qu'il pensera de mon corps, puis je chasse cette inquiétude en me rappelant qu'il m'a déjà vue nue. Ses doigts effleurent mon front moite.

— J'ai mis le chauffage trop fort, ou c'est nous ?

Je réponds sans hésiter :

— C'est nous.

Il enlève sa veste et descend la fermeture Éclair de ma jupe. Je l'aide à extirper un de ses bras coincé dans la manche de sa chemise. Entre deux éclats de rire, nous nous embrassons encore. Je tiens son visage entre mes mains et ne le lâche pas pendant que nous traversons la pièce, effeuillant nos vêtements derrière nous tels des pétales de rose, jusqu'au lit. Il me soulève dans ses bras et me dépose sur la courtepointe en velours de soie, puis ouvre la fenêtre. Le vent agite la mousseline comme du linge sur le fil en été et nous baigne d'une délicieuse fraîcheur tandis que Roman se couche sur moi.

Nous faisons l'amour avec la musique des radiateurs qui sifflent et cognent, dans l'air léger de la nuit de Noël. Tour à tour nous avons chaud, puis froid, mais surtout chaud, unis l'un à l'autre dans notre ardente étreinte. Ses baisers me réchauffent mieux que la courtepointe de velours qui gît à présent sur le sol comme la toile d'un parachute.

Je retombe sur l'oreiller, Roman me serre contre lui et enfouit son visage dans mon cou.

— Raconte-moi une histoire, dit-il.

— Quel genre d'histoire ?

— Comme celle des tomates.

— D'accord. Alors… Il était une fois…

Je n'ai pas besoin de continuer, Roman s'est endormi. Je tente en vain d'atteindre la courtepointe par terre. Dans quelques heures, je serai sûrement frigorifiée. Mais bientôt je m'aperçois que les bras de Roman m'enveloppent d'une extraordinaire chaleur et, nue contre cet homme qui est encore un mystère et que j'ai très envie de découvrir, vibrante au souvenir de son désir, j'écoute longuement mon cœur chanter en cette douce nuit de Noël.

8

Mott Street

— VOILÀ CE QUE J'APPELLE UN BEAU CADEAU de Noël, déclare June en mordant dans un doughnut, les yeux fermés.

Elle mâche langoureusement, puis boit une gorgée de café.

— Surtout après une dispute en famille, ajoute-t-elle, il n'y a pas mieux pour se détendre.

— C'est une expérience que tu as faite ?

La vraie question serait plutôt de savoir quelle expérience June n'a *pas faite.*

— Oh, je pourrais te raconter une fête de la Saint-Patrick chez moi, à Dublin, qui s'est terminée par…

Grannie entre dans l'atelier, suspend son manteau au crochet et marche droit vers nous en ôtant le foulard qu'elle porte sur la tête.

— Qu'est-ce que vous en pensez ?

Elle n'a plus ses cheveux blancs ! Sa nouvelle couleur, châtain clair subtilement éclairé de reflets dorés, ainsi qu'une audacieuse coupe courte, font ressortir ses yeux sombres et la délicatesse de son teint.

— J'ai utilisé la carte-cadeau que vous m'avez offerte pour Noël. Alors ? Qu'est-ce que vous en dites ?

— Dieu tout-puissant, Teodora ! Tu as perdu vingt ans d'un coup. Et vu que je te connaissais il y a vingt ans, je peux l'attester.

Grannie est rayonnante.

— Merci. Je voulais changer d'allure avant mon séjour en Italie.

— C'est réussi, dis-je.

— *Notre* séjour en Italie, plutôt. Valentine, je voudrais que tu m'accompagnes.

— Tu es sérieuse ?

Je ne suis allée qu'une fois en Italie, avec l'école, et j'adorerais découvrir le pays aux côtés de ma grand-mère. Quand j'étais petite, mes grands-parents s'y rendaient chaque année pour acheter des fournitures, rencontrer d'autres artisans, échanger des informations et apprendre de nouvelles techniques. Ils restaient absents un mois entier. Ils ont ensuite espacé leurs voyages, à raison d'un tous les deux ou trois ans. Après la mort de Grand-Papa il y a dix ans, Grannie a repris le rythme annuel.

— Grannie, tu es sûre que tu veux m'emmener ?

— Je n'imagine pas faire le voyage sans toi. Tu veux gagner cet appel d'offres pour les vitrines du Bergdorf, non ?

Grannie consulte son planning de la journée.

— Pour ça, il nous faut une matière première de qualité exceptionnelle, tu ne crois pas ?

— Absolument.

Nous attendons le dessin de la robe que Rhedd Lewis nous a promis, et je découvre que dans le monde de la mode, seuls les fabricants doivent respecter des délais. Les vendeurs en sont exemptés.

June pose ses ciseaux.

— Tu n'as emmené personne en Italie depuis des années…

— Je sais, répond Grannie tout bas.

— Alors ? Explication ?

— Maintenant, je suis prête.

Grannie balaie les tables du regard, cherchant l'ouvrage qui vient en tête de sa liste.

— D'autant plus que Valentine reprendra l'atelier, un jour. Il faut qu'elle rencontre les gens avec qui je fais affaire.

— Si seulement on pouvait partir dès ce soir ! Je vais enfin voir les manufactures de soie à Prato. Et les tanneries de Florence… Oh, Grannie, j'attends ça depuis si longtemps !

— Et toi, ce sont tous ces beaux Italiens qui t'attendent, dit June.

— June, je ne suis pas libre.

Est-ce qu'elle a au moins *entendu* ce que je lui ai raconté ? Même dans une version édulcorée, le compte rendu de ma nuit de Noël était pourtant clair.

— J'ai compris. Mais c'est la loi de la jungle. Je l'ai expérimentée personnellement. Dès que j'ai un homme dans ma vie, j'en attire d'autres. Et en Italie, crois-moi, les hommes te le font savoir.

— Valentine sera très occupée, la coupe Grannie. Elle n'aura pas le temps de sortir et de s'amuser.

June soupire.

— Dommage.

— C'est précisément pour cette raison que je t'emmène, continue Grannie. Tu travailleras, pendant que *moi*, je m'amuserai.

Je pense à ces appels d'Italie qu'elle reçoit tard le soir, et qui semblent durer bien plus longtemps qu'il n'est nécessaire pour passer une commande de cuir. Et je pense à l'homme sur la photo au fond de son tiroir. M'emmène-t-elle vraiment en Italie pour me préparer à reprendre les rênes de l'atelier Angelini, ou se trame-t-il autre chose ? La nouvelle coupe de cheveux, la couleur… Ce voyage aurait-il un objectif caché ?

On frappe à la porte.

— C'est Bret. Tu te rappelles qu'on a rendez-vous ?

— Déjà ? dit Grannie, d'une voix qui manque franchement d'enthousiasme.

— Grannie, je voudrais que tu montres un esprit ouvert. S'il te plaît.

— Je viens de changer complètement de tête. Tu peux présumer que je suis ouverte à de nouvelles idées, non ?

En poussant la porte, je découvre Roman qui tient un bouquet de roses rouges dans une main. Son autre main est dissimulée derrière son dos.

— Ça alors ! Quelle surprise !

Il se penche et m'embrasse, puis me tend les fleurs.

— Bonjour. Je passais dans le quartier…

— Elles sont magnifiques ! Merci. Entre !

Vêtu d'un jean et d'un blouson aviateur en laine, Roman est chaussé de ses sabots de travail en plastique jaune avec d'épaisses chaussettes blanches.

— Tu n'as pas froid aux pieds ?

— Avec mes chaussettes de randonnée, non, assure-t-il en souriant. Pourquoi, tu t'inquiètes pour moi ?

— Pour tes pieds, seulement. Il va falloir que tu passes à l'échelon supérieur, côté chaussures. Tu fréquentes une maîtresse bottière maintenant. Tu m'as obligée à renoncer aux plats cuisinés tout prêts, donc moi, je ne peux pas te laisser traîner dans la rue en sabots. J'adorerais te fabriquer une paire de bottines en cuir de veau.

— Je ne serais pas contre.

Souriant toujours, Roman exhibe les deux autres bouquets qu'il cachait derrière son dos. Il en donne un à Grannie, l'autre à June.

— Pour les belles dames de l'atelier Angelini.

Elles sont toutes les deux ravies. Roman remarque alors le changement chez Grannie.

— Teodora, j'adore vos cheveux.

— Merci. (Elle indique le bouquet.) Vous n'auriez vraiment pas dû.

— La Saint-Valentin est dans un mois, déclare June en humant ses fleurs.

— Pour moi, c'est la Saint-Valentin tous les jours, répond galamment Roman, qui se tourne ensuite vers moi. Combien de tes petits amis t'ont déjà sorti cette phrase ?

— Tous.

Je vais remplir des vases dans la salle d'eau et en rapporte à Grannie et June.

— C'est bon de voir qu'il existe encore des hommes qui savent faire plaisir aux femmes, affirme ma grand-mère.

— De *multiples* manières, ajoute June en m'adressant un clin d'œil.

— C'est vrai que vous n'avez pas encore goûté à ma cuisine, réplique Roman, qui a parfaitement saisi l'allusion.

À cet instant, la porte de l'atelier s'ouvre.

— Bonjour, mesdames !

Bret s'avance, en costume Armani bleu marine, chemise blanche amidonnée et cravate jaune vif. Des mocassins Dior noirs à pampilles complètent sa tenue.

Il tend la main à Roman.

— Bret Fitzpatrick.

Roman serre vigoureusement la main qui lui est offerte.

— Roman Falconi.

— J'imagine que vous venez pour des chaussures de mariage ? plaisante Bret.

— Qu'est-ce que vous avez en 47 ? demande Roman, qui regarde tour à tour Grannie, June, puis moi.

Mon passé et mon avenir, me dis-je en les voyant côte à côte. Il m'apparaît alors clairement que j'ai toujours aimé les hommes grands et dotés d'un emploi solide. Je suis aussi la fille de ma mère, donc critique. Les sabots de Roman ressemblent à d'immenses chaussures de clown à côté des élégants mocassins de Bret. Si j'avais eu le choix, j'aurais préféré voir quelque chose d'un peu plus décent aux pieds de mon petit ami.

— Bret est une vieille connaissance, explique Grannie.

Je m'empresse d'ajouter :

— Il nous aide à améliorer notre situation financière, à l'atelier.

Roman hoche la tête en s'adressant à Bret.

— Je vous laisse, alors. Il faut que je fonce chez Faicco… J'ai un osso buco à préparer pour ce soir.

Il m'embrasse.

— Merci pour les fleurs, dit Grannie en lui souriant.

— Pour les miennes aussi ! lance June, penchée sur son patron.

— Il n'y a pas de quoi… Ravi d'avoir fait votre connaissance, dit Roman à Bret.

— Moi de même, répond Bret.

Et Roman s'en va.

— Ce n'était pas bizarre du tout, commente June, une épingle glissée entre ses lèvres. L'ancien rencontre le nouveau.

— C'est ton petit ami ? interroge Bret, les yeux tournés vers la porte.

— Il est chef cuisinier, annonce fièrement Grannie.

Avant que Bret n'ait le temps de demander, je précise :

— Propriétaire du Ca' d'Oro, sur Mott Street.

— J'en ai entendu parler. Il paraît que c'est très bon, ajoute Bret avec une bonne grâce non feinte.

Je suis contente de voir que mon ancien petit ami n'est pas du tout jaloux du nouveau. Même si j'aimerais peut-être qu'il le soit… Un tout petit peu.

— Je recommande chaudement le risotto, dis-je pour conclure.

Bret s'assied, ouvre son attaché-case et en sort un dossier portant l'inscription ANGELINI.

— Vous avez eu le temps de discuter entre vous ?

— Valentine a mentionné deux ou trois points…, commence Grannie.

— Vous avez changé, Grannie, interrompt Bret. Qu'est-ce que vous avez fait à vos cheveux ?

— Une nouvelle coupe.

— Cette coquette ne dit pas tout, lâche June en riant.

— En tout cas, vous êtes superbe.

Je suis impressionnée par l'habileté avec laquelle Bret séduit un client récalcitrant. C'est sûrement ainsi qu'il vient à bout des plus coriaces.

— June, ça ne vous ennuie pas que nous parlions affaires devant vous ? continue-t-il, ajoutant l'élégance à la diplomatie.

— Faites comme si je n'étais pas là.

— Valentine m'a expliqué le concept d'image de marque, reprend Grannie. Mais je ne saisis pas très bien… Nous réalisons, à la main, des chaussures de mariage d'après nos modèles d'origine. Notre catalogue, si vous préférez. Nous ne pouvons pas les fabriquer plus vite. Comment fournirions-nous une clientèle plus importante ?

Bret me renvoie la question.

— Valentine ?

— Tu as raison, Grannie. C'est impossible. Pas avec nos créations existantes. Il nous faudrait concevoir une nouvelle chaussure, qui serait produite en masse. Nous introduirions une ligne de produits secondaires, plus abordables.

— Des chaussures bon marché ?

— Mais de qualité égale.

— Je vais être honnête, soupire Grannie. Je ne sais pas faire ça.

— Les investisseurs veulent savoir que le produit qu'ils financent a un potentiel en termes de grande distribution, donc de marge de profit. Par conséquent, il faut proposer quelque chose qui soit à la fois en accord avec les exigences de la mode, d'un prix abordable, et réalisable pour le concepteur et le fabricant, explique Bret.

Il tend un rapport à Grannie portant le titre : PETITES ENTREPRISES : IMAGE DE MARQUE, CROISSANCE ET PROFITS.

— Si vous me suivez dans cette logique, je crois qu'on pourrait réunir des fonds pour vous aider à prendre une nouvelle orientation.

— Ça paraît jouable, dis-je avec un certain entrain, mais Grannie ne semble pas convaincue.

— Et surtout, poursuit Bret, vous n'êtes pas obligées de proposer une chaussure de mariage.

— Je vois, fait Grannie, qui se tourne ensuite vers moi.

— Ce serait un modèle à part, commercialisé sous notre nom, qui serait conçu et développé ici, mais fabriqué ailleurs.

— En Chine ? demande Grannie.

— Sans doute. Ou en Espagne. Ou au Brésil. En Indonésie. Peut-être en Italie.

— Pas en Amérique ?

— Ça m'étonnerait, Grannie, mais je me renseignerai.

Ce qui est un mensonge. Le « *made in America* » figure parmi les principaux chevaux de bataille de Grannie, et je préfère éviter le sujet.

— Il est encore trop tôt pour envisager cet aspect de la production, déclare Bret, venant à mon secours. Concentrons-nous sur les premières étapes.

— Grannie, je dois d'abord créer cette chaussure. J'imagine quelque chose de facile à porter, mais stylé. Et peut-être quelques accessoires, plus tard...

— Oh, mon Dieu, non ! Pas de ceintures ! s'exclame June. Désolée, je sais que je n'ai pas mon mot à dire ici, mais c'est plus fort que moi. Nous avons essayé les accessoires. Quel désastre ! Teodora, tu te rappelles les ceintures que ton mari avait fabriquées pour Saks ?

Grannie hoche la tête.

— Il avait choisi un magnifique cuir de veau, explique June. Très doux, qui s'est ramolli comme du chewing-gum après avoir été porté plusieurs fois. Les clientes étaient furieuses et Saks nous a tout rendu. La totalité du stock.

— Et il a dit : « Plus jamais. » Il a décidé que nous devions nous cantonner à ce que nous savions faire.

— Grannie, on ne peut pas se permettre ce luxe. Il faut tenter notre chance. Si on ne trouve pas une manière de revitaliser notre production, on n'existera plus dans un an.

Bret me tend le dossier.

— Je vous laisse en discuter toutes les deux. De mon côté, je préviens mes clients que vous leur présenterez bientôt un portfolio.

— Dis-leur aussi que nous partons en Italie pour rapporter les matériaux les plus innovants qu'il est possible d'appliquer à une ligne classique.

— Val, j'avoue que tu m'épates. Tu parles comme une vraie femme d'affaires.

— Je suis sûre qu'on va réussir.

— Ça se voit.

Bret embrasse Grannie, puis June. Quand arrive mon tour, il pose les mains sur mes épaules et me fixe droit dans les yeux.

— Accroche-toi. Tu as toutes les compétences requises !

Bret s'en va, délesté de son dossier.

— Il croit vraiment en toi, observe June.

— Il m'a un peu connue, autrefois… Il ne devait pas voir que mes défauts.

*
* *

Le Ca' d'Oro est fermé le lundi, c'est donc le soir où nous nous voyons, Roman et moi. Le plus souvent, je vais chez lui, et il cuisine. Mais ce soir, il a invité ma famille à dîner au restaurant, afin de se faire pardonner son absence aux quatre-vingts ans de Grannie. Je suis ravie que ma famille le rencontre sur son propre terrain. Le Ca' d'Oro est le domaine de Roman : c'est là que l'on comprend le mieux sa personnalité, l'étendue de ses talents culinaires et la place qu'il a gagnée au rang des meilleurs restaurateurs de Manhattan.

Je suis venue en fin d'après-midi, j'ai dressé la table et mis des bougies dans une large coupe sur un lit de feuillages et de violettes. À présent, j'assiste Roman dans la cuisine. C'est un répit, comparé à mon travail à l'atelier, d'autant plus que je peux goûter les plats en cours de préparation.

— C'est le genre d'homme que tu aimes, *lui* ?

Roman dispose la pâte à raviolis sur une plaque de cuisson tandis que je remplis les carrés prédécoupés avec la garniture qui est la signature du Ca' d'Oro, une mousseline de patates douces aux truffes, parmesan et herbes aromatiques.

— Ah. Je m'étonnais que tu ne m'aies pas encore interrogée à propos de Bret.

— Un homme d'affaires en costume cravate. Il a fait une belle carrière ?

— *Très* belle.

— Vous êtes toujours amis. La rupture n'a pas été trop moche, alors ?

— Un peu moche, si. Mais puisqu'on était amis avant, pourquoi ne pas le rester après ?

— Qu'est-ce qui s'est passé ?

— Un financier de Wall Street et une créatrice de chaussures, ce n'est pas tellement compatible. Avec le recul, je vois quand même ce qui fonctionnait entre nous. Nos origines, par exemple. Une de chaque.

— Une de chaque ? C'est-à-dire ?

Roman dépose une autre couche de pâte sur la garniture, puis détache les raviolis un à un avec l'emporte-pièce, les aligne sur une planche en bois et les saupoudre de farine de maïs.

— On ne devrait jamais avoir les deux mêmes dans une relation. Il vaut mieux mélanger. Un Irlandais et une Italienne, c'est pas mal. Ou quelqu'un du Nord avec quelqu'un du Sud. Parfait. Juif et catholique… il y a une certaine harmonie, du point de vue de la culpabilité. Protestant et catholique ? Un peu risqué.

— Et deux Italiens, alors ?

— Ça va, si on vient de provinces différentes.

— Tant mieux. Je suis des Pouilles… Et toi ?

— Toscane et Calabre.

— Donc, c'est bon ?

Je décrète avec assurance :

— Pas de problème.

— Ou bien ce sont les professions qui peuvent coincer… Un chef et une créatrice de chaussures ? Ça marche ?

Je me hausse sur la pointe des pieds pour l'embrasser.

— Il faut voir.

Roman me serre dans ses bras, longuement.

— Va t'asseoir un moment dans la salle. Tu es restée debout toute la journée.

— Non, merci. Je préfère t'aider. Et sans ça, je ne te verrais jamais.

— Désolé, me dit-il tendrement.

— Tu n'y peux rien, ne t'excuse pas. Tu adores ton métier, et moi, j'adore que tu l'adores.

— Avant toi, je n'ai jamais rencontré une femme qui comprenne ça.

Roman découpe les derniers raviolis, les ajoute aux autres sur la planche, puis ouvre le four pour surveiller la cuisson du rôti de porc et des légumes racines qui mijotent dans une sauce au vin ; un délicat fumet rehaussé d'une pointe de sauge se répand dans la cuisine. J'observe ses gestes, précis, minutieux. Son travail le passionne, c'est évident. Il passe des heures à essayer de nouvelles idées, des manières originales de combiner les ingrédients, cherchant sans cesse à réinventer les recettes traditionnelles.

Malgré l'intensité de mes sentiments pour lui (et des siens), je me demande parfois comment nous pouvons construire une relation en nous voyons si peu. Je me rappelle avoir lu une interview de Katharine Hepburn, où elle déclarait que le travail de la femme dans une relation était d'être « adorable ». Je m'efforce de soutenir Roman avant tout, de ne lui créer aucun stress supplémentaire, et je constate qu'il se comporte de même avec moi. Tant que nous maintiendrons cette considération et ce respect l'un envers l'autre, me dis-je, notre histoire continuera et nous conduira à l'étape suivante (quelle qu'elle soit).

— Salut, les jeunes !

Maman entre dans la cuisine, chargée de sacs.

— Je n'ai pas pu m'empêcher d'acheter quelques bricoles en passant par Chinatown. C'est vraiment là qu'on trouve les meilleures affaires ! Des pantoufles en soie à deux dollars !

Elle montre un sac qui en est rempli.

— Je sais ce que j'aurai comme cadeau pour Noël prochain, je grommelle.

— Dans un an, tu auras oublié ! Tes sœurs sont là. Les garçons sont en train de se garer… Oh, des raviolis !

— C'est l'entrée du jour, annonce Roman.

— Miam.

— Où est Papa ?

— Il prépare des cocktails derrière le bar. Vous voulez bien, Roman ?

— Absolument. Faites comme chez vous. Ce soir, le restaurant vous appartient.

— Quel luxe ! Être invités par le chef en personne qui cuisine spécialement pour nous !

— Je te retrouve au bar, Maman.

Avec d'infinies précautions, je pose la planche des raviolis sur le plan de travail, à côté des feux.

— Tu impressionnes beaucoup ma mère, tu sais.

— Tant mieux. Pour avoir la fille, il faut séduire la *mamma*.

Je noue mes bras autour de son cou.

— La *mamma* n'a rien à voir là-dedans.

Roman m'embrasse, puis se dégage et me tend une corbeille de gressins maison à emporter au bar.

Mon père et ma mère, assis sur des tabourets, tournent le dos à la salle. Mes sœurs sont debout à l'extrémité du comptoir, Tess dans une robe rouge vif, Jaclyn en pantalon de grossesse et pull à col roulé noirs. Elle lève la main pour m'intimer le silence.

— Je sais. J'ai l'air d'une baleine.

— Je n'ai rien dit.

— Mais je l'ai lu dans tes yeux.

— Sûrement pas. Je te trouve très belle, au contraire.

Jaclyn me prend la corbeille des mains, prélève un gressin et en croque un morceau.

— Bien rattrapé. Je fais du 44, au secours !

— Tiens, comme moi, dit mon père. Si tu veux, je peux te prêter deux ou trois pantalons.

— Ce n'est pas drôle, Papa, marmonne Jaclyn, la bouche pleine.

Je pose une main sur l'épaule de mon père.

— Comment vas-tu ?

— Ta mère m'a fait courir dans tout Chinatown, mais j'ai survécu. Et elle, elle a un stock de pantoufles qui lui durera jusqu'à la fin de ses jours.

Je me tourne vers Tess.

— Où sont vos maris ?

— Ils se garent.

— Dieu merci, les garçons s'entendent bien, déclare Maman, avant de boire une gorgée de son cocktail. Ce n'est pas toujours le cas entre beaux-frères et belles-sœurs.

Maman n'a manifestement pas conscience du sens caché que contient sa déclaration. Tess me jette un regard en coin, et j'enchaîne :

— Et Alfred et Pamela ? Ils viennent ? Ils n'ont pas répondu à l'invitation.

— On est toujours en quarantaine, répond Tess en haussant les épaules. Pam n'a parlé à personne depuis le dérapage à Noël.

— Tu l'as appelée pour t'excuser ? lui demande Maman.

— Je ne sais pas quoi dire. En plus, c'est Valentine qui devrait appeler. C'est elle qui a gaffé.

Je m'entends protester comme une gamine de cinq ans :

— Toi aussi, tu l'appelles Clic-Clic ! Et Jaclyn aussi.

— Et toi, Maman, tu fais des commentaires sur sa petite taille, renchérit Jaclyn, qui plonge les doigts au fond de son verre de soda au gingembre pour attraper la cerise.

— Sur sa petite taille en général, oui, mais je n'ai jamais parlé de ses pieds en particulier et…

— Les pieds, les fesses, les mains, peu importe, interrompt Papa. Vous êtes coupables toutes les quatre, vous avez blessé Pamela, et des excuses sont requises.

— Votre père a raison, tranche Maman. On devrait l'appeler.

Jaclyn croque dans un autre gressin.

— Je ne veux pas l'appeler ! Je ne peux pas ! J'ai déjà la nausée tous les jours jusqu'à midi, je n'ai pas besoin de ce stress-là en plus. Ça suffit à la fin ! On est parfois un peu pestes, et alors ? Elle nous connaît depuis des années, elle n'a qu'à se blinder ! Et tiens, tant qu'on y est, elle ferait mieux de manger des féculents à chaque repas ! Parce que Clic-Clic, ce serait plutôt Anorexic-clic !

— Les hormones qui travaillent…, souffle Maman. C'est sûrement un garçon.

Charlie et Tom nous rejoignent au bar. Roman sort de la cuisine avec une assiette de beignets de fleurs de citrouille. Il la pose sur le bar, puis serre la main de Papa et des beaux-frères.

— Je vous donne déjà quatre étoiles pour le stationnement ! lance Charlie en ôtant son manteau. On a trouvé en un rien de temps.

— C'est toujours facile de se garer à Little Italy, affirme Papa. Les Italiens savent s'y prendre pour attirer le client, pas vrai, Roman ? Ensuite, tout l'art est de les garder. On vous dira si vous avez une chance une fois qu'on aura mangé !

Roman acquiesce et mon père ne remarque pas son sourire forcé. Grannie entre. Elle ôte son bonnet et secoue la tête comme un mannequin devant les caméras. Charlie et Tom sifflent, mes sœurs s'extasient. Maman joint les mains pour exprimer son ravissement.

— *Mamma !* Tu es redevenue brune ! Enfin, tu as suivi mon conseil !

— Ma parole, elle a vidé un flacon entier de DHEA, marmonne Papa dans sa barbe.

— Du coup, Maman, tu peux encore réduire ton âge de cinq ans, dit Tess.

— Au moins ! Si on lui donne soixante ans, moi j'en ai quarante !

Papa fait la grimace.

— Et moi, avec tes calculs, je pourrais être ton père.

— Une femme avec un homme plus vieux, ça passe.

— Alfred arrive, annonce Grannie.

— Je croyais qu'il ne venait pas…, dit Maman en passant derrière le bar pour servir un cocktail à Grannie.

Grannie pose son gros sac sur un tabouret.

— Je lui ai *ordonné* de venir. J'en ai assez de cette stupide dispute. J'en ai trop vu durant ma vie. Des querelles de famille qui durent, puis deviennent des guerres de cent ans alors que plus personne ne se rappelle comment elles ont commencé.

— Je partage vos sentiments, *Mamma,* intervient mon père.

— *Votre* sentiment, corrige Maman.

— On attend Alfred ? demande Roman à Grannie. Je lance le service, ajoute-t-il en repartant aussitôt vers la cuisine.

— Tu as besoin de moi ?

— Non, c'est bon, me répond-il sans se retourner.

J'entends une pointe d'irritation dans sa voix. L'idée de revivre une prise de bec semblable à celle de Noël ne l'enchante sûrement pas, et je le comprends.

Grannie sort une grande enveloppe grise de son sac et me la tend.

— Le dessin de la robe de mariée est arrivé.

Le croquis, aquarelle et plume sur un papier épais, montre une silhouette drapée dans des morceaux de mousseline de soie qui semblent avoir été taillés par un couteau de boucher, puis assemblés avec du fil grossier et lavés accidentellement à la machine. Bref, c'est affreux.

— Ce ne sont pas des chaussures qu'il faut avec cette robe, je marmonne en passant le dessin à Tess. C'est un manteau.

— Un manteau boutonné jusqu'au cou et qui arrive aux chevilles, renchérit Grannie. C'est qui, Rag & Bone ? questionne-t-elle en désignant la signature au bas de la feuille.

— Deux dessinateurs très en vogue.

Maman chausse ses lunettes pour examiner le croquis.

— Mon Dieu. Ils serrent les budgets ou quoi, au Bergdorf ?

Roman apporte les raviolis sur la table.

— C'est trop moche ! s'exclame Jaclyn, qui a pris le dessin à Maman. Comment peut-on faire des choses si moches ?

Elle se met brusquement à pleurer et tape du poing sur le comptoir.

— Mais qu'est-ce que j'ai ? Pourquoi je pleure comme ça ? Je n'ai même pas *envie* de pleurer, en fait. Tout va bien ! Je m'en fiche, de cette robe ! bredouille-t-elle entre deux sanglots. Mais je ne peux pas m'arrêter…

Roman va attraper une boîte de mouchoirs en papier derrière le bar et la tend à Jaclyn.

Maman entoure Jaclyn d'un bras réconfortant.

— Ce n'est rien, ça va aller...

— Si au moins je pouvais boire un coup ! Je n'ai rien bu depuis quatre mois !

Jaclyn se prend la tête dans ses mains et sanglote de plus belle.

— J'ai besoin d'alcool !

Roman inspecte la table sans manifester aucune réaction. Comme le soir de Noël, il essaie de ne pas juger, mais je devine à son expression qu'il n'aime pas l'idée de servir un bon repas à ce genre d'assemblée.

Alfred entre et vient serrer la main de Roman.

— Content de vous revoir, lâche-t-il d'une voix aussi glaciale que l'air qu'il a laissé pénétrer par la porte.

— Je suis heureux que vous ayez pu vous libérer, répond aimablement Roman, même si je sais qu'il regrette déjà d'accueillir cette bande de Roncalli dans son restaurant.

Alfred, qui n'a visiblement pas l'intention d'enlever son manteau, évite de croiser nos regards. Il vient tout de même embrasser Maman et tapote mon père sur l'épaule.

— Je ne peux pas rester. Grannie m'a demandé de passer dire bonjour, mais je n'ai pas beaucoup de temps.

Tess garde les yeux baissés. Jaclyn a les joues inondées de larmes.

— Qu'est-ce que tu as, Jaclyn ? demande Alfred.

— Je ne sais pas..., hoquette-t-elle.

— Reste au moins pour l'antipasto, Alfred, implore Papa.

Alfred daigne s'accouder au bar.

— Juste une minute.

Roman réussit à sourire.

— Formidable. Après l'antipasto, je vous ai préparé une spécialité de la maison, des raviolis aux truffes, suivie d'un rôti de porc aux légumes racines.

— Moi, j'aimerais voir la carte, plaisante Papa.

Tout le monde rit, sauf Roman.

Nous prenons place à la table. Alfred s'assied près de Grannie, Papa en bout de table et Roman côté cuisine. Chacun pioche dans le grand plat où sont présentées les entrées : fines tranches de salami, chiffonnade de prosciutto, olives luisantes d'huile, tomates séchées, parmesan frais et émietté de thon aux câpres. Roman fait circuler une corbeille de pain tout juste sorti du four.

Jaclyn montre le dessin de la robe à Alfred.

— Qu'est-ce que c'est que ça ?

— La robe du Bergdorf.

Il se penche sur le croquis.

— Tu veux rire ?

— J'avoue que c'est un défi..., dis-je avec un sourire forcé.

Alfred secoue la tête d'un air méprisant.

— Tu crois vraiment que ça va changer quelque chose pour l'atelier ?

— On peut toujours essayer.

J'ai répondu d'une voix calme et assurée, en résistant à la tentation de lui sauter à la gorge. Je range le dessin dans son enveloppe et pose celle-ci sur la table derrière moi. Un silence tombe. Roman surveille nos assiettes, veillant à ce que personne ne manque de rien, puis se lève pour nous resservir du vin.

— Comment vous vous sentez, Papa ? interroge Charlie.

— Plutôt bien, Chuck. Enfin, ça me brûle parfois un peu sous la ceinture, si vous voyez ce que je veux dire...

— Pas à table, chéri, dit Maman.

— Ben quoi, je réponds à sa question. Ça brûle.

— Quand pars-tu en Italie, Grannie ? demande Alfred pour changer de sujet.

— En avril. Valentine m'accompagne.

— Pourquoi ?

C'est moi qui lui réponds :

— Je vais rencontrer les fournisseurs.

— Avril. J'adore l'Italie en avril, déclare Roman en se rasseyant.

Je lui presse la main.

— Tu devrais venir avec nous.

— Possible. Qui sait…

— Je m'inviterais bien, lance gaiement Maman, mais c'est la saison des plantations à Forest Hills.

Papa la menace de sa fourchette.

— Il n'y a plus de place dans le jardin, je te préviens.

— Chéri, tu dis ça chaque année, et puis hop ! je nous cale un petit rhododendron ou un phlox jaune.

— Il y a toujours de la place pour un phlox, dis-je en passant le pain à Jaclyn, et ma sœur trouve le mot « phlox » si drôle qu'elle glousse sans pouvoir s'arrêter.

— Qu'est-ce qui t'arrive encore ?

— Je ne sais pas… Je n'ai même pas envie de rire, en fait. Ça sort tout seul.

— Je n'ai jamais eu de sautes d'humeur quand j'étais enceinte, affirme Tess.

— Tu plaisantes ! s'exclame Charlie. Tu me terrorisais comme Glenn Close dans *Liaison fatale.* Tu lisais mes mails et tu étais convaincue que j'avais une maîtresse.

— Je ne me rappelle absolument pas, s'obstine Tess. L'accouchement, en revanche… C'est une autre histoire.

Elle étale du beurre sur un morceau de pain.

— On dit qu'on oublie après, mais ce n'est pas vrai. On n'oublie pas du tout.

— Tess, tu me fiches la trouille, gémit Jaclyn, tandis que Tom lui tapote la main.

Roman me regarde en haussant légèrement les sourcils. Il se relève, prend le plat de raviolis et passe derrière chacun pour servir. Il ne le montre pas, mais je sais qu'il est déçu. Entre la brûlure à l'entrejambe de Papa, l'accouchement de Tess et les larmes de Jaclyn, ce n'est pas exactement le genre de conversation qui fait honneur à ses raviolis maison. Mais qu'est-ce qu'ils ont, tous ? On croirait presque qu'ils ne sont pas contents d'être là, comme si aller dîner dans un restaurant branché de Manhattan représentait un sacrifice suprême. Et surtout, personne ne semble remarquer que Roman a consacré *des heures* à préparer ce repas, *pour eux.*

J'essaie de compenser la grossièreté de ma famille.

— Roman, tes raviolis sont à tomber !

— Merci, dit-il en se rasseyant.

Pourquoi ne le complimentent-ils pas ? Je donne un coup de pied à Tess sous la table.

— Aïe ! s'écrie-t-elle.

— Pardon.

Je la fixe, mais elle ne comprend pas le message.

Quand Tess a rencontré Charlie, j'ai tout fait pour le mettre à l'aise. Je l'écoutais discourir interminablement sur les systèmes d'alarme pour la maison, au point que je regrettais de ne pas avoir d'allumettes pour maintenir mes yeux ouverts. Et quand Jaclyn a amené Tom, après nous avoir prévenues qu'il était « timide », Tess et moi avons veillé à l'inclure dans chacune de nos conversations. Il a fini par dire que nous ne devions pas nous donner cette peine, parce qu'il subissait déjà toute la journée les bavardages de ses secrétaires au bureau. Nous avons échoué avec Pamela, mais ce n'est pas faute d'avoir essayé ; elle n'apprécie tout simplement rien de ce que nous aimons. Comme manger, par exemple. Jusqu'à ce qu'elle se marie avec Alfred, nous avons multiplié les tentatives, mais par la suite, nous avons renoncé. C'était vraiment trop d'efforts.

À présent, je constate que mes frères et sœurs ne me rendent pas la pareille autour de la table. Personne ne se soucie de produire une bonne impression sur Roman. Ma famille lui montre son pire visage, alors que les autres pièces rapportées ont été accueillies avec chaleur et délicatesse. On présume que la Rigolote est incapable d'avoir une relation sérieuse, alors à quoi bon s'embêter ? Pourquoi sortir la belle vaisselle pour Roman, de toute façon, il ne restera pas. Mais ne voient-ils donc pas que, cette fois, c'est différent ? Que *lui* est exceptionnel ?

— Alors, vous trouvez ça bon ?

J'ai parlé si fort que même Roman sursaute. Tout le monde marmonne de vagues « mmm, excellent, délicieux », qui manquent cruellement de spontanéité.

Puis Alfred demande :

— Qui paie le voyage en Italie ?

— Nous, dis-je

— Encore des dettes.

Il hausse les épaules. À nouveau, je parviens à rester très calme.

— Il faut du cuir pour fabriquer des chaussures.

— Il faut surtout changer de trajectoire et vendre l'immeuble. Grannie, j'ai accepté de venir ce soir en espérant que je pourrais communiquer tes intentions à Scott.

Maintenant, je suis vraiment en colère. Ce dîner était censé permettre à tout le monde de faire gentiment connaissance avec mon petit ami, et voilà que nous allons débattre de l'avenir de l'atelier Angelini.

— Est-ce qu'on pourrait en parler une autre fois ?

— Je vais répondre à Alfred, déclare Grannie.

Alfred sourit, pour la première fois ce soir.

– J'ai mené ma petite enquête, continue Grannie. J'ai longuement discuté avec Richard Kirshenbaum. Tu te rappelles de lui ? ajoute-t-elle en se tournant vers Maman. Sa femme et lui étaient propriétaires de l'imprimerie sur la West Side Highway.

— Je me souviens très bien d'elle, acquiesce Maman. Dana. Une brune ravissante. Elle avait un sens de la mode incroyable ! Comment va-t-elle ?

— Elle est à la retraite, dit sèchement Grannie, qui n'a pas l'intention de s'étendre sur le sujet. Bref, Richard m'a conseillé d'attendre. Il pense que l'offre de Scott Hatcher est beaucoup trop basse.

Alfred pose les deux mains à plat sur la table.

— Trop basse ?

— C'est son avis. (Grannie attrape sa fourchette.) Mais nous en reparlerons plus tard, toi et moi.

— Tu veux que je te dise, Grannie ? On n'est pas obligés. Je vois que tu es influencée par Valentine et ses idées ridicules… Tu n'as pas l'esprit clair.

— J'ai l'esprit *très* clair, assène Grannie.

— Non. Tu essaies juste de gagner du temps.

— Premièrement, Alfred, si je pouvais gagner du temps, je l'aurais déjà fait. Le temps, c'est la seule chose dont je manque. Même si aucun de vous ne peut comprendre ça, puisque vous n'avez pas encore fêté votre quatre-vingtième anniversaire.

— Moi, si, intervient Papa en agitant sa serviette blanche. Le temps ? C'est comme un horrible gong qui sonne dans ma tête au milieu de la nuit. Et quand je l'entends, je transpire comme un condamné à mort.

— D'accord, Dutch. Toi, tu es à part. Parce que tu as un souci de santé…

— Je ne te le fais pas dire.

— … Tu comprends ce que l'on éprouve à un âge avancé. Mais tous les autres, vous êtes trop jeunes.

— Quel rapport avec ton immeuble ? lâche Alfred avec agacement

— Je ne veux pas me sentir pressée, explique Grannie. Et tu me presses, Alfred.

— Je cherche la meilleure solution pour toi.

— Tu me bouscules, même. Quant à Mr Hatcher, il pense à *ses* intérêts, pas aux miens.

— C'est une offre comptant, Grannie. En l'état. Il prend l'immeuble *en l'état.*

— Et en l'état, aujourd'hui, je ne vends pas.

— Très bien. Parfait.

Alfred pose sa serviette, se lève et part vers la porte. Roman secoue la tête, incrédule devant la grossièreté de mon frère.

— Chéri ! s'écrie Maman.

Il sort, et Maman se précipite derrière lui.

— Ah, bravo, me dit Papa d'un air accusateur.

— Je n'ai rien fait !

Je me tourne vers Roman, mais il a disparu. C'est à mon tour de me lever en jetant ma serviette sur la table.

— Vous êtes vraiment odieux. Tous !

Et j'ajoute à l'intention de Jaclyn :

— Ce dîner est un fiasco. Vas-y, pleure !

Étrangement, elle a les yeux tout à fait secs.

Je rejoins Roman dans la cuisine. Il est en train de disposer de minces tranches de rôti sur un plat.

— Je suis désolée.

— Ne t'inquiète pas. Chez moi, c'est pire. Quand ils ne râlent pas, ils se tirent dans les pattes.

Roman s'essuie les mains sur un torchon et me prend dans ses bras.

— Laisse couler, dit-il gentiment.

J'acquiesce, pour lui faire plaisir. Mais je sais, à l'expression que j'ai vue sur son visage et à sa brusque retraite dans la cuisine, que ma famille est devenue une cause potentielle de rupture entre nous. Si Roman a quitté Chicago, c'est précisément pour fuir ce genre de comportement familial. Pourquoi voudrait-il subir encore des scènes qui lui rappellent de douloureux souvenirs ?

Aussi complexe que soit son fonctionnement professionnel, Roman est très minimaliste dans sa vie privée. Son loft ne s'encombre pas de meubles inutiles ni de gadgets électroménagers, son cœur refuse les tempêtes émotionnelles. Il prend des décisions rapides et pose des actes sans hésiter. Je l'ai vu à l'œuvre. Il n'a pas le goût du drame, et la dernière chose qu'il souhaite, c'est se disputer. À l'opposé de son travail, qui génère un stress intense, il veut une vie calme et paisible. Ma famille, quand bien même je la supplierais à genoux, ne peut pas entrer dans ce schéma.

Devinant les pensées qui m'agitent, Roman répète :

— Ne t'inquiète pas.

— Trop tard.

9

L'Hudson

GRANNIE S'EST RENDUE À SA RETRAITE ANNUELLE de Carême avec ses amies de la paroisse Notre-Dame-de-Pompéi. Elle restera absente deux semaines, et je prévois d'avoir terminé le dessin de la chaussure pour le Bergdorf à son retour. J'aimerais avoir une idée précise des fournitures dont nous aurons besoin avant de partir en Italie.

Je suis complètement obsédée par le croquis de la robe. Je la regarde si souvent que je la vois même en dormant, et je commence à lui trouver un charme étrange. Avoir la maison tout à moi est un bonheur inespéré. Je suis de ces gens qui adorent être seuls. J'aime me lever au milieu de la nuit, allumer les lumières, faire du café et me mettre au travail sans craindre de réveiller Grannie. Il n'y a rien de plus paisible que New York à trois heures du matin, dans le silence béni qui précède l'aube. Le calme avant la folie.

Sur la table de la salle à manger, j'ai étalé divers tissus et objets, une vieille poupée en robe de mariée qui a appartenu à ma mère dans les années cinquante, une collection de bottines rétro que j'ai constituée au hasard de brocantes, et un grand collage sur du papier fort auquel je travaille depuis notre rendez-vous avec Rhedd Lewis. Petit à petit, j'ai fixé des images, des photos, des scènes et des phrases découpées dans des magazines, puis j'ai ajouté une sorte de texture en éparpillant çà et là des morceaux de dentelle, des boutons, des perles. Dans cette vaste marmite que mon inconscient a assemblée, mon dessin est en train de mijoter, ou, du moins, l'impulsion créatrice qui jaillira le moment venu.

En partant du croquis de la robe, mon collage est une promenade dans un paysage de figures féminines apparemment sans relation entre elles. Et pourtant, toutes concourent à nourrir mon imaginaire afin de me permettre de construire *la* femme du croquis, de découvrir son identité et la raison pour laquelle elle a choisi cette robe-là, parmi toutes les autres. Mon instinct me dit qu'elle n'en est pas à son premier mariage. C'est une femme qui a déjà connu le grand amour ; elle a été échaudée, et elle est même un peu ambivalente, ce qui explique le côté brouillon et chiffonné du dessin. La robe reflète nécessairement cette sourde réticence qui habite le cœur de la mariée.

Je me remémore les enseignements de Grannie. Nous pouvons considérer que nous avons réussi, m'a-t-elle appris, quand ce qui est un *besoin* pour une cliente devient quelque chose qu'elle *désire.* Je dois penser comme la mariée qui a choisi cette robe, afin de concevoir les chaussures qui, non seulement s'accorderont avec son style et sa personnalité, mais qu'elle sera *heureuse* de porter.

J'appuie le croquis contre un bougeoir sur la table et je recule dans la cuisine pour le regarder de loin. Un souvenir me revient. Vague et confus, tout d'abord. Puis, brusquement, la lumière se fait et je me précipite à l'étage dans la chambre de Grannie.

Grannie s'est mariée en 1948 dans une robe en soie georgette coquille d'œuf, avec une encolure en V et de courtes manches bouffantes en organza. La jupe, serrée à la taille, est garnie de dentelle à foison, de même que la légère cape qui devait voleter derrière elle à chacun de ses pas. Une tenue typique des années d'après-guerre. Le conflit meurtrier était terminé, et un océan de grâce et de féminité attendait les soldats à leur retour.

Je parcours l'album de mariage de mes grands-parents, cherchant un indice. J'ai le sentiment confus qu'il y a là-dedans *quelque chose* qui m'apportera la solution, mais je ne sais pas exactement quoi.

Enfin, je tombe sur une photo des chaussures de Grannie, à un moment où elle soulève sa robe pour montrer sa jarretière. Elle porte des sandales plateformes couleur crème, dont l'empeigne en cuir souple présente un motif à losanges et petits boutons en cuir.

Intéressant : des boutons de bottines sur une sandale ouverte.

La robe du croquis, qui semble un fouillis de tissus disparates, requiert d'être stabilisée par une chaussure solide, sans aller jusqu'à une bottine. Les plateformes sont passées de mode, mais pas les larges brides, ni les grosses boucles ou les nœuds. D'une manière ou d'une autre, je dois obliger le regard à se détourner de la robe et à se fixer sur les pieds. Je commence à comprendre la nature du défi proposé par Rhedd Lewis. La fonction de cette robe consiste à amener l'œil *vers* la chaussure. Oui, voilà ! J'ai trouvé ce que je cherchais, mon idée maîtresse : c'est la chaussure qui révèle la robe et la fait *exister.*

Redescendant au premier, j'attrape mon carnet à esquisses, m'assieds à la table et commence à dessiner ma grand-mère. Je reproduis son visage et ses expressions telles qu'elles apparaissent sur les photos de l'album, ses grands yeux largement espacés, son front haut, ses cheveux et ses boucles anglaises.

Puis j'habille Grannie avec la robe de Rhedd Lewis. Je crée une nouvelle silhouette, féminine mais forte. La dentelle disparaît, remplacée par une sobriété élégante et moderne. Le tissu morcelé prend corps, la grossièreté du trait s'efface au profit d'une vigoureuse cohérence.

Alors, seulement, sur la page suivante, je dessine le pied. Puis j'ajoute des brides, réunies par une langue de cuir souple. Je leur donne une texture, combinant cuir et soie en un patchwork qui s'assemble de lui-même sous mes coups de crayon. Je verrai plus tard comment l'exécuter. Pour l'instant, seules comptent la liberté de l'expression et les idées qui se déversent sur la page. En écho à la robe qui dévoile la jambe, j'orne la chaussure d'un énorme nœud à la cheville, une puissante touche de féminité. J'essaie tout ce qui me vient à l'esprit, alliant le luxe à la simplicité, mariant le satin au velours, osant les tresses, les perles fantaisie, les strass audacieux et les innocents rubans.

Je crayonne, j'efface, je crayonne, j'efface à nouveau. Le talon ressemble trop à celui de Grannie en 1948. Je décide qu'il doit être résolument moderne, le rehausse de deux centimètres, puis le taille, le sculpte et le remodèle jusqu'à ce qu'il s'accorde avec le reste de la chaussure.

Mon portable sonne. Je décroche.

— Va voir sur Internet, lance aussitôt Gabriel. Tu es citée par *WWD*.

— Arrête !

J'approche mon ordinateur et me rends sur le site de *Women's Wear Daily*.

— Descends… Tu vois la fenêtre Rhedd Lewis ?

Je lis :

> *Rhedd Lewis a annoncé l'ouverture d'un concours à l'issue duquel le gagnant (désigné par elle) placera ses créations dans les vitrines de Noël. Parmi les candidats figurent : Dior, Ferragamo, Louboutin, Prada, Blahnik. Côté américain : Pliner, Weitzman et Spade. On notera aussi la participation de Tory Burch et de l'atelier de chaussures Angelino, artisan créateur de Greenwich Village.*

— Tu as réussi !

— Comment ça, réussi ! Ils ont mal orthographié notre nom ! Angelino ?

— Ils vous prennent peut-être pour des Latinos… Réjouis-toi. La tendance latino, en ce moment, c'est chaud !

Je lui réponds sans humour :

— Le problème, c'est que nous sommes italiennes.

— Hé, c'était une blague. Rigole !

Après avoir raccroché, je pose ma tête sur la table. Maintenant que je connais les autres candidats, toute ma belle énergie retombe. Ces corporations multimillionnaires ont toutes les ressources de l'univers à leur disposition, alors que je suis assise là, avec un bâton de colle, des chaussures rétro et une poupée en haillons vieille de cinquante ans. Moi qui m'imaginais que nous pouvions gagner ! Alfred a raison. Je ne sais que rêver, et je suis une piètre rêveuse.

Je me redresse, attrape mon crayon et me remets au travail. À présent que j'ai commencé, je dois finir. Étrangement, tandis que j'ombre les contreforts de la chaussure, je la *vois* terminée. Ma vision me portera-t-elle jusqu'au bout ? Ou est-ce seulement une illusion de mon esprit qui ne se matérialisera jamais ?

La sonnerie de l'interphone me fait sursauter et je me lève pour ouvrir. L'horloge du four affiche 3 h 34. J'entends les pas de Roman dans l'escalier. Arrivé à la porte, il marque une halte en écartant les bras comme pour prendre appui sur le chambranle.

— Bonsoir, ma chérie.

Je continue à dessiner.

— J'arrive… Je veux juste finir ce talon avant d'oublier ce que j'ai visualisé dans ma tête.

Il se sert un verre d'eau au robinet de la cuisine, puis s'approche derrière moi et regarde mon dessin pendant que je termine le gros bouton en nacre. Après quoi, je me lève et l'enlace. Il est visiblement épuisé. Bien que je devine la réponse, je lui demande quand même :

— Comment ça s'est passé aujourd'hui ?

— Très mal. J'ai viré mon sous-chef. Il ne tient pas le rythme et il est extrêmement lunatique. Je ne peux pas avoir des gens qui piquent des colères dans la cuisine !

Il s'assied.

— Je ne sais pas comment ont fait mes parents pour tenir le coup si longtemps. Un restaurant, ce n'est qu'une succession de problèmes à régler, jour après jour !

Roman se prend la tête dans ses mains. Je lui masse les épaules et murmure à son oreille :

— Tu vas y arriver.

— Parfois, j'en doute.

— Tu as les épaules dures comme du béton.

Je continue à le masser et je sens ses muscles se détendre sous mes doigts. Au bout d'un moment, le poignet droit douloureux d'avoir tant dessiné, je m'arrête.

— Viens, allons nous coucher…

Je l'entraîne dans l'escalier. Pendant qu'il passe à la salle de bains, j'allume la lampe de chevet dans la chambre et me mets au lit. Roman me rejoint sous la couette, après s'être déshabillé comme un automate. Il a à peine posé la tête sur l'oreiller qu'il s'endort.

Je contemple le plafond, comme si souvent depuis que je me suis installée ici. Mais cette nuit, au lieu des moulures couronnées, je vois ma grand-mère, portant la robe de Rhedd Lewis et mes chaussures. Elle marche, digne et légère, plus gracieuse qu'un mannequin arpentant le tapis d'un défilé de mode.

Soudain, le spectacle d'un atelier fébrile comme une ruche surgit devant mes yeux. Dior, ou Prada… Les employés déroulent des tissus somptueux sur les tables, moire de soie, taffetas, crêpe de Chine, velours brodé et cuir de veau d'une exquise finesse. Flanqué de ses assistants, le créateur de la maison montre du doigt les détails d'un dessin qu'il tient à la main et tout le monde applaudit. Bien sûr qu'ils gagneront. Comment ne gagneraient-ils pas ? *Je suis fichue*, me dis-je. *C'est mort.* L'atelier *Angelino*, écraser les géants de la haute couture ? *Jamais.*

Je me tourne et passe un bras sur le torse de Roman, qui dort profondément. J'avais imaginé tellement plus pendant ces deux semaines, avec la maison tout à nous. Des nuits romantiques, à boire du vin sur le toit en admirant les eaux chatoyantes de l'Hudson. Roman prenant possession de la cuisine pour nous préparer de délicieux petits plats, puis me faisant l'amour dans ce lit, dans ma chambre. Certains soirs, nous aurions regardé un DVD, blottis l'un contre l'autre sur le canapé. Au lieu de quoi, il travaille toute la journée, n'est jamais là pour dîner, rentre au cœur de la nuit et s'écroule, lessivé. Le lendemain, à l'aube, il avale un café et repart.

Nous n'avons pas les longues conversations intimes dont je rêvais. En fait, nous ne parlons jamais beaucoup, parce que nous sommes toujours pressés. Nous échangeons de nombreux SMS et nous appelons souvent – vingt secondes maximum –, et chaque fois cela me rend infiniment heureuse. J'entends qu'il a besoin de moi, mais ensuite, je me sens terriblement abandonnée lorsqu'il doit raccrocher au milieu d'une phrase. Il est possible que je lui prête des sentiments et une tendresse qu'il n'a pas, parce que je n'ai pas le temps de les explorer véritablement. Quand nous arrivons à grappiller une heure pour nous, son téléphone ne cesse de sonner, il y a toujours une crise ou une autre dans la cuisine qu'il est le seul à pouvoir gérer et qui, en général, requiert son attention immédiate. À dire vrai, je suis moi aussi débordée à l'atelier, entre le carnet de commandes, mes recherches de financement et l'appel d'offres pour les vitrines du Bergdorf. Je ne suis sans doute pas d'une compagnie extraordinaire, tant je me laisse envahir par mon métier, ma vie, mon inquiétude quant à la santé de mon père et mon avenir.

Peut-être est-ce cela, une *relation*. Ce « travail » dont parlent ma mère et Grannie quand elles évoquent le couple. Je dois accepter les déceptions, parce qu'il est presque impossible de faire de la place pour quelqu'un dans une vie trop remplie par le désir de réussir et les délais de livraison. Pourtant, c'est maintenant qu'il nous faut construire nos carrières, l'occasion risque de ne pas se représenter. Roman s'est découvert une vocation en venant à New York pour lancer son propre restaurant. Moi aussi, incontestablement, quand j'ai appris la situation financière désastreuse de l'atelier et la volonté de mon frère de vendre l'immeuble. Je ne suis plus une simple apprentie, il est impératif que je m'assure un emploi stable. Roman et moi savons où nous allons, d'un point de vue professionnel. Mais qu'en est-il de notre vie privée ? Je lui caresse le visage. Il ouvre les yeux et marmonne, sans la moindre agressivité :

— Mmm… qu'est-ce qu'il y a ?

J'ai envie de tout lui raconter. Mais je ne dis rien. Je ne peux pas. Je me contente de lui chuchoter :

— Rien. Ce n'est rien… Rendors-toi.

*
* *

— Tant pis pour le Carême, ça les calmera ! dit Tess en sortant deux barres chocolatées de son sac. Charisma ? Chiara ?

Les fillettes dévalent l'escalier et entrent dans l'atelier comme des fusées tout de rose vêtues.

— Faites moins de bruit, là-haut, on n'entend que vous ! Et quand vous descendez l'escalier, vous n'êtes pas obligées de charger comme un troupeau de buffles.

— C'est toi qui nous as appelées, rétorque Charisma avec insolence.

Tess ne relève pas. Visiblement, elle a choisi de ne pas s'opposer vainement à sa fille, dont l'adolescence est pourtant encore loin.

— Tenez ! Mangez ça et taisez-vous pendant que je parle avec Tante Valentine.

Charisma et Chiara tendent la main. Tess leur donne à chacune une barre chocolatée.

— Je suis une mère indigne, soupire Tess. Je soudoie mes enfants.

— La fin justifie les moyens.

— Comme ça va avec Roman ?

— Pas terrible.

— Oh, non… Et ton idée de nid d'amour à Perry Street en l'absence de Grannie ?

— Tu parles d'un nid d'amour. Je travaille toute la journée, je dessine toute la nuit. Lui, il travaille toute la journée *et* toute la nuit, il rentre à trois heures du matin, il s'endort, il repart à l'aube. J'ai un avant-goût de ce que serait une relation stable avec lui, et la seule chose stable chez Roman, c'est qu'il est toujours en mouvement.

— Ce serait différent si vous étiez mariés.

— *Mariés* ? Il ne peut même pas s'engager à aller au cinéma avec moi.

— Il faut que tu deviennes le pivot de son existence. Quand on sortait ensemble, Charlie et moi, il était tellement obnubilé par son travail que ça me faisait peur. Après notre mariage, ses priorités ont changé. Notre famille passe avant tout maintenant. Il va travailler, et quand il rentre à la maison, la vraie vie commence.

Tess pose une main sur son cœur.

— Nous. C'est ce qui compte le plus pour lui.

Un grand fracas se produit à l'étage. Nous nous précipitons au pied de l'escalier.

— Qu'est-ce qui s'est passé ? crie Tess.

La main sur son cœur s'est refermée en un poing qu'elle brandit dans les airs.

— J'ai fait un porté avec Chiara, explique Charisma en apparaissant sur le palier. C'est pas grave. Elle est tombée sur la moquette.

— Ne répète pas ton enchaînement de gym acrobatique avec ta sœur ! Restez tranquilles devant la télé.

Charisma retourne dans le salon, et nous, dans l'atelier.

— Ne t'imagine surtout pas que tu auras des filles qui ressembleront aux miennes, me rassure Tess. Les tiennes seront peut-être sages... Vivement que Maman arrive, ajoute-t-elle en regardant la pendule. Elle sait les tenir, elle.

June pousse la porte d'un coup de hanche. Dans chaque main, elle tient une jacinthe violette en pot.

— On a besoin d'un peu de printemps, ici ! déclare-t-elle en tendant les pots à Tess, qui les emporte pour les arroser.

— Val va rompre avec Roman, lance-t-elle par-dessus son épaule.
— Je n'ai pas dit ça.
— C'est l'impression que j'ai, réplique Tess.
— Pourquoi voudrais-tu le larguer ? interroge June
— On ne se voit jamais. Il est trop occupé, moi aussi…
June enfonce ses mains dans ses poches et me dévisage.
— Et alors ? dit-elle.
— *Et alors* ? Ça me paraît une raison suffisante pour douter.
— Tout le monde est trop occupé. Tu crois que ça s'arrange à mesure qu'on avance dans la vie ? Au contraire, c'est pire. Regarde, moi. Moins je travaille, plus je suis débordée. Ne me demande pas comment c'est possible, je ne pourrais pas t'expliquer. Il n'y a pas de situation idéale, mais pourquoi te priver d'un homme qui te plaît, même si tu ne le vois pas beaucoup ?
— Je reconnais qu'on est vraiment bien ensemble. Je me dis parfois que ces bons moments m'aveuglent et m'empêchent de voir la réalité. Du coup, je m'accroche. Mais est-ce que c'est suffisant ? Est-ce que je devrais m'en contenter ?
June se sert une tasse de café.
— Ce que tu as là, c'est parfait ! Vous vous voyez, vous prenez du bon temps, et puis vous repartez chacun de votre côté. Moi, je sortirais sans hésiter avec un homme qui ne me proposerait pas de vivre avec lui. Je n'ai pas envie d'avoir quelqu'un sur le dos vingt-quatre heures sur vingt-quatre, sept jours sur sept. Je suis très bien toute seule, merci.
— Valentine aimerait avoir des enfants, un jour, intervient Tess en posant les jacinthes sur le rebord de la fenêtre. Elle est traditionnelle.
— Moi ?
Je ne me suis jamais considérée comme « traditionnelle ». J'imagine qu'en apparence, je ressemble à tous les autres membres de la tribu familiale. Sauf que moi, chaque fois que j'ai l'occasion de suivre une voie traditionnelle, je recule.

La porte de l'immeuble s'ouvre.

— Il y a quelqu'un ? lance Maman.

— On est là, Maman !

Maman entre en coup de vent dans l'atelier, vêtue d'un imperméable léopard qui donne envie de se cacher derrière un arbre, avec des bottes en caoutchouc noir brillant et un chapeau assorti, noué sous le menton.

— Les filles sont prêtes ?

Tess va appeler Chiara et Charisma au pied de l'escalier. Comme elles ne répondent pas, on l'entend crier :

— Très bien, je monte !

Maman me souffle à l'oreille :

— Il faudrait vraiment qu'elle leur apprenne à obéir.

— Elle compte sur toi pour le faire. Où est Papa ?

— À la maison. Il ne se sentait pas trop dans son assiette aujourd'hui. (Elle s'oblige à sourire.) Les traitements l'épuisent.

— Mais ils fonctionnent, hein, Maman ?

— Les médecins disent que oui. Ils sont très optimistes.

Pour la première fois depuis que le diagnostic de Papa est tombé, Maman a l'air fatiguée. Quand elle ne l'accompagne pas à ses rendez-vous, elle se documente sur le cancer et essaie de mettre en pratique une foule de recommandations issues de la médecine holistique. Elle sillonne la ville pour trouver les ingrédients, puis prépare soupes, tisanes et potions diverses, et surtout – la plus difficile de toutes les tâches –, elle doit persuader mon père de les avaler. Lui qui mettrait du fromage râpé sur les gâteaux s'il le pouvait. Ce n'est pas exactement un patient facile, le visage tiré de ma mère en témoigne.

— Maman, tu as l'air éreintée, lui dis-je gentiment.

— Je sais. Heureusement, j'ai mon correcteur. J'en applique une couche épaisse comme du beurre sur une tartine.

June lui sert un café. J'écarte mon carnet à esquisses sur lequel ma mère s'apprête à poser sa tasse et le remplace par une chute de cuir.

Attrapant sa tasse d'une main, elle ouvre mon carnet de l'autre et le feuillette distraitement, puis s'arrête sur mon dernier dessin de la chaussure pour le Bergdorf. Je suis sur le point de lui enlever le bloc lorsqu'elle déclare :

— Mon père était tellement doué.

Elle montre la page à June.

— Regarde-moi ça.

— Il était en avance sur son temps, affirme June en hochant la tête. Les larges brides, les boutons… Et ce talon ! Incroyablement moderne, pour quelqu'un qui est mort depuis dix ans.

— Ce n'est pas Grand-Papa qui l'a fait.

J'inspire profondément et j'ajoute :

— C'est moi.

— Quoi ?

June s'empare du carnet.

— Valentine ! Quel magnifique dessin !

— C'est la chaussure pour l'appel d'offres du Bergdorf. Celle que je vais montrer à Grannie, en tout cas… Si elle lui plaît, on la fabriquera.

— Impressionnant. Tu as un talent fou !

— C'est génétique, affirme Maman en resserrant la ceinture de son imperméable. Tout est dans l'ADN. Avoir bon goût ne s'apprend pas et ne s'achète pas non plus. Le talent est inné, mais il s'épanouit rarement sans travail. Tu vois, Valentine. Toutes ces heures à trimer ici ont fini par payer.

— C'est vraiment une chaussure extraordinaire, s'extasie June. Très complexe. Comment allons-nous la réaliser ?

— J'espère trouver ce qu'il nous faut en Italie.

— Ça vaudrait mieux, parce que nous n'avons pas ce style de cuir gaufré en rayon. Et le tressage…

June secoue la tête, incrédule.

— Je n'ai jamais rien vu de pareil. Où as-tu pêché une telle idée ?

— Je ne sais pas… Je l'ai rêvée.

Charisma et Chiara entrent dans l'atelier en courant.

— Tante June, est-ce que tu as des bonbons ?

— À quoi avez-vous renoncé pour le Carême ? demande June, la catholique dissidente.

Chiara reste muette. Charisma, que sa position d'aînée rend plus hardie, répond :

— On ne renonce à rien. On essaie juste de faire de bonnes actions.

— Comme quoi, par exemple ?

— Être plus gentille avec le chat.

— Bravo.

June ouvre son sac à main et donne un bonbon à la menthe à chaque fillette. Charisma grimace.

— Ceux-là, on les a gratuitement au restaurant chinois.

— Absolument. Tu diras merci la prochaine fois. Les Chinois sont les piliers de la civilisation. Ils ont inventé les macaronis et les tongs.

Charisma et Chiara échangent un regard sceptique.

— Allons-y, les filles, lance Maman. Grand-Papa nous attend à la maison. On va passer un bon week-end tous les quatre !

Maman sort en poussant les enfants devant elle.

June est soulagée. Même si elle ne le montre pas, je le sais.

— Elles sont adorables, dit-elle pourtant.

— Parfois, concède Tess, qui se dépêche d'enfiler son manteau. Je file… Je dois retrouver Charlie à la gare routière. On prend un bus pour Atlantic City.

— Un petit week-end romantique ? demande June.

— Non, une convention d'entreprise. Je vais jouer aux machines à sous pendant qu'il apprendra tout sur les nouveaux détecteurs d'incendie ! lance Tess en sortant.

La porte claque.

— Des détecteurs d'incendie ? ironise June. Pour éteindre *quelle* flamme ? Ça te donne envie de te marier, Valentine ?

*
* *

Un courant d'air froid entré par la fenêtre ouverte me réveille. Je m'assieds sur le lit, enveloppée dans la couette, et regarde dehors. De la neige. De la neige en mars. La

West Side Highway est un tapis blanc strié par les traces des premiers camions de livraison. Une mince couche de givre étoile les vitres.

J'ai dormi paisiblement toute la nuit. Seule. Roman, qui affichait complet et devait en plus préparer une soirée privée pour le lendemain, a jugé inutile de venir s'écrouler deux ou trois heures à mes côtés. Grannie rentre demain soir. Je dois avouer qu'elle me manque, même si j'ai apprécié ces quelques jours seule ici.

J'ai passé une bonne partie de la journée d'hier à ranger et à nettoyer, tout en faisant des recherches pour notre voyage en Italie. J'ai découvert de nouveaux fournisseurs potentiels, en plus des indéfectibles de Grannie, parmi lesquels des artisans créateurs qui réalisent des tresses et des ornements d'une originalité inouïe. Je bous d'impatience de lui montrer tout ça. Le soir, j'ai préparé des lasagnes. En rentrant, elle trouvera une maison propre et accueillante, ainsi qu'un atelier où toutes les commandes et les livraisons sont à jour.

Je me lève, enfile un jogging confortable et un sweat à capuche, et passe à la salle de bains. Là, j'étale sur mon visage et mon cou une grosse couche du soin crème dermobotanique de Tess. C'est dimanche, et je peux consacrer cette journée à m'occuper de moi, puisque je ne vais voir personne.

Dans la cuisine, je pose une casserole de lait sur la cuisinière et réchauffe au micro-ondes une brioche achetée la veille au Chelsea Market. Mon portable en train de charger affiche un message. Je l'écoute :

« C'est moi, ma chérie. Il est cinq heures du matin, dimanche. Je suis encore dans la cuisine. Il neige. J'aimerais tellement être avec toi, tu me manques. Je t'appelle plus tard. »

— Oui, Roman. Ç'aurait été chouette, dis-je à voix haute. Mais tu es marié. Ta femme s'appelle le Ca' d'Oro.

J'ai conscience que je peux accepter beaucoup de choses, parce que moi aussi, j'ai un métier très prenant. C'est Roman qui est venu me chercher, après m'avoir aperçue sur le toit. Et maintenant que je suis là pour lui, je pourrais aussi bien être une paire de sabots en plastique comme ceux qu'il garde dans sa cuisine. Toujours sous la main. Disponible. Confortable. Fiable. La chasse est terminée.

La délicieuse odeur du café me chatouille les narines quand je verse l'eau bouillante dans la cafetière. J'enfonce le piston, puis je remplis à moitié de lait un gros mug en céramique et j'ajoute le café jusqu'à obtenir un breuvage de la couleur du caramel.

J'emporte mon petit déjeuner sur le toit, équipée de mes bottes fourrées, d'une veste en duvet, d'un bonnet et de gants. Quand je pousse la porte, un paysage immaculé m'accueille comme au lendemain d'un miracle. Toutes les formes familières sont englouties, leurs bords adoucis, arrondis sous un épais manteau blanc. Je pose mon café et la brioche sur la fontaine de saint François, débarrasse la neige sur une chaise longue et l'ouvre pour m'asseoir.

Derrière les nuages, le soleil luit comme une perle de nacre. Le vent fait courir des risées d'argent sur l'eau vert mousse de la rivière. Une mouette tournoie en piaillant au-dessus de moi, peut-être attirée par l'odeur de ma brioche. Je la chasse d'un grand geste du bras. Elle s'éloigne à tire-d'aile, et bientôt se fond dans le gris du ciel.

Serrant ma tasse à deux mains, je bois mon café à petites gorgées. Une vague culpabilité m'étreint à l'idée que j'aurais pu aller à la messe à Notre-Dame-de-Pompéi. Mais j'ai depuis longtemps perdu la ferveur catholique de mon enfance, et tout est si beau autour de moi, si calme, que je repousse aussitôt ces vains remords et me contente de réciter une rapide prière. *Je fais de mon mieux*, dis-je intérieurement à Dieu.

Des flocons de neige commencent à voleter dans l'air frais. Je relève ma capuche, me renverse en arrière dans la chaise longue et m'abandonne à une agréable contemplation. Une pensée me vient soudain : pourquoi mes meilleurs moments, ceux que je chéris dans ma mémoire, sont-ils des moments où je suis seule ? Je les vois aussi clairement que des flacons de parfum alignés sur une coiffeuse.

Quand j'avais dix ans, j'accompagnais parfois mon père à son travail dans le parc. À la fin de la journée, lorsque le ciel s'embrasait au-dessus du Queens, il rangeait le cabanon des fournitures et me laissait sur une balançoire un peu plus loin. J'avais le parc tout à moi et je me balançais le plus haut possible, de plus en plus haut, au point que je croyais distinguer le sommet illuminé de l'Empire State Building.

Plus tard, à la fin de ma deuxième année d'université, je me suis levée à deux heures du matin pour aller consulter les résultats des examens affichés sur la porte du grand amphithéâtre. J'avais obtenu la mention « très bien ». Seule dans le silence et la pénombre, j'ai fixé longtemps ces trois mots à côté de mon nom, preuve incontestable que je parvenais soudain à l'excellence alors que j'avais été jusque-là une élève moyenne

Et je n'oublierai jamais le soir où Bret m'a déposée chez moi avant de partir à l'aéroport pour son premier voyage d'affaires. J'avais vingt-sept ans et il m'avait demandée en mariage. Percevant mon incertitude, il avait dit : « Ne réponds pas tout de suite. » Une fois seule, j'ai éprouvé un immense soulagement. J'avais besoin de réfléchir, de sonder mes émotions. Je me suis préparé des spaghettis avec des tomates fraîches de notre récolte, de l'huile d'olive d'Arezzo et de l'ail doux, accompagnés d'une salade d'artichauts aux olives noires. J'ai ouvert une bouteille de vin, j'ai mis la table et allumé des bougies. Puis je me suis assise et j'ai mangé ce délicieux repas en savourant chaque bouchée, chaque gorgée.

Bret allait être déçu par ma réponse. Moi, j'étais contente : il avait demandé. Pour la première fois de ma vie, je me suis aperçue que j'aimais surtout le *processus*, et pas nécessairement le résultat. J'étais une bonne petite amie, mais une épouse ? Je ne l'imaginais pas. Bret, si. Aujourd'hui, il l'a, cette vie dont il rêvait déjà alors. La seule différence ? Il est avec Mackenzie, pas avec moi.

Je ne cherche pas à mener une vie traditionnelle. Si j'en voulais une, je suppose que je l'aurais. Ma propre sœur pense que j'ai envie d'une existence comme la sienne, avec un mari et des enfants. Comment puis-je expliquer qu'à mes yeux, la vie après trente ans n'est pas une course pour atteindre une ligne d'arrivée vers laquelle tout le monde semble se précipiter ? Que je préfère profiter du temps précieux qu'il me reste avec Grannie et inventer mon propre chemin. La stabilité n'est-elle pas un miroir aux alouettes ?

Quand j'observe Grannie, pourtant, je m'aperçois que je suis totalement attachée à une certaine tradition. Si je ne regarde pas attentivement comment elle pétrit son pain de Pâques ou comment elle réalise une couture dans la suédine, si je perds l'image que j'ai d'elle en train de négocier un achat de boutons avec un représentant, j'ai le sentiment que c'est son essence même qui disparaîtra. Lorsqu'elle nous aura quittés, c'est à moi qu'incombera la responsabilité de l'entreprise familiale, je devrai reprendre le flambeau. Ma mère dit que j'en suis la gardienne, parce que je travaille ici et que j'ai choisi de vivre dans cette maison. Mais c'est fragile, une flamme, et je me demande parfois si je serai capable de la garder allumée.

Le vent se lève. J'entends la porte du toit claquer derrière moi. Un bref instant, mon cœur s'accélère et je me retourne, espérant que Roman ait finalement pu se libérer. Mais ce n'est que le vent.

Le soir, j'ai terriblement envie de goûter les lasagnes. Mais ma mère nous a toujours répété qu'on n'entame pas un gâteau avant l'arrivée des invités. Il faut le leur présenter entier, comme un cadeau. Si j'en mange une part, les lasagnes avec lesquelles je voulais souhaiter la bienvenue à Grannie ne seront plus qu'un reste. Je m'abstiens donc.

L'interphone sonne.

— Une livraison, annonce la voix de Roman.

Quand j'ouvre la porte, il me sourit au pied de l'escalier. Son visage est le plus beau spectacle que j'aie jamais vu.

— Tu ne travailles pas, ce soir ?

— J'ai fait l'école buissonnière, je voulais être avec toi.

Il grimpe les marches deux par deux, chargé d'un énorme sac qu'il lâche pour me prendre dans ses bras et m'embrasser.

— Tu es surprise ?

Je l'embrasse aussi, sur la joue, sur le nez, dans le cou, avec l'espoir que chaque baiser rattrapera les pensées sombres qui m'ont agitée ce matin. Mais je sais mal mentir, et je finis par avouer :

— Très surprise. J'avais renoncé.

Roman me regarde d'un air inquiet.

— Renoncé à quoi ?

— À te voir avant le retour de Grannie.

— Ah, dit-il, visiblement soulagé. Eh bien, je suis là. Et je ne bouge pas.

Il m'embrasse encore. Sa voix chante une ritournelle dans ma tête : *Je ne bouge pas.*

— Je vais te préparer à dîner.

— Tu n'es pas obligé. J'ai fait des lasagnes…

Il sort une bouteille de vin de son sac.

— On va commencer par un brunello 1994. Grand millésime…

— Oh là là, j'étais à peine née, moi.

— Tu parles ! Tu roulais déjà sous la table à tes fêtes d'ados avec tes petits copains boutonneux.

Il rit en débouchant le vin, puis prend deux verres sur l'étagère et les remplit. À peine avons-nous bu une gorgée qu'il m'embrasse longuement. La chaleur de ses baisers combinée au vin me grise.

— Ça te plaît ?

Je hoche la tête.

— Accroche-toi. J'ai un vin différent pour chaque plat.

— Chaque plat ?

Il rit encore.

— Oui, il y en a deux.

Je m'assieds sur un tabouret au bar pendant qu'il sort une foule de choses de son sac qui semble n'avoir pas de fond, comme celui de Mary Poppins. Puis il ouvre le placard et choisit deux poêles, les pose sur la gazinière – qu'il allume à feu très doux –, jette un morceau de beurre dans l'une et arrose l'autre d'un filet d'huile d'olive.

Plongeant à nouveau dans son grand sac, il me tend une petite boîte blanche.

— Ça, c'est pour toi.

Je secoue la boîte.

— Attends, j'essaie de deviner… Une truffe ?

— J'ai compris. Tu en as marre de mes recettes aux truffes. Non, ce n'est pas un champignon.

J'ouvre la boîte, qui contient un corail orange vif sur un carré de coton blanc. Je l'attrape délicatement et le pose dans ma main.

— Il vient de Capri.

— Tu y es allé ?

— Plusieurs fois. Et toi ?

— Jamais.

— Ça tombe bien, je t'y emmène pour ton anniversaire. J'ai tout arrangé avec Grannie. Je te rejoins en Italie le mois prochain, quand vous aurez terminé vos affaires, et on passe une semaine à Capri, toi et moi. Au Grand Hôtel Quisisana. C'est un vieil ami qui tient le restaurant. On va manger, nager, se reposer… Qu'est-ce que tu en dis ?

— Tu es sérieux ?

— Très sérieux.

Roman s'approche de moi et me prend dans ses bras.

— J'adorerais aller à Capri avec toi, je murmure, le nez enfoui dans son cou.

— Rien que nous deux, et la mer, et le ciel, dans ce superbe hôtel. Ce sera la première fois que j'irai là-bas en étant amoureux.

— Tu es amoureux ?

— Tu ne le savais pas ?

— J'espérais.

— Oui, je le suis.

Il me serre plus fort contre lui.

— Et toi ?

— Sans aucun doute.

— Les gens du coin m'ont donné un tuyau... Tout le monde veut visiter la Grotte bleue, et les touristes se bousculent pour y aller. On doit entrer en barque avec un guide, par une petite ouverture dans la falaise. Alors quand les *capresi* veulent se baigner tranquillement, ils accrochent une pancarte au rocher : « *Non Entrata La Grotta* », et les guides racontent que le niveau de l'eau est trop haut pour passer.

— Pauvres touristes. Du coup, ils ne voient pas la grotte ?

— Si, parce que les guides leur font faire un tour devant les falaises, et quand ils reviennent, il n'y a plus de pancarte.

— Comment elle est, cette fameuse grotte ?

— Partout où j'ai habité, j'ai essayé de peindre une pièce du même bleu... Je ne l'ai jamais trouvé. Et l'eau est chaude ! Il paraît que dans des temps très anciens, la population de l'île s'y livrait à des jeux aquatiques et autres débordements licencieux.

Il me mordille l'oreille.

— Je compte bien renouer avec ces rituels antiques...

L'odeur du beurre chaud emplit la cuisine. Roman bondit pour retirer la poêle du feu, y verse un mélange d'ail et de fines herbes, et remue longuement.

— On va laisser ça de côté un moment... D'abord, l'entrée : du caviar de la mer Noire.

Il ouvre une boîte de caviar et pose une gaufrette sur une assiette.

— Tu te rappelles, les *pizzelle* sucrées de notre enfance ? Voilà ma version à moi. Salées, avec du zeste de citron et du poivre frais.

Il garnit la *pizzella* avec une cuillerée de caviar et une pointe de crème fraîche, puis me la tend. Je croque une bouchée. L'acidité du citron relève le goût du caviar, tandis que la crème l'adoucit.

— Tout simplement exquis.

Roman fait revenir des médaillons de bœuf à l'huile d'olive dans la grande poêle, ajoute des oignons et des champignons hachés, et arrose le tout avec un trait du vin rouge que nous sommes en train de boire.

— J'ai passé plusieurs mois à Capri dans la cuisine du Quisisana, raconte-t-il en incorporant lentement de la crème à sa préparation. C'était formidable. Il y a un four à pain dehors. On allumait le feu le matin avec du bois flotté ramassé sur la plage et on l'entretenait toute la journée, pour faire griller des tomates, des légumes racines, toutes sortes de choses. C'est là que j'ai appris combien il est important de prendre son temps quand on cuisine. Des tomates qui ont cuit pendant des heures fondent sur les pâtes mieux qu'une sauce.

Dans la petite poêle où l'ail et les herbes ont rissolé avec le beurre, il vide un récipient de riz déjà cuit, agrémenté d'olives, de câpres et de tomates séchées. Puis, pendant que le riz chauffe et que la viande mijote, il met le couvert sur le bar.

Roman a des mains extraordinaires, des mains de travailleur, fortes, de longs doigts agiles, des gestes précis et délicats à la fois. C'est fascinant de les observer.

— J'ai surtout adoré les nuits à Capri. Après le travail, on allait à la plage. L'eau était tellement calme, tellement chaude… Je me laissais flotter sur le dos en admirant la lune et je me sentais comme « réparé ». Ensuite, on allumait un grand feu, on faisait griller des langoustines et on buvait du vin local.

Il plante ses yeux dans les miens.

— J'ai hâte d'y être avec toi.

De son grand sac, il sort un saladier – concombres d'un vert éclatant, tomates vermillon, poivrons jaunes, éclats de parmesan – et une petite bouteille de vinaigre balsamique.

— Ce vinaigre a vingt ans d'âge. C'est la dernière bouteille ! Mon cousin le fait lui-même dans une ferme à côté de Gênes.

Il dispose la salade dans deux bols et l'accommode avec quelques gouttes de vinaigre. Je me rappelle lui avoir dit combien j'aimais les légumes crus tranchés très fin. Il mémorise, et il exauce les souhaits. Après avoir ouvert une deuxième bouteille de vin – un bourgogne cette fois –, il retourne les steaks dans la poêle, ce qui soulève un nuage de fumée. Enfin, son torchon jeté sur l'épaule, il sert le riz sur les assiettes et complète son œuvre d'art avec le steak et la sauce.

Je prends mon couteau pour couper le steak, mais je m'aperçois que je n'en ai pas besoin. La viande est si tendre que j'en détache un morceau uniquement avec ma fourchette. Dans ma bouche explosent des saveurs qui me remplissent d'allégresse.

— Épouse-moi, dis-je tout en mâchant.

— Et moi qui croyais que tu allais me plaquer.

Je prends tout mon temps avant d'avaler.

— Qu'est-ce qui t'a fait croire une chose pareille ?

— Oh, Valentine. Je n'ai pas du tout assuré ces deux dernières semaines ! J'avais prévu de venir tous les soirs et de passer beaucoup de temps avec toi…

Je bredouille :

— Ce n'est pas grave…

C'est comme si la mouette de ce matin était allée annoncer à Roman ma révélation sur le toit. Il lit *vraiment* dans mon esprit.

— Si, c'est grave. J'avais envie d'être avec toi, et puis les jours se sont enchaînés et je me suis laissé complètement déborder au restaurant. J'ai été nul, point final. Mais je suis désolé. Je voulais me faire pardonner ce soir.

— Ce qui est nul, c'est de s'excuser sans cesse l'un auprès de l'autre parce qu'on travaille beaucoup. On essaie tous les deux de construire quelque chose. Il faut l'accepter, pour l'instant.

J'adore m'entendre prendre sa défense, alors que ce matin, j'étais prête à le tuer. Ne suis-je pas la femme « adorable » dont parlait Katharine Hepburn ?

— Je ne sais pas comment faire autrement. Je ne sais pas gérer un restaurant sans y passer toutes mes journées et toutes mes nuits. Je ne pense pas que ce soit possible. Plus tard, peut-être, quand je me serai fait une solide réputation et aurai remboursé mes investisseurs… Et à condition que je trouve un chef pour me remplacer en cuisine.

— Je ne veux pas te demander de me considérer comme ta priorité… Parce que ce ne serait pas bon pour toi, et pas juste.

Roman croise les bras sur le bar et se penche vers moi.

— Qu'est-ce que tu aimerais que je te dise ?

— Tu imagines quoi, pour nous ?

Voilà, c'est sorti. À l'instant même où les mots franchissent mes lèvres, je le regrette. Je ne voulais pas que notre dernière nuit ensemble soit une de celles où on *parle*. Mais c'est trop tard.

— Je me sens engagé avec toi, répond-il. Je n'ai pas une très haute opinion de moi-même en tant que mari, vu que j'ai déjà échoué une fois. Mais ça ne veut pas dire que je ne suis pas prêt à réessayer.

— Qu'est-ce que tu penses de mon métier ?

— Je suis béat d'admiration. Tu es une artiste.

— Toi aussi. En plus, tu es le type courageux qui tire la sonnette d'alarme dans le train.

— Tu peux développer ?

— Tu rattrapes la situation dès que tu vois qu'on est en train de partir en vrille. Tu viens me faire à dîner. Tu m'emmènes à Capri sans même que j'aie à descendre de mon tabouret. Tu m'embrasses avec du vin sur les lèvres. Et tu déclares que tu es amoureux de moi. La cerise sur le caviar !

— J'ai envie de tout ça.

— Roman, c'est vrai que tu es amoureux de moi ?

— Je ne gâcherais pas du caviar de la mer Noire pour une amourette de passage.

— Qu'est-ce que tu lui apporterais, à l'amourette ?

— Des chips.

Je ris.

— Alors, c'est comme ça que je le sais ? Le coup du caviar ?

— Il y a d'autres manières de le dire.

Roman se lève et contourne le bar. J'ai à peine le temps de poser ma fourchette qu'il me soulève dans ses bras et m'emporte vers l'escalier. Il monte les marches et continue jusqu'à ma chambre sans détacher une seule fois sa bouche de la mienne. Quand nous faisons l'amour, tous mes doutes, toutes mes questions et toutes mes peurs disparaissent comme la lune derrière les nuages.

Je suis encore plus amoureuse de cet homme précisément le jour où je comptais le laisser partir. Même si je suis très bien toute seule, j'ai aussi envie d'être avec lui. Dès que nous sommes ensemble, c'est une absolue certitude.

— Je t'aime, Valentine.

— On me le dit beaucoup, tu sais.

— Ah bon ? murmure-t-il en m'embrassant dans le cou.

— Oui, sur les cartes pour la Saint-Valentin… C'est un cliché.

— Et toi, si tu m'envoyais une carte, qu'est-ce que tu dirais ?

— Je t'aime aussi, Roman.

Et voilà, j'ai prononcé les mots fatidiques, ceux que je redoutais et qui me sont pourtant montés du fond du cœur. Ces mots s'accompagnent d'une responsabilité, celle d'avancer ensemble et de décider vraiment de ce que nous représentons l'un pour l'autre. Après cette déclaration mutuelle, nous ne sommes plus de simples amants qui se découvrent. Nous devons désormais construire une relation, forte et belle, capable de résister à toutes les joies et à toutes les souffrances.

Roman approche son nez du mien, et il me semble que ses yeux plongent au plus profond de moi. Je me demande ce qu'il cherche, ce qu'il voit.

— Nos enfants seraient magnifiques, tu sais, me chuchote-t-il.

— Ils seraient toujours bien nourris et bien chaussés.

— Ils auraient de beaux yeux bruns.

— Et ils seraient grands.

— Et drôles. On rirait beaucoup chez nous.

Il m'embrasse, et je murmure contre ses lèvres :

— C'est mon rêve.

Nous faisons encore l'amour, sur le lit où les oreillers s'envolent comme un ballet de portes qui s'ouvrent et se ferment. Je ne me demande plus ce que sera l'avenir de notre relation. Maintenant, je le sais.

10

Arezzo

J'ARRÊTE LA VOITURE DE LOCATION sur le bord de la route au-dessus d'Arezzo et je descends. Après la confusion à l'aéroport de Rome, le passage de la douane et mes premières difficultés à me repérer avec la carte, je suis heureuse de poser enfin le pied sur le sol de Toscane.

C'est maintenant que notre travail commence. Nous devons acheter les fournitures qui nous permettront d'honorer nos commandes et trouver ce qu'il nous faut pour réaliser les chaussures que nous présenterons au Bergdorf. Des matériaux uniques, originaux, de nature à remporter l'adhésion de Rhedd Lewis, ce qui ne sera pas facile. Mais j'ai un objectif plus ambitieux encore : je veux que l'atelier Angelini devienne *la* référence du sur-mesure parmi les créateurs de chaussures. C'est seulement en réinventant notre tradition – et notre entreprise – que nous réussirons à la sauver.

Pendant presque toute la durée du vol, Grannie et moi avons planché sur les détails de mon dessin. Nous sommes en désaccord à propos du talon. D'après Grannie, il doit être plus raffiné, alors que j'envisage quelque chose d'audacieux et de monumental. Son idée de la modernité et la mienne sont séparées par un demi-siècle. Mais ce n'est pas grave – Grannie encourage mon imagination, et moi, je respecte son expérience. À nous deux, je suis convaincue que nous parviendrons à la chaussure idéale.

Grannie descend aussi de voiture et vient se tenir à côté de moi dans la douce brise du mois d'avril. Le soleil s'enfonce derrière les collines, inondant le ciel de traînées d'or en jetant ses derniers rayons sur Arezzo. Les maisons de la vieille ville sont si serrées que je me demande un instant comment nous pourrons y entrer en voiture. On dirait un énorme château de pierre, dressé au milieu d'une campagne qui ondule comme un océan de soie émeraude, émaillée d'oliviers, de fleurs aux délicates couleurs printanières et de champs de lavande.

Grannie sourit en emplissant ses poumons de cet air léger et parfumé.

— Mon endroit préféré sur Terre…

Nous restons un moment à contempler ce coin de paradis, qui est aussi le berceau de la famille Angelini. Puis Grannie repart vers la voiture.

— Allons-y… Tu as faim ?

— Je suis affamée !

Je conduis prudemment dans les rues étroites de la ville où les gens traversent n'importe où. Avec son architecture baroque, ses petites places autour desquelles on peut s'asseoir sur des marches ou aux terrasses de cafés, Arezzo est un havre pour les poètes et les artistes. Je grimpe une rue en pente raide qui mène à l'hôtel.

À mi-hauteur, Grannie me demande de m'arrêter et montre une maison à la façade terra cota soulignée de boiseries sombres.

— C'est là que se trouvait l'atelier Angelini autrefois.

L'endroit est à présent un café *pasticceria.*

— La famille vivait en haut, comme nous.

À l'étage, une porte-fenêtre donne sur un balcon fleuri avec des géraniums rouges dans des pots.

— Mais pas de tomates, Grannie.

Elle rit et me guide jusqu'au parking du Spolti Inn, plus haut. C'est un petit hôtel biscornu en pierre naturelle, où mes grands-parents séjournaient chaque fois qu'ils venaient s'approvisionner en Italie. Le personnel connaît Grannie, tout comme les habitants du quartier. Certains se rappellent même ses grands-tantes et grands-oncles, me dit-elle. La plupart des maîtres bottiers achètent leur cuir à Lucques, mais Grannie est restée fidèle à Arezzo, où notre famille se fournit chez le même tanneur depuis cent ans.

J'aide Grannie à descendre de voiture et je sors nos valises du coffre. Quand nous grimpons les marches du perron, Grannie me lâche le bras, rentre le ventre et redresse le dos. Elle se tient à la rampe. Avec ses cheveux châtains et sa jupe paysanne, son chemisier en coton noir et ses sandales, elle paraît vingt ans de moins. Seuls ses genoux défaillants trahissent son âge.

Nous pénétrons dans un hall dont les fenêtres ouvertes laissent entrer la brise. Tout autour sont disposées des jardinières en marbre garnies d'edelweiss, de marguerites et de campanules.

— *Signora* Angelini ! s'écrie la femme à l'accueil.

— *Signora* Guarasci !

Pendant que les vieilles amies s'étreignent avec chaleur, je note le long comptoir en acajou et, au mur, les casiers en bois abritant les clés. S'il n'y avait un ordinateur à côté du registre des réservations, on pourrait se croire en 1900.

Signora Guarasci est une femme menue avec de petites mains et d'épais cheveux blancs. Elle porte une jupe en coton bleu et un corsage blanc amidonné, des bas gris et des sabots en cuir noirs qui ressemblent à ceux de Roman au Ca' d'Oro, mais en plus élégants. Quand Grannie me présente, elle me serre dans ses bras.

Je les laisse bavarder et monte nos bagages à l'étage. J'entre dans la chambre 3. C'est une pièce spacieuse aux murs jaune tournesol et blanc, avec un grand lit moelleux recouvert d'une courtepointe à carreaux noirs et blancs sur lequel je compte six oreillers en plumes. Il y a une table en merisier sous les fenêtres et, devant une cheminée en marbre blanc, un vieux fauteuil à bascule qui semble n'avoir pas bougé depuis un siècle. Je vais ouvrir la fenêtre. L'air frais soulève les rideaux en mousseline blanche et se mêle à l'odeur de cèdre qui émane de l'armoire entrebâillée.

La salle de bains qui relie ma chambre à celle de Grannie est très simple, avec un carrelage blanc et noir, une grande baignoire en céramique et un évier en marbre surmonté d'un miroir ancien. Au-dessus d'une large fenêtre en saillie qui donne sur un jardin, les stores ont été remontés afin d'accueillir le printemps dans la maison.

Je ressors dans le couloir et emporte la valise de Grannie dans la chambre 2. Celle-ci est deux fois plus grande que la mienne, bleue et blanche, avec des fenêtres sur tout un côté, et un coin salon qui comporte un canapé tendu de lin blanc et deux fauteuils.

— Comment sont les chambres ? demande Grannie quand je redescends.

— Magnifiques. Je comprends pourquoi tu viens toujours ici.

— Attends d'avoir goûté à la cuisine de la *signora.*

Justement, *signora* Guarasci arrive, les mains jointes et la mine réjouie.

— Ah ! Vous pouvez manger maintenant !

J'aide Grannie à s'extirper du profond canapé dans lequel elle m'attendait. Elle vacille et s'accroche à mon bras pour gagner la salle à manger.

— Dès qu'on rentre, je te prends un rendez-vous avec un chirurgien orthopédique. Tu vas te faire opérer.

— Sûrement pas.

— Oh, si. Regarde-toi. Ta coiffure, ta peau, ta silhouette… Pourquoi voudrais-tu continuer à souffrir des genoux ? C'est la seule chose chez toi qui a l'air d'avoir quatre-vingts ans.

— Mon cerveau aussi est vieux.

— Mais ça ne se voit pas quand on marche.

— Je te l'accorde.

Nous nous asseyons à une table près des fenêtres d'où l'on aperçoit un étang à l'arrière de la maison. Toutes les tables sont dressées, avec nappes blanches, couverts, serviettes et petits vases de violettes, même si nous sommes les seules clientes dans la salle à manger.

Signora Guarasci pousse les portes de la cuisine, portant sur un plateau deux gros bols de soupe, une corbeille de pain et un beurrier en métal, ainsi qu'une carafe de vin rouge maison. Elle nous sert à chacune un verre, puis retourne dans la cuisine.

— *Perfetto ! Grazie !*

Grannie lève son verre pour boire à ma santé.

— Je suis contente que tu sois avec moi, Valentine. Je pense que nous allons toutes les deux beaucoup apprécier ce voyage.

Je goûte le minestrone, composé d'un épais bouillon à la tomate dans lequel ont cuit des haricots, des légumes racines et des morceaux de porc.

— Dieu, que c'est bon !

Une bouchée de pain tiède et croustillant achève de me ravir les papilles.

— J'adore cet endroit ! Pourquoi voudrait-on le quitter ?

— Ton grand-père a été obligé de partir. Il avait six ans quand sa mère est morte. Elle s'appelait Giuseppina Cavalline. Ton arrière-grand-père la surnommait Jojo.

— À quoi ressemblait-elle ?

— C'était la plus jolie fille d'Arezzo. Elle devait avoir une vingtaine d'années quand elle est entrée dans l'atelier Angelini et a demandé à parler au propriétaire. Ton arrière-grand-père, âgé de vingt-deux ans à l'époque, est tombé immédiatement fou amoureux.

— Et elle ? C'était réciproque ?

— Disons que le sentiment lui est venu plus tard. Vois-tu, elle voulait qu'on lui fabrique des chaussures sur mesure. Ton arrière-grand-père – mon beau-père – lui a montré ses modèles les plus élégants, dans le cuir le plus fin. Mais

Jojo a déclaré qu'elle se fichait d'être chic. Il a trouvé cela étrange, bien sûr. Quelle jeune femme ne souhaiterait pas porter des chaussures à la dernière mode ? Elle a marché un peu dans la pièce, et il a vu alors qu'elle était affligée d'un boitillement très prononcé. Alors elle lui a posé cette question : « Est-ce que vous pouvez m'aider ? »

Grannie regarde par la fenêtre, comme pour mieux se remémorer cet épisode lointain qui s'est passé si près d'ici.

— Il a travaillé six jours et six nuits, sans s'arrêter, et il a réalisé une magnifique paire de bottines en cuir noir à talons rainurés. Il avait créé une plateforme invisible à l'intérieur de la chaussure du côté de la jambe plus courte.

— Formidable…

— Quand Jojo a essayé les bottines, elle a fait quelques pas dans l'atelier. Pour la première fois de sa vie, elle ne boitait plus, elle pouvait se tenir droite et fière. Transportée de joie, elle a jeté ses bras autour du cou de ton arrière-grand-père en le remerciant. Et il a dit : « Un jour, je t'épouserai. » Ce qu'il a fait l'année suivante. Et quelques années plus tard, mon mari, ton grand-père, est né dans la maison que je t'ai montrée.

— Quelle belle histoire.

— Ils ont été très heureux. Mais dix ans plus tard, lorsqu'elle est morte d'une pleurésie, mon beau-père a été tellement dévasté par le chagrin qu'il est parti en Amérique avec son fils – ton grand-père. Il ne supportait plus de rester à Arezzo, de marcher dans ces rues où ils se promenaient ensemble, de coucher dans le lit où ils dormaient, de passer devant l'église où ils s'étaient mariés.

— Est-ce qu'il a connu un autre amour ?

— Jamais. Pourtant, comme tu le sais, un maître bottier a de quoi séduire une femme.

— Surtout s'il lui fabrique des chaussures qui changent sa vie.

— Exactement. C'était un homme merveilleux, très vif, très drôle. Tu me fais penser à lui, par bien des côtés. Il aurait adoré cette chaussure que tu as dessinée, crois-moi.

— C'est vrai ?

Ce compliment me va droit au cœur. Après tout, c'est mon arrière-grand-père qui a conçu toutes les chaussures que nous fabriquons aujourd'hui. Son œuvre lui a survécu plus d'un siècle.

— Il serait heureux de savoir que l'atelier Angelini existe toujours. Et encore plus de voir que tu veux poursuivre l'activité. Il a tellement sacrifié pour son travail.

Je comprends parfaitement la nature de ce sacrifice : un métier créatif engloutit tout votre temps comme un puits sans fond. Quand nous ne sommes pas en train de fabriquer des chaussures, nous les emballons et les expédions ; et dès qu'elles ont quitté l'atelier, nous en réalisons d'autres. Le cycle est sans fin.

— C'est triste qu'il n'ait jamais retrouvé une femme avec qui partager sa vie.

— Il était fou de Giuseppina. Personne n'aurait jamais pu soutenir la comparaison, il me le répétait souvent. Elle lui a manqué jusqu'à son dernier souffle. Et je peux l'attester, parce que j'étais avec lui quand il est mort.

— Grannie, je me suis toujours demandé... Pourquoi notre enseigne dit-elle « Depuis 1903 », alors qu'en fait, Grand-Papa et son père ont émigré en 1920 ?

Grannie sourit.

— Il a rencontré Jojo en 1903. C'était une forme de dédicace.

Soudain, une ombre passe sur son visage.

— Qu'est-ce qu'il y a ?

— La dernière fois que je suis venue avec ton grand-père, c'était à cette même époque de l'année. Le printemps avant sa mort.

— On ne savait même pas qu'il était malade.

— Lui, il le savait. Et il savait aussi qu'il ne reverrait jamais l'Italie. Il avait une insuffisance cardiaque. Mais on n'en parlait pas.

Grannie rompt un morceau de pain en deux et pose la moitié sur mon assiette. Je me rappelle ce que Tess m'a révélé à propos d'une *amie* de Grand-Papa. Nous sommes loin de Perry Street, et Grannie est rarement aussi bavarde.

Moi non plus, je n'aime pas beaucoup aborder ce genre de sujet, mais portée par ce moment si particulier – et le vin aidant –, je me jette à l'eau.

— Grannie, est-ce que Grand-Papa a eu une liaison ?

— Pourquoi me poses-tu cette question ?

— Tess me l'a dit.

Grannie se renfrogne.

— Tess ferait mieux de tenir sa langue.

— Pourquoi tu ne me l'as pas raconté ?

— À quoi cela aurait servi ?

— Je ne sais pas... C'est important de connaître l'histoire de sa famille.

— Pour qui ?

— Pour moi.

Je pose ma main sur la sienne.

— Oui, soupire Grannie. Il a eu une amie.

— Mais comment a-t-il fait ? Comment a-t-il trouvé le temps ?

— Les hommes trouvent toujours le temps pour *ça*, réplique Grannie.

— Comment ? Vous viviez ensemble, vous travailliez ensemble !

— Si cela ne t'ennuie pas, je préfère garder mes secrets pour le confessionnal.

— Tu n'as qu'à imaginer que je suis le père O'Hara... Avec de plus belles jambes.

— Que veux-tu savoir ?

— Est-ce que tu lui as *dit* que tu savais ? Et *elle*, tu lui as parlé ?

Grannie hoche la tête.

— Oui. Après la mort de mon mari, je l'ai croisée dans la rue. Elle a nié, ce qui était plutôt gentil de sa part. Puis je lui ai demandé si elle l'avait rendu heureux.

— Et alors ?

— Elle a répondu que non, elle ne pouvait pas le rendre heureux. Il ne se consolait pas de notre mésentente. Ses paroles m'ont bouleversée. Vois-tu, malgré nos disputes et nos désaccords, j'aimais ton grand-père. Nos difficultés professionnelles ont énormément pesé sur notre relation et sur l'ambiance à la maison. Il m'en voulait parce que j'étais dure avec lui quand il essayait de nouvelles idées et qu'il échouait.

— C'est ça, être un artiste ; toujours expérimenter.

— Maintenant, je le sais. J'ai appris aussi que quand un homme en veut à sa femme, il passe à l'action.

— Tu as dû être furieuse.

— Oh, oui, bien sûr. Et j'ai réagi comme la plupart des femmes. Nous enfouissons notre rage. Nous cessons de parler. Nous nous couchons en colère et nous levons en colère. Nous remplissons nos devoirs, nous tenons la maison et nous occupons des enfants, mais nous accomplissons tout cela avec un terrible ressentiment. Pour le punir, je me comportais comme si je n'avais pas besoin de lui.

Grannie ôte ses lunettes et essuie une larme.

— Je le regrette profondément. Peut-être que, quand il se reposait en fumant un cigare sur le toit, j'aurais dû monter le rejoindre, le serrer dans mes bras et lui dire que je l'aimais. Peut-être que ça aurait arrangé les choses entre nous. Mais je ne suis pas montée, et nous sommes restés tous les deux avec notre colère.

Le décalage horaire m'empêche de dormir ce soir-là. Je vais m'asseoir à la fenêtre du Spolti Inn en attendant le matin. Les maisons sont plongées dans l'obscurité, mais le clair de lune éclaire les collines et fait scintiller la rue principale comme une rivière d'argent. De temps à autre, quand un nuage passe devant la lune, la campagne tout autour disparaît dans le noir.

Je me remets au lit et tente de lire *Le Voyage en Italie* de Goethe. Mon marque-page est une photo de Roman debout sur le seuil du Ca' d'Oro. Je ferme le livre, prends mon portable et compose le numéro. Comme je tombe sur la boîte vocale, j'envoie un SMS :

Bien arrivées. Bella Italia ! Je t'aime. V.

Puis j'appelle la maison. Maman décroche.

— Maman ? On est arrivées.

— Ah ! Tout va bien ?

— Oui, même si les Italiens conduisent comme des malades… Je me débrouille, et Grannie s'agrippe à sa ceinture de sécurité. Comment va Papa ?

— Il a faim. Mais le régime bio a l'air de marcher.

— Fais-lui une bonne assiette de spaghettis.

— Ne t'inquiète pas. Il mange du saucisson en douce. Du coup, quand il sera guéri, on ne saura pas si c'est grâce au tofu… Au fait, tu as vu la surprise que j'ai cachée dans ta valise, pour Capri ? Dans un sac en plastique rouge de Macy's.

Je ferme les yeux et visualise le genre de surprise qui plaît à ma mère : un soutien-gorge balconnet et sa culotte assortie (achetés à moins 75 %), avec un motif grains de café qui dansent et la phrase « J'ai la forme » brodée sur les fesses. Une chose est certaine, je ne me précipiterai pas pour découvrir de quoi il s'agit.

— Il ne fallait pas, Maman…

— Tu vas vivre quelque chose de merveilleux sur l'île de Capri. Moi, j'imagine des fiançailles…

— Oh, arrête.

— Je te dis juste de te dépêcher. Je ne voudrais pas que mon premier lifting et ton mariage tombent en même temps. Je suis en train de m'affaisser comme un soufflé.

— Mais non ! Tu n'as absolument pas besoin de chirurgie.

— Je me suis vue dans le miroir l'autre jour, la tête penchée au-dessus du lavabo de la salle de bains, et j'ai failli sangloter. Je me ferais bien botoxer, mais on entend pas mal de choses négatives maintenant. En plus, ça fige l'expression. Et moi, je fonctionne *uniquement* à l'expression.

Sachant que ma mère pourrait parler des progrès de la cosmétique pendant des heures, d'un continent à l'autre, je l'interromps.

— Maman, comment sais-tu si un homme est le bon ?

Après un bref moment de réflexion, elle déclare :

— S'il sera un bon mari, tu veux dire ? La combinaison gagnante, c'est quand l'homme aime la femme plus qu'elle ne l'aime.

— Ça ne devrait pas être égal ?

Maman glousse.

— Dans ce domaine, il n'y a jamais d'égalité.

— Et si la femme aime plus l'homme que l'inverse ?

— Alors, elle peut s'attendre à vivre un cauchemar. Nous, les femmes, nous avons le *temps* qui joue contre nous. Nous vieillissons, tandis que les hommes *mûrissent.* Et crois-moi, il y a un tas de femmes seules qui n'hésitent pas à piquer le mari d'une autre, même s'il est vieux, pétri de rhumatismes et dur de la feuille.

Elle baisse la voix.

— *Même* avec son cancer, à soixante-huit ans, ton père est un *bon plan.* Je n'ai aucune envie de livrer un deuxième combat contre l'infidélité. J'ai vingt ans et huit kilos de plus que la première fois, et je te l'avoue, je ne tiendrais pas le coup. Donc je me pomponne et je souris, même si je pleure à l'intérieur. *La maintenance !* C'est la clé. Tu crois que j'avais envie d'aller chez le dentiste pour qu'il me remplace tous mes plombages par des incrustations en porcelaine ? Bien sûr que non. Mais c'était indispensable ! Je n'osais plus rire, de peur qu'on voie briller ces horribles éclats d'obus dans ma bouche. Une femme doit lutter pour se maintenir en forme et pour que son homme reste… intéressé. Tu sais, je ne plaisante pas avec cette histoire de lifting. Je me suis renseignée… Enfin, j'hésite quand même un peu parce que quand on regarde les pubs, il y a des femmes qui sont mieux sur la photo *avant* qu'*après.* Mais bon, je vais réfléchir. En tout cas, si tu veux mon avis, une femme de plus de soixante ans…

Maman s'étrangle et tousse. Sa gorge se serre à la seule mention de ce chiffre.

— … une femme qui a passé ce *cap-là* et qui ne sait pas qu'elle doit se battre comme une tigresse, c'est une femme qui baisse les bras. La seule différence entre moi et les femmes qui se laissent aller, c'est ma volonté. Je suis *déterminée* à ne pas renoncer.

Je réprime un bâillement.

— Maman, quand je t'écoute, j'ai envie de sortir du lit et de faire des squats.

— Une mariée souple et fine est une mariée heureuse, ma chérie.

*
* *

Grannie s'accroche à mon bras pour grimper le raidillon derrière l'église qui mène à Vechiarelli & Fils, le tanneur des Angelini depuis qu'ils fabriquent des chaussures. Les maisons d'Arezzo sont revêtues de crépis de couleurs vives parmi lesquelles dominent le rose et l'orangé, avec du linge aux fenêtres d'un blanc éclatant contre le ciel bleu, des pots en terre cuite suspendus aux balustrades qui offrent tout un assortiment d'herbes aromatiques et de fleurs.

— C'est la première boutique sur la droite, déclare Grannie en haletant quand nous parvenons à un croisement de ruelles sur un replat.

Moi aussi, j'ai le cœur qui bat à toute vitesse.

— Je comprends pourquoi tu n'as pas proposé de prendre la voiture. Même en première, on n'aurait pas pu monter une pente pareille.

Grannie marque une halte, ajuste sa jupe, arrange ses cheveux et coince son sac à main sous son bras.

— Comment tu me trouves ?

Je suis interloquée. Grannie ne m'a jamais demandé de commenter son apparence.

— Très belle.

— Et mon rouge à lèvres ?

— Parfait. Ce rose Chanel te va à ravir.

Grannie se tient droite comme un « i ».

— Bon. Allons-y.

Vechiarelli & Fils est une maison de pierre à trois étages, dont la configuration ressemble à celle de notre immeuble à New York, avec un appartement au-dessus de l'atelier. Les fenêtres du premier, ouvertes, donnent sur de petits balcons, et quelqu'un a drapé un tapis sur la rambarde pour l'aérer.

Au moment où nous atteignons la porte, une dispute éclate entre deux hommes à l'intérieur, ponctuée par le martèlement d'un objet sur du bois. Ils parlent en italien, et beaucoup trop vite pour que je puisse les comprendre.

— On aurait peut-être dû téléphoner avant, dis-je à Grannie qui se tient légèrement en retrait.

— Non, non. Ils nous attendent.

Grannie passe devant moi, soulève le heurtoir et le laisse retomber plusieurs fois. De l'autre côté, la dispute monte encore d'un cran quand les voix s'approchent. Je recule d'un pas, avec le sentiment d'avoir posé le pied dans un nid de frelons. Puis le silence retombe, et bientôt la porte s'ouvre. Un vieil homme aux cheveux blancs, vêtu d'un pantalon de laine bleu marine et d'une chemise bleue, nous offre un visage manifestement exaspéré, mais sa colère s'évanouit lorsqu'il aperçoit Grannie.

— Teodora !

— *Dominic, come stai ?*

Grannie et Dominic s'étreignent affectueusement. Debout derrière ma grand-mère, j'ai l'impression de la voir grandir de plusieurs centimètres pour embrasser cet homme sur les deux joues. Ses épaules jusque-là raidies se détendent.

— *Dominico, ti presento mia nipote,* Valentine, dit-elle.

— *Que bella !*

Il me détaille d'un œil approbateur et j'en ressens une certaine fierté.

— Enchantée, Signor Vechiarelli.

Pendant qu'il se penche, me prend la main et l'embrasse, j'ai le temps de bien voir son visage : c'est l'homme sur la photo enfouie dans la commode de Grannie. J'essaie de ne pas montrer ma surprise, mais j'ai hâte de rentrer à l'hôtel et d'envoyer un SMS à Tess pour lui raconter.

— *Venite, venite,* nous invite-t-il.

Dominic nous entraîne dans l'atelier. Il y a une grande table rustique au milieu et, sur tout un mur, de profondes étagères où sont rangées des pièces de cuir. Des suspensions aux abat-jour métalliques jettent des ronds de lumière blanche sur le bois patiné par les ans. Il règne ici la même odeur qu'à Perry Street, ce mélange de cire d'abeille, de cuir et de citron. Au fond de la pièce, la porte d'une arrière-salle est ouverte.

— *Gianluca !* lance Dominic. *Vieni a salutare Teodora ed a conoscere sua nipote.*

Il se tourne vers moi pour expliquer :

— *Gianluca è mio figlio e anche mio socio.*

— Ah, formidable.

Je sonde Grannie du regard en me demandant si elle s'attend, comme moi, à voir un taureau aux naseaux dilatés nous charger, nous empaler sur ses cornes, nous lancer en l'air et nous piétiner. Elle m'adresse un geste apaisant, mais je ne suis pas rassurée pour autant.

Gianluca Vechiarelli, que Dominic m'a présenté comme son fils et son associé, apparaît sur le seuil de l'arrière-salle. Il porte un tablier marron sur son pantalon de travail et une chemise en jean qui a été lavée si souvent qu'elle est presque blanche. Je distingue mal son visage au-dessus de la lueur aveuglante des lampes.

— *Piacere di conoscerla.*

Il me tend la main, je la prends. Ma main disparaît dans son énorme poigne.

— *Come è andato il viaggio ?*

Dominic demande à Grannie comment s'est passé notre voyage, mais visiblement, il ne se soucie guère de la réponse. Ce qui l'intéresse surtout, c'est qu'elle soit arrivée. Il tire des tabourets de dessous la table et nous invite à prendre place. Je reste debout, tandis qu'il s'assied à côté de Grannie et lui prodigue ses attentions. Il la couve littéralement des yeux et s'approche si près d'elle que leurs jambes se touchent, ce qui ne semble pas l'embarrasser le moins du monde, pas plus que sa main qui lui effleure le genou tout en parlant.

Pendant ce temps, Gianluca attrape des échantillons de cuir sur les étagères et les pose sur la table. Il respire fort en les dépliant et en les réarrangeant plusieurs fois. Il est plutôt beau et a le même nez que son père, droit et fin. À en juger par ses cheveux poivre et sel, je lui donne une cinquantaine d'années. De profonds sillons encadrent les coins de sa bouche, parce qu'il rit beaucoup, ou qu'il se met souvent en colère, et si je devais parier, je choisirais la seconde option. Remarquant que je l'observe, il sourit. Je lui rends son sourire, un peu gênée, comme si on m'avait surprise en train de voler dans un magasin.

Grannie éclate de rire en réponse à une plaisanterie de Dominic. C'est un rire léger, heureux, que j'entends rarement à la maison. À dire vrai, je ne l'ai jamais vue ainsi. Si je n'étais pas aussi captivée par le cuir somptueux que Gianluca déploie sur la table, je me demanderais ce qu'il se trame entre ces deux-là.

— Vous fabriquez les chaussures aussi ? m'interroge Gianluca.

— Oui, je suis son apprentie. (Je montre Grannie du doigt.) Depuis quatre ans.

— Moi, je travaille avec Papa depuis vingt-trois ans.

— Waouh. Et ça marche ?

Gianluca rit.

— Certains jours oui, d'autres non.

— Et aujourd'hui ?

Je me couvre les oreilles.

— Vous nous avez entendus ?

— Vous voulez rire ? On vous entendait jusque dans les Pouilles.

— Papa ? Teodora et Valentine nous ont entendus nous disputer.

Dominic fait un vague geste de la main, comme s'il chassait une mouche, puis approche encore son tabouret de celui de Grannie et replonge dans leur conversation. Je me retiens de lancer : « Vas-y, Dom. Assieds-toi carrément sur ses genoux ! »

Bientôt, la porte s'ouvre. Une superbe jeune femme entre et balance son sac sur la table. Elle a de longs cheveux bruns qu'elle pousse en arrière en remontant ses lunettes de soleil sur sa tête. Outre sa jupe moulante en daim et son élégant débardeur noir, je remarque ses pieds chaussés de sandales adorables. Plates, avec de fines brides en T strassées dont l'attache s'orne d'une fleur de lis en onyx noir. Elle plante un baiser sonore sur la joue de Gianluca.

— Teodora !

La jeune femme va embrasser Grannie.

— Orsola, je te présente ma petite-fille, Valentine.

Je tends la main à cette jolie poupée toscane.

— Enchantée. Vous êtes la femme de Gianluca, j'imagine ?

Gianluca, Orsola, Dominic et Grannie s'esclaffent en chœur.

— Quoi ? J'ai fait une gaffe ?

— Gianluca est mon père, dit Orsola avec un sourire malicieux. Vous le flattez dans son orgueil !

— Un Italien orgueilleux ? C'est impossible.

Grannie me fait les gros yeux pour signifier : *Attention, ton humour ne sera pas apprécié à Arezzo.*

Elle a raison, et je m'empresse d'enchaîner :

— Orsola, il faut absolument que je sache où vous avez trouvé ces sandales !

— Notre ami Costanzo Ruocco les a faites pour moi à Capri. Nous allons en vacances là-bas tous les étés.

— Ah oui ? J'y passerai une semaine à la fin de notre séjour.

— Oh, vous devez le rencontrer ! Je vous donnerai ses coordonnées.

Moi qui espérais justement croiser d'autres créateurs au cours de ce voyage ! Je me pose des questions d'ordre artistique auxquelles Grannie ne peut pas répondre, j'ai parfois des idées qu'elle n'aime pas, et ce serait bon de les soumettre au jugement d'un œil neutre.

Orsola, Grannie et Dominic disparaissent dans l'arrière-salle. Gianluca déploie d'autres échantillons sur la table et je fais une première sélection. Ensuite, Grannie prendra la décision finale. Un cuir de veau beige qui serait idéal pour notre modèle Osmina… Et partout, sur la table et entassés sur les étagères, des textures d'une exquise finesse, une infinité de motifs subtilement gravés et des couleurs qui me font tourner la tête : crème délicat, ébène profond, bleu glacier, rouge rubis classique, léopard audacieux.

Gianluca apporte un tiroir rempli d'ornements divers : lacets en cuir dans les tons pastel, vert menthe, rose et doré ; boucles en cuir blanc, ganses noires, rubans, cordonnets, nœuds vernis. Je renverse son contenu pour mieux fouiller dans ce bric-à-brac de trésors dont chacun n'existe qu'en un seul exemplaire.

Un éclat métallique attire mon regard et j'extirpe de la pile une tresse en cuir doré et ruban de satin blanc. Le travail est délicat, le résultat incroyablement original.

— Orsola réalise les tressages, explique Gianluca.

J'examine ma découverte sous la lampe.

— C'est magnifique. Et ça irait bien avec une chaussure que je viens de dessiner.

— Orsola peut faire tout ce que vous désirez.

— Elle est vraiment douée. Et très jolie ! J'imagine que votre femme aussi…

Il sourit.

— Oui, la mère d'Orsola est belle. Mais nous sommes divorcés.

— Je croyais que le divorce était illégal en Italie.

— Plus maintenant.

Il se détourne pour ouvrir un placard qui renferme des pièces de nubuck aux couleurs vives, en sort quelques-unes et les pose aussi sur la table.

Grannie apparaît à la porte de l'arrière-salle et nous rejoint. Ses genoux ne semblent plus du tout la déranger.

— Tu vois quelque chose qui te plaît ?

— On a un problème, Grannie…

J'attrape une pièce de cuir de veau extraordinairement douce au toucher.

— *Tout* me plaît.

Dominic s'avance derrière Grannie et lui pose une main sur le bas du dos, dans un geste à la fois discret et galant.

— Celui-ci, je n'en ai pas beaucoup, dit-il.

— Combien vous en faut-il ? demande Gianluca.

— On peut tirer environ trois paires dans une pièce. C'est ça, Grannie ?

Elle acquiesce.

— Vous en avez quatre ?

— Oui.

— Alors, c'est bon. On les prend.

Je consulte Grannie du regard. À nouveau, elle hoche la tête.

— Tu n'as qu'à choisir le reste, Val, dit-elle.

— Mais… je ne suis pas sûre de savoir de quoi nous avons besoin.

— Bien sûr que si, tu le sais.

— Grannie, c'est une année entière de stock. Tu me fais confiance ?

— Absolument.

Elle se tourne vers Dominic.

— Tu vois mes genoux. (Elle soulève sa jupe.) Il m'en faut des neufs.

— Des neufs ?

— En titane. Il paraît que je retrouverai des jambes de jeune fille et que je pourrai grimper dans les collines comme une chevrette. Mais en attendant, je vais devoir m'appuyer sur toi.

Dominic lui tend le bras, Grannie le prend, et ils partent vers la porte.

D'une voix détachée, je lance :

— Vous allez où ?

— Dominic veut me montrer une nouvelle technique de gravure sur cuir.

Ben voyons, me dis-je en les suivant des yeux. Gianluca apporte d'autres pièces de cuir sur la table. Je sors mon carnet à esquisses de mon sac et le parcours pour chercher ma liste des matériaux à acheter.

Debout à côté de moi, Gianluca regarde défiler les pages et m'arrête quand j'arrive au dessin de la chaussure pour le Bergdorf.

— C'est votre idée, ça ?

Je réponds d'un signe affirmatif.

— *Bellissima.*

Plissant les yeux, il examine attentivement le dessin.

— Ambitieux, non ?

— Oui, c'est un peu compliqué, mais…

Il m'interrompt en souriant.

— *Si, si.* Vous l'avez imaginée, vous réussirez à lui donner vie.

Je me concentre sur les échantillons présentés sur la table. Comme Grannie me l'a appris, je les palpe, les caresse, les retourne pour inspecter l'envers, les roule afin de vérifier que le cuir ne craque pas. Mais tout ce que je touche n'est que douceur et souplesse. Je comprends pourquoi ma famille se fournit ici depuis des années.

Je lève les yeux vers Gianluca et lui souris.

Il me sourit aussi. Il a un air amusé que je trouve étrange. Y a-t-il chez moi quelque chose de drôle même quand je n'essaie pas de l'être ? *Rigolote* dans toutes les langues, y compris le langage corporel, je suppose. Bref, l'heure n'est pas à ce genre de considérations.

Je dégage mon crayon rangé dans la spirale du carnet et indique que j'ai besoin d'être seule pour noter mes réflexions.

— *Va bene,* dit-il.

Souriant toujours, il disparaît dans l'arrière-salle. J'ai pourtant l'impression qu'il aimerait bien rester.

11

Lago Argento

Je m'éveille au bruit d'une pluie fine qui tambourine sur les tuiles. Le réveil indique cinq heures du matin. Je n'ai pas envie de quitter la tiédeur de la couette, mais j'ai laissé toutes les fenêtres ouvertes et je m'aperçois que le plancher est mouillé. Je me lève, ferme d'abord la fenêtre qui donne sur l'étang, puis les deux autres côté rue.

Des traînées de brouillard s'étirent sur les toits de la ville comme des filaments de barbe à papa rose. Plus bas dans la rue, je distingue vaguement la silhouette d'une femme qui monte vers l'hôtel. Elle marche d'un pas lent, et c'est seulement quand elle approche plus près que je la reconnais au foulard qu'elle porte sur la tête, noué sous son menton. Grannie ! Que fait-elle donc dehors à cette heure ? Son imperméable n'est pas boutonné jusqu'en bas et je vois la jupe vert mousse qu'elle portait hier. Mon Dieu. Elle n'a pas dormi dans sa chambre cette nuit.

Hier soir, j'ai décliné l'invitation à dîner chez les Vechiarelli en prétextant que je voulais regarder mes mails et me préparer pour le lendemain. Je me sentais comme la troisième roue du carrosse, entre Grannie et Dominic.

J'entends la porte de sa chambre se refermer. Profitant de ce qu'elle fait couler de l'eau dans la salle de bains, je regagne mon lit sur la pointe des pieds.

Je me réveille de nouveau à sept heures et saute dans la douche. Une fois habillée et coiffée, je frappe doucement à la porte de ma grand-mère, de son côté de la salle de bains. Elle ne répond pas. J'entrouvre le battant et glisse un coup d'œil dans sa chambre. Le lit est fait. Elle ne s'est même pas couchée ! J'attrape mon gros sac, mes carnets, mon téléphone, et je descends.

Assise dans la salle à manger, Grannie lit le journal. Elle est à présent vêtue d'une jupe bleu marine et d'un pull en cachemire assorti. Elle s'est aussi brossé les cheveux pour leur donner du volume et s'est remis une couche de son rouge à lèvres rose.

— Désolée. J'ai dormi tard.

Elle lève les yeux de son journal.

— Il n'est que sept heures.

— Mais on a un programme chargé… Prato est à deux heures de route, n'est-ce pas ?

— Justement, je voulais t'en parler.

Elle baisse le journal.

— Pourrais-tu y aller sans moi ?

— Oui, bien sûr… Mais… Tu es sûre que tu veux me laisser choisir les tissus ?

— Tu t'es débrouillée à merveille hier. Gianluca propose de t'accompagner.

— Et toi, qu'est-ce que tu vas faire aujourd'hui ?

— Dominic m'emmène pique-niquer.

Tandis que Grannie se replonge dans son journal, *signora* Guarasci pose le café, le lait chaud et le sucre sur la table. Elle apporte ensuite une corbeille de petits pains avec du beurre et de la confiture de mûres.

— Vous avez bien dormi ? demande-t-elle.

Grannie et moi répondons en chœur :

— Oui.

— Je ne vois pas comment tu as réussi à dormir, Grannie. Le tonnerre était tellement *fort.*

— Oui, très fort, acquiesce-t-elle.

— Je suis même étonnée que tu aies pu fermer l'œil.

— En effet, ce n'était pas facile, déclare-t-elle sans lever les yeux du journal.

— Et tous ces éclairs, et la pluie diluvienne…

Elle continue à lire.

— Vraiment impressionnant.

— Grannie, je t'ai vue !

Grannie pose le journal et jette un regard à la salle du Spolti Inn, heureusement déserte.

— De quoi parles-tu, Valentine ?

— Je me suis réveillée ce matin vers cinq heures. Il pleuvait, je suis allée fermer la fenêtre et tu remontais la rue à pied.

— Oh…

Elle reprend son journal et feint de lire.

— J'étais debout tôt à cause du décalage horaire. Je suis sortie faire un tour.

— Habillée comme hier ?

Elle pose définitivement le journal.

— Allons… Tais-toi maintenant, dit-elle en rougissant.

— Je trouve ça formidable.

— C'est vrai ?

— Absolument.

— Tout de même, c'est un peu gênant…

— J'approuve. Et non seulement j'approuve, mais je suis heureuse pour toi. C'est si difficile de trouver l'amour, et le fait que tu aies…

Je n'ai pas le courage de prononcer le mot *amant,* donc je dis :

— … un *ami,* c'est une grâce. Alors pourquoi te cacher ? Ce n'est pas la peine de rentrer à l'aube pour faire croire que tu as dormi ici. Prends ta valise et va t'installer chez lui. Ce qui se passe à Arezzo ne sortira pas d'Arezzo.

Grannie rit.

— Merci.

Elle boit une gorgée de café.

— C'est valable pour toi aussi.

— J'avoue que je suis sous le charme de cet endroit...

Je regarde par la fenêtre, et il me semble que New York et nos difficultés sont à des millions de kilomètres. Un bref instant, j'oublie l'appel d'offres du Bergdorf, notre dette qui s'accumule et l'effroyable conflit avec Alfred. Je décide même d'écarter temporairement Roman de mes préoccupations jusqu'à nos retrouvailles à Capri, parce que je suis lasse de nous analyser. Tout ce que je vois pour l'instant, c'est le printemps en Italie et le scintillement des bourgeons sur les arbres.

— Mais avant que tu partes, je voudrais que tu répondes à une question.

Je sors mon carnet.

— Oui, laquelle ?

— Combien nous faut-il de satin duchesse double face pour l'atelier ?

J'attends Gianluca sur le trottoir devant le Spolti Inn. Le brouillard s'est dissipé et les pavés sont encore tout brillants de pluie. L'air est frais et vif.

Arezzo est célèbre pour le vent qui souffle dans les collines alentour. J'ai enfilé ce matin un gilet polaire sans manches par-dessus mon pull.

Gianluca arrête sa voiture et descend pour m'ouvrir la portière.

En m'asseyant dans sa vieille Mercedes bleu marine qui sent encore le cuir neuf, je perçois aussi l'odeur de son eau de toilette citronnée. Il referme la portière derrière moi et vient s'installer au volant, puis actionne le verrouillage automatique. Dominic – sous la pression de ma grand-mère – a sans doute menacé de lui faire la peau s'il m'arrivait quoi que ce soit. Ce qui ne l'empêche pas de démarrer en écrasant la pédale de l'accélérateur comme un pilote de course.

— Hou là ! Ne dépassez pas le cent cinquante, d'accord ?

Je consulte mon portable. En moins de deux minutes, j'ai répondu à Wendy qui m'interroge à propos de l'hôtel, à Gabriel qui veut savoir comment est Arezzo, à Maman qui s'inquiète pour Grannie. Roman a écrit :

Je rêve de toi et de Capri. R.

Je lui réponds :

Dans cet ordre-là ? V.

— Ça vous plaît, ces téléphones ? demande Gianluca en montrant mon portable.

— Je ne pourrais pas vivre sans. Je suis en contact non-stop avec les gens que je connais. Pourquoi ce serait mal ?

Il rit.

— Quand avez-vous le temps de *réfléchir* ?

— Justement, figurez-vous que je l'ai éteint hier quand j'ai pris un bain et que j'ai lu un peu.

— *Va bene, Valentina.*

C'est curieux. Mon père est la seule personne qui m'ait jamais appelée Valentina.

— Moi, je ne les aime pas, reprend-il. Ce sont des gadgets qui envahissent notre vie. On ne peut plus aller nulle part sans entendre des alertes et des sonneries ridicules.

— Je suis désolée d'avoir à vous l'annoncer, Gianluca. Mais je crois que ces *gadgets* – je lève mon téléphone – ne vont pas disparaître.

— Arrh.

D'une main agacée, il indique que cette conversation sur les moyens de communication modernes n'a que trop duré.

— Excusez-moi, dis-je encore. C'est très impoli de ma part de lire mes mails à côté de vous.

Au moment où je range mon téléphone dans mon sac, je vois le petit sourire qui s'étire aux coins de sa bouche. *J'ai compris, Gianluca. Vous êtes italien. Vous êtes un homme. Il faut que tout tourne autour de vous.*

Pour me récompenser de lui accorder mon entière attention, Gianluca ralentit çà et là afin de me montrer une église de style rococo ou une statue de la vierge érigée à l'entrée d'un champ par un fermier dévot, ou encore un arbre indigène. À l'approche de Prato, il quitte l'autoroute et s'engage sur une petite route gravillonnée qui file à travers la campagne. Je m'agrippe à la poignée au-dessus de la portière quand les secousses se font trop violentes.

Bientôt, j'aperçois un lac bleu pâle entre les arbres, plus brillant que de la soie, frangé de roseaux qui ondulent doucement dans la brise. Je mémorise les couleurs, en pensant que j'adorerais créer une chaussure du même bleu, avec une ganse de fourrure verte, et je baisse ma vitre pour mieux admirer le panorama. Le soleil plante ses rayons sur l'eau comme des flèches d'argent.

— Lago Argento, annonce Gianluca. Un de mes endroits préférés. C'est ici que je viens pour suivre tranquillement le cours de mes pensées.

Le calme et le silence sont rompus par mon portable qui émet une série d'impérieuses vibrations. Je suis mortifiée de troubler ainsi le sanctuaire de Gianluca.

— Allez-y, répondez. Je ne peux pas gagner contre le progrès.

Je lui jette un regard inquiet. Voyant qu'il rit, je m'esclaffe et sors mon portable.

Roman a écrit :

Toi en premier. Tu seras toujours ma priorité. R.

Je souris.

— De bonnes nouvelles ? s'enquiert Gianluca.

— Oh, oui. Excellentes.

La fabrique de soie de Prato est un bâtiment moderne au crépi beige, entouré d'une haute clôture ornementale en acier. Tout autour, des massifs de fleurs et de buissons égaient le site.

De grands créateurs de mode viennent se fournir ici. La vieille garde européenne, tels le visionnaire Karl Lagerfeld et Alberta Ferretti, mais aussi de nouveaux talents comme

Phillip Lim et Proenza Schouler. Certains ramassent même les chutes de tissus par terre et en tirent des pièces aux motifs originaux : tout ce qui sort de cet endroit est précieux.

Gianluca présente ses papiers d'identité à la grille. Puis il tend mon passeport au gardien qui exige de le voir.

Une fois la voiture garée, j'attends qu'il vienne ouvrir ma portière. Il s'est montré poli lorsque mon téléphone a vibré, j'accepte donc de me plier à son code de bonnes manières. Il me prend la main pour m'aider à descendre, et au moment où nos doigts entrent en contact, un léger frisson me parcourt la nuque. Ce doit être la brise du printemps, fraîche malgré le soleil.

À l'accueil, Gianluca fait appeler Sabrina Fioravanti. Bientôt arrive une femme de l'âge de ma mère environ, avec des lunettes accrochées à une chaîne qu'elle porte autour du cou.

— Gianluca !

Ils s'embrassent, puis Gianluca me présente.

Elle me saisit les deux mains, visiblement heureuse de me rencontrer.

— Comment va Teodora ?

— Très bien.

— *Vecchio* ? dit-elle. Comme moi.

— Pas dans sa tête !

Tout en lui faisant cette réponse, je me demande comment ma grand-mère de quatre-vingts ans est en train d'occuper son temps en cette minute précise.

Sabrina nous entraîne dans l'atelier de finition, où les tissus qui arrivent sur des tapis roulants sont enroulés autour d'énormes bobines de la taille de trois camions. Je ne résiste pas à toucher un satin de coton damassé blanc crémeux.

— Il vous faut des double face, n'est-ce pas ? s'enquiert Sabrina.

— Oui. Et du velours de taffetas. Et aussi, si vous en avez, de la soie striée.

Je prends une grande inspiration.

— Il y a quelque chose qui ne va pas ? me demande Gianluca en remarquant que je fronce les sourcils. Vous avez l'air inquiète.

— Non, non. Je réfléchis, c'est tout. (Ce qui est un mensonge.) Et quand je réfléchis, je deviens un rhinocéros.

— Pardon ?

— Avec une corne qui me pousse sur le front. C'est pas grave, ne cherchez pas à comprendre…

Sabrina revient, accompagnée d'un jeune homme qui porte un énorme tas d'échantillons dans les bras. Il les dépose sur une grande table au milieu de l'espace et les répartit en plusieurs piles. Maintenant, je sais *vraiment* pourquoi je fronce les sourcils : c'est une lourde tâche, je vais mettre une bonne partie de la journée à l'accomplir, et Grannie n'est pas avec moi pour me guider. Elle préfère batifoler avec Dominic sous le soleil de la Toscane. Je me sens tout simplement abandonnée. Mais c'est trop tard, je suis là et je dois me débrouiller seule.

Sabrina s'en va. J'approche un tabouret de la table, Gianluca s'assied de l'autre côté. Je pose ma liste devant moi et je déclare à voix haute, en m'adressant autant à lui qu'à moi-même :

— Bon, j'ai besoin d'un satin jacquard. Solide. Beige.

Gianluca fouille dans une pile et sort un échantillon.

— Pas trop de rose dans le beige, dis-je. Plutôt une nuance dorée.

J'écarte les tissus trop fins et Gianluca procède de la même manière. Bientôt, je découvre un satin double face avec des feuilles de vigne en filigrane d'or, mais je l'élimine, bien qu'à regret, parce que je ne pense pas pouvoir tailler dans le motif.

— Vous ne le trouvez pas beau ? s'étonne Gianluca

— Je l'adore. Mais je ne pourrai jamais conserver le motif intact.

Gianluca saisit le tissu.

— Bien sûr que si. Vous n'avez qu'à en acheter un peu plus et vous reproduisez la feuille de l'autre côté.

Il plie adroitement le tissu sur la table pour me montrer.

— Vous voyez ? Je fais pareil avec le cuir.

— Excellente idée.

Je pose la pièce sur le dessus de mon tas « à acheter ». Il y a tellement de tissus qui me plaisent que j'imagine une chaussure dans chacun d'eux. Hélas, il faut choisir ! Petit à petit, sous le regard attentif de Gianluca, mes décisions se précisent.

— Vous aimez fabriquer des chaussures ? demande-t-il au bout d'un moment.

— On ne dirait pas ? (Je coche un autre article sur ma liste.) Et vous, ça vous plaît d'être tanneur ?

— Pas tellement.

À son tour, Gianluca fronce les sourcils.

— On s'est toujours beaucoup disputés, Papa et moi. Mais après la mort de ma mère, c'est devenu pire.

— Depuis combien de temps votre père est-il veuf ?

— Cela fera onze ans en novembre... Vos deux parents sont toujours en vie ?

Je hoche la tête.

— Quel âge ont-ils ?

— Mon père a soixante-huit ans. Et ma mère soixante et un. Mais si vous la rencontrez un jour, faites semblant de vous étonner. On a un truc avec l'âge dans ma famille.

— Un *truc* avec l'âge ? Que voulez-vous dire ?

— On n'aime pas vieillir.

Il sourit.

— Qui aime ça ?

— Vous avez quel âge ?

— Cinquante-deux ans. C'est trop vieux.

— Trop vieux pour quoi ? Pour changer de métier ? Ce serait très facile.

Gianluca hausse les épaules.

— Je n'ai pas le choix. Je dois travailler avec mon père.

Il semble résigné, mais pas franchement malheureux.

— En Amérique, dis-je, quand quelque chose ne nous convient pas, on change. On suit une formation pour acquérir d'autres compétences. Ou bien on change de travail, ou d'employeur.

— En Italie, nous ne changeons pas. Mes désirs ne sont pas la priorité absolue. J'ai des responsabilités et je les accepte. Mon père a besoin de moi. Je le laisse croire qu'il est le patron, mais il fait des siestes de plus en plus longues à mesure qu'il vieillit.

— Comme Grannie.

Gianluca me lance avec un air de défi :

— Vous aussi, vous travaillez dans l'entreprise familiale.

— Oui, mais je l'ai choisi. Je voulais être créatrice de chaussures.

— Ici, nous ne choisissons pas. Les rêves de la famille deviennent nos rêves.

C'était vrai aussi chez nous, autrefois. La famille d'abord. Mais apparemment, la tradition a sauté une génération. Je n'aurais jamais supporté de travailler avec ma mère. Entre ma grand-mère et moi, c'est différent. La génération qui nous sépare semble nous rapprocher. Nous nous comprenons, autant sur les questions professionnelles que dans la sphère privée. Peut-être parce qu'elle a besoin d'une aide et que je me suis présentée au bon moment. Quoi qu'il en soit, mes rêves ont rejoint ceux de ma grand-mère, et voilà qu'à présent elle me passe les rênes. Peu importe que le cheval soit boiteux et aveugle. Pour elle comme pour moi – malgré nos dettes et malgré le danger qui guette le monde de la chaussure sur mesure –, l'atelier Angelini est un legs qui n'a pas de prix. J'espère seulement que je pourrai le transmettre à la génération suivante.

Gianluca et moi pénétrons dans un vaste patio couvert où les employés se détendent durant leur pause. Les plus jeunes consultent l'écran d'un portable ou le tiennent à l'oreille. D'autres ont l'âge de Grannie, ce qui est un spectacle rare chez nous. Ici, les vieux artisans – les maîtres – sont révérés et participent activement au processus de fabrication. Leur savoir-faire, maîtrisé au cours de longues années d'expérience, reste un modèle de perfection que chacun essaie d'atteindre. J'aimerais que mon frère Alfred voie ça : il comprendrait peut-être pourquoi Grannie continue à travailler.

Gianluca m'apporte un café latte. Pour lui-même, il a pris une grande bouteille d'eau minérale.

— Ma femme aussi buvait du café latte. Jamais d'expresso.

Il s'assied à mes côtés.

— Je suis très gênée, dis-je. On vous a collé avec moi, alors que vous avez sûrement un emploi du temps très chargé.

Il sourit.

— Vous croyez ?

— Oui. En plus de votre travail et de votre fille, vous devez avoir un hobby quelconque, ou une copine…

Il éclate de rire.

— Qu'ai-je dit de si drôle ?

— Vous ne faites pas dans la subtilité.

— Désolée… J'essaie juste d'entretenir la conversation.

Il boit une gorgée d'eau et laisse ma question en suspens. Je ne sais pas pourquoi, mais cet homme m'intrigue. J'ai vraiment envie d'en savoir plus. Comme je n'ai rien à perdre, je m'aventure sur le terrain personnel.

— Pourquoi avez-vous divorcé ?

— Pourquoi n'êtes-vous pas mariée ? me rétorque-t-il.

— Vous d'abord.

— Ma femme voulait vivre à Florence. Or, elle savait qu'il m'était impossible de quitter mon père. Alors nous avons décidé qu'elle partirait et qu'elle rentrerait le week-end, ou que j'irais là-bas de temps en temps. Orsola entrait à l'université… Nous pensions que ce serait une bonne manière de concilier nos désirs à tous et nos obligations, mais ce n'est pas ainsi qu'un couple peut tenir dans la durée.

— Moi, ça me paraît idéal. Très romantique. Vivre chacun de son côté et se retrouver pour des moments intenses.

— Sauf qu'on se trompe en présumant que l'autre sera toujours là, sans qu'il n'y ait aucun effort à fournir.

— Oui, c'est vrai…

L'histoire de Gianluca me rappelle terriblement les excuses que j'invoque quand Roman me déçoit. J'ai parfois le sentiment que nous mettons notre relation sur la touche au profit de notre travail. Mais parfois aussi, je me dis que l'amour est tout-puissant et vient à bout de n'importe quel obstacle. Suis-je naïve ?

— Vous l'aimez toujours ?

— Je ne pense pas qu'on puisse aimer quelqu'un qui ne vous aime pas.

— Parfois, on ne peut pas s'en empêcher.

— Moi, si, conclut-il simplement. À votre tour maintenant. Parlez-moi de vous.

À ce moment-là, mon téléphone vibre dans mon sac.

— Sauvée par la technologie…

Je sors mon portable et je jette un coup d'œil à l'écran.

— C'est Gabriel… Je le rappellerai plus tard.

— Votre petit ami ?

— Non, non. Juste un ami. Bon, on retourne à l'atelier ?

Il y a un code de sécurité à la porte vitrée du patio. Je contemple notre reflet pendant que Gianluca tape les chiffres.

— Joli couple, hein ? dit-il en croisant mon regard dans le verre.

J'acquiesce poliment. Je me rappelle ce que m'a dit Gabriel un jour, quand nous étions à la fac : qu'un homme ne passe jamais du temps avec une femme à moins qu'il ne veuille obtenir quelque chose. Gianluca passe *beaucoup* de temps avec moi. Que cherche-t-il ? Remplir son carnet de commandes ? Possible. Mais étant donné le nombre limité de chaussures que nous pouvons produire par an, il est peu probable que je lui achète deux fois plus de cuir. On dirait presque qu'il a besoin d'une excuse pour s'éloigner de la tannerie. J'ai entendu la dispute. On ne s'amuse pas tous les jours chez Vechiarelli & Fils. Je lui fournis peut-être cette occasion de souffler un peu.

Nous reprenons nos places à la grande table de l'atelier. Sabrina a apporté un autre tas d'échantillons.

— C'est quand même à votre tour de parler de vous, déclare Gianluca. Vous avez un petit ami ?

— Oui, il s'appelle Roman. Il est chef dans son propre restaurant. Cuisine italienne traditionnelle.

Gianluca rit.

— La cuisine italienne est *toujours* traditionnelle. Nous mangeons la même chose depuis deux mille ans. Vous allez l'épouser ?

— Peut-être.

— Il vous l'a proposé ?

— Pas encore.

Je surprends une expression qui m'agace sur son visage.

— Quoi ? Pour votre gouverne, on a déjà demandé ma main une fois.

— Je ne doute pas que vous ayez eu de nombreux prétendants.

Je le fixe sans répondre. Est-ce qu'il plaisante ou me prend-il vraiment pour une femme fatale ? Je décide finalement que son opinion n'a aucune importance. À mes yeux aussi, mon passé amoureux – avant Roman – semble loin aujourd'hui.

— Vous voulez avoir des enfants ?

— J'ai longtemps pensé que je n'y tenais pas particulièrement. Mais maintenant, je crois que oui.

— Quel âge avez-vous ?

— J'aurai trente-quatre ans à la fin du mois.

Il émet un discret sifflement.

— Vous feriez mieux de vous dépêcher.

— Vous êtes qui, vous ? La police de la fertilité ?

— Non. Je suis seulement plus vieux, et j'ai de l'expérience. Il faut de l'énergie pour élever des enfants. Ne tardez pas trop. Orsola est la meilleure chose qui me soit jamais arrivée dans la vie.

— Vous croyez que vous vous remarierez un jour ?

— Non, répond-il sans la moindre hésitation.

— Apparemment, c'est une décision sans appel.

— J'ai ma fille. Pour quelle raison envisagerais-je un autre mariage ?

— Oh, je ne sais pas… L'amour ?

— L'amour n'est pas le ciment du mariage. Il y conduit, peut-être, mais c'est autre chose qui prend le relais.

Je pose l'échantillon que je suis en train d'examiner et me penche en avant.

— Vous pouvez m'expliquer ça ?

— En Italie, autrefois, le mariage était l'union de deux familles.

— Oui, pour consolider une fortune… Une sorte de partenariat financier.

— Exact. Deux familles qui partageaient aussi des croyances, une manière de vivre. Mais parfois, les familles ne sont pas faites pour s'entendre. Ma femme m'aimait, je crois, mais elle espérait un autre avenir. Et voyant qu'elle ne l'obtenait pas, elle est partie.

— Quel avenir ?

Il agite la main dans un geste de vague mépris.

— Une vie citadine.

— Ce n'est pas si mal, vous savez, la vie en ville.

— Je n'en veux pas.

— Grannie et moi, nous habitons au cœur de Greenwich Village, à New York. Nous avons un jardin sur le toit où nous faisons pousser des tomates, et parfois, la nuit, c'est si calme qu'on pourrait s'imaginer au bord du lac que vous m'avez montré ce matin. Vraiment.

— Je ne vous crois pas.

— C'est peut-être parce qu'il y a tellement de béton et que les gens vivent les uns sur les autres, mais on apprécie encore plus la nature. Chaque fleur, chaque arbre est fascinant.

— Je préfère voir un champ de fleurs.

— Et le ciel… Rien de comparable avec les couleurs d'un ciel italien, évidemment, mais nous avons aussi de magnifiques couchers de soleil et de très beaux nuages.

Il rit.

— Des nuages de pollution, oui.

— Surtout, depuis chez nous, on voit l'Hudson. C'est une rivière large et profonde qui se jette dans l'océan

Atlantique. En hiver, elle gèle. Jamais complètement – pas comme un lac sur lequel on pourrait patiner –, mais l'eau se couvre de grosses plaques de glace gris argent qui dérivent pendant des jours et des jours, jusqu'à ce qu'elles finissent par fondre au soleil. Et la nuit, quand on marche sur le quai, le silence est tel qu'on les entend se cogner doucement les unes contre les autres.

— Le silence ? Sans blague.

— Oui, c'est vrai. En hiver, les allées du parc sont désertes. J'ai l'impression de me promener dans un immense jardin privé.

— Quel luxe.

— Un matin, très tôt, j'ai vu trois mouettes qui se disputaient un gros poisson sur une plaque de glace. Au début, j'ai voulu détourner les yeux, parce que je trouvais la scène très violente... Mais je n'ai pas pu m'empêcher de regarder. Il y avait quelque chose de captivant dans cette palette de couleurs : l'eau noire de la rivière, la glace argentée et le sang rouge sombre du poisson. C'était horrible et en même temps très beau.

L'ironie de Gianluca s'est envolée. Il m'écoute intensément.

— J'ai appris quelque chose sur moi ce matin-là.

— Quoi ?

— Que je peux trouver partout une inspiration artistique. Avant, je me limitais à puiser dans ce qui m'apportait de la joie ou de l'espoir. Mais j'ai appris que l'art est au cœur de la vie, même dans la souffrance.

Pendant le trajet du retour, je regarde à nouveau les échantillons que j'ai sélectionnés. Mon préféré est une soie double face ornée de lis blancs dans laquelle j'imagine une élégante mule avec un passepoil en velours noir. Je me suis un peu éloignée de nos choix traditionnels et j'espère que Grannie m'approuvera. J'ai même poussé l'audace jusqu'à finaliser la commande. En signant de mon nom pour la première fois dans la case « Créateur », j'ai éprouvé une joie intense, presque un vertige.

Le soleil plonge derrière les collines. Après un bref crépuscule, la lune apparaît dans le ciel pourpre. C'est une lune romantique, et je pense aussitôt à ma grand-mère.

— Vous savez, votre père et ma grand-mère…

Je m'interromps, ne sachant comment poursuivre. Gianluca rit.

— Depuis des années. Depuis la mort de votre grand-père.

— Si *longtemps* ? Ça alors. Et moi qui croyais connaître tous les secrets de famille.

— Ils étaient amis. Maintenant, ils sont un peu plus.

— *Beaucoup* plus.

— Mon père était proche de votre grand-père aussi. C'était quelqu'un de très intelligent. Une forte personnalité. Comme vous…

Gianluca quitte l'autoroute.

— Encore un lac ?

Il sourit.

— Non. Le dîner.

Après avoir parcouru quelques kilomètres sur une petite route de campagne, nous arrivons devant une ravissante bâtisse éclairée par des torches.

— Montemurlo, annonce Gianluca. Nous sommes à mi-chemin.

Quand nous descendons de voiture, Gianluca pose une main sur mes reins pour me guider vers l'entrée du restaurant. J'accélère légèrement, mais il allonge le pas aussi. À l'intérieur, il m'indique une porte au fond de la salle à manger, déserte, et nous ressortons de l'autre côté.

Une dizaine de tables sont dressées sur la terrasse, fermée par un muret de pierres sèches le long duquel s'alignent des torches. Des bougies sont disposées partout sur les nappes blanches. Je perçois un bruit d'eau vive. Un peu plus loin, une cascade dévale un versant de colline et tombe dans un petit lac. L'eau miroite comme de la dentelle au clair de lune.

— Si la cuisine est à la hauteur de la vue…

Je laisse planer mon admiration sans terminer ma phrase.

Gianluca tire ma chaise pour m'inviter à m'asseoir face à la cascade. Puis il tourne sa propre chaise vers moi, prend place à son tour, et croise les jambes. La dernière fois que j'ai vu un homme assis de cette manière, c'était Roman, le soir où il m'a fait à dîner.

Le serveur arrive et nous présente la carte. Ils parlent tous deux dans un italien rapide et un dialecte toscan auquel je commence à m'habituer. Le serveur s'en va, revient bientôt avec une bouteille du vin qu'a commandé Gianluca, l'ouvre et la pose sur la table. Il a le crâne dégarni, de grosses lunettes et me détaille sans masquer sa curiosité avant de s'éclipser à nouveau.

Je referme la carte.

— Choisissez pour moi.

— Qu'est-ce que vous aimez ?

— Tout.

Gianluca rit.

— Tout ?

— Triste, mais vrai. Je suis de ces rares femmes qui aiment *vraiment* manger. Rien ne me déplaît, rien ne me dégoûte et je n'ai aucune allergie.

— Plus que rare… c'est exceptionnel, reconnaît Gianluca en souriant toujours.

— Je ne vous le fais pas dire.

Le serveur apporte une assiette de tartines grillées garnies d'une mince tranche de prosciutto et arrosées d'un filet de miel. Je croque une bouchée.

— Alors ? Votre verdict ?

— *J'adore.* Je vous le répète : j'aime tout !

En attendant d'être servis, nous discutons des tissus qui m'ont séduite à la fabrique et des diverses techniques de repoussage du cuir. Au bout d'un moment, le serveur pose devant nous un gros plat de pâtes, puis il prend un pot en verre dans sa poche, l'ouvre et en sort une truffe qu'il râpe sur les pâtes.

— Vous aimez les truffes ?

— Oui…

Il me vient l'idée étrange que je suis en train de trahir Roman, mais je surmonte vite ce léger malaise et attaque le contenu de mon assiette à grands coups de fourchette.

— C'est vrai que vous aimez manger, observe Gianluca. Les femmes disent toujours ça, mais ensuite elles picorent comme des oiseaux.

— Pas moi. C'est une de mes occupations préférées.

— Quelles sont les autres ?

— Monter une côte à vélo en pleine chaleur… Me promener dans une robe de soirée John Galliano sous la neige…

Je bois une gorgée de vin.

— Et vous ?

Gianluca réfléchit un instant.

— Le sexe, le vin et une bonne nuit de sommeil.

Ce dernier point met en lumière nos dix-huit ans de différence. Mes parents parlent *sans cesse* de leur sommeil. Mais je me garde bien de le faire remarquer à Gianluca, et je ne lui dis pas non plus que je n'ai jamais fréquenté d'hommes plus vieux hormis mon grand-père et mon père. Les cheveux poivre et sel n'exercent tout simplement aucun attrait sur moi. En revanche, je n'exclurais pas une amitié. J'ai été frappée aujourd'hui par la capacité d'écoute de Gianluca. Les hommes jeunes font souvent semblant de vous prêter l'oreille, alors qu'ils pensent en fait à ce qui va se passer *après.*

Quand le serveur propose de nous servir le café, Gianluca lui demande d'attendre un peu.

— Je veux vous montrer quelque chose, me dit-il. Venez.

Il me précède dans l'escalier de pierre qui descend jusqu'à une vaste pelouse, au fond de laquelle se nichent le lac et la cascade. À sa manière de sautiller prestement sur les marches, je comprends qu'il vient souvent ici et connaît bien l'endroit. Je le suis.

L'herbe est déjà mouillée de rosée. J'enlève mes sandales pour marcher pieds nus. Gianluca me les prend. Il les porte d'une main et, de l'autre, attrape la mienne.

Je trouve son geste trop intime, mais je ne sais pas comment me dégager sans le vexer. Mon trouble est d'autant plus grand que j'ai beaucoup apprécié cet excellent vin italien et suis un peu ivre.

Nous arrivons au bord de la piscine d'eau profonde, couleur d'encre, où se précipite la cascade. Gianluca se tourne vers moi. Le bruit de l'eau est si fort que nous ne pouvons pas parler. J'ose enfin retirer ma main et la mets dans ma poche. Il est plus vieux, certes, mais il reste un homme, et si je dois donner la main à quelqu'un, ce sera à Roman Falconi, en Amérique.

D'un signe, je lui demande de me rendre mes sandales. Puis je me détourne et vais rejoindre notre table où le serveur a apporté un café latte pour moi, un expresso pour Gianluca et un saladier de pêches bien mûres.

Une fois dans mon lit, j'appelle Gabriel.

— C'est comment, l'Italie ? me demande-t-il.

— Dangereux.

— Qu'est-ce qui s'est passé ?

— Grannie a un amant.

— Ah, dangereux dans ce sens-là. Attends... *Grannie* a un amant, et *moi*, je suis seul. Cherchez l'erreur.

— Écoute la suite. Le fils de son petit ami m'a fait des avances.

— Vas-y. Profite, ma fille.

— Sûrement pas ! Je ne tromperai jamais Roman.

— Alors, pourquoi tu me le racontes ? Tu sais ce que j'en pense, non ?

Gabriel a toujours été très clair : pour lui, on reste libre jusqu'à la bague de fiançailles.

— Il a quel âge ?

— Cinquante-deux.

— Cinquante-deux, bien ? Ou cinquante-deux, vieux croûton ?

— Cinquante-deux, bien. (Au moins, je suis honnête.) Mais il a les cheveux poivre et sel.

— Il n'y a pas que lui.

— Laisse tomber, Gabriel. Je suis amoureuse de Roman.

— J'en suis ravi, parce que sinon je n'aurais jamais eu une table au Ca' d'Oro. Ton copain est d'un sexy !

— Il t'a bien traité ?

— Tu parles ! Il a déroulé le tapis rouge comme si j'étais critique gastronomique au *New York Times*. Moi qui sais à peine distinguer une épaule de porc d'un gigot d'agneau.

— Tant mieux. À propos, tu as vu sa nouvelle sous-chef ?

— Oui, quand il m'a emmené visiter la cuisine. Elle s'appelle Caitlin Granzella.

— Et alors ?

— Tu es loin… Tu pourrais te forger une image mentale…

— Gabriel !

— Bon, d'accord. J'ai fait vœu de franchise. Tu vois Nigella Lawson, du temps de son émission à la télé ? Une jolie brunette, mince mais avec des formes.

J'en reste muette. Littéralement incapable d'émettre un son. Mon petit ami a une sous-chef qui est une bombe et je suis *partie.*

— Valentine ? Respire. Et ne t'inquiète pas. Je crois que Mr Falconi ne va pas te lâcher de sitôt.

— Ah bon ?

— Il ne parlait *que* de Capri. Il a dit qu'il allait *tout* te montrer… Que ce serait les premières *vraies* vacances qu'il prenait de sa vie… Que *jamais* il n'avait eu envie d'emmener une femme sur cette île qu'il adore… Que tu es la *seule*… Bref, tu n'as aucun souci à te faire : il est dingue de toi.

Après avoir raccroché, je laisse aller ma tête sur l'oreiller et je rêve de Roman Falconi. Je l'imagine devant la mer bleue et les nuages roses, sous le soleil éclatant de Capri. Et au moment où je sombre doucement dans le sommeil, je me vois, moi, couchée sur le sable chaud dans les bras de mon amant.

12

L'île de Capri

GRANNIE, DOMINIC, GIANLUCA ET MOI avons passé une semaine à faire le tour de divers cordonniers et maîtres bottiers italiens. Dans la fabrique Mondiale à Milan, nous avons acheté assez de boucles, de fermoirs et d'agrafes pour équiper dix mille paires de chaussures.

À Milan, nous avions rendez-vous avec un groupe de financiers indiqués par Bret, qui investissent dans des projets de designers italiens et américains. Ils ont soutenu l'idée de Bret, à savoir le lancement d'une marque secondaire à côté de nos modèles sur mesure. Je leur ai parlé de l'appel d'offres du Bergdorf et expliqué que nous étions en phase de développement, ce qu'ils ont jugé très prometteur.

Nous sommes ensuite allés à Naples pour rencontrer Elisabetta et Carolina D'Amico, créatrices d'ornements de chaussures. Je me suis perdue dans leur atelier comme une enfant dans un magasin de jouets, éblouie par les bijoux, les perles, les rubans, pendeloques et nœuds de toutes sortes. J'ai été conquise par l'humour et la fantaisie qui imprègnent leur production, depuis le minuscule coquillage sur un lit de grains de riz jusqu'au gâteau de mariage en strass à accrocher autour d'une bride.

Aujourd'hui, c'est notre dernière matinée à Arezzo. Je regretterai ma chambre aux fenêtres ouvertes sur l'air de la nuit et la soupe de *signora* Guarasci, mais j'ai hâte d'être à l'aéroport pour déposer Grannie et retrouver Roman. J'essaie de ne pas montrer mon excitation, tout comme Grannie cache sa tristesse.

Je la rejoins à la porte de sa chambre.

— Je suis prête, souffle-t-elle.

Je vais chercher sa valise au pied du lit. J'ai déjà chargé la mienne dans la voiture, ainsi qu'un sac de voyage rempli d'échantillons. Le cuir et les tissus seront directement expédiés à l'atelier.

Signora Guarasci nous guette en bas. Elle nous a préparé des panini au prosciutto et au fromage pour le voyage, avec deux bouteilles d'Orangina glacées. Elle nous embrasse avec effusion.

Dehors, Grannie descend l'escalier en se tenant à la rampe. Dominic l'attend sur la dernière marche. Je les laisse seuls pour ce dernier adieu et emporte la valise de Grannie dans la voiture garée un peu plus loin. À travers la haie de buis, je les vois s'étreindre. Soudain, il lui renverse la tête en arrière et plaque sa bouche sur la sienne. Je n'ai pas vu un tel baiser depuis celui que Clark Gable a donné à Vivien Leigh dans *Autant en emporte le vent*.

— Papa est très triste, dit Gianluca derrière moi.

Je sursaute, gênée qu'il m'ait surprise en train d'espionner, et me tourne vers lui.

— Grannie aussi. Et vous, Gianluca… Merci pour votre aide et votre soutien pendant ce voyage.

— J'ai bien aimé nos conversations.

— Moi aussi.

— J'espère que vous reviendrez un jour.

— Sûrement.

Gianluca, qui nous a accompagnées un peu partout, est devenu un ami. Je l'ai mal jugé au début. Je ne voyais que ses cheveux poivre et sel, sa grosse voiture, et une fille presque de mon âge. À présent, j'apprécie sa maturité. Il est élégant sans être vaniteux, galant et bien élevé, sans excès. Il est aussi généreux, et nous a considérées, Grannie et moi, comme une priorité.

— Vous devez être content d'être débarrassé de nous.

— Qu'est-ce qui vous fait croire une chose pareille ?

— Vous nous avez consacré tellement de temps.

— C'était un plaisir pour moi.

Il me tend un bout de papier.

— Voici le numéro de mon ami Costanzo, à Capri. Allez le voir. C'est le meilleur artisan bottier que je connaisse. (Il sourit.) À part vous, bien sûr. Vous adorerez son travail.

— J'irai, c'est promis.

En réalité, je n'ai aucune intention de regarder des chaussures à Capri, ni d'en porter. Je veux faire l'amour, manger des spaghettis et me prélasser à côté de la piscine. Dans cet ordre.

— Encore merci.

Je tends la main. Gianluca la prend et y dépose un baiser. Puis il m'embrasse sur les deux joues. Je reconnais son odeur, propre et fraîche, le mélange de cèdre et de citron que j'ai senti la première fois en m'asseyant dans sa voiture. Je jette un coup d'œil à ma montre.

— C'est l'heure…

Nous rejoignons Grannie et Dominic devant le perron du Spolti Inn. Ils rient et s'efforcent de faire bonne figure. Dominic donne le bras à Grannie et l'aide à monter en voiture, pendant que Gianluca me tient la portière ouverte. Il vérifie ensuite qu'elle est bien refermée, comme le jour où nous sommes allés à Prato.

Grannie met un temps fou à attacher sa ceinture. Je n'ai plus qu'une envie : larguer les amarres, comme dit mon père avant de démarrer, échanger Grannie contre Roman à l'aéroport, et commencer enfin mes vraies vacances.

J'accélère à la sortie de la ville en direction de l'autoroute. Grannie, perdant soudain l'allure d'adolescente qu'elle a eue pendant toute la durée du séjour, accuse à nouveau ses quatre-vingts ans. On voit ses racines entre les mèches châtains et ses mains croisées sur ses genoux paraissent frêles.

— Je suis désolée, dis-je, un peu honteuse de ma joie alors qu'elle est si triste.

— Ça va aller…

Il n'y a presque personne sur l'autoroute ce matin, et je m'installe dans une bonne vitesse de croisière. Au bout d'un moment, Grannie pique du nez. Tant mieux. Plus elle dormira, moins elle pensera à Dominic.

Mon téléphone vibre dans ma poche. Je prends l'appel.

— Chérie ? dit Roman.

— Tu as déjà atterri ?

— Non, je suis à New York.

Mon cœur manque de s'arrêter. Oh, comme je déteste les compagnies aériennes !

— Ton vol a été annulé ?

— Non, je ne suis pas parti. Et je ne voulais pas t'appeler en pleine nuit pour te l'annoncer.

— Qu'est-ce qui t'arrive ?

J'ai parlé fort. Grannie se réveille.

— Qu'y a-t-il ?

— On a été prévenus qu'un critique du *New York Times* allait passer cette semaine, sans doute mardi soir, alors j'ai repoussé mon départ à mercredi. J'espère que tu comprends, ma chérie.

— Non, je ne comprends pas.

— Un article dans le *Times*, c'est énorme pour moi.

— Des vacances à Capri, c'est énorme pour *nous*.

Il y a une franche menace dans ma voix. Exit, Katharine Hepburn et sa femme adorable. Que sait-elle des hommes, de toute façon ? Elle n'est jamais sortie avec Roman Falconi.

— Je te rejoindrai directement à Capri.

— J'en ai assez de t'attendre. J'en ai assez d'attendre que notre relation *commence* ! Prends tes vacances, comme tu l'avais promis.

Il hausse le ton lui aussi.

— Cet article est d'une importance capitale. Je ne *peux* pas partir.

— Ah non ? Donc, *moi*, je viens toujours en deuxième position, c'est ça ? Après l'osso buco. Ou même en troisième position, qui sait ?

— Absolument pas ! S'il te plaît, essaie de comprendre. Je te rejoins le plus vite possible et…

— Il faut que je raccroche, je vais rentrer dans un tunnel. Salut.

J'éteins mon portable et le range dans mon sac. Devant moi, la route s'étire comme un ruban, parfaitement dégagée sous le ciel bleu de la Toscane.

— Qu'est-ce qui s'est passé ? demande Grannie.

— Il ne vient pas. Le *Times* envoie un journaliste, il ne peut pas partir. Il a dit qu'il repoussait à mercredi, mais ce sera trop court. Le temps qu'il arrive à Capri, qu'il se remette du décalage horaire…

Je me mets à pleurer.

— Et je vais fêter mes trente-quatre ans toute seule.

— Pour ton anniversaire, en plus…, murmure Grannie, accablée.

— J'en ai marre de cette relation, j'arrête.

— Ne te précipite pas, conseille Grannie gentiment. Je suis sûre qu'il préférerait être avec toi qu'au restaurant avec un journaliste.

— On ne peut jamais compter sur lui !

— Tu sais que son métier n'est pas facile…

— Le mien non plus ! Moi aussi, je me démène. Mais j'avais *vraiment* besoin de Capri. Je n'ai pas pris de vacances depuis quatre ans ! Si je me reposais un peu, je pourrais presque affronter le cauchemar qui m'attend en rentrant. Alfred, entre autres !

— Il y a eu beaucoup de pression sur tes épaules récemment…

— Beaucoup de pression ? Carrément *trop* ! Et tu ne m'aides pas.

— Moi ?

— Oui, toi. Tu n'es pas claire. J'ai même l'impression que tu préférerais rester à Arezzo, et oublier Perry Street.

— Tu as lu dans mes pensées.

— Ah oui ? Eh bien, tu sais quoi ? On rentre *toutes les deux* aujourd'hui. Roman m'a plantée, d'accord. Je vais essayer au moins de ne pas perdre mon boulot !

Je ressors mon portable et, en toute imprudence, je m'arrête sur le bord de l'autoroute pour envoyer un mail à Dea Marie Kaseta, notre agent de voyages.

Besoin d'un deuxième billet pour New York sur Alitalia aujourd'hui à 16 heures. Urgent.

Je redémarre rageusement.

— Je ne t'ai jamais vue aussi en colère, souffle Grannie.

— Alors, accroche-toi. Je vais fulminer jusqu'à New York !

L'hôtesse d'Alitalia me regarde avec beaucoup de compassion, mais très peu d'espoir. Le vol à destination de New York est complet. Tout ce que Dea Marie a pu me proposer, c'est une chambre d'hôtel et un billet pour le lendemain.

En larmes, je pose ma tête sur le comptoir. Grannie me tire sur le côté. Les passagers qui attendent d'enregistrer leurs bagages s'impatientent derrière nous.

— Je vais aller avec toi à Capri.

— Grannie, ne le prends pas mal, mais je n'ai pas envie d'aller à Capri avec toi.

— Je comprends.

— Pourquoi n'irais-tu pas avec Dominic ? L'hôtel est réservé. Et moi, je prends ta place pour rentrer à New York.

— Mais tu as besoin de vacances. Et Roman a dit qu'il arrivait mercredi.

— Je ne veux plus qu'il vienne du tout.

— Tu dis ça maintenant, mais une fois qu'il sera là, vous rattraperez le temps perdu.

Grannie sort son portable et appelle Dominic, pendant que je continue à pleurer en m'éloignant de quelques pas. J'essuie les larmes sur mon visage avec ma manche. La voix de mon père résonne dans ma tête : *Rien n'est jamais facile pour toi. Il faut toujours que tu en baves.* Aujourd'hui me vient une autre révélation. Non seulement j'en bave, mais je n'aurai peut-être jamais aucune récompense. Alors, à quoi bon ?

— Tout est arrangé.

— Qu'est-ce que tu racontes, Grannie ?

— Je t'accompagne à Capri. Dominic me rejoindra, nous irons chez son cousin, et toi, tu profiteras tranquillement de ta chambre d'hôtel.

Grannie me serre le bras.

— Écoute-moi. Roman ne pouvait pas faire autrement… Il sera là mercredi, tu te reposeras en l'attendant.

— Oui, c'est ça…

Sans plus se soucier de ma mauvaise humeur, Grannie part vers la sortie. Elle marche droit comme un « i », toute légère à l'idée de retrouver Dominic. Je la rattrape en poussant nos bagages sur le chariot.

J'ai à peine le temps de mettre nos valises dans le coffre d'une voiture de location que Grannie a déjà bouclé sa ceinture.

— Et voilà ! claironne-t-elle.

Elle me renvoie alors, non sans malice, la petite phrase positive que je lui ai sortie il n'y a pas si longtemps.

— À tout problème, il existe une solution. Allez, direction Capri !

Quand nous arrivons à Naples, je rends la voiture dans une agence près des quais et charge nos bagages sur un des chariots mis à la disposition des usagers du ferry. Nous faisons la queue pour acheter nos billets, puis à nouveau sur l'embarcadère tandis que le bateau accoste. Il y a beaucoup de monde, le soleil est plus chaud ici que dans le Nord de l'Italie et je transpire comme un boxeur en fin de round quand je monte nos valises jusqu'au pont supérieur.

Juste avant mon dernier voyage, un jeune garçon me propose son aide. Il est grand, avec des cheveux noirs comme Roman, et je ne peux pas m'empêcher de penser que la vie serait plus facile si mon petit ami ne m'avait pas posé un lapin.

Je donne le bras à Grannie sur la passerelle. Enfin, elle s'assied à sa place et je me laisse tomber à côté d'elle, épuisée.

Le bateau sort du port, et bientôt j'aperçois l'île de Capri, sertie comme un bijou dans le bleu turquoise de la mer Tyrrhénienne. Les falaises escarpées semblent surgir de l'eau, émaillées de fuchsias rouge vif et de bougainvillées pourpres, tandis que les vagues émeraude près du rivage révèlent la présence de bancs de corail.

Après une traversée sans encombre, nous descendons sur le quai. Il règne une activité intense qui m'évoque un film de Rossellini dans lequel un petit village est évacué d'urgence pendant la guerre. Les bagagistes des hôtels crient en italien et hissent des monceaux de valises sur des voiturettes de golf. Les touristes agitent désespérément la main pour héler les chauffeurs de taxi. Les guides touristiques distribuent de petits drapeaux à leurs troupes afin de ne pas les perdre.

Grannie et moi sommes debout au milieu du chaos, immobiles, faute de savoir où et comment orienter nos pas. Par chance, je reconnais le logo du Quisisana sur la veste de l'un des bagagistes. Je me précipite et lui montre nos valises.

— Tout ça est à vous, *signorina* ?

Il rit de sa méprise en s'apercevant que Grannie m'accompagne. Appeler *signorina* (mademoiselle) une femme de presque trente-quatre ans est sûrement une tactique de sa part, mais la ruse fonctionne. Du moins avec moi. Il aura un bon pourboire.

Je prends Grannie par le bras et nous montons à l'arrière de sa voiturette. Il nous conduit à toute vitesse sur une route qui s'élève par une succession de virages en épingle à cheveux. Çà et là apparaît le portail d'une magnifique villa ou d'un ancien *palazzo* dont les murs de pierre disparaissent sous la vigne et les gardénias blancs. Par comparaison, les immeubles de la baie de Naples dessinent un paysage industriel à l'horizon.

Parvenu en haut de la colline, le bagagiste nous dépose sur une *piazza* envahie par une foule de touristes, bordée d'élégantes boutiques dont les portes sont ouvertes pour attirer le client. Il nous désigne la rue piétonne qui mène à l'hôtel.

Nous déambulons parmi les touristes. Libérée de nos valises, je commence à me sentir vraiment en vacances. Le long de la rue s'alignent des boutiques qui vendent du corail et des turquoises, des articles Prada, Gucci, Ferragamo. De vieux cyprès offrent leur ombre fraîche aux promeneurs. Un peu plus loin, je remarque une petite échoppe où l'on peut acheter des glaces à la noix de coco.

L'hôtel Quisisana est un immense édifice en stuc rose qui domine le centre historique de Capri comme une forteresse. Je me tourne vers Grannie pour voir sa réaction. Elle a les yeux écarquillés et son expression de stupeur absolue vaut le détour, mais en cet instant précis, je regrette que son visage ne soit pas celui de Roman. Devinant ce que je pense, elle me presse gentiment la main.

À l'intérieur, tout le monde semble se mouvoir au ralenti entre les fresques murales de style Renaissance qui couvrent les murs du grand hall. Le sol en marbre noir et blanc est parsemé d'épais tapis blancs. Des statues de déesses romaines se dressent dans les coins et des lustres en cristal étincellent au-dessus de canapés tendus de soie blanche et de fauteuils recouverts de damas or. Au fond, derrière des baies vitrées, un large escalier descend dans les jardins où des allées serpentent entre des pelouses à l'ombre de palmiers.

Ici, les visiteurs sont vêtus avec une élégance qui associe la soie blanche au cachemire bleu cobalt, rehaussée d'or partout où se pose le regard : chaînes, colliers, anneaux et bagues. Platine et diamants à profusion éclairent la peau hâlée des femmes.

Même le personnel de l'accueil a une classe que je n'ai jamais vue ailleurs. Les hôtesses, avec leurs pommettes hautes et leurs visages racés, ressemblent aux sculptures de Giacomo Manzù. Les grooms, minces et bronzés, en smokings blancs et épaulettes dorées, m'apparaissent comme autant de princes charmants, peu bavards, mais attachés à satisfaire.

J'explique ma situation. L'hôtesse me remet une carte clé en souriant.

— Mr Falconi s'est occupé de tout.

Cette petite phrase sonne pour moi comme un rappel : Roman comptait vraiment être là aujourd'hui et nous a organisé des vacances de rêve, sans savoir qu'il n'en profiterait pas dès le premier jour. Je ne lui pardonne toujours pas sa défection, mais au moins j'éprouve un pincement d'excitation en pensant à mercredi.

Grannie et moi prenons un minuscule ascenseur qui nous conduit au dernier étage, que l'on appelle ici *attico.* En s'ouvrant, la porte révèle un salon avec luxueux canapé, tableau abstrait de Mondrian et parquet brillant.

Nous nous trouvons dans une vaste suite, lumineuse, toute de bleus paisibles et de crèmes. Pour un peu, je pourrais voir Cary Grant et Grace Kelly, assis sur le canapé en train de boire une coupe de champagne. Je pose mon sac à main sur l'abattant en marqueterie d'un secrétaire en merisier, près d'une banquette Louis XIV garnie de coussins en soie bleue.

Grannie émet un sifflement d'admiration.

Dans la chambre, je découvre un immense lit habillé d'une courtepointe blanche aux coutures soulignées de boutons bleu pastel. La salle de bains attenante est dotée d'une profonde baignoire en marbre blanc et d'un double lavabo à pieds de cuivre. Le carrelage au sol introduit une note fantaisiste, avec son motif ciel bleu-nuages blancs. Je surprends mon reflet dans le miroir, et mon expression qui, en découvrant ce cadre si romantique, dit clairement : *Quel dommage d'être seule ici !*

Les portes-fenêtres de la chambre ouvrent sur un grand balcon. Dans le coin sont disposées une petite table en fer forgé et deux chaises. Il y a aussi deux chaises longues à la toile identique, tournées vers le soleil. Tout ici est indubitablement conçu pour *deux* personnes.

Je me penche à la balustrade pour admirer une somptueuse piscine ovale, telle une agate au milieu des jardins. Autour du bassin se déploie un joli ballet de parasols rayés bleu marine et blanc.

Le restaurant où Roman a travaillé durant un été jouxte la piscine. Il est entouré d'une terrasse depuis laquelle on accède par quelques marches à une élégante salle à manger couverte. Les tables drapées de nappes blanches sont dressées pour le dîner. Au-delà des jardins, la vue embrasse les falaises, la mer et les *faraglioni*, trois rochers surgissant de l'eau dont l'un abrite la célèbre Grotte bleue.

L'été est déjà presque là, ainsi que l'attestent les citrons d'un arbuste en pot sur le balcon. En jardinière amatrice, mais dévouée, je vérifie qu'il ne manque pas d'eau. De toute évidence, quelqu'un lui procure des soins assidus. J'arrache une feuille et la frotte entre mes doigts pour en respirer le parfum.

Toute mon anxiété de ces dernières heures s'apaise enfin, tandis que je contemple un yacht blanc au loin et son sillage dans l'eau bleue. La brise de Capri charrie une odeur d'orange et de miel.

Grannie me rejoint sur le balcon.

— Oh, Valentine. Cette mer !

— Je n'ai jamais rien vu d'aussi beau. Assieds-toi, Grannie. Je vais te chercher quelque chose à boire.

Dans le réfrigérateur de la suite, je prends deux bouteilles de jus de grenade. Un plateau sur une desserte me propose un assortiment de verres en cristal.

— Alors ? Je n'ai pas eu raison de t'amener ici ? lance Grannie.

— Si, sûrement...

Grannie a mis ses lunettes de soleil. Je remplis deux verres de jus.

— Tu as l'air soulagée, dis-je après avoir bu une gorgée. Tu n'avais pas envie de rentrer, hein ?

— Pas vraiment.

— Maman sera blessée que tu ne lui aies pas parlé de Dominic. Tu devrais peut-être l'appeler.

Grannie repousse cette idée d'un geste de la main.

— Oh, non. Comment pourrais-je expliquer ? C'est ridicule… Je suis une veuve de quatre-vingts ans avec les genoux déglingués. Les bons jours, j'ai l'impression d'en avoir soixante-dix, les mauvais, quatre-vingt-quinze. Je ne m'attendais pas à tomber amoureuse, à mon âge.

— On ne s'y attend jamais… Tant qu'on est simplement amoureux, tout va bien. Jusqu'à ce qu'un jour, ça devienne une *relation* dont on se demande où elle va, quel sens elle a, s'il faut s'engager ou pas, vivre ensemble, etc. Au final, l'amour est un énorme casse-tête.

Grannie rit.

— C'est ce que tu penses aujourd'hui. Quand Roman te prendra dans ses bras sur ce balcon, tu lui pardonneras. Parce que tu es ma petite-fille, et que les femmes chez nous savent accepter ce qui les rend malheureuses.

— Tu te trompes, Grannie. Je n'ai pas l'intention d'accepter ce qui me rend malheureuse. Au contraire, je vais chercher à construire mon propre bonheur !

Le téléphone sonne dans le salon. Grannie ferme les yeux et tourne son visage vers le soleil pendant que je vais répondre. Elle n'essaiera pas de me contredire.

— Grannie, c'est ton *inamorato*. Il est en bas, avec ta valise, et il t'attend pour t'emmener dans la villa de son cousin.

Grannie se lève et lisse sa jupe.

— Viens avec nous, propose-t-elle en me regardant avec tendresse.

— Non.

Elle rit.

— Tu es sûre ?

— Je peux m'adapter à beaucoup de situations, mais tenir la chandelle, non merci !

Grannie attrape son sac à main, puis part vers l'ascenseur. Je la rattrape et appuie sur le bouton. La porte s'ouvre.

— Amuse-toi bien, lui dis-je quand elle monte.

La porte de l'ascenseur se referme sur le visage heureux de ma grand-mère qui descend retrouver Dominic.

Je me réveille d'une sieste sur le balcon. Le soleil est bas dans le ciel. Je jette un coup d'œil à ma montre : seize heures. Quel bonheur, j'ai dormi trois heures d'affilée ! Je me lève et me penche par-dessus la balustrade. Les parasols bleu marine et blanc sont toujours ouverts autour de la piscine. Une femme nage la brasse. Et moi qui n'ai même pas emporté de maillot de bain… Préoccupée surtout par la première partie de mon voyage avec Grannie, je n'imaginais pas qu'il puisse faire si doux à Capri au mois d'avril.

Ma valise est posée à côté de la penderie dans la chambre. J'en sors des piles de vêtements, de nouvelles tenues que j'avais achetées pour ma semaine avec Roman. Je tombe sur le sac en plastique rouge de Macy's, la surprise de ma mère que je ne me suis pas donné la peine d'ouvrir. Ce que je fais à présent.

Ma mère, elle, a tout prévu. Je crois rêver en sortant un maillot du sac et en le tenant devant moi pour l'examiner dans le miroir.

— Sûrement pas, dis-je à voix haute.

C'est un maillot une pièce noir (jusque-là, tout va bien), avec un décolleté en V plongeant. Que dis-je, plongeant. S'il descendait plus bas, les gens autour de moi auraient besoin d'une bouteille à oxygène. L'échancrure du dos reprend à l'identique celle du devant. Je pourrais m'en accommoder, s'il n'y avait pas une ceinture en strass qui s'attache à la hauteur du nombril par une énorme boucle ornée de deux « C ».

Les clients de cet hôtel se promènent dans du *vrai* Chanel. Mais ma mère, même si elle l'avait su, aurait quand même acheté ce maillot : c'est une junkie qui ne peut pas résister au strass ni aux paillettes. Je l'entends d'ici se défendre en m'opposant que c'est avant tout un une-pièce noir, très flatteur pour la silhouette…

Je l'enfile, poussée par une curiosité malsaine que je ne m'explique pas, et me regarde dans le miroir. *Mon Dieu.* Ce maillot-là demande à être porté avec un col roulé en dessous ! Je prends une pose à la John Wayne, les pouces négligemment passés dans la ceinture. C'est une catastrophe.

Et puis zut. Personne ne me connaît ici. Je mets mon pantalon corsaire et mon sweat à capuche par-dessus le maillot, je fourre mes lunettes de soleil, ma clé et mon porte-monnaie dans un sac, et je descends à la piscine.

L'eau est de la même couleur turquoise que la mer. Elle paraît encore plus bleue à cause du contraste avec les contours blancs du bassin et le marbre des statues érigées du côté peu profond. Plus loin, sur la terrasse du restaurant, les serveurs préparent les tables pour le dîner et déploient une série d'auvents bleu sombre. Je jette un regard tout autour. Il n'y a personne dans l'eau et seulement une femme sur une chaise longue, plongée dans un roman de David Baldacci. J'ai la piscine pour moi. Un rêve.

Je me déshabille et entre dans l'eau. Tout en balayant la surface de mes mains, je marche jusqu'à n'avoir presque plus pied, puis je m'étends sur le dos et ferme les yeux. Sous le ciel pervenche de la fin d'après-midi, une brise qui souffle de la pinède derrière l'hôtel apporte un parfum de pêches mûres. Au bout d'un moment, je reviens vers la statue du lion, puis je fais demi-tour et je recommence.

Après quelques longueurs, je suis très essoufflée. Je me laisse à nouveau flotter sur le dos et j'imagine que, des années plus tard, je me rappellerai cet instant : moi, dans un maillot affreusement clinquant, seule dans la piscine d'un hôtel de luxe. Je pense au conseil de Grannie : accepter ce qui me rend malheureuse. Hilarant de la part de celle qui est en train de rechercher son propre bonheur en cette minute même, dans une villa avec Dominic.

— Valentina ?

Je me redresse brusquement.

— Gianluca ?

Une main en visière sur mes yeux pour les abriter de la lumière rasante du soleil, je vois Gianluca, accroupi au bord de la piscine, qui me tend ma serviette. La femme qui lisait a disparu, il n'y a plus que Gianluca et moi.

— Qu'est-ce que vous faites ici ?

— Je ne pouvais pas laisser Papa conduire jusqu'à Naples tout seul.

Je grimpe les marches de la piscine pendant que Gianluca, fidèle à lui-même, m'ouvre galamment la serviette. Le temps que je m'en enveloppe, il pointe le doigt sur la ceinture de mon maillot.

— CC comme « Coco Chanel » ?

— Comme « Contrefaçon puissance Cent », plutôt.

— Pardon ?

Voyant sa mine interloquée, j'explique :

— C'est ma mère qui me l'a offert. Il faut lui pardonner, elle *adore* les contrefaçons.

— *Mi piace.*

Je ne peux pas imaginer une seule seconde qu'il aime *sincèrement* ce maillot.

— Gianluca, il faut que je vous prévienne. Je ne suis pas d'humeur à flirter. Je bouillonne d'une telle colère que je peux exploser à la moindre étincelle. Mon petit ami m'a plantée et je vais passer mes vacances comme une âme en peine sur cette île de rêve. *Capisce ?*

Je me blottis dans la serviette marquée d'un énorme *Q* à la manière d'un blessé à qui on a remis une couverture de survie.

— *Capisce.* Vous avez prévu quelque chose pour le dîner ?

— Oui, je comptais manger dans ma suite en regardant la télé.

— Pourquoi ?

— C'est ce que je fais en général quand je suis seule.

— Mais vous n'êtes pas seule. Je suis là.

Gianluca, comme tous les hommes d'un certain âge, est avantagé par la lumière du soleil déclinant. Ses cheveux gris paraissent argentés, sa haute taille et les ombres qui adoucissent son visage buriné lui donnent une allure de jeunesse invincible, ou de vieux guerrier sage. Ce n'est pas un si mauvais compagnon pour dîner, finalement. Et pourquoi me punirais-je de l'absence de Roman en m'enfermant dans la suite comme dans une prison dorée ? La brise nocturne qui se lève agite doucement le feuillage des palmiers.

— Attendez-moi, dis-je soudain. Je vais me changer.

Dans ma suite, je consulte mon portable. Roman m'a envoyé onze messages, tous dégoulinants d'excuses, quand ils ne me promettent pas des retrouvailles d'un érotisme torride. Je les fais défiler comme un menu de plats chinois à emporter où je veux arriver directement aux nouilles. J'ai décidé de rester en colère contre lui pour l'instant, et il me semble que j'en ai le droit. Au lieu de lui répondre, j'appelle ma mère.

— Comment tu vas, Maman ?

— Bien, mais peu importe… Et *toi* ?

— Je suis à Capri. Tu n'as pas besoin d'aller chercher Grannie à l'aéroport.

— Je sais tout. Elle a appelé. Je me réjouis qu'elle soit en charmante compagnie pour visiter ce haut lieu de villégiature.

À cette tournure ridicule, je devine aussitôt que ma mère a de nouveau plongé dans une de ses phases « fascination pour la littérature britannique ».

— Tu es en train de lire Jane Austen ou quoi ?

— *Raison et sentiments* est passé à la télé hier. Comment le sais-tu ? Bref. Ma chérie… Elle m'a raconté, pour Roman. Je suis désolée. Mais bon, il a un métier très prenant. C'est la rançon du succès. Tu vas devoir être patiente.

— J'essaie. Mais Maman… le maillot de bain ?

— Il est extraordinaire, non ?

— Si on se prend pour une bombe dans un film de James Bond, oui.

— Exactement ! Il est tellement années soixante-dix. Je trouve ça d'un chic. J'adore la ceinture !

Ma mère me sort alors l'argument auquel je m'attendais pour justifier son achat.

— Je te signale qu'un une-pièce noir, c'est très amincissant.

Après avoir raccroché, je prends un bain avec le gel douche du Quisisana au beurre de karité dans lequel se mêlent les arômes vanille, pêche et essence de pin. Je sens tellement bon que je pourrais tomber amoureuse de moi-même ce soir.

Je choisis une jupe noire et un chemisier blanc aux manches bouffantes façon blouse de poète. Quelque part dans les vieux magazines de ma mère, j'ai vu une photo de Claudia Cardinale en vacances à Rome, dans une tenue semblable. J'attache mes sandales argentées dont la bride s'orne d'une perle toute simple sur la cheville, j'attrape mon Burberry, au cas où, et je prends l'ascenseur.

Toutes sortes de couples se retrouvent dans le grand hall de l'hôtel, habillés pour la soirée. Gianluca m'attend au bar extérieur. Il se lève en me voyant approcher.

— Je vous ai commandé à boire, dit-il.

Il y a en effet un cocktail qui m'attend sur la table. Gianluca tire ma chaise. Je m'assieds, lui aussi, et il lève son verre à ma santé.

— Je suis désolé que votre séjour ici ne se passe pas comme vous l'espériez, Valentina.

— Roman arrive mercredi.

— *Bene.*

— Mais je vais bouder jusqu'à vendredi.

— Pourquoi vous laissez-vous traiter ainsi ?

— Il a un restaurant à faire tourner, ce n'est pas sa faute. Parfois, on ne maîtrise pas tout.

Je n'arrive pas à croire que je suis en train de prendre la défense de Roman, mais l'intonation de Gianluca m'a obligée à réagir. Je continue :

— Vous ne le connaissez pas. Tout ce que vous savez, c'est qu'il était censé me rejoindre et qu'il a dû repousser son départ. Ce n'est pas la fin du monde.

— Mais c'est la première fois que vous venez sur l'île de Capri.

— Exact.

— Vous devriez la découvrir avec quelqu'un que vous aimez.

— C'est ce que je vais faire. Dans quelques jours.

Nous finissons nos cocktails et descendons la rue principale au milieu d'un flot de touristes. Un peu plus loin, Gianluca m'entraîne dans une ruelle au coin d'une maison, pousse un portail en bois et le referme derrière nous.

— Par ici…

Nous traversons un jardin derrière la maison et parvenons à un petit restaurant niché au bord de la falaise. La salle est pleine, mais, à la différence du Quisisana, cet endroit est manifestement fréquenté uniquement par des gens du coin. Ici, pas de bijoux Bulgari ni de sacs Prada. Juste des vêtements en coton, brodés, soigneusement repassés et des sandales en cuir solide. Des ouvriers et des artisans, comme moi, qui se détendent après une dure journée de travail.

Le maître d'hôtel sourit en apercevant Gianluca. Il nous conduit à une table près des fenêtres avec vue sur la mer. Le lieu me rappelle le Ca' d'Oro, simple et chic. Il faudra que je pense à amener Roman ici.

— Comment s'appelle ce restaurant ?

— Il Merlo, dit Gianluca. Comme l'oiseau.

Nous nous asseyons. Le serveur n'apporte pas la carte, juste une bouteille de vin. Il la débouche et remplit nos verres.

— *La sua moglia, bianco e rosso ?* demande-t-il.

— *Rosso,* répond Gianluca.

Dès que le serveur a le dos tourné, j'interroge Gianluca.

— Je me trompe, ou le serveur m'a prise pour votre femme ?

— *Si.*

— D'accord… Soit vous paraissez moins que votre âge, soit c'est moi qui parais plus. Vous diriez quoi ?

Gianluca rit.

— Ce n'est pas drôle. Je vous répète que dans ma famille, avoir *l'air vieux* est proscrit jusqu'à la mort où, là, ça n'a plus d'importance.

— Pourquoi ?

— Entre autres, parce que c'est plombant.

— *Plombant ?* Je ne comprends pas.

— C'est le contraire de l'espoir. *La speranza. Non la speranza.*

— Ah… Donc je suis trop vieux pour vous.

— Je ne voudrais pas vous blesser… Mais votre fille a presque mon âge. Enfin, pas tout à fait. Je pourrais être sa sœur.

— Je vois.

— C'est plus une question de place dans la famille, finalement… En réalité, je ne vous trouve pas vieux du tout. D'ailleurs, par bien des aspects, cinquante-deux ans, c'est jeune.

Sentant que je suis en train de m'embourber, je conclus :

— Mais quand même, pas pour une femme de trente-trois ans.

Le serveur nous apporte de minuscules crevettes à l'huile d'olive et une corbeille de petits pains. Gianluca se sert d'un morceau de pain pour attraper les crevettes. Je l'imite.

— Quel âge a Roman ? demande-t-il.

— Quarante et un ans.

— Alors, il pourrait être *mon* frère.

— Techniquement, oui…

— Mais il n'est pas trop vieux pour vous.

— Oh, non. Pas du tout.

Gianluca hoche lentement la tête et regarde la mer. Entre le cocktail rhum-coco à l'hôtel et le vin que je bois maintenant, l'alcool me délie la langue.

— Gianluca, même si vous aviez trente-cinq ans, je ne pourrais jamais sortir avec vous.

— Pourquoi pas ?

— Parce que votre père sort avec ma grand-mère. S'ils se mariaient, vous seriez mon oncle ! Vous comprenez ce que je suis en train de vous dire, là ?

Il rit encore.

— Oui, je crois.

— Vous êtes un homme très séduisant. Intelligent. Un bon fils. Ce sont des attributs formidables.

Je le détaille pour trouver un autre compliment.

— Et vos cheveux… En Amérique, vous feriez un tabac sur les sites de rencontres. Mais je ne pense tout simplement pas à vous de cette manière-là.

Gianluca se penche par-dessus la table et m'essuie le menton avec sa serviette.

— Je ne peux pas me battre contre ça, dit-il.

Accoudée à la balustrade de mon balcon, je contemple la pleine lune qui se lève sur les *faraglioni* et illumine la mer de reflets argentés. Je me sens heureuse et comblée par ce délicieux dîner. Gianluca est un compagnon très agréable, malgré son âge. J'aime bien la façon dont les hommes italiens prennent les choses en main. Il me rappelle mon père et mon grand-père, et même mon frère, qui se dressent tous en courageux chevaliers face à une crise. C'est la raison pour laquelle je suis tellement agacée contre Roman. Puisque je sais de quoi il est capable, lorsqu'il ne répare pas une situation, je présume que c'est parce qu'il ne le veut pas.

Des voix étouffées me parviennent, puis des rires. Deux amants remontent vers l'hôtel dans le jardin. Je les vois s'arrêter à l'ombre d'un cyprès pour s'embrasser. Si vous ne pouvez pas être heureux sur l'île de Capri, alors c'est que vous ne le serez jamais nulle part.

Je rentre dans ma chambre, tire les voilages en laissant la porte-fenêtre ouverte et me couche dans mon grand lit. Le clair de lune dessine un chemin blanc sur la courtepointe, pareil à une traîne de mariée.

Une main posée sur l'oreiller à côté du mien, j'imagine Roman, allongé là. Je ne peux pas rester en colère contre lui, et je n'en ai pas envie. Est-ce le vin qui me pousse à l'indulgence ? Ou bien suis-je naturellement plus encline à l'amour qu'au ressentiment ? Peu importe. Je l'appellerai demain et je lui raconterai les rues pavées, les étoiles roses et ce lit qui semble voguer sur la mer dont la brise nocturne apporte l'odeur. Je m'endors en frémissant d'impatience à l'idée que bientôt je vivrai tout cela, et bien plus encore, avec Roman.

13

Da Costanzo

En m'éveillant le lendemain matin, je tends la main pour attraper mon portable. Je commence à écrire un SMS :

Roman mon chéri…

Le téléphone de l'hôtel sonne à cet instant.

— Valentine, c'est moi, dit Roman d'une voix douce.

— J'étais justement en train de t'écrire.

— Je suis vraiment désolé.

— Ce n'est pas grave, chéri. J'ai lu tes messages, je sais que tu fais de ton mieux. Je comprends… Quand tu verras cette chambre et cette vue, tu oublieras toutes les difficultés que tu as eues avant ton départ.

— Non, je suis *vraiment* désolé, répète-t-il.

— Pourquoi ?

— Je ne peux pas venir du tout.

Je ne sais pas quoi dire, donc je me tais.

— J'ai un problème avec mes fournisseurs. C'est grave.

Je ne dis toujours rien. Je ne *peux* pas parler.

— Valentine ?

Finalement, je réponds :

— Je suis là.

Mais je ne suis pas là. Je n'ai plus conscience de la pièce autour de moi : je suis complètement anesthésiée.

— Je suis aussi déçu que toi, continue Roman. J'aimerais tellement être avec toi. Si je pouvais seulement…

Un jour, je sais qu'en regardant en arrière, je me rappellerai ce moment comme celui où j'aurai perdu mes illusions quant à ma relation avec Roman. Qui tolère ce genre de choses ? Je pardonne et j'oublie ces incessantes défections, comme si cela nous permettait d'avancer ensemble. C'est notre *normalité*. Roman se consacre avant tout à son restaurant. Je le savais quand nous avons commencé à sortir ensemble et je le sais maintenant, plantée ici à Capri sans lui. Je ne suis pas surprise ; je suis résignée. Mais ce n'en est pas moins douloureux.

Je retourne me coucher et remonte la couette jusqu'à mon menton. Je suis nulle en amour. Les excuses de Roman semblent bien réelles chaque fois. Quelle que soit l'étendue du désastre – faillite imminente ou évier bouché dans la cuisine du restaurant –, je me plie à tout ce qu'il m'impose. Je donne l'impression de bien le prendre, alors que je bous à l'intérieur.

Puisque je me sens si mal, pourquoi ne pas descendre au fond ? Je dresse la liste de toutes mes nullités. J'ai presque trente-quatre ans (vieille !), je n'ai aucune épargne (pauvre !) et j'habite avec ma grand-mère (dépendante !). Je porte des gaines Spanx. J'aimerais avoir un chien, mais je n'en prends pas parce que je serais obligée de le sortir et que ma vie ne me laisse pas le temps de sortir un chien ! Mon petit ami est un amant à ses heures perdues qui préfère son travail à notre relation, et je ne me rebiffe pas parce que je crois que c'est ce que je mérite. Je suis une petite amie minable. D'ailleurs, je ne vaux pas mieux que lui : moi aussi, je refuse de sacrifier mon activité pour lui.

Roman Falconi me fait des promesses et j'accepte qu'il ne les tienne pas parce que je comprends que ce n'est pas facile d'avoir un métier créatif, qu'il s'agisse de fabriquer des chaussures ou des *tagliatelle*. Le téléphone sonne à nouveau. Je sursaute et m'assieds dans le lit, puis me précipite pour répondre. C'est sûrement Roman qui a pu s'arranger… Il va venir ! Je le sais ! Je décroche. *Reste calme, respire.*

— Valentina ?

Ce n'est pas Roman. C'est Gianluca.

— Oui ?

— J'aimerais que vous rencontriez mon ami Costanzo.

Je ne réponds pas.

— Ça va ? Je lui ai dit que votre amoureux arrivait bientôt et il a réussi à se libérer cet après-midi.

— C'est parfait.

Je raccroche, après avoir convenu d'un rendez-vous avec Gianluca. Puis j'attrape mon carnet sur la table de nuit et relis la liste des choses que je voulais faire avec Roman. J'ai *tout* écrit. Excursions dans des endroits magnifiques, pique-niques sur la plage, siestes langoureuses l'après-midi, dîners aux chandelles avec nos mains entrelacées sur la table. J'ai même noté les heures d'ouverture de la Grotte bleue !

Brusquement, je succombe à une tristesse infinie en pensant que je ne partagerai aucun de ces plaisirs avec lui. Je fonds en larmes. La déception est insupportable. Seule et malheureuse dans cet endroit si romantique ! Le sentiment d'abandon est toujours atroce, que l'on ait quatorze ans ou quarante ans : c'est cuisant, humiliant et irréversible. Je prends une boîte de mouchoirs en papier et je sors sur le balcon. Le soleil est une boule de feu dans le ciel sans nuages. Des bateaux aux voiles blanches vont et viennent devant le port. Je reste là, longtemps, à les regarder.

L'idée me traverse d'appeler Grannie, mais je ne veux pas qu'elle s'inquiète pour moi ou, pire, qu'elle essaie de m'inclure dans ses plans avec Dominic.

Je vois une famille – deux enfants, le père et la mère – qui se dirige vers la piscine. Les enfants courent devant, les parents suivent tranquillement. Au bord du bassin, les enfants se déshabillent et sautent dans l'eau, pendant que la mère choisit des chaises longues sur lesquelles elle étale les serviettes. Son mari l'enlace par-derrière. Surprise, elle se tourne vers lui en riant. Ils s'embrassent. Comme le bonheur a l'air facile, vu d'ici. Les gens – enfin, tous les autres sauf moi – le trouvent en tombant amoureux et en fondant une famille. Cela ne m'arrivera jamais. Je le sais.

Je prends une douche et m'habille. Puis je fourre mon téléphone, mon portefeuille et un carnet d'esquisses dans un grand sac. Je ne peux pas rester une minute de plus dans cette chambre qui me rappelle constamment l'Absent. À cette pensée, j'éclate à nouveau en sanglots. J'ajoute la boîte de mouchoirs dans mon sac.

Le hall est presque désert à cette heure matinale. Je me dirige vers l'accueil.

— Vous partez ? me demande le jeune employé en me voyant sortir mon portefeuille de mon sac.

— Non, non. Je reste toute la semaine, comme prévu. Je voudrais enlever le nom de Mr Falconi sur la réservation et vous donner ma carte de crédit pour régler le solde.

— *Si, si.*

— Merci. Ah, et puis j'aimerais faire un tour en bateau autour de l'île.

Il consulte une fiche horaire.

— Il y a un départ dans vingt minutes, au port.

— Parfait. Vous voulez bien m'appeler un taxi ?

Le bateau est plutôt une simple embarcation, équipée de bancs jaune vif sur lesquels s'entassent les touristes. En tout, une vingtaine de personnes, pour la plupart des Japonais, quelques Grecs, deux autres Américains, un Équatorien, et moi.

Le capitaine est un vieux loup de mer napolitain à la barbe blanche, coiffé d'un chapeau de paille, armé d'un mégaphone qui a l'air d'avoir trempé plus d'une fois dans les eaux de la mer Tyrrhénienne. Tandis que nous quittons le port, il se présente et annonce qu'il va nous montrer les merveilles de Capri. Ma voisine manque de m'éborgner avec son coude en le prenant en photo avec son téléphone, et bientôt tout le monde braque son portable sur le capitaine Pio. Il marque une pause et sourit. Je pense à Gianluca, qui déteste toute cette technologie. En cet instant précis, moi aussi.

Je regrette les gros appareils photo que l'on portait attachés autour du cou avec une courroie. Surtout, je regrette la pellicule qu'il fallait économiser pour les meilleurs moments parce qu'on ne pouvait pas se permettre de la gaspiller. Aujourd'hui, nous photographions tout et n'importe quoi, y compris des gens en train de prendre des photos. Gianluca a peut-être raison, la technologie ne mène pas nécessairement à une vie meilleure ni à plus d'inspiration artistique, c'est une folie.

J'adore regarder les bateaux sur l'Hudson, mais c'est tout à fait différent de se trouver *à bord* d'une grosse barque en bois qui tangue sur les vagues. Je suis surprise par la houle tout autour. Depuis le quai, les bateaux semblent glisser sur une eau étale. N'est-ce pas pareil en amour aussi ? De loin, on croit que la navigation est facile, mais une fois embarqué, c'est une autre affaire. À chaque vague, on se demande si l'on va survivre ou se noyer, maintenir le cap ou chavirer.

Après une vingtaine de minutes (très longues) durant lesquelles le roulis nous jette violemment les uns contre les autres, Pio oriente la proue vers les eaux plus calmes d'une petite anse. Il indique un rocher qui ressemble à la statue de la Vierge Marie telle qu'elle est apparue à la grotte de Lourdes et explique que c'est un miracle de vent, de pluie, de basalte et de foi. Là, même moi, je prends une photo avec mon téléphone.

Pio avance jusqu'au pied de la falaise et désigne les coraux au fond de l'eau cristalline. Je me mets à pleurer au souvenir de la branche de corail que m'a donnée Roman le soir où il m'a promis ce voyage. La femme asiatique assise à côté de moi me demande :

— Ça va ? Mal au cœur ?

Je secoue la tête. « Non, je n'ai pas mal au cœur, ai-je envie de hurler. J'ai le cœur qui me fait *mal* ! » Mais je me contente de sourire, et détourne les yeux. Ce n'est pas sa faute, à elle, si Roman Falconi n'est pas venu ! Elle essaie juste de se montrer polie. Et elle n'a pas envie que je vomisse sur son faux sac Gucci.

Pio repart vers la haute mer et le roulis nous secoue à nouveau. Je vois une foule d'autres embarcations comme la nôtre, qui promènent des touristes serrés comme des sardines. Quand nous quittons une crique, une autre prend notre place.

— Quand allons-nous voir la Grotte bleue ? interroge un Américain assis à côté de son épouse.

— Bientôt, bientôt, répond Pio avec un sourire las, par lequel je comprends que la question lui est posée un millier de fois par jour.

Au son d'un accordéon, toutes les têtes se tournent vers un élégant catamaran à la voile noire et blanche. Un homme joue de son instrument pour une femme, laquelle est alanguie contre de gros coussins sur le pont où l'on a déroulé un tapis, le visage abrité du soleil par un chapeau à large bord. C'est une vision très romantique, de celles qui font regretter aux misérables que nous sommes, entassés sur cette barque, de ne pas avoir dépensé une fortune pour louer un bateau privé.

Le catamaran approche.

— Comme c'est beau ! s'extasie l'Américaine. L'amour n'a pas d'âge.

J'examine plus attentivement le couple sur le catamaran. Mon Dieu ! C'est ma grand-mère sous ce chapeau, telle une courtisane de Botticelli, sauf qu'elle n'est pas en train de manger du raisin : elle écoute la sérénade que lui joue Dominic. Si je n'étais pas aussi à l'étroit entre mes deux voisins, je lèverais les bras et me cacherais le visage dans mes mains.

— Giuseppe ! Eh, Giuseppe ! lance Pio au skipper du catamaran.

Le skipper lui répond. Vu la façon dont nous sommes ballottés sur notre frêle esquif, je m'étonne qu'il n'entende pas un appel à l'aide dans le cri de Pio. Mes compagnons d'infortune braquent leurs téléphones sur le catamaran. Comme c'est étrange : des vacanciers qui prennent en photo des gens qui profitent aussi de leurs vacances. Grannie et Dominic, victimes de paparazzi ! J'ai envie de hurler, et je ne me retiens pas.

— Grannie ?

Ma grand-mère se redresse, relève son chapeau et plisse les yeux en fixant notre embarcation.

— Vous les connaissez ? demande l'Américaine dans mon dos.

— Oui !

J'ai crié en regardant devant moi, trop comprimée pour pouvoir me retourner.

— Valentine !

Grannie me fait un signe de la main. Elle tire Dominic par sa manche. Il me salue de son accordéon.

– Amusez-vous bien !

Notre embarcation s'éloigne. Grannie se laisse aller en arrière sur les coussins et Dominic reprend sa sérénade.

Qu'est-ce que vous dites de ça ? Ma grand-mère de quatre-vingts ans file le parfait amour sur la mer Tyrrhénienne, et moi, je suis ballottée sur une vieille barque de pêcheur avec d'autres sardines que l'on va bientôt ramener au port. S'il me fallait une autre raison de pleurer sur l'île de Capri, je l'ai trouvée.

— Vous avez aimé la Grotte bleue ? demande Gianluca tandis que nous nous dirigeons vers l'atelier de chaussures de Costanzo Ruocco.

— On n'a pas pu entrer. Le niveau de l'eau était trop haut.

— Dommage, dit-il, et un mince sourire lui étire les lèvres.

— C'est drôle ?

— Non, non. Juste typique.

— Je suis au courant de vos petits secrets. Je sais que les gens du coin mettent un panneau pour bloquer les touristes.

— Ne nous trahissez pas…

— Trop tard. Et maintenant, je sais aussi que vous gardez la meilleure huile d'olive ici au lieu de nous l'envoyer, et les meilleurs vins !

Nous traversons la *piazza* et descendons une étroite rue pavée. La porte de Da Costanzo est ouverte, entre deux grandes vitrines où sont exposées des sandales ornementées pour femmes et des mocassins pour hommes qui vont du vert lime au rose indien.

À l'intérieur, la boutique se compose d'une seule pièce tapissée d'étagères du sol au plafond, sur lesquelles sont disposées des dizaines de chaussures. Les cuirs se déclinent sur tous les tons, depuis la gamme naturelle jusqu'aux couleurs franches des bonbons Dragibus. Le modèle basique est une sandale plate avec une bride en T. Mais ce sont surtout les embellissements qui frappent le regard : cercles entrelacés en cuir doré, carrés de pierre de lune enchâssés dans de petits ronds d'aigue-marine, grappes de rubis, triangles d'émeraude montés sur de fines brides vert pâle.

Costanzo Ruocco, environ soixante-dix ans, a d'épais cheveux blancs rejetés en arrière. Il est penché sur un petit banc de cordonnier au fond de la boutique, occupé à rogner les brides d'une sandale avec un petit couteau, un *trincetto*. Il l'échange ensuite contre un outil à la pointe aiguisée, le *scalpello*, perce un petit trou dans la semelle et y glisse une tresse de cuir souple. Puis il prend le *martello* pour écraser la base de la bride. Ses gestes adroits, rapides et précis signent le travail d'un maître

Gianluca l'interrompt d'une voix douce.

— Costanzo ?

Costanzo lève les yeux. Il a un sourire chaleureux et les traits lisses d'une personne qui n'a pas de regrets.

— Bonjour. Valentine Roncalli…

Il lâche la sandale et serre la main que je lui tends.

— Italienne ?

Je hoche la tête.

— Des deux côtés. Italo-Américaine.

Un homme d'une trentaine d'années aux cheveux bruns ondulés entre par la porte miroir, derrière Costanzo, qui permet de passer dans la réserve. Il pose une boîte de clous sur l'établi de Costanzo. Ce dernier nous le présente comme son fils, Antonio.

Gianluca place une main sur mon épaule.

— Je vous laisse avec Costanzo.

— Elle prend un risque, dit Costanzo en plaisantant.

— Tant mieux.

Il rit de ma réponse tandis que Gianluca ressort.

— J'emmène Papa et votre grand-mère à Anacapri aujourd'hui, lance-t-il sur le seuil.

Pendant qu'Antonio s'occupe d'une cliente, j'approche un tabouret à côté de Costanzo. Il ne semble pas se formaliser. Je n'avais pas prévu de passer mon après-midi ici, mais qu'ai-je de mieux à faire ? À la seule pensée d'une autre excursion en bateau, j'ai la nausée. Je réagis donc comme toutes les femmes Roncalli avant moi : je tire le meilleur parti de la situation.

— Depuis combien de temps faites-vous ce métier ?

— J'ai commencé à cinq ans. Mes quatre frères et moi, nous avons dû gagner notre vie dès le plus jeune âge... Je suis la troisième génération de cordonniers dans ma famille.

— Moi aussi.

Il pose son *scalpello.*

— Vous fabriquez des sandales ?

— Des chaussures de mariage. À New York.

— *Brava.*

Il sourit. Sur le mur derrière lui est accroché un collage de photos. Des tas de gens que je n'ai jamais vus, logés entre Sophia Loren – chaussée de sandales plates en cuir doré – et Silvio Berlusconi – en mocassins bleu marine. Je montre une photo de Clark Gable.

— C'est mon acteur préféré.

— Moi, c'est John Wayne.

Nous rions.

— J'ai fait des chaussures pour Clark Gable, dit Costanzo en reprenant son *martello.* Celles qu'il porte dans *C'est arrivé à Naples.*

— Comment était-il ?

— Grand. Gentil. Très gentil…

Il hausse les épaules.

— Ça ne vous embête pas que je reste pour vous regarder travailler ?

Il sourit à nouveau.

— Vous m'apprendrez peut-être quelque chose.

— J'en doute.

— Vos chaussures de mariage, c'est vous qui les dessinez ou vous reproduisez un prototype ?

— Les deux. Mon grand-père a conçu six modèles de base, et maintenant j'espère en créer d'autres.

— *Va bene.*

Avec le *trincetto,* il taille une semelle en veau comme s'il épluchait une pomme. Un ruban de cuir tombe par terre. Il me tend la semelle et m'indique les outils sur l'établi.

— Montrez-moi comment vous cousez.

Je marque d'abord l'endroit des futurs points, puis, avec la *bucatrice,* je perce les trous. J'attrape une grosse aiguille sur un coussin à épingles (une tomate rouge, exactement comme celui de Grannie) et l'enfile avec du fil de chanvre, solide mais fin. Après avoir fait un nœud au bout, je couds tout autour de la semelle, en commençant par le talon. L'opération ne me prend pas plus de trois minutes.

— Vous êtes rapide, commente Costanzo. C'est bien.

Je passe le reste de l'après-midi à ses côtés. Je martèle et je couds. Je coupe et je taille. J'astique et je lustre. Bref, je fais tout ce qu'il me demande et je suis très contente d'avoir l'esprit occupé par autre chose que mes vacances ratées.

Peu à peu, je perds la notion du temps. Enfin, en levant la tête, je vois le crépuscule qui tombe sur les falaises.

— Venez dîner chez moi, propose Costanzo. Je dois vous remercier.

— Non, c'est moi qui vous remercie de m'avoir laissée travailler avec vous.

Costanzo me sourit gentiment.

— Est-ce que je peux revenir demain ?

— Non. Allez à la plage. Reposez-vous. Vous êtes en vacances.

— Je n'ai pas envie d'aller à la plage. Je préfère travailler ici, avec vous.

— Il faut que je vous paie…

— Non. Vous n'aurez qu'à me faire une paire de sandales.

— *Perfetto !*

— À quelle heure ouvrez-vous le matin ?

— J'arrive à cinq heures.

— Je serai là.

Je ramasse mon sac et sors dans la rue.

— Valentine !

Antonio me rattrape.

— Merci.

— Vous plaisantez ? *Mille grazie.* Votre père est incroyable.

— Il n'autorise jamais personne à s'asseoir à côté de lui. Il vous aime bien. Papa n'aime personne, mais vous… (Antonio rit.) Il est sous le charme.

— Je fais cet effet-là aux hommes. À demain.

Un sacré effet, oui. Sauf avec celui qui compte, Roman Falconi.

Au moment où je double un groupe de touristes qui grimpent dans un car en parlant et en riant trop fort, je me sens plus seule que jamais. Mais j'ai peut-être trouvé le moyen de surmonter cette catastrophe, voire de la transformer en quelque chose de merveilleux : j'ai passé une bonne partie de la journée à apprendre le métier avec un maître, et cela n'a pas de prix. Et, si mon instinct ne me trompe pas – dans le domaine professionnel, du moins, parce qu'en amour il est clair que je ne dois pas m'y fier –, Costanzo Ruocco a encore beaucoup à m'enseigner.

*
* *

— Valentine ? *Andiamo.*

Costanzo m'appelle dans la réserve. Il a été surpris ce matin en me voyant arriver à l'heure. S'il savait seulement le cauchemar que seraient mes journées ici sans lui !

Je pose mon ouvrage. Guidée par sa voix, je traverse l'arrière-boutique et sors dans un patio où je découvre une petite table et quatre chaises. Un pot de géraniums rouges empêche la nappe en coton blanc de s'envoler.

Costanzo me fait signe de m'asseoir à côté de lui. Il déballe le contenu d'un panier en osier : miche de pain dans un torchon, figues fraîches et une boîte en métal d'où il extirpe quelque chose qui ressemble à du poisson blanc parsemé d'olives noires. Il sort aussi deux serviettes. Puis il attrape une cruche de vin sous la table, remplit un verre pour moi et un autre pour lui.

Il coupe le pain, qui n'est en fait pas du pain, mais une pizza roulée aux oignons et aux anchois, et me sert deux tranches sur une assiette. Je mords dans la pâte croustillante. La divine saveur des anchois et des oignons doux revenus dans du beurre me fait frissonner de plaisir.

— C'est bon ?

Je hoche la tête avec enthousiasme.

— Pourquoi êtes-vous venue à Capri ? me demande-t-il.

— Pour passer des vacances avec mon petit ami. Mais au dernier moment, il n'a pas pu venir à cause de son travail.

— Il a annulé ?

— Oui.

— Donc, en rentrant, vous allez rompre ?

— Costanzo !

— Puisqu'il préfère son travail.

— Ce n'est pas tout à fait comme ça…

— Je crois que si.

— Vous savez, je suis bien contente finalement. Parce que sinon, je n'aurais pas pu passer tout ce temps avec vous.

Il sourit.

— Je suis trop vieux pour vous.

— Comme tous les hommes que je rencontre en Italie, apparemment.

— Mais si j'étais jeune…

Il agite vigoureusement la main.

— Mais oui, Costanzo. C'est ça.

Nous rions de bon cœur. Je ne me suis pas sentie aussi heureuse depuis longtemps.

Les hommes italiens font passer les femmes en premier. Roman, à voir l'énergie qu'il consacre à son restaurant, a plutôt adopté les mœurs américaines, et pour être honnête, j'ai conscience d'établir mes priorités sur le même mode que lui. Au lieu de travailler pour vivre, je vis pour travailler. Nous avons tous deux perdu notre nature italienne et sommes devenus des Américains typiques, surmenés et stressés. Nous gâchons le présent au profit d'un avenir que nous imaginons parfait. Mais comment l'atteindrons-nous si nous ne préparons pas le terrain, *maintenant* ?

La vie que je mène à New York m'apparaît soudain ridicule. J'ai hypothéqué mon bonheur dans l'espoir d'un bien-être futur que je n'obtiendrai peut-être jamais. Je pense à mon frère, aux tractations immobilières, aux vitrines du Bergdorf et aux investisseurs de Bret. J'adore fabriquer des chaussures. Pourquoi serait-ce plus compliqué que cela ? Costanzo vient à pied à son travail, il façonne des chaussures et il rentre chez lui. Le rythme de sa vie a du sens. Sa petite boutique lui permet largement de subsister et de nourrir ses fils. Je bois une gorgée de vin, savoureux et intense, comme toutes les couleurs, les humeurs et les sentiments sur cette île.

Costanzo m'offre une cigarette, que je refuse. Il allume la sienne et souffle un long trait de fumée. Je l'interroge :

— Que faites-vous l'hiver, quand les touristes sont partis ?

— Je taille des semelles. Je me repose. Je remplis les heures.

Son regard se perd dans le vague.

— Je remplis les journées et j'attends.

— Vous attendez le retour des touristes ?

Il ne répond pas. À son expression, je comprends qu'il vaut mieux ne pas insister. Bientôt, il éteint sa cigarette.

— Allons travailler.

Nous reprenons nos places dans la boutique, lui à l'établi, moi derrière ma table. Il examine un patron qu'il a découpé le matin même. Je rogne le bord d'une semelle avec le *trincetto* comme on épluche une pomme, en reproduisant ses gestes. Il me fait un clin d'œil approbateur et sourit.

— Allez chercher votre carnet à esquisses, ordonne Costanzo l'après-midi tandis que nous finissons nos cappuccinos dans le patio. Je veux voir votre travail.

Je rentre dans la boutique et sors mon carnet de mon sac.

— Ça va ? me demande Antonio.

— Votre père veut voir mes croquis. Je suis morte de peur. J'ai appris à dessiner toute seule et je ne sais pas ce que valent mes gribouillages.

Antonio sourit.

— Il sera honnête avec vous.

Super.

Costanzo est en train de manger une figue quand je me rassieds à côté de lui. Je lui raconte l'appel d'offres du Bergdorf, puis j'ouvre mon carnet et lui montre la chaussure. Il l'étudie longuement, les yeux plissés.

— De la haute couture, déclare-t-il enfin. *Molto bene.*

— Elle vous plaît ?

— Le style est fleuri.

— C'est bien ?

— Ça, j'aime.

Il désigne l'empeigne, où la bride est montée sur un tressage.

— Très original.

— Quand mon arrière-grand-père a conçu ses chaussures pour mariées, il leur a donné le nom de personnages d'opéra. Elles ont un côté très théâtral. Elles peuvent aussi être simples. En tout cas, elles sont classiques. La preuve, c'est qu'on les vend encore cent ans plus tard.

— Vous ne faites pas de chaussures que l'on peut porter tous les jours ? Pour aller travailler, par exemple ?

— Non.

— Vous devriez.

Ce n'est pas le conseil que j'attendais de la part d'un maître artisan italien, mais je l'écoute. Costanzo a tellement plus d'expérience que moi.

— Vous me rappelez mon ami Bret. Il veut que je crée un modèle pour le marché de masse. D'après lui, c'est ainsi que je pourrais financer mes chaussures sur mesure.

— Il a raison. Entre une chaussure pour une seule femme et des chaussures pour un très grand nombre de femmes, il ne devrait pas y avoir de différence. Vos clientes, quelles qu'elles soient, méritent le meilleur. Dessinez une chaussure qui leur convienne à toutes.

— Je ne sais pas vraiment faire ça.

— Bien sûr que si. Vous avez dessiné celle-ci pour la vitrine, vous pouvez en dessiner une pour tous les jours. Je vais vous donner un petit travail : allez sur la *piazza* avec votre carnet et dessinez autant de chaussures que possible.

— Des chaussures normales ?

— Toutes celles qui vous plairont. Observez la démarche de la femme qui les a aux pieds.

— Les touristes sont en tennis.

— Pas les touristes. Regardez les filles de Capri… Vous trouverez quelque chose à dessiner. Allez ! ajouta-t-il sans se départir de son sourire.

Munie de mon carnet et de mes crayons, je gagne la place. Je m'assieds sur un muret à l'ombre et, obéissant aux instructions de Costanzo, j'observe.

Délaissant les Reebok, les Adidas et les Nike des touristes, je repère les filles du coin, qui travaillent dans les boutiques, les restaurants, les hôtels. Elles vont d'un pas rapide, décidé, et elles portent des chaussures plates, à la fois jolies et pratiques : des ballerines en cuir souple bleu marine ou noires, des modèles à lacets beiges sur semelles légèrement compensées, des sandales en cuir naturel avec une bride en T fonctionnelle. L'une a osé des mules en cuir de veau rose vif. Mes yeux sont naturellement attirés par la couleur, mais je remarque que les tons neutres et classiques prédominent.

Au bout d'un moment, je commence à esquisser une ballerine toute simple, avec un bout qui couvre les orteils mais ne monte pas trop haut. J'en dessine plusieurs, jusqu'à obtenir une forme qui me plaise et qui soit la plus flatteuse possible, indépendamment de la taille, de la longueur ou de la largeur du pied.

J'aperçois une mère et sa fille qui sortent de la bijouterie au coin de la *piazza*, toutes deux chaussées de ballerines. Celles de la mère sont en cuir lisse bleu marine, ornées d'un nœud très sobre ; celles de la fille, en daim brun clair, ont un ruban de gros-grain sur le bord. L'une marche paisiblement, à l'image du confort et du classicisme qui habillent ses pieds ; l'autre sautille, vive et légère, dans une chaussure souple qui ne quitte pas son talon et ne bâille à aucun moment.

Une femme de l'âge de Grannie environ vient s'asseoir sur le muret à un mètre de moi. Elle est trapue et rondelette, avec d'épais cheveux gris maintenus en arrière par un ruban rouge. Je remarque évidemment ses chaussures, des mocassins en suède noirs. Elle plonge la main dans un sac en papier, en sort une cerise et la croque, puis lance le noyau dans la pente derrière elle. Un rayon de soleil fait scintiller une broche sur son col, en forme d'aile, incrustée de perles turquoise, de corail et d'éclats de diamants. Des vrais. Moi qui travaille avec de faux bijoux, je sais reconnaître les vrais : ils brillent différemment, comme s'ils étaient éclairés de l'intérieur.

— Votre broche est magnifique, lui dis-je en souriant.

— *Mia Mama's.*

Elle m'indique la bijouterie du doigt.

— C'est la boutique familiale. Mon père a fait cette broche pour ma mère.

— On dirait une aile d'ange…

— *Si, si.* Ma mère s'appelait Angela.

Elle referme son sac en papier, se lève et me salue de la main avant de partir. Je dessine la broche, longuement, en soignant chaque détail. Cette forme me fascine. Je la dessine encore et encore, jusqu'à ce que la page de mon carnet soit couverte d'ailes. Les touristes montent dans des bus qui les ramènent au port et la *piazza* se vide peu à peu.

Enfin, je dessine une aile suspendue au-dessus d'une ballerine. Au bas de la page, j'écris :

Chaussures Ange

Puis je retourne voir Costanzo.

Lorsque j'arrive, Costanzo est en train de fermer la boutique. Il regarde sa montre, sourcils froncés, comme s'il me reprochait mon retard. Voyant que sa plaisanterie l'amuse, je joue le jeu en prenant un air contrit. J'ouvre ensuite mon carnet pour lui montrer mes dessins.

— Des ailes ?

— Oui, des ailes d'ange.

— J'aime bien, dit-il. Pourquoi des anges ?

— Notre atelier s'appelle l'atelier de chaussures Angelini. Mais le panneau est vieux, les lettres sont en partie effacées, et maintenant on lit « Chaussures Ange ». Quand j'ai vu la broche de la vieille dame sur la place et que je l'ai dessinée, je me suis dit que ça ferait un bon logo. Simple, facilement identifiable. Tous les grands créateurs en ont un.

— Et les ailes vont par deux, comme les chaussures.

— Exactement ! Je peux faire des ailes en bijoux, en cuir, en laiton. Même en broderie.

— Tout est possible, conclut simplement Antonio en haussant les épaules.

Je suis formidablement excitée par ma découverte.

— Merci de m'avoir envoyée sur la *piazza* ! Je n'aurais jamais vu cette broche, sinon !

— Toutes mes idées de chaussures me sont venues en observant les femmes, déclare Costanzo. Il existe une infinité de combinaisons. Et, comme les femmes, il n'y en a pas deux pareilles. Pensez-y quand vous dessinez.

Je récupère mon sac dans la boutique et je m'en vais. La *piazza* est complètement déserte à présent. Quand j'arrive à l'hôtel, Gianluca est assis à la terrasse à côté de l'entrée. Il lit le journal, bien que la nuit soit presque tombée.

— Vous n'avez pas assez de lumière pour lire, dis-je. C'est mauvais pour les yeux.

Il me sourit, ôte ses lunettes, les glisse dans sa poche. Puis il tire la chaise à côté de lui et je m'assieds.

— Vous allez travailler avec Costanzo tous les jours ? Il ne pourra plus se passer de vous.

— J'aimerais rester une année entière.

— Vous êtes venue ici pour vous reposer.

— Je n'en ai pas envie. Je ne sais pas si j'aurai l'occasion de revenir dans un avenir proche. Ou si Costanzo sera encore là.

— Bien sûr qu'il sera là. Nous serons tous là. Sauf votre Roman.

— Qui vous l'a dit ?

Je me laisse aller en arrière contre le dossier de ma chaise. L'Italie commence à ressembler à l'Amérique, où les nouvelles concernant quiconque dans ma famille voyagent à la vitesse de l'éclair.

— Votre grand-mère. Votre mère l'a appelée.

— Je vois que ma relation avec mon petit ami est un scandale international…

Maintenant, j'ai besoin de boire un verre. Voyant que je cherche le serveur des yeux, Gianluca le hèle d'une main.

— C'est un imbécile.

— Moi, j'ai le droit d'être en colère contre Roman, mais vous n'avez pas le droit de l'insulter.

Gianluca ne se doute pas que, parfois, il ressemble *carrément* à mon père.

— Pourquoi ?

— Je n'ai pas l'intention de rompre avec lui. Et de toute façon, je ne romprais pas par téléphone ni par SMS.

— Sage décision.

Gianluca commande nos boissons au serveur.

— En plus, ça ne m'aide pas que vous mettiez le doigt sur mon propre aveuglement. J'ai quand même un peu de fierté.

— Vous n'êtes pas du tout en cause.

— Ah non ? Je pense au contraire que je suis en partie responsable. Il ne tient qu'à moi de poser mes exigences, au lieu de m'excuser chaque fois que j'émets un souhait.

— Accepter des compromis dans une relation et pardonner des choses qu'on ne devrait pas pardonner, ce n'est pas pareil, assène Gianluca. Votre grand-mère veut que vous veniez vous installer avec nous.

— Merci, mais je suis très bien dans cet hôtel.

— J'aimerais vous montrer deux ou trois choses à Capri.

— D'accord.

Je suis ouverte à toute proposition. En réalité, rien ne me fait plus vraiment envie, à présent que les vacances dont j'ai rêvé sont tombées à l'eau.

— Moi aussi, j'aimerais vous montrer quelque chose.

Gianluca hausse un sourcil avec une mimique suggestive. Mentalement, je corrige : toute proposition, mais pas *celle-là.*

— Ne vous emballez pas, dis-je. C'est une esquisse.

Je sors mon carnet et l'ouvre à la page de ma nouvelle chaussure. Gianluca met ses lunettes et examine le dessin.

— Très joli. Orsola porterait ça.

— Parfait. Grannie aussi la porterait, ou ma mère, ou moi. Je vise large. J'ai même trouvé un nom pour la marque : Chaussures Ange. Qu'est-ce que vous en pensez ?

— Vous avez tellement d'idées.

— Tant mieux, parce que j'en aurai besoin. Après cette petite parenthèse italienne, je vais rentrer chez moi, en zone de guerre.

— Ça ne doit pas être si terrible.

— Voilà ce qui nous différencie, Gianluca. Vous, les Italiens de souche, et nous, ceux qu'on nomme les Italo-Américains. Vous menez une vie équilibrée. Vous travaillez, vous mangez, vous vous reposez. Pas nous. Nous en sommes incapables. Nous vivons comme si nous avions quelque chose à prouver. Nous courons sans cesse après le temps, nous mangeons à la va-vite et nous dormons aussi peu que possible. Nous pensons que les gagnants sont ceux qui travaillent le plus dur.

Nos cocktails arrivent. Nous buvons une première gorgée à notre santé mutuelle.

— Et *vous* ? Qu'est-ce qui vous rend heureuse ?

La question me prend au dépourvu. Roman ne me l'a jamais posée. Bret non plus, je ne crois pas. En fait, je ne me la pose même pas moi-même. Après avoir réfléchi un moment, je réponds :

— Je ne sais pas.

— Vous ne serez jamais heureuse si vous ne savez pas ce que vous voulez.

— Et vous, alors ? L'oracle de Capri... L'homme qui détient toutes les réponses aux grandes questions de la vie. Qu'est-ce qui vous rend heureux ?

— L'amour d'une femme qui me plaît.

— C'est ce que j'aurais répondu il y a une semaine. J'avais l'amour d'un homme qui me plaît, et je ne l'ai pas fait passer en premier.

— C'est *lui* qui devrait avoir l'intelligence de vous faire passer en premier. Pourquoi vous accusez-vous, alors que la grossièreté est de son côté ?

— Je suis presque sûre d'y avoir contribué.

— C'est ridicule ! Si on a l'amour, on lui fait honneur. Vous prenez soin des choses que vous aimez, non ?

Gianluca a haussé le ton. Je me rappelle le premier jour à Arezzo, quand Grannie et moi sommes arrivées à la tannerie et qu'il se disputait avec Dominic.

— Ne vous énervez pas, Gianluca... Vous êtes sur une île paisible, pas à la tannerie. On ne crie pas.

Gianluca sourit.

— Venez vous installer dans la villa avec nous.

En un mois, j'ai eu largement le temps d'apprendre à décoder les Vechiarelli. La valeur première de Gianluca, c'est la famille. Il aime regrouper tout le monde, autour de la table du dîner, dans une voiture, pour une expédition à l'usine, et protéger son troupeau. Il prépare à manger, commande les boissons, indique le chemin ; de manière générale, il veille sur chacun des membres de son entourage. Il doit trouver étrange que j'éprouve le besoin de me tenir à l'écart et ne supporte pas l'idée que la petite-fille de Teodora dorme toute seule à l'hôtel, alors qu'elle pourrait être reçue, nourrie et choyée dans la maison de son cousin.

— Non, merci. J'adore vraiment être ici.

— Mais nous avons une chambre pour vous.

— Ce n'est pas la suite de l'*attico*.

— Elle est très confortable…

— Je n'en doute pas. Mais elle ne *peut* pas égaler ma chambre ici. Vous voulez la voir ?

Gianluca acquiesce. Nous rentrons dans le hall du Quisisana et je le conduis à l'ascenseur, qui est bondé. Nous rions en nous pressant l'un contre l'autre pour monter. Quand la porte s'ouvre au dernier étage, il s'efface devant moi pour me laisser sortir. La brise fraîche du début de la soirée agite doucement les voilages du salon. La femme de chambre a arrangé un bouquet d'orchidées blanches dans un vase sur la table basse.

— Allez admirer la vue, dis-je en lui indiquant la porte de la chambre, qui donne sur le balcon. J'arrive…

Je me déleste de mon gros sac et consulte ma boîte vocale : un message de ma mère, un de Tess, et trois de Roman. Ma mère veut que je lui trouve un sac en crocodile. Apparemment, elle ne lit pas les journaux ; le commerce de peaux de crocodile est illégal. Tess me raconte que Papa va très bien et me demande si je peux rapporter des bracelets en corail pour les filles.

J'écoute la voix de Roman, qui me dit qu'il m'aime et regrette de ne pas être avec moi. Trois messages d'affilée, avec une intonation très douce, presque implorante. Ma colère tombe aussitôt (peut-être aussi sous l'effet du cocktail) et je lui réponds par SMS :

J'ai trouvé un boulot qui me plaît énormément à Capri. Possible que je ne rentre pas. Tu seras peut-être obligé de venir, malgré tout. Bisous. V.

Je rejoins Gianluca sur le balcon.

— Alors ? C'est beau, non ?

— Magnifique.

— Vous comprenez maintenant pourquoi je veux rester ici.

La nuit tombe comme un voile bleu sur Capri et ses lumières. J'agrippe la rambarde et me cambre, tête renversée en arrière pour absorber la totalité du ciel.

Soudain, je sens des mains autour de ma taille. Gianluca m'attire à lui et m'embrasse. Pendant que ses lèvres prennent doucement possession des miennes, une voix se met à parler dans ma tête. *Évidemment qu'il t'embrasse, qu'est-ce que tu croyais qu'il allait faire ? Tu lui as proposé de venir dans ta chambre, la nuit, tu lui as montré le balcon romantique, sous des milliers d'étoiles, tu lui as demandé s'il trouvait ça beau, il a pensé au sexe et maintenant tu es dans le pétrin.* Les paroles de Gabriel résonnent ensuite à mes oreilles : *On est libre jusqu'à la bague de fiançailles.* Ce baiser est délicieux, j'ai envie qu'il dure. Jamais encore je ne me suis consolée d'une déception amoureuse dans les bras de quelqu'un d'autre. Pourquoi ne pas commencer maintenant ?

Je noue mes bras autour de son cou et il m'embrasse encore. *Qu'est-ce qui m'arrive ?* La réponse, c'est que je suis en train de m'abandonner. J'ai provoqué la situation, en plus, ce qui est pire. Tout sur cette île est une invitation à l'amour : les odeurs, les couleurs et les bruits, les petites tables des cafés où les genoux se touchent, la glace à la noix de coco après une longue promenade sous un soleil ardent, le parfum décadent du cuir dans la boutique de Costanzo, les figues mûres cueillies sur l'arbre, l'air salé, et la lune, semblable à un pudique bouton de nacre sur la robe du ciel qui ne demande qu'à être défait. Même les chaussures, plus particulièrement les sandales, avec leurs fines brides dorées qui brillent contre des peaux hâlées et se détachent d'un geste, disent *sexe.*

Les Italiens aiment les plaisirs des sens, tout le monde le sait. Moi aussi, je le sais, et c'est pourquoi je ne résiste pas à ces baisers. Lutter contre quelque chose qui paraît si naturel serait presque une insulte à la vie elle-même. Se prive-t-on d'une figue à portée de main par une belle journée d'été ? L'étreinte de Gianluca me happe comme l'eau tiède de la piscine, je sens que je plonge sous la surface lorsqu'il m'embrasse dans le cou. Quand j'ouvre les yeux, je ne vois plus que des étoiles qui scintillent dans un ciel immense.

Puis je me rappelle Roman et je me raidis. C'était censé être nous sur ce balcon, sous ces étoiles, avant de nous coucher dans ce lit à la lueur de cette lune. Pourtant je ne suis pas sûre d'avoir la force de résister. Moi qui ai été rejetée, après tout, est-ce que je ne mérite pas une compensation ?

— Je suis désolée...

— Pourquoi ? murmure Gianluca.

Il insiste et continue à m'embrasser. Ce qui m'arrive là ne me ressemble pas du tout. Quand je suis engagée avec un homme, je ne regarde plus les autres. Je suis très fidèle, en fait. Dès la première invitation à dîner, et même si on ne me le demande pas. Mon inclination naturelle, c'est de m'attacher à une seule personne et de ne plus la lâcher. Je ne vais pas *voir ailleurs.* Je suis entière. Il faut que je le dise à Gianluca, avant qu'il ne s'imagine quoi que ce soit... Je lui prends les mains et je me dégage. C'est encore pire. J'aime le contact de ses mains. Ses doigts forts, ceux d'un homme qui travaille le cuir, me font frissonner comme sous une pluie froide d'orage un jour d'été. Et puis, brusquement, je suis prise d'une chaleur qui s'apparente à un accès de paludisme.

— Qu'est-ce que je suis en train de faire ?

Je lâche ses mains et me détourne.

— Je comprends.

— Non, vous ne comprenez pas.

J'enfouis mon visage dans mes mains. Une honte si grande exige de se cacher. Je regrette seulement de ne pas avoir une capuche, une robe de bure et une cellule au fond de laquelle me recroqueviller.

Mais avant que j'aie le temps d'expliquer ce que j'éprouve, il est parti. Je plaque une main sur ma bouche en entendant la porte de l'ascenseur se refermer. Ce que je dissimule ainsi n'est pas une moue horrifiée. Non, pas du tout… À mon grand étonnement, je souris.

*
* *

Le dernier jour, tout en rangeant mes outils dans la boutique de Costanzo, j'essaie de ne pas pleurer. Je ne peux pas expliquer combien ces moments ont été précieux pour moi. Je me sens ridicule de m'être imaginée ici en touriste, sur une chaise longue près de la piscine ou au lit l'après-midi, alors que j'ai tellement appris de cet échange avec Costanzo. Grâce à ses conseils et ses discrets encouragements, je suis devenue une artiste.

Bien sûr, Grannie m'a appris à fabriquer des chaussures, mais jamais elle ne m'a montré le chemin de l'art. Tout simplement parce qu'elle ne le connaît pas. Les rêveurs, c'étaient mon arrière-grand-père et mon grand-père. Grannie est une formidable technicienne. Elle a créé une chaussure, une seule, par nécessité : la ballerine de danse, lorsqu'elle perdait toutes ses clientes au profit de Capezio. Ce n'est pas par désir de créer qu'elle l'a dessinée, mais par besoin. Elle devait gagner de l'argent. Fabriquer des chaussures n'a jamais été un moyen de s'exprimer pour Teodora Angelini. C'était le repas à poser sur la table, les vêtements pour ma mère et l'argent de la quête à Notre-Dame-de-Pompéi. Il n'y a là rien de critiquable, mais aujourd'hui je sais que moi, je veux plus que cela. Je veux m'exprimer plus.

Costanzo m'a appris aussi que l'art s'inscrit dans la vie ordinaire. Il m'a appris à regarder les choses banales du quotidien et à voir leur beauté. Je crée une chaussure spécifique pour une cliente qui tente de manifester un aspect de sa personne. Mon travail consiste à donner forme à son message, à révéler le sens contenu dans l'ordinaire.

À présent, je ne vois plus une mouette qui tournoie, à l'affût de quelques miettes. Je vois une palette de blanc moucheté de plumes noires. Des chaussures. Je ne vois pas un mur de pierre au soleil de midi, je vois un ton gris-beige illuminé d'or. Du cuir. Je ne vois pas une vigne palissée sur une clôture sombre, mais du velours vert forêt et des lacets de cuir noir. Des bottines. Je ne vois pas un ciel bleu avec des nuages, mais un rouleau de soie brodée. Je ne vois pas un bouquet de pivoines roses qu'un mari rapporte à la maison pour sa jeune épousée, je vois une pampille en perles de quartz rose sur l'empeigne d'une chaussure de fête. Partout, des embellissements.

Et quand je regarde une femme désormais, je ne vois pas la mode. Je ne vois pas l'âge, je ne vois pas la taille. Je la vois, *elle*, ma cliente, qui a besoin de moi pour pouvoir dire *qui* elle est, de même que moi je m'exprime à travers mon œuvre. C'est simple. Mais l'avoir compris m'a transformée. Je ne suis plus celle que j'étais quand j'ai atterri à Rome il y a un mois, et en rentrant, je verrai ma vie à New York avec ce regard nouveau. Cela m'effraie un peu : que se passera-t-il si j'ai changé au point de ne plus me reconnaître moi-même ? Si Roman n'est plus l'homme qui me convient, et si me disputer avec Alfred me paraît un prix trop élevé à payer pour sauver l'atelier et l'immeuble ? Si le regard de l'artiste a changé mon âme, l'essence même de ce que je suis ? Si je ne suis plus intéressée par mes rêves d'autrefois ?

Un jour, au déjeuner, Costanzo m'a dit qu'il était veuf et ses yeux se sont remplis de larmes. Je n'ai pas insisté. Mais je ne veux pas quitter Capri avant d'en savoir davantage sur sa femme. Car il ne m'a pas seulement ouvert les portes de l'art. Je suis certaine aussi qu'il aurait encore beaucoup à m'apprendre sur les choses de la vie et de l'amour.

Je rejoins Costanzo dans le patio, où il a disposé notre déjeuner sur la table, comme chaque jour : *mozzarella di bufala* et minces tranches de tomates mûres à point qu'il arrose d'huile d'olive.

— Notre dernier déjeuner.

— Le dernier repas du Christ…

Il rit.

— Je n'ai pas envie de vous quitter.

— Aucune femme n'a jamais envie de quitter Costanzo Ruocco, réplique-t-il en riant à nouveau.

Je m'assieds et déplie une serviette sur mes genoux. Costanzo remplit mon assiette avec les fruits de son jardin. Une légère brise soulève les coins de la nappe.

— Avant de partir, j'aimerais vraiment que vous me parliez de votre femme.

Costanzo plonge la main dans la poche de sa chemise et en sort une chaîne en or sur laquelle est enfilée une alliance.

Je l'interroge doucement :

— Comment s'appelait-elle ?

— Rosa.

Après un silence, Costanzo lève la main pour me faire signe d'attendre et rentre dans la boutique. Quand il revient, il me tend une enveloppe marron. Je l'ouvre. L'enveloppe est remplie de photos, en noir et blanc, et en couleurs. Je les pose doucement sur la table. La plus grande, qui montre Costanzo et Rosa le jour de leur mariage, a été prise par un professionnel. Rosa est une petite brunette avec de magnifiques yeux de biche. Elle me rappelle ma sœur Jaclyn. Elle est vêtue d'une robe en satin blanc dont la jupe bouffante évoque un tutu de ballerine. Ses pieds minuscules sont chaussés d'élégants escarpins. Costanzo est debout derrière elle, les mains autour de sa taille.

— Je l'ai épousée le 23 septembre 1963. Le jour le plus heureux de ma vie.

— *Bella*…

— Oui, je l'appelais Bella Rosa. Et parfois, juste Bella…

La voix de Costanzo s'étrangle.

— Vous aussi, vous êtes très beau.

J'agite vigoureusement la main, comme j'ai vu Costanzo le faire. Il rit de mon imitation.

— Elle vous manque beaucoup, n'est-ce pas ?

— Je ne peux pas parler d'elle… Tous les mots que j'ai appris dans ma vie ne me permettent pas de décrire ce que j'éprouvais pour elle. Quand j'essaie, même le mot *amour* n'est pas suffisant. Elle était tout pour moi. Jamais, pas un seul instant depuis qu'elle est morte, je n'ai cessé de l'aimer ni de penser à elle. Maintenant encore, je vendrais mon âme pour la voir franchir cette porte et passer un moment avec elle.

Je lui prends la main sur la table.

— Toutes les femmes devraient être aimées comme vous avez aimé Rosa.

— C'est dur pour moi de vivre sans elle. Presque impossible. Je serai heureux quand la mort arrivera, parce que je la retrouverai. J'espère seulement qu'elle voudra de ce vieil homme.

— Oh, oui. Je n'ai aucun doute !

— Elle est morte en 1987. Depuis, rien n'est pareil. Les figues n'ont plus le même goût, ni le vin, ni les tomates. Elle a emporté tout ce qui était bon avec elle.

Costanzo se lève.

— Attendez. J'ai quelque chose pour vous, dit-il avant de disparaître dans la boutique.

Une bouffée de gratitude m'envahit, pour cet homme qui m'a tant appris. J'ai découvert le *groppone*, la partie la plus épaisse d'une peau, dans lequel on taille des semelles ; le *capretto*, un cuir de chevreau d'une incroyable souplesse, qui convient parfaitement pour les brides ; le *vitello*, plus ferme, à utiliser en particulier pour les chaussures fermées. Les techniques et astuces qu'il m'a enseignées rempliraient plusieurs pages de mon carnet : rogner le bord d'une semelle en l'épluchant à la manière d'une pomme ; réaliser une couture plate à l'intérieur d'une chaussure pour la rendre plus confortable ; ne jamais avoir peur de la couleur, mais au contraire la vénérer…

J'ai aussi appris des choses par moi-même. Que les touristes parlent fort à Capri parce que la vue, où que l'on soit sur l'île, provoque un état constant d'excitation. Que les voyages sont une formidable occasion de réfléchir à sa vie, à condition que l'on soit prêt à bousculer son regard. Et que ma grand-mère n'a pas besoin de moi, elle se débrouille très bien toute seule.

Costanzo revient avec une boîte à chaussures.

— Costanzo, je ne vous remercierai jamais assez pour cette semaine.

— Vous êtes un bon artisan, affirme-t-il en hochant lentement la tête. Comme moi quand j'étais jeune.

— C'est le meilleur compliment que vous puissiez me faire.

— Vous travaillez dur, et quand vous serez aussi vieille que moi, vous connaîtrez le sentiment d'avoir passé votre vie à offrir de belles choses aux autres. Justement… J'ai un cadeau pour vous.

Costanzo me tend la boîte. Avant de soulever le couvercle, je me rappelle ce qu'il m'a promis le premier jour.

— Vous m'avez fabriqué des sandales !

— Pas pour vous. Vos pieds sont trop grands pour celles-ci.

Je feins d'être outragée et déclare d'une voix pincée qui le fait rire :

— *Mille grazie.*

J'ouvre la boîte et j'écarte le feutre. Ce que je découvre me laisse le souffle coupé.

Costanzo a réalisé la sandale que j'ai dessinée pour le Bergdorf. J'en sors une et la tiens délicatement sur ma paume, comme une couronne.

Mon dessin est devenu réalité : cuir de veau rehaussé d'un tressage blanc et or, talon bottier avec un élégant profil de surplomb, empeigne en cuir repoussé. Tous les détails sont là, exactement comme je les ai conçus. Des matériaux d'une qualité exceptionnelle, une facture de maître, des coutures aux points si minuscules qu'ils sont presque invisibles. L'ensemble donne une impression d'opulence contenue, et l'exécution est irréprochable. La chaussure délivre un message très clair : *nouvelle* mariée, *nouvelle* vie, *nouvelle* démarche pour avancer sur le chemin. Pointure 36. La taille requise pour le prototype ! Cette sandale qui a vécu si longtemps dans mon imagination est à présent bien réelle dans mes mains : une création unique, de toute beauté, qui évoque la jeunesse de ma grand-mère tout en reflétant parfaitement notre époque.

Mes yeux se remplissent de larmes.

— Je ne sais pas quoi dire…

— C'est votre dessin. Moi, je ne suis que l'exécutant.

— Mais elle existe grâce à votre savoir-faire.

— Parce que je me suis appuyé sur une vision, réplique Costanzo.

Puis il lève la sandale, trente centimètres au-dessus de la table, et la lâche. Elle tombe toute droite sur son talon.

— Vous connaissez ce test ?

Je secoue la tête.

— Quand vous construisez un talon, vérifiez qu'il est parfaitement équilibré. Si la chaussure reste debout (il répète l'opération avec l'autre sandale), c'est que vous avez réussi. Si elle verse sur le côté, vous devez corriger le talon.

— Je suivrai votre conseil. Costanzo… Chez Angelini, nous donnons toujours un nom à nos chaussures. Pour être honnête, je ne suis pas fan d'opéra. Mais j'adore les belles histoires. Alors, si vous voulez bien, j'aimerais baptiser cette sandale « La Bella Rosa », en l'honneur de votre femme. Si vous êtes d'accord, bien sûr…

Les larmes noient les yeux bleus de Costanzo comme un voile sur la mer à la tombée de la nuit. Il acquiesce silencieusement.

C'est tout simple, en fait. L'amour véritable est éternel, tant qu'il se perpétue dans les mémoires. Je me rappellerai l'amour de Costanzo et de Rosa chaque fois que je dessinerai et couperai un patron, chaque fois que je réaliserai une couture. Costanzo m'a permis d'accéder à une authentique transformation de mon regard et je n'oublierai jamais ce que je lui dois.

Une sandale dans chaque main, je me remémore l'histoire du cordonnier et des lutins. Le cordonnier et sa femme étaient si pauvres qu'il ne leur restait presque plus de cuir. Ils laissèrent leur dernier morceau sur l'établi et allèrent se coucher, épuisés. Le lendemain, ils découvrirent une paire de magnifiques souliers. Ils les exposèrent dans la vitrine et un client les acheta aussitôt. Avec cet argent, le cordonnier et sa femme achetèrent du cuir, qu'ils abandonnèrent à nouveau le soir sur l'établi. Le miracle se reproduisit le lendemain matin, et ainsi de suite. Chaque jour ils trouvaient des souliers fabriqués par les lutins, plus beaux que ceux de la veille. Cette histoire est un formidable message d'espoir : il faut toujours croire que lorsque vous êtes vaincu, au plus bas, quelqu'un viendra vous aider et vous sauvera. C'est ce que Costanzo a fait pour moi. Et demain, une fois rentrée à New York, à mon tour je mettrai mes talents – ceux de l'artiste que je suis devenue – au service de l'atelier Angelini.

La veille de mon départ, le soleil brille dans le ciel au-dessus de la piscine du Quisisana. La terrasse et les jardins de l'hôtel sont pleins de clients qui se prélassent dans cette chaleur presque estivale ou se baignent. Je sors de l'eau et m'installe sur une chaise longue, bien décidée à en profiter au maximum. On peut imaginer pire activité le jour de ses trente-quatre ans. Ce n'est pas ce que j'avais envisagé, mais je suis d'humeur à accepter tout ce que la vie m'envoie. Par exemple, au lieu de me battre contre le maillot que ma mère m'a offert, je l'ai accessoirisé. J'ai acheté une paire d'énormes anneaux d'oreilles en argent incrustés de minuscules saphirs. À présent, le côté pin-up de James Bond apparaît volontairement exagéré, comme au deuxième degré.

— Joyeux anniversaire, dit Gianluca en s'asseyant sur une chaise à côté de moi.

Je me redresse.

— Grannie a cafté...

— Non, non. J'ai regardé votre passeport quand nous avons passé la sécurité à la fabrique de soie.

— Pourquoi ?

— Je me demandais quel âge vous aviez. J'ai été content de découvrir que vous aviez trente-trois ans.

— *J'avais.* À trente-quatre ans, on apprécie le bonheur que c'était d'avoir un an de moins. Si vous voyez ce que je veux dire.

— Je vois.

Au regard qu'il me jette, je devine qu'il pense autant que moi à nos baisers sur le balcon. Je me sens rougir au souvenir de mon abandon, puis de ma honte. Tant pis, il croira que c'est le soleil.

— Qu'est-ce que vous avez de prévu aujourd'hui ?

Je montre le soleil, la piscine, les chaises longues

— Ça.

— J'aimerais fêter votre anniversaire avec vous.

Je me rallonge et rabats mon chapeau sur mes yeux.

— J'ai déjà assez fait la fête avec vous.

— Vous n'avez pas aimé ?

Je relève mon chapeau.

— Oh si, j'ai aimé. Mais je n'aurais pas dû. J'étais arrivée jusque-là sans avoir jamais trompé aucun de mes petits amis. Vous m'avez arrêtée dans mon élan.

— Vous n'allez pas vous ronger à cause d'un baiser, alors que lui avait promis de vous rejoindre et n'a pas tenu parole.

Sur la chaise voisine, une Américaine bronzée par brumisation pose son roman de Jackie Collins et tend l'oreille pour écouter notre conversation.

— Je sais que les Italiens ont inventé la vendetta, mais je ne pratique pas ces méthodes. Je refuse de faire souffrir Roman pour me venger. Je vous ai embrassé parce que j'en avais envie... et maintenant... (Je hausse la voix pour que la femme m'entende.) Je vais devoir vous tuer.

Gianluca éclate de rire. Je me penche vers l'indiscrète et lui glisse sur le ton de la confidence :

— Je ne suis pas du genre à me laisser faire.

— Venez, dit Gianluca.

Dans le taxi qui nous conduit au port, je présume que Gianluca va m'emmener quelque part en bateau. Mais je suis troublée lorsque nous descendons de voiture et qu'il m'entraîne à pied de l'autre côté de la jetée. Quelle surprise me réserve-t-il ? Je découvre alors un autre quai, désert et apparemment inconnu des touristes, où les pêcheurs et les familles de l'île amarrent leurs bateaux. Gianluca me fait monter dans un petit hors-bord blanc aux sièges en cuir rouge.

— Ça me rappelle la Mustang 1965 de mon père autrefois. Il l'a toujours.

— C'est le bateau de mon cousin.

— Vous voulez dire que je n'étais pas obligée de me coltiner des hordes de Chinois pour faire le tour de l'île ? J'aurais pu avoir une vedette privée ?

Gianluca démarre le moteur et sort du port en doublant les embarcations chargées de touristes. Je trouvais déjà qu'il conduisait vite au volant d'une voiture, mais à la barre d'un bateau, c'est pire. Bientôt, nous filons sur une eau turquoise. Il n'y a ni cahots ni secousses, seulement de légers embruns qui rafraîchissent la peau sous le soleil. Quel bonheur ! J'évite de regarder Gianluca debout au gouvernail, parfaitement maître de ses gestes, et je préfère garder les yeux sur la mer. La liste des talents de Gianluca Vechiarelli est longue, mais la dernière chose dont j'ai besoin dans ma vie, c'est un autre Italien.

Nous faisons le tour de l'île et arrivons à la hauteur du Quisisana. Pour une fois, il n'y a personne aux alentours de la Grotte bleue. Gianluca jette l'ancre à côté de l'entrée, escalade un rocher et attrape une pancarte sur laquelle est écrit NON ENTRATA IL GROTTO. Il l'accroche à un vieux clou, puis détache une petite barque derrière le rocher, saute dedans et me tend les bras.

— Je rêve ! C'est vrai, alors, cette histoire ?

Je descends dans la barque en refusant son aide.

— Baissez-vous, m'ordonne-t-il.

Je me penche en avant tandis qu'il empoigne les rames. Au début, je ne vois qu'une caverne obscure, un long couloir de pierre. Et puis, tout d'un coup, nous pénétrons dans le bleu.

C'est une pure merveille. Entre des murs gris et lisses, l'eau couleur saphir est parfaitement immobile. Seule tremble la lumière qui filtre par de petites anfractuosités dans le plafond. De l'autre côté, un tunnel s'enfonce plus loin dans la roche, éclairé lui aussi par des lamelles brillantes qui diffusent une lueur dans toute la caverne.

— Vous pouvez vous baigner, dit Gianluca.

— Vous êtes sûr ?

Il sourit. J'enlève ma robe de plage et me glisse dans l'eau. C'est froid, mais je m'en moque, tant le contact de cette onde transparente est doux sur ma peau. Je nage jusqu'à un endroit où tombe une flèche de lumière. Le bras que je lève scintille comme de l'argent. Je gagne le bord et touche le corail sur les parois. Sous l'eau, les arborescences dévalent une pente vertigineuse, plus loin que les yeux ne peuvent voir, jusqu'à un pays magique au fond de la mer où naissent les couleurs. J'entends que Gianluca saute dans l'eau.

— Maintenant, je comprends la raison de la pancarte, dis-je quand il me rejoint. Pourquoi voudrait-on partager ça ?

— C'est fait pour être partagé.

— Vous me comprenez.

— Alors ? La réalité est aussi belle que ce que vous aviez imaginé ?

— Oui.

— Voilà une chose qui n'arrive pas souvent dans la vie.

— Je vous l'accorde.

— Venez…

Je le suis dans le tunnel, jusqu'à une autre grotte. Celle-ci est baignée de lumière. En découvrant le grand trou béant au-dessus de ma tête, j'ai l'impression d'avoir pénétré le lieu secret où la lune s'engloutit au cœur de la montagne quand le soleil prend possession du ciel.

— Vous allez avoir froid, déclare Gianluca. Rentrons.

Sur la barque, il tend la main pour me hisser à bord et me présente une serviette.

— Jolies boucles d'oreilles, fait-il remarquer.

— Elles vont avec le maillot.

— En effet.

— Vous savez, parfois, on ne peut pas lutter contre l'inévitable, dis-je. Je parle de boucles d'oreilles, évidemment, pas d'une partie de jambes en l'air sur une île italienne.

À la sortie, Gianluca cache la barque et la pancarte. Nous remontons sur le bateau et filons le long des plages de Capri, jusqu'à la pointe de l'île d'où l'on aperçoit Anacapri. Des villas énormes construites à flanc de montagne, où les riches vivent mieux que le reste de l'humanité.

— C'est nous qui devrions avoir cette vue.

— Pourquoi ?

— Parce nous saurions mieux l'apprécier.

Gianluca hoche la tête, sans relever le « nous ». Malgré mon écart de conduite, il a été un ami très agréable durant ce séjour. Nous avons beaucoup en commun. À commencer par un travail similaire, et certains aspects de notre problématique familiale. J'ai beaucoup aimé nos conversations. J'adore parler avec Roman, bien sûr, mais je dois reconnaître qu'il ne passe pas ses journées et ses nuits comme Gianluca et moi. J'en suis presque venue à adopter le regard de ce dernier sur le monde. Je suppose que l'on pourrait invoquer une union des âmes entre un tanneur et quelqu'un qui fabrique des chaussures. Nos métiers respectifs, en tout cas, se répondent.

Gianluca arrête le bateau dans une anse abritée du vent. Il sort un panier de pique-nique et déballe son contenu. C'est le repas que je préfère : pain frais, huile d'olive vert pâle, fromage, tomates tellement mûres que leur peau est presque caramélisée par le soleil, le tout arrosé d'un vin local qui a un goût de chêne, de cerises et de raisin doux.

Pendant que nous mangeons, j'essaie de le faire rire, ce qui n'est pas difficile. Gianluca a le sens de l'humour.

Sans être drôle lui-même, il apprécie les plaisanteries des autres. J'imite l'Américaine qui a voulu marchander avec Costanzo, en insistant si longtemps qu'il a fini par aboyer : « Sortez ! Vous me donnez la nausée. » Elle est partie en se drapant dans une dignité outragée. Gianluca adore cette histoire.

Nous restons là jusqu'à la fin de l'après-midi. Enfin, sentant que la brise fraîchit, Gianluca lève l'ancre.

Il démarre le moteur et me propose de tenir la barre. Je n'ai jamais conduit de bateau, mais puisque je me targue d'être ouverte à toutes sortes de nouvelles expériences, je saisis la roue avec assurance – voire imprudence – et suis surprise de voir la force qu'il faut déployer pour la tourner. Au bout d'un moment, je comprends comment on doit accompagner ses gestes en pesant avec le corps tout entier.

À l'approche du port, je manque de tomber en lâchant la barre pour la rendre à Gianluca. Il me rattrape d'une main et empoigne la roue de l'autre. Lorsque nous abordons le quai, il jette un filin à un jeune garçon qui l'enroule autour d'une borne d'amarrage, descend le premier et tend les bras pour me cueillir gracieusement depuis le bateau. Plus loin, il me tient la portière du taxi ouverte. Je commence à vraiment apprécier cette galanterie que les hommes ne pratiquent plus à New York.

Dans la voiture qui grimpe la colline en direction du Quisisana, je me demande jusqu'où cette promenade va nous entraîner. June m'a confié un jour qu'elle avait eu une liaison avec un homme marié. « Je me sentais tellement coupable après l'avoir embrassé que je me suis dit : tant qu'à faire, autant aller jusqu'au bout », a-t-elle raconté J'observe Gianluca. Il regarde la mer au pied des falaises avec une expression de tranquille satisfaction.

Une fois que nous sommes descendus de voiture, il me prend la main.

— Je vous laisse, maintenant.

— Il est encore tôt, dis-je, d'une voix où perce la déception – car je suis déçue.

— Je sais. Mais il vaut mieux que vous profitiez de votre dernière soirée toute seule. Joyeux anniversaire.

Il sourit, se penche vers moi et m'embrasse sur la joue. Je dois avoir l'air troublée, parce qu'il hausse les sourcils avec une mimique qui signifie : *On ne va pas remettre ça.* Il me glisse dans la main un petit paquet noué avec du raphia. Le temps que je lève les yeux pour le remercier, il est déjà parti.

Je pénètre seule dans l'hôtel. En contemplant le somptueux décor du hall, je pense qu'il me manquera et je décide de refaire notre vieille entrée dès mon retour à Perry Street. Il faut la repeindre, changer l'éclairage et ajouter un tapis. Voilà encore une chose que j'ai apprise en Italie : les entrées sont importantes.

En sortant de l'ascenseur dans ma suite, je regarde le tableau au-dessus du canapé. Je l'ai vu plusieurs fois chaque jour, lors de mes allées et venues, et il est jusque-là resté un mystère pour moi. À présent, je comprends ce que représentent les carrés de Mondrian : des fenêtres, des centaines de fenêtres. C'est ce qu'a été ce voyage pour moi, une formidable ouverture sur le monde. Je m'assieds sur le canapé, sous le tableau que j'en suis venue à aimer, et j'ouvre le paquet de Gianluca.

Les mains un peu tremblantes, je détache le raphia et déroule le papier. Dans la boîte, je découvre un outil de cordonnier tout neuf : le *trincetto.* Gianluca a gravé mes initiales sur le manche.

Plus loin dans le salon, sur la table basse, trône un gros vase ancien débordant de roses rouge sang et de branches de jeune citronnier. L'air est empli de l'odeur suave et délicate des fleurs. Je ferme les yeux et inspire longuement avant de prendre l'enveloppe posée à côté du vase. Voilà pourquoi Gianluca s'est dépêché de filer… Il voulait me faire la surprise. J'ouvre l'enveloppe et en sort une carte.

Joyeux anniversaire, ma chérie. Je t'aime. Reviens vite. Roman.

*
* *

Parmi les grandes leçons que je retiendrai de mon séjour en Italie, l'une d'elles est l'importance de voyager léger. Je suis devenue minimaliste à force de pousser notre montagne de bagages et suis à deux doigts de me faire nonne en renonçant à tous mes biens terrestres. Ce qui n'est pas le cas de Grannie. À chacune de nos étapes, sa grosse valise me paraît encore plus lourde. Les vieilles personnes ont besoin de s'entourer d'objets. Elles se sentent plus en sécurité ainsi. Enfin, c'est ce que dit Grannie.

Elle se tient à la poignée du chariot pendant que nous passons la douane à l'aéroport John F. Kennedy. Nous voici de retour aux États-Unis, ce qui signifie que je vais retrouver ma vraie vie et qu'il me faudra affronter mes responsabilités. En tête de mes résolutions, je compte prendre un rendez-vous pour Grannie avec le Dr Sculco, chirurgien orthopédiste. Elle a besoin de nouveaux genoux et il n'est pas question qu'elle se dérobe à cette opération. J'y veillerai.

Parmi la foule des gens qui attendent les passagers, je repère aussitôt Roman, à côté de mes parents. Maman, dans une robe bain de soleil rouge avec des lunettes assorties, agite un petit drapeau italien. Quant à Papa, il agite sa main tout simplement.

Roman les dépasse d'une tête. Il est beau, dans son jean et sa chemise bleue Brooks Brothers. Il est *toujours* beau, mais plus particulièrement au moment des adieux ou des retrouvailles. Quand nos regards se croisent pour la première fois depuis un mois, mon cœur s'accélère. Il m'a vraiment manqué, et même si je lui en ai voulu, je l'aime. Mon nez me picote comme si j'allais pleurer.

J'embrasse mon père, ma mère, puis Roman. Il me prend dans ses bras. Mes parents et Grannie bavardent à bâtons rompus, comme s'ils ne remarquaient pas qu'il ne me lâche pas. Le trajet en voiture risque d'être intéressant. Roman me soulage du chariot et je lui emboîte le pas. Tandis que nous nous dirigeons vers le parking, suivis de mes parents et de Grannie, je commence à lui parler de Costanzo et de ce qu'il a raté à Capri.

— Nous n'aurons qu'à prendre les bagages, lance Maman. Toi, ma chérie, va avec Roman.

— Je suis venu avec ma voiture, explique-t-il.

Ah, deux voitures… Tant mieux.

— Oui, prenez mes bagages. Je ne veux plus les voir !

Papa aide Roman à charger les valises que j'ai traînées à travers toute l'Italie dans le coffre de son Olds Cutlass Supreme. Je récupère un sac et le serre dans mes bras.

— Les sandales, je les garde avec moi, dis-je à Grannie.

— Tu as bien raison.

Roman m'ouvre la portière de sa voiture. Je m'assieds, saisie d'un frisson bien que nous soyons presque en juin. Je me rappelle combien nous étions heureux, le premier soir d'hiver où je suis montée à côté de lui dans cette voiture. Il s'installe au volant et se tourne vers moi.

— Tu m'as manqué.

— Toi aussi, tu m'as manqué.

— Tu es très belle, dit-il, et il m'embrasse.

— J'ai bronzé à Capri…

Son compliment a l'air sincère, mais je m'aperçois que je ne sais jamais à quoi m'attendre avec Roman. Je ne doute pas de son amour, pourtant. C'est juste sa manière de le montrer qui parfois me déroute.

— Tu veux venir chez moi ? me souffle-t-il à l'oreille.

— Oui.

Voyant que j'ai répondu sans hésiter, Roman, comme tous les hommes, est heureux en pensant que tout est pardonné. Et puisque je ne démens pas, pourquoi ne me croirait-il pas ? Je n'ai pas envie que nos retrouvailles donnent lieu à une affreuse discussion sur notre relation et notre avenir. Nous avons des années devant nous pour ça, non ? C'est pourtant là qu'est ma faiblesse, dans le domaine amoureux. Je ne me bats pas pour obtenir ce que je veux, je me contente de faire semblant d'avoir surmonté ma blessure, les vacances ratées en Italie et tous les mauvais moments. Je suis de retour, et tout ira bien. Nous pourrons continuer comme si de rien n'était.

Quand Roman m'annonce que Frank Bruni, du *Times*, lui a accordé trois étoiles, je me jette à son cou. Je me montre très excitée, folle de joie, bref, je lui donne ce dont il a besoin. Il m'interroge ensuite sur l'Italie. Je lui raconte mon voyage dans les grandes lignes, sans expliquer comment je pense avoir changé et l'impact qu'ont eu sur moi les gens que j'ai rencontrés. Je commence à lui parler de la broche de la vieille dame, mais mon récit me paraît ridicule, aussi je change de sujet et ramène la conversation sur lui.

Je regarde son visage, son cou magnifique, ses mains et ses longues jambes, et quelque chose tressaille en moi. Mais je sais que ce n'est pas une émotion complètement authentique. C'est moi qui aime l'idée de l'amour et d'un couple stable. Tant pis si nous avons des problèmes, nous sommes ensemble, et c'est suffisant. Roman Falconi est à moi. Peu importe que je ne puisse pas partager avec lui mes récentes découvertes et l'aile d'ange qui hante mes pensées.

Je vais aller chez lui et nous ferons probablement l'amour, mais nos étreintes n'auront pas le même sens qu'il y a un mois, ou même une semaine. Nous étions encore en train de construire des fondations solides. À présent, le doute s'est insinué et je dois retrouver ce que j'ai vu au début. J'espère seulement que mes sentiments me reviendront en force, comme la première fois qu'il m'a embrassée… Et que j'apprendrai à accepter, en toute sérénité, un ménage à trois avec Roman et son restaurant.

— Un jour, nous retournerons ensemble à Capri, promet-il.

Heureusement, la circulation est très dense et il ne peut quitter la route des yeux. J'essaie de le croire. Mais je sais confusément qu'il me fait cette promesse pour propulser mes pensées vers des rêves d'avenir et les détourner du présent, où nos problèmes, eux, sont bien réels.

— Ce serait formidable.

Je ne mens pas en lui répondant cela. C'est vrai que ce serait bien.

Le lendemain matin, je me réveille dans le lit de Roman, bien au chaud sous la couette. J'ai dormi profondément, épuisée par le trajet en voiture jusqu'à Rome et par les dix heures de vol. En ouvrant les yeux, je vois mon bagage à main qui contient la Bella Rosa.

Dans la cuisine, il y a une cafetière pleine et un bagel sur le plan de travail, avec un mot : « Suis parti au boulot. Trop content que tu sois rentrée. »

Je me sers un café et m'assieds sur le canapé au milieu du loft, où la lumière entre à flots. Le décor que je trouvais masculin et romantique avant mon départ pour l'Italie me semble à présent spartiate, négligé, incomplet. Provisoire.

14

Au croisement de la 58e Rue et de la Cinquième Avenue

C'EST AUJOURD'HUI QUE PREND FIN l'appel d'offres pour les vitrines du Bergdorf. Je sors du métro à Columbus Circle, portant la boîte des Bella Rosa dans le creux de mon bras comme un nouveau-né. Telle est la réalité qu'il me faut regarder en face : certaines personnes donnent naissance à des bébés ; moi, j'accouche de chaussures.

J'ai glissé dans mon sac à dos l'esquisse de la robe qui nous a été communiquée par Rhedd Lewis. Pour m'amuser, j'ai photographié les sandales, réduit les images à l'échelle de la silhouette dessinée par Rag & Bone et les ai collées sur ses pieds. J'apporte aussi mon croquis original des chaussures à l'encre et à l'aquarelle, le cliché qui m'a inspirée – Grannie le jour de son mariage –, ainsi qu'une photo de Costanzo et moi sous le soleil de Capri, afin d'attribuer le crédit de mon prototype à l'artisan qui l'a réalisé.

Après avoir poussé les portes du grand magasin, je jette un regard autour de moi en réprimant une envie de crier : « Priez pour moi ! » Mais je doute que la clientèle ici, qui dépense plusieurs milliers de dollars pour un sac ou une pochette de soirée, soit capable d'éprouver une quelconque émotion, hormis sur le fauteuil d'une esthéticienne pratiquant la microdermabrasion.

Quand je sors de l'ascenseur au huitième étage, je ne reconnais pas l'espace tranquille où nous avons été reçues avant notre rendez-vous il y a quelques mois. L'endroit est bondé et plus bruyant que le quai du métro à la station Forty-Second Street, sauf que personne ne guette l'arrivée du train. Tout le monde attend Rhedd Lewis. Apparemment, les grandes marques de chaussures ont rivalisé d'extravagance pour retenir son attention. La création de Donald Pliner est accrochée à un mini-palmier posé sur une table ; Christian Louboutin a envoyé un livreur chargé d'un plateau de biscuits sur lequel repose une chaussure remplie de bonbons ; un top-modèle d'un mètre quatre-vingt-dix en robe de mariée est juchée sur les chaussures de Prada. Un attaché de presse de Giuseppe Zanotti déroule une énorme affiche qui présente une chaussure en très grand format, accompagnée d'une phrase en français. Les escarpins en cuir verni d'Alicia Flynn Cotter se balancent gracieusement à la fenêtre d'un wagon miniature qui évoque un départ en voyage de noces. Un vent de folie souffle dans la pièce. Je me fraie un chemin jusqu'à la réceptionniste.

— Rhedd Lewis, s'il vous plaît.

— Vous présentez une chaussure ? s'enquiert-elle en continuant à pianoter sur son clavier.

— Puis-je parler à son assistante ?

Sans détacher les yeux de son écran, elle me répond :

— Elle va bientôt partir chez Craig Fisse. Moi, je ne suis qu'une intérimaire. Laissez votre proposition avec les autres.

Mon cœur se serre à la vue des boîtes de chaussures entassées dans un coin, comme attendant qu'on les descende à la benne du recyclage. Je ne peux pas abandonner la Bella Rosa ici. Il n'en est pas question.

L'assistante de Rhedd apparaît sur le seuil, un sourire crispé aux lèvres. Je me précipite.

— Vous vous souvenez de moi ?

Non, visiblement.

— Valentine Roncalli, de l'atelier de chaussures Angelini. Voici notre proposition.

Je lui tends la boîte et l'enveloppe contenant les photos. Comme je ne bouge pas, elle est bien obligée de les prendre. Elle les glisse sous son bras sans leur prêter plus d'attention qu'elle n'en accorderait au journal de la veille.

— Formidable. Merci, dit-elle tandis que son regard dérive vers la top-modèle en robe de mariée.

— Je vous suis reconnaissante de…

Les autres concurrents comprennent soudain que la femme avec qui je parle est l'assistante de Rhedd. Immédiatement, c'est la ruée. Je réussis à m'échapper avant d'être piétinée et je gagne l'ascenseur.

Une fois dehors, je m'adosse au mur du magasin. J'avais rêvé les choses de manière tellement différente. Je me voyais donner les chaussures à Rhedd en personne. Elle ouvrait la boîte et se pâmait d'admiration. Ou bien je me représentais une réunion de son équipe ; une stagiaire, toute jeunette mais avec un talent fou, se levait et déclarait avec fougue : « Je les trouve sensationnelles ! » Et Rhedd Lewis, s'en remettant à l'instinct et à la spontanéité d'un esprit neuf, choisissait l'atelier Angelini. Je m'étais joué tant de scènes, et maintenant, j'imagine nos chaussures en tas par terre avec les autres boîtes. Je les imagine perdues. Je les imagine perdant. Et nous, éliminées.

Je marche d'un pas rapide en direction du métro. J'ai le visage brûlant de honte. C'est fou comme on peut se sentir atrocement petite sous les gratte-ciel de Manhattan quand on vient juste de se faire jeter comme une vieille savate au Bergdorf Goodman. Que penseront-ils de la photo de mariage de Grannie, ou de ce ridicule snapshot de Costanzo et moi devant la boutique ? Plutôt que de présenter la splendeur et la noblesse du savoir-faire italien, j'ai opté pour la simplicité et le langage du cœur. Sauf qu'à Manhattan, au nord de la 14e Rue, c'est ringard. Je m'inscris dans une tradition vieille d'un siècle, et alors ? Les hot dogs Nathan's Famous et les fermetures Éclair Durcon aussi. Je mérite de perdre.

Mais les chaussures, elles, elles méritent qu'on leur donne une chance. Un bref instant, j'ai envie de remonter en courant au huitième étage, d'entrer en force dans le bureau de Rhedd Lewis et de lui expliquer par une vibrante plaidoirie pourquoi l'outsider, le petit, devrait gagner contre les mastodontes. Au lieu de quoi, je sors ma MetroCard de mon sac et je descends dans le métro pour rentrer chez moi, à l'atelier Angelini.

June essaie de m'égayer en me racontant l'histoire de son oncle qui a joué toute sa vie au Loto. Il jouait chaque semaine, persuadé qu'il allait gagner. Juste avant de mourir, il a envoyé son fils lui acheter un billet. Il est mort, et le billet lui a rapporté cinq mille dollars. Morale de l'histoire (même si ce n'était pas le message auquel pensait June) : je dois mourir pour que nos chaussures soient exposées dans les vitrines du Bergdorf.

Je pose sur la table une ballerine noire ornée d'une aile en argent. C'est ma première paire de chaussures à destination du prêt-à-porter, le modèle de lancement de notre marque secondaire, que j'ai baptisée « Chaussures Ange ». June lâche un sifflement admiratif. Grannie la prend et la tourne dans sa main.

— Voilà… Fantaisiste…

— Fonctionnelle, ajoute June.

— Maintenant, je dois trouver un moyen de la fabriquer en masse.

— Tu y arriveras, lance gaiement Grannie.

Depuis que nous sommes rentrées d'Italie, Grannie a l'air de flotter sur un nuage. Elle sautille (presque) dans l'appartement, fredonne en travaillant et s'est attaquée à des projets qu'elle avait juré de ne jamais entreprendre – débarrasser le placard dans l'ancienne chambre de ma mère, par exemple. Nous avons même rendu visite au

Dr Sculco, qui va l'opérer des genoux le 1er décembre, ce qui lui laissera amplement le temps de se rétablir avant la nouvelle année.

Pendant ce temps, j'ai conclu un accord avec mon frère Alfred, par lequel nous sommes partenaires à cinquante-cinquante dans la nouvelle entreprise. Je m'achète ainsi un an pour dégager une marge de profit et le dissuader de vendre le bâtiment. J'essaie de ne pas penser aux six millions de dollars qui me permettraient d'échapper définitivement à son autorité, et d'avancer une étape après l'autre. Ou plus exactement, une chaussure après l'autre.

La sonnette retentit à la porte.

— J'ai hâte de découvrir la merveille, dit Bret en entrant.

Je lui montre les ballerines.

— La marque Ange est née...

Je lui laisse le temps de les examiner, puis j'expose les chiffres :

— J'ai trouvé un tissu très innovant à Milan, qui imite le cuir et permet de diviser par trois le prix de revient. On reste quand même dans du haut de gamme, tout en ciblant une clientèle plus modeste. Qu'est-ce que tu en penses ?

— Je pense que ton projet a de quoi séduire un investisseur. Des nouvelles du Bergdorf ?

— Je viens de déposer le prototype. Ça m'étonnerait que je remporte cet appel d'offres, Bret. J'ai de sacrées *pointures* en face de moi, si je puis dire.

— Je vais annoncer aux investisseurs que tu figures parmi les favoris de Rhedd Lewis. Avec un peu de chance, tu signeras un contrat avant que le gagnant soit désigné.

— Ce serait formidable ! Je n'ai plus qu'à croiser les doigts...

Je suis interrompue par la sonnerie de mon portable, et là, ma mère m'annonce tout affolée que Jaclyn a perdu les eaux et est partie à la maternité.

— Jaclyn est en train d'accoucher.

— Donne-moi mon sac, dit Grannie, très calme.

À l'hôpital, Grannie et moi errons dans un labyrinthe de services avant de trouver la maternité au sixième étage. Maman nous attend à la sortie de l'ascenseur.

Je lui demande aussitôt :

— Comment elle va ?

— Le bébé arrive… C'est tout ce qu'on sait. Je leur ai dit que le gynécologue de Jaclyn s'était sûrement trompé dans ses calculs. Elle a grossi à une vitesse !

Maman nous conduit dans la salle d'attente. Papa lit un exemplaire du magazine *Forbes*, pendant que Tess tente vainement d'empêcher Charisma et Chiara de faire la course dans le couloir. Grannie prend place sur un canapé, j'approche une chaise à côté d'elle.

— Nous sommes venues trop tôt, me souffle Grannie au bout d'une heure. Ça risque de durer longtemps.

— Tu te rappelles quand Jaclyn est née ? m'interroge Tess en s'asseyant avec nous.

— Tu voulais absolument qu'elle s'appelle comme ton héroïne préférée de la série *Drôles de dames*. Jaclyn Smith… Je n'arrive pas à croire que Maman ait accepté.

Mrs McAdoo arrive avec sa sœur. Elles attendent une heure, puis s'en vont. Il faut préciser que c'est le quatorzième petit-enfant de Mrs McAdoo : pour elle, l'événement n'a rien de particulièrement nouveau.

Tess finit par renoncer aussi et rentre chez elle avec ses filles. Papa s'assoupit sur le canapé. Bientôt, il ronfle tellement fort qu'une infirmière nous prie d'intervenir. Et puis, après six heures d'attente, deux tournées de café Starbucks et une heure et demie d'un magazine d'information à l'écran d'une télévision muette, dix minutes après minuit, le 15 juin 2008, Tom sort de la salle de travail.

— C'est une fille, déclare-t-il. Teodora Angelini McAdoo.

Ma mère pleure, Grannie presse ses mains l'une contre l'autre, honorée et ébahie. Mon père étreint Tom et lui donne de grandes claques dans le dos. Maman appelle Tess et Alfred pour leur annoncer que la famille s'est agrandie.

Un peu plus tard, Grannie, Maman et moi allons voir Jaclyn dans sa chambre. Elle est adossée à des oreillers, sa fille dans les bras, et a l'air épuisée. Son visage est bouffi, ses yeux d'ordinaire grands et limpides sont enfoncés dans ses orbites comme des raisins secs sur un muffin.

— Elle est trop mignonne, hein ? dit-elle.

Nous nous extasions en chœur.

Sur les traits de Jaclyn, la béatitude laisse place à une expression farouchement déterminée.

— Mais je ne veux plus jamais accoucher.

Dans le taxi qui nous ramène à Perry Street, je consulte ma boîte vocale. J'ai reçu trois messages de Roman. Le dernier est franchement sec. Je le rappelle, et lorsqu'il décroche, j'explique sans même dire bonjour :

— Chéri, je suis désolée. Jaclyn a accouché. On a passé toute la soirée à l'hôpital.

— C'est une excellente nouvelle. Pourquoi tu ne m'as pas appelé ?

— Je viens de te dire que j'étais à l'hôpital.

— Je t'ai laissé plusieurs messages.

— Roman, encore une fois, je suis désolée… Je ne pensais plus qu'à cette naissance et j'avais éteint mon téléphone. Tu veux que je passe maintenant ?

— Non, c'est trop tard. Tant pis. On se verra un autre soir.

Il a une voix lasse, mais surtout agacée. Je raccroche. Grannie regarde par la fenêtre en faisant mine de ne pas avoir entendu.

— On croirait que je l'ai planté pendant une semaine à Capri, je marmonne avec mauvaise humeur. Ce n'était qu'un dîner. Les hommes, je vous jure…

Le lendemain, Grannie et moi sommes fatiguées après notre courte nuit de sommeil. Grannie a appelé toutes ses amies pour leur annoncer que son arrière-petite-fille portait son prénom. Chez nous, c'est le plus grand des honneurs, et je ne l'ai jamais vue aussi heureuse.

En triant le courrier dans l'atelier, je vois une lettre qui vient d'Italie. Je la donne à Grannie.

— Tiens… Dominic t'a écrit.

Elle pose son ouvrage et ouvre délicatement l'enveloppe avec la pointe de ses ciseaux. Pendant qu'elle lit, je lustre le cuir d'une Ines. Grannie me tend ensuite des photos qui était contenues dans l'enveloppe.

— Orsola s'est mariée, dit-elle.

Sur la première photo, éclatante de couleurs, Orsola est une mariée superbe, dans une robe en soie très simple à l'encolure carrée qui s'arrondit autour de ses chevilles fines comme une cloche brodée de roses. Un petit bouquet d'edelweiss complète sa tenue.

Le marié est un beau blond aux cheveux lissés en arrière pour la circonstance. Il est flanqué de ses parents, très chic eux aussi. À côté d'Orsola, une femme que je n'ai jamais vue la tient par la main. Sa mère, bien sûr, l'ex-femme de Gianluca. Elle est aussi grande que sa fille, avec les cheveux courts et les mêmes traits délicats. Une forte personnalité, à en juger par sa ride du lion prononcée entre les sourcils, telle que me l'a décrite Gianluca.

J'ai le cœur qui s'accélère quand mon regard se pose sur Gianluca, debout près de son ex-femme. Sans doute parce que je suis gênée de l'avoir embrassé, mais aussi parce que la vue de la mère d'Orsola, une femme de son âge, me rappelle qu'il est beaucoup plus vieux que moi. Vêtu d'une élégante queue-de-pie gris perle, Gianluca a belle allure, un air raffiné que n'a pas l'artisan tanneur dans la vie. Son sourire montre toute la joie qu'il éprouve pour sa fille. Dominic, le duc d'Arezzo, en jaquette grise et lavallière rayée gris et blanc, se dresse bien droit et fier à côté de son fils.

— Dominic écrit que Gianluca a demandé de tes nouvelles.

— C'est gentil. (Je change aussitôt de sujet.) Comment va Dominic ?

— Je lui manque, répond Grannie. Il est amoureux de moi, tu sais.

Grannie a prononcé cette phrase sur un ton aussi neutre que lorsqu'elle commande un plat au restaurant. J'arrête de lustrer ma chaussure.

— Et toi ? Tu es amoureuse de lui ?

Elle pose délicatement la lettre sur le côté.

— Je crois, oui.

— Ne t'inquiète pas, Grannie. Un an sera vite passé. Nous aurons encore besoin de cuir et tu le retrouveras.

— Je ne pense pas pouvoir attendre un an.

— Tu n'auras qu'à prendre des vacances et aller le voir.

— Je ne pense pas que des vacances me suffiront.

Je suis abasourdie. Ma grand-mère a quatre-vingts ans ; envisagerait-elle vraiment de partir vivre en Italie ? Un tel projet me paraît impossible et ne lui ressemble pas du tout.

— Toute ma vie, je me suis battue contre moi-même, continue-t-elle. Je suis toujours déchirée entre ce que j'ai *envie* de faire et ce que je *devrais* faire.

— Grannie, il me semble qu'à quatre-vingts ans, on a le droit de suivre ses envies.

— Oui, n'est-ce pas ?

Elle détourne les yeux et poursuit tristement :

— Mais ce n'est pas facile de renoncer à tout ce qu'on a été, même si on en a le désir. Je travaille dans cet atelier depuis cinquante ans, je ne le quitterai sans doute jamais.

— Mais tu es tombée amoureuse... Tout est bousculé, dis-je avec fougue, comme si j'exprimais une conviction intime.

— L'amour ne marche pas s'il y a un sacrifice d'un côté ou de l'autre. On ne devrait pas abandonner ce qu'on est pour quelqu'un d'autre. Les gens le font, mais cela ne les rend pas heureux. Pas à long terme.

La sonnerie du téléphone interrompt notre conversation. Je décroche.

— Rhedd Lewis souhaiterait parler à Teodora Angelini, dit la voix de l'assistante.

Je couvre le combiné d'une main.

— Grannie, c'est Rhedd Lewis.

Grannie prend le téléphone. J'ai l'impression qu'elle met un temps fou à prononcer :

— Allô ?

Elle écoute attentivement, puis déclare :

— Rhedd, si cela ne vous ennuie pas, je préférerais vous passer Valentine. C'est sa création. Un instant, je vous prie.

Grannie me rend le téléphone.

— Valentine, j'ai examiné tous les modèles qui nous ont été proposés. J'ai été impressionnée, déçue, choquée, consternée. J'ai vu des choses d'une médiocrité extrême, et aussi du génie pur…

Pourquoi me raconte-t-elle ça ? Je n'ai pas besoin d'entendre une critique, en plus d'un refus. Qu'elle en vienne au fait !

— Mais nulle part, je n'ai trouvé cet élan, cette puissante énergie, ce regard d'une incroyable modernité qui s'inscrit aussi dans le respect du passé. La Bella Rosa marie la tradition et l'esprit de notre époque sans la moindre fausse note. En fait, je suis émerveillée. Le Bergdorf va présenter les chaussures Angelini dans ses vitrines de Noël. Félicitations.

Après avoir raccroché, je pousse un tel hurlement que les pigeons de Charles Street s'envolent à tire-d'aile.

— On a gagné ! On a gagné !

Grannie et moi tombons dans les bras l'une de l'autre. À cet instant, June rentre de sa pause déjeuner.

— Mais que se passe-t-il ici ?

— On a gagné, June. Les vitrines du Bergdorf !

— Mon Dieu, j'ai cru que quelqu'un avait gagné au Loto.

— C'est exactement ça !

J'enfile l'une des robes vintage Diane von Fürstenberg de ma mère. Celle-ci est noire et blanche, avec un motif taches de peinture. Je laisse mes cheveux flotter sur mes épaules, comme Diane elle-même à l'époque où elle présentait ses premiers modèles. J'ai envie de briller pour fêter l'événement avec Roman. Il ne le sait pas encore et je vais le surprendre au restaurant. Ce soir, une équipe d'électriciens travaillent à améliorer l'installation dans la cuisine, donc il est libre et je compte lui offrir un festin à Chinatown.

Grannie est installée devant la télévision dans son fauteuil inclinable, les jambes relevées.

Comme chaque fois que je sors, je lui demande :

— Grannie, tu manges quoi ce soir ?

— Le reste de tes *manicotti.*

— Ça ira ?

— Ils seront encore meilleurs la deuxième fois.

— Qu'est-ce que tu vas faire ?

— Regarder les nouvelles et me coucher.

— Ne m'attends pas.

— Bien sûr que non. Tu me connais. (Et elle me fait un clin d'œil.)

Le taxi me dépose à Moss Street. Avant de composer le code à la porte du Ca' d'Oro, j'inspecte mon rouge à lèvres dans un miroir de poche. Les stores sont baissés. En entrant dans la salle, je suis accueillie par des bougies allumées devant la fresque murale et sur les tables. Roman a sans doute appris la nouvelle, Grannie l'a appelé et il m'a préparé un repas de fête. Oh, que la vie est belle.

J'entends la voix de Roman et je m'avance jusqu'au seuil de la cuisine sur la pointe des pieds.

Roman s'affaire au-dessus d'une poêle posée sur le feu. Une femme aux longs cheveux blonds, en tablier, assise sur l'îlot central, balance ses jambes en sirotant un verre de vin. Elle lui donne un petit coup de pied dans les fesses. Il pivote, lui sourit, et m'aperçoit. Elle se tourne alors et me voit aussi.

— Chérie, qu'est-ce que tu fais ici ?

Je fixe la femme. Gênée, elle détourne les yeux.

— On a remporté l'appel d'offres du Bergdorf.

Je m'enfuis aussitôt. Je ne suis pas douée pour ce genre de scène, c'est beaucoup trop de drame pour moi. Je n'ai pas le sentiment d'être bouleversée. Je n'éprouve rien. Comme dit Tess, en cas de crise, il faut rester à côté de Valentine, parce que c'est la seule qui met vingt-quatre heures à comprendre qu'il est arrivé quelque chose d'horrible. Roman me rattrape alors que j'ouvre la porte.

— Attends…

Je suis déjà dehors. Pas question d'attendre.

— Bonne soirée, Roman.

— Écoute-moi. Tu me dois bien ça.

Brusquement, la colère me saisit. Quoi qu'il puisse dire, je n'aurai que fiel et amertume à lui opposer.

— Qu'est-ce que je te dois *exactement* ?

— Laisse-moi t'expliquer.

L'idée qu'il va trouver une excuse me donne envie de hurler. Mais je suis tellement furieuse que les mots s'étranglent dans ma gorge.

— C'est une maîtresse d'hôtel que j'allais engager. Maintenant, je ne la prendrai pas.

— Tu veux que je te dise, Roman ? Je ne te crois pas.

Je m'éloigne. Il me retient par le bras.

— Il ne s'est rien passé. Elle a juste bu un peu de vin et elle commençait à flirter…

— Mais oui, bien sûr. Le coupable, c'est l'alcool.

Je me détourne à nouveau, mais cette fois pour cacher mes larmes. Tess et ses vingt-quatre heures ne sont plus d'actualité. Ce soir, j'ai à peine tenu trente secondes. Et puis, après tout, il peut bien voir que je pleure. Je m'en moque.

— Je suis quoi pour toi, Roman ? Un bouche-trou quand tu as un moment ?

— Toi aussi, tu es très occupée, réplique-t-il.

Puis il continue d'une voix plus douce :

— Je crois que ce qui te plaît, c'est l'idée d'être avec moi, mais que je ne suis pas celui qu'il te faut.

Si j'étais plus jeune – et une personne différente –, je l'accuserais de me renvoyer la balle pour faire diversion et éluder la scène dans la cuisine. Sauf que ce n'est pas le cas : il a raison. Je veux qu'il soit là quand j'en ai envie, mais au fond, je ne me rends pas non plus disponible pour cette relation.

— Je suis désolée.

Je ne m'attendais pas à présenter des excuses, compte tenu des circonstances, et je suis encore plus étonnée de m'entendre ajouter :

— Et je t'aime.

Roman me considère gravement, puis secoue la tête d'un air incrédule.

— Je crois qu'il y a quelqu'un d'autre.

— Tu plaisantes ? C'est moi qui viens de te surprendre dans la cuisine avec une femme.

— Tu ne m'as pas surpris : je suis innocent. Depuis que tu es revenue d'Italie, tu es distante. Je n'arrive pas à te retrouver. J'ai imploré ton pardon pour ces vacances ratées par ma faute. J'ai essayé de me rattraper. Il y a des tas de couples qui se forment même si chacun travaille beaucoup. Je crois que notre manque de temps n'est qu'un prétexte. Nous ne sommes pas faits l'un pour l'autre. Tout simplement.

— Si !

Je suis soudain désespérée à l'idée de le perdre. La panique m'envahit, je promettrais n'importe quoi pour qu'il m'accorde une autre chance. Pour lui prouver mes sentiments, pour m'engager. Mon esprit s'emplit d'images : je le vois sur le toit à Noël, en train de faire rôtir des marshmallows avec les enfants ; dans la rue, donnant le bras à Grannie sans raison. Mais je reconnais que je ne l'aide pas à me comprendre, parce que je ne lui montre jamais la vraie personne que je suis au fond. Quelque chose en moi le tient à distance, et je ne sais pas pourquoi.

— Dans ce cas, Valentine, on devrait essayer.

— Il faut que je réfléchisse, Roman. À toi, à moi… Je ne veux pas d'un gros pansement : on va au lit, on rapièce, tout va bien pendant quelques semaines, et après… retour à la case départ. Quelque chose ne va pas de mon côté, et je dois sérieusement m'interroger. Tu mérites mieux.

— Tu es d'accord pour continuer, alors ?

Il y a une expression sur son visage qui m'émeut au plus profond : l'espoir.

— En plus, j'ai embrassé quelqu'un à Capri. Voilà, je l'ai dit. Ça me gêne depuis que je suis rentrée, et je suis désolée. Affreusement désolée. En réalité, je n'ai pas le droit de te reprocher quoi que ce soit avec cette blonde alors que je me…

— Pourquoi ? demande-t-il.

— J'étais en colère contre toi. C'est tout.

— Je suis soulagé.

— Quoi ?

Sa réaction me déstabilise. Où est la rage ? La jalousie ?

— Je savais qu'il y avait quelque chose, et maintenant tu l'as confirmé.

— J'ai toujours envie d'être avec toi, dis-je.

— Et moi, j'ai envie que ça marche.

— Alors va dire à cette maîtresse d'hôtel que le poste est déjà pourvu.

Il me prend par la main.

— Tu veux m'accompagner ?

— Pas vraiment… (Je l'embrasse.) Rejoins-moi chez moi ce soir.

— Et Teodora ?

— Je fermerai sa porte. De toute façon, elle dort avec des bouchons d'oreilles. Tiens…

Je sors un trousseau de clés de mon sac ; un double que j'envisage de lui donner depuis des mois.

— Tu es sérieuse ? murmure Roman, stupéfait.

— Absolument.

Je m'éloigne dans la rue. Au carrefour, je me retourne. Il n'a pas bougé et me regarde. Je lui fais un signe de la main. Il m'aime, c'est évident, et à nouveau mon cœur chavire à la pensée que je pourrais le perdre.

Au pied de l'escalier, je lance :

— Grannie, je suis rentrée !

J'ai hâte de me débarrasser de cette robe, de me mettre en pyjama et de terminer notre conversation à propos de Dominic. J'aimerais aussi qu'elle dorme, du moins qu'elle soit couchée paisiblement dans sa chambre, avant que Roman arrive. Ce soir, je veux lui raconter où j'en suis avec Roman, lui avouer que j'ai embrassé Gianluca et lui demander ce qu'elle ferait à ma place. Je pense qu'elle choisirait Roman, comme moi.

J'entre dans la cuisine.

— Je suis là, Grannie !

La télévision est allumée, mais je ne vois pas ma grand-mère dans son fauteuil. C'est bizarre. En général, elle éteint le poste avant de monter. Je pose mon sac sur la table et m'apprête à enlever mon manteau quand j'aperçois le pied de Grannie derrière le bar. Je me précipite. Elle est étendue par terre. Je m'agenouille à côté d'elle. Elle respire, mais ne réagit pas quand je lui parle. J'attrape le téléphone et compose le numéro d'urgence.

L'ambulance a emmené Grannie à l'hôpital Saint-Vincent. Elle était revenue à elle mais ne se rappelait pas les circonstances de sa chute. Il y avait peu de circulation entre le Queens et Manhattan à cette heure tardive et mes parents sont arrivés très vite. Bientôt, Tess, Jaclyn et Alfred poussent la porte de la salle d'attente, les traits ravagés par l'inquiétude. Il est presque vingt-deux heures, mais Grannie a demandé à Maman d'appeler son notaire, son vieil ami Ray Rinaldi qui habite à Charles Street. Ce dernier est avec elle en ce moment même dans l'unité de soins intensifs.

Roman entre et se précipite vers moi.

— Comment va-t-elle ?

— Elle est très faible, répond Maman. On ne sait pas ce qui s'est passé.

Grannie n'a jamais été malade, ni victime d'une grave blessure. Maman n'a pas l'habitude : elle est terrifiée. Mon père l'entoure de son bras.

— Je ne veux pas la perdre, sanglote-t-elle.

— Elle est entre de bonnes mains, tente de la rassurer Roman. Ne vous inquiétez pas, ça va aller.

Une infirmière sort des soins intensifs et balaie la pièce du regard.

— Y a-t-il quelqu'un ici du nom de Clémentine ?

Je lève la main.

— Valentine, oui.

— Venez avec moi.

Les soins intensifs sont apparemment débordés. Grannie est installée dans une chambre au fond, derrière un rideau bleu qui la sépare d'un vieil homme à la respiration oppressée. Au moment où j'approche du lit, Ray Rinaldi referme un gros dossier. Ray est un vieil homme à présent, avec une masse de cheveux gris et un attaché-case qui a connu des jours meilleurs.

— On se voit après, dit-il en me tapotant le dos, puis il ajoute à l'intention de Grannie : Teodora, tout sera fait comme vous le souhaitez.

— Merci, Ray, murmure Grannie.

Elle réussit à sourire et ferme les yeux.

Debout à son chevet, je lui prends la main. Ses paupières se soulèvent péniblement, je ne reconnais pas son regard vif et pétillant. Ses lunettes accrochées à leur chaîne reposent sur sa poitrine, comme lorsqu'elle est tombée. Un hématome s'est formé sur son front, à l'endroit où elle a heurté le bar. Je caresse doucement sa joue, qui est tiède.

— Je ne sais pas ce qui s'est passé, souffle-t-elle. Je ne me sentais pas bien. Je me suis levée pour boire un verre d'eau, et je ne me rappelle plus rien jusqu'à l'arrivée de l'ambulance.

Grannie plisse les yeux, comme si elle cherchait à distinguer un panneau routier au loin.

— Tu ne vois pas la Sainte Vierge, hein ? dis-je en plaisantant. Ce n'est pas du tout le moment de partir dans un délire mystique...

Suivant son regard, je remarque un tableau au mur où les infirmières ont inscrit les noms des patients et de divers médicaments.

— Alors, ça y est ? demande Grannie.

— Qu'est-ce que tu veux dire ?

— Ça va finir comme ça ?

— N'importe quoi ! Tu as un programme chargé devant toi, je te préviens. D'abord, tu as une nouvelle arrière-petite-fille qui porte ton nom. Ensuite, Maman veut t'emmener en croisière, mais je te conseille de décliner sa proposition. Tu détesterais ! J'ai mieux à te proposer : tu dois encore me montrer comment on coupe du cuir repoussé. Je n'ai pas fini d'apprendre le métier, et tu es la seule personne qui puisse me l'enseigner. Et Dominic. Dominic t'aime !

— Je veux juste fabriquer des chaussures et jouer aux cartes…

— C'est ce que tu vas faire !

— … et cultiver des tomates.

— Absolument. Des tomates !

— … et retourner chez moi en Italie.

Grannie laisse à nouveau son regard se perdre dans le lointain. C'est si simple : une occupation, des amis avec qui parler et jouer aux cartes, un bon repas à base de tomates récoltées dans son propre jardin et, de temps en temps, un voyage en Italie où trouver la paix et le réconfort entre les bras d'un vieil ami.

Je parcours des yeux l'unité de soins intensifs de Saint-Vincent. Aucune fantaisie ici. Rien qui évoque un rétablissement ultérieur, sans parler d'un éventuel salut. Les infirmières ont abandonné l'uniforme empesé et la calotte blanche qui leur donnaient une allure quasi monastique au profit de pantalons baggy et de gros sabots en caoutchouc.

— J'ai fait venir Ray, reprend Grannie. Je vous ai désignés, Alfred et toi, pour me succéder à l'atelier Angelini et être mes exécuteurs testamentaires. Je suis sûre que vous vous débrouillerez très bien tous les deux pour régler au mieux cette succession.

J'entends encore les paroles de Grannie, un jour que je me disputais avec Alfred : « Plus que tout, je veux que mes petits-enfants s'entendent entre eux. » Sauf qu'Alfred et moi à la tête de l'entreprise familiale, ça ne marchera jamais ! Je ne peux que prier pour que Grannie se rétablisse, qu'elle mène la vie dont elle rêve et qu'elle me confie la direction de ses affaires pendant encore quelque temps.

Je lui réponds calmement :

— Oui, Grannie. On s'occupera de tout, je te le promets. Et toi, tu vas vite rentrer à Perry Street avec moi.

*
* *

— Valentine ?

Ma mère me réveille doucement. Je me suis endormie dans le fauteuil de la chambre de Grannie. En me redressant, je vois que le lit est vide.

— Où est-elle ? Qu'est-ce qui s'est passé ?

— Elle est juste partie faire des examens.

— Quelle heure est-il ?

Je remonte ma manche pour consulter ma montre. Presque midi.

— Ils sont venus la chercher à huit heures, dit Maman, et j'entends l'inquiétude dans sa voix.

— Ils savent ce qui lui est arrivé ?

Papa, Jaclyn, Tess et Alfred nous rejoignent.

— Elle a eu une attaque ? interroge Tess.

— On ne sait rien encore, répond Maman.

Alfred prend une grande inspiration et s'éclaircit la gorge.

— Je préférerais ne pas avoir raison. Mais cette fois, vous devez m'écouter. Grannie ne peut plus continuer comme avant.

Il me regarde bien en face.

— Il faut que tu arrêtes de la pousser.

À cet instant, Armand Rigaux, le médecin de Grannie, entre dans la chambre. C'est un homme aux cheveux poivre et sel, mince et alerte.

— J'ai de bonnes nouvelles, annonce-t-il. Teodora n'a pas eu d'attaque et son cœur n'est absolument pas en danger.

— Dieu merci !

Soulagée, Maman presse les mains sur son propre cœur.

— Mais elle souffre d'une forme aiguë d'arthrose dans les genoux. Au point qu'ils se bloquent et qu'elle tombe. Hier soir, au cours de sa chute, elle s'est cogné la tête et a perdu connaissance. Nous voulons nous assurer que le choc n'a causé aucun dommage neurologique. C'est pourquoi nous allons la garder sous surveillance encore quelques jours.

Je pose ma question sans hésiter :

— Et un remplacement des genoux ?

— Cette opération paraît tout à fait indiquée. Compte tenu de son état de santé général, Teodora est une excellente candidate. D'autant que sa convalescence serait facilitée par la présence de sa famille autour d'elle.

— Je ferais n'importe quoi pour ma mère, déclare Maman.

— À dire vrai, conclut le Dr Rigaux, une intervention chirurgicale serait le seul moyen d'empêcher que ce genre d'accident ne se reproduise.

Grannie passe donc une troisième journée à l'hôpital durant laquelle elle subit toutes sortes d'examens. Ma mère, mes sœurs et moi nous relayons pour lui tenir compagnie. Quand vient mon tour de m'éclipser quelques heures, je passe voir June à l'atelier pour vérifier que tout va bien et je prends une douche. J'ai changé les draps de Grannie afin que mes parents puissent dormir à Perry Street, et fait le lit dans l'ancienne chambre de Maman pour recevoir Jaclyn, si elle le souhaite, avec son bébé.

Grannie ne supporte plus les plateaux-repas de l'hôpital, la dinde reconstituée, la purée en flocons et les compotes insipides. Je lui prépare un assortiment de penne avec des petits pains chauds, une salade d'artichauts et une tarte au potiron, et charge le tout dans un sac.

De retour à Saint-Vincent, en tournant dans le couloir du troisième étage, je distingue un attroupement devant la chambre de Grannie. Je me précipite, affolée.

Tess, Jaclyn et ma mère m'accueillent avec des mines qui semblent sinistres dans la lumière blafarde de l'hôpital.

— Qu'est-ce qui se passe ?

— Il y a un peu trop de monde…, gémit Jaclyn.

— Pourquoi ?

N'obtenant pas de réponse, j'entre. Ma mère me suit.

Dominic Vechiarelli est assis sur le lit, la main de ma grand-mère dans les siennes. Je rêve ! À mon insu, je pousse sans doute un petit cri car toutes les têtes se tournent vers moi. Mais non, ce n'est pas un rêve, les bagages de Dominic sont posés à côté du fauteuil réservé aux visiteurs.

Mon père, debout au pied du lit, fait signe à Maman d'approcher et l'entoure de son bras. Roman est là aussi, chaussé de ses sabots de travail. Je les remarque parce qu'il se balance d'un pied sur l'autre et que le plastique couine.

Alors, seulement, je vois Gianluca. J'essaie de n'avoir aucune réaction. Il est plus beau que dans mon souvenir et paraît plus jeune, en veste de cuir, pull et jean délavé. Ma gorge se serre, mais je préfère accuser l'air sec qui circule par le système de ventilation de l'hôpital. Pamela et Alfred se tiennent un peu à l'écart, près de la fenêtre.

— Ça alors… qu'est-ce que… comment avez-vous…

Mais je suis incapable de formuler une question cohérente. Ma mère passe un bras sur mes épaules.

— Dominic a sauté dans un avion dès qu'il a appris que *mamma* était à l'hôpital. Apparemment, Ray Rinaldi a reçu pour instructions de l'avertir si Grannie était malade ou avait besoin de… quoi que ce soit.

Ma mère se trouble. Elle ne connaissait pas l'existence de Dominic jusque-là, et aujourd'hui, elle découvre qu'il est la première personne à prévenir en cas d'urgence sur la liste de Grannie.

Je me tourne vers Gianluca en bredouillant :

— Et vous… euh… vous… êtes là aussi ?

— Je ne voulais pas que mon père fasse le voyage tout seul, répond Gianluca, les yeux fixés sur Roman.

Roman le dévisage aussi. Il soupçonne que c'est l'homme que j'ai embrassé, mais affiche un air désinvolte pour expliquer :

— Et moi, j'ai apporté de ma panna cotta à Grannie, parce qu'elle l'aime bien.

Puis il enfonce ses mains dans ses poches et me fixe.

— Maintenant que Valentine est là, déclare Dominic, je peux poser une question à Teodora. C'est quelque chose que j'ai envie de lui demander depuis cet été. S'il vous plaît, venez, tout le monde…

— Il n'y a pas assez de place, piaille Tess à la porte.

— Serrons-nous un peu, dit Maman. Une grande famille italienne… On a l'habitude d'être les uns sur les autres.

Chacun se presse pour laisser entrer mes sœurs et leurs conjoints.

Dominic prend les deux mains de Grannie et la regarde dans les yeux.

— Teodora, veux-tu m'épouser ?

Un profond silence tombe dans la pièce. On n'entend plus que le bip du moniteur cardiaque de Grannie.

Enfin, ma mère lâche d'une voix sourde :

— Mon Dieu, Maman. Je ne savais même pas que tu avais un amoureux.

— Depuis dix ans, murmure Grannie. Depuis que ton père est mort.

— Quoi ? J'aurais pu me réjouir pour toi depuis *dix* ans, et tu me l'as caché ! Enfin, Maman, tu te rends compte ?

— Mike, pour l'amour du ciel, réjouis-toi *maintenant*, grogne mon père. Regarde-la… Elle s'est ouvert la tête et elle n'arrête pas de sourire. Ça lui fait plaisir.

Je coupe court à ce bavardage insupportable.

— Laissez-la répondre !

Plus que les autres, j'attends en retenant mon souffle. Un « oui » de ma grand-mère signera la fin de la vie que j'adore. Elle me quittera et partira pour Dominic, les collines d'Arezzo, l'île de Capri… Mais en vérité, je l'aime tellement que je souhaite son bonheur plus que le mien. Je croise les doigts pour qu'elle accepte.

— Oui, Dominic, je veux bien t'épouser, répond Grannie, et Dominic l'embrasse tendrement.

Tout le monde se fige, y compris ma mère. Voyant que l'état de choc général se prolonge, je comprends que c'est à moi de manifester la première réaction. Après tout, je *savais.*

— Félicitations, dis-je en étreignant Grannie et en prenant garde de ne pas toucher sa perfusion. Je suis tellement contente pour toi !

J'ai les yeux pleins de larmes, je suis sincèrement heureuse pour ma courageuse grand-mère qui, même à son âge, me montre comment prendre un risque, comment *vivre.*

Je sens mes sœurs et mon frère s'agglutiner autour de moi.

Jaclyn se met à pleurer.

— Moi non plus, je ne savais pas que tu avais un petit ami ! gémit-elle. On ne me dit jamais rien. J'en ai assez d'être la petite qu'il faut protéger.

Ma mère articule silencieusement « baby blues » à l'adresse de Gianluca en prenant Jaclyn dans ses bras. Tess enlace Alfred et mon père offre une poignée de main à Dominic. Mais celui-ci se lève d'un bond et le serre contre sa poitrine.

— Grand-Papa ? dit mon père à Dominic.

Il nous regarde en hésitant, puis hausse les épaules.

— Qu'est-ce que vous en pensez ? Vous êtes d'accord pour l'appeler Grand-Papa ?

Mes sœurs et moi partons d'un éclat de rire. Bientôt les autres rient aussi. Toute la famille.

Après une telle annonce, il n'y a qu'un seul endroit où je pouvais aller pour chercher l'apaisement, et j'y suis : sur le toit de notre immeuble, au-dessus du chaos.

Je suis partie de l'hôpital en laissant les autres fêter l'événement. Roman, qui devait retourner travailler, est sorti en même temps que moi. Il m'a embrassée dans la rue, sans doute inspiré par l'amour dont il venait d'être témoin dans la chambre 317.

Il y a un embouteillage monstre sur la West Side Highway, des voitures bloquées à toutes les intersections et un concert presque ininterrompu de klaxons. Loin de me déranger, le bruit et l'agitation m'aident à étouffer le vacarme qui fait rage dans mon esprit.

La vision de ma grand-mère en fiancée rayonnante dans son lit d'hôpital marque la fin d'une ère. Mis à part le fait que je suis maintenant la dernière femme célibataire de la famille, il semble aussi que personne ne mesure comme moi les conséquences de cet événement.

À savoir : Grannie épousera Dominic et partira vivre en Italie. Mes sœurs élèveront leurs enfants. Ma mère obligera mon père à manger du tofu et des pâtes au blé complet pour éviter une récidive de son cancer de la prostate. Mon frère, dès la fin du discours en l'honneur des nouveaux mariés, mettra un panneau à vendre au 166 Perry Street, ce qui jettera l'atelier Angelini, et moi, à la rue. Bref, tout ira bien pour l'ensemble de ma famille, sauf pour moi.

Le soleil qui se couche dans les brumes du New Jersey dessine une bande couleur lilas à l'horizon. La porte du toit claque derrière moi. Certaine que ce n'est que le vent, je garde les yeux rivés sur l'eau pourpre de l'Hudson dans la lueur du jour déclinant.

— Valentina ? dit une voix derrière moi.

— À moins que vous ne soyez un milliardaire qui m'apporte un chèque pour sauver cette fabrique de chaussures, allez-vous-en.

Avant même de me retourner, je reconnais Gianluca à son odeur de cèdre, de citron et de cuir. Si j'étais ma mère, ou l'une de mes sœurs, je me précipiterais dans ses bras. Quand elles sont désespérées, elles aiment s'appuyer sur un homme. Moi, non. Je recule jusqu'au parapet et me décale sur le côté afin de le laisser face à la vue que l'on a d'ici, à la pointe sud de Manhattan.

— Vous pouvez dormir dans la chambre violette. Votre père n'a qu'à prendre la chambre de Grannie. La salle de bains est au fond du couloir, mais vous le savez puisque vous êtes passé devant pour monter sur le toit.

— Merci. Mais nous avons réservé deux chambres à l'hôtel. Le Maritime, précise-t-il.

— Il ne faut pas. Vous êtes de la famille.

— Vous n'êtes pas contente de ces fiançailles ? demande-t-il doucement.

— Pour elle. Pour Grannie, si. Et pour Dominic. Bien sûr que je suis contente.

— *Va bene.*

— Et vous ? Vous êtes *va bene* pour eux ?

Gianluca hausse les épaules et pince les lèvres dans une moue parfaitement indéchiffrable. C'est l'expression qu'il m'a offerte à la fabrique de soie de Prato, je me souviens, quand je lui ai montré un échantillon de satin duchesse qui me séduisait par sa couleur, mais à la finition insatisfaisante.

— Vous avez intérêt à vous y faire, de toute façon, parce qu'ils vont habiter avec vous.

Il sourit.

— Je sais.

— Apparemment, l'amour trouve des victimes n'importe où, n'importe quand. C'est comme tout ce qui nous arrive dans la vie, finalement, y compris la maladie… Ça nous tombe dessus sans prévenir.

— Vous êtes bien sarcastique.

— Moi ? Je dirais plutôt « réaliste ».

— Pourquoi repoussez-vous l'amour ? Vous pensez qu'on le croise si souvent ?

— On n'était pas en train de parler de ma grand-mère ?

— Expliquez-moi… Vous avez peur de moi. Je ne suis pas ce dont vous rêviez.

— Comment savez-vous de quoi je rêve ?

— C'est très simple. Vous n'accordez pas de temps à votre cuisinier, alors que vous l'aimez. Ou bien vous avez cru l'aimer, et maintenant, vous vous sentez obligée. La femme que vous êtes, la femme passionnée, s'exprime quand vous travaillez. Là, vous êtes en paix. Pas avec les hommes. Avec le cuir.

— Vous vous trompez. Je serais très heureuse avec un homme s'il acceptait que je sois en même temps femme *et* créatrice de chaussures. Les hommes, du moins ceux que je connais, prétendent qu'une femme peut tout à fait se consacrer à sa carrière, sauf que ce qu'ils veulent dire, vraiment, c'est qu'elle peut y consacrer le temps qu'il lui reste *après* s'être occupée d'eux. J'ai le droit d'avoir un grand projet, mais il doit pouvoir s'adapter à *leur* projet, comme un mouchoir qui s'insère dans une poche de poitrine. Un sacrifice. Voilà ce qu'exigent les hommes. Ils en ont besoin.

Gianluca rit.

— *Vous*, vous savez ce que veut un homme ?

— Ne vous moquez pas de moi.

— Si vous le savez, pourquoi ne pas le lui donner et vous assurer ainsi votre propre bonheur ?

Je me tourne vers la rivière. Et c'est à ce moment-là que j'ai une illumination. Cela commence doucement. Les lumières au loin semblent clignoter et envoient peu à peu un éclat plus vif sur les eaux de l'Hudson. Puis, de l'onde scintillante, tel un astre qui se lève, monte un rayonnement qui englobe d'abord Manhattan tout entier et se resserre ensuite comme le pinceau d'un phare, braqué sur mon immeuble, sur le toit où je me tiens, sur moi seule. Soudain, je me vois, dans la révélation de cette clarté ineffable.

— Cher Gianluca...

Il paraît surpris par la tendresse qui perce dans ma voix.

— Roman Falconi a besoin d'une femme qui tienne la caisse de son restaurant, comme sa mère dans l'affaire familiale. Et vous, vous avez besoin d'une amie. D'une femme qui puisse tout lâcher et aller s'asseoir avec vous devant un lac... celui avec les roseaux et les hérons.

— Lago Argento.

— Oui, c'est ça. Une femme qui soit là pour vous, à ce stade de votre vie. Vous avez envie de paix, de calme, de nature. Vous voulez une existence douce.

— Maintenant, c'est vous qui m'analysez.

— Mais c'est vrai, Gianluca. Écoutez-moi. Je suis extrêmement attirée par vous. Je ne m'en suis pas rendu compte au début, parce que j'ai un petit ami et que je me disais que vous n'étiez pas mon genre. Vous êtes beau, vous avez des mains magnifiques et vous êtes un bon père, ce que j'ai toujours trouvé très sexy. Mais je ne suis pas celle qu'il vous faut. Je ne suis celle qu'il ne faut à aucun homme, pour l'instant. Je viens de le comprendre : aujourd'hui, je choisis l'art. Je choisis le bonheur que j'éprouve lorsque je crée quelque chose avec mes propres mains.

— Vous n'avez pas à choisir l'un ou l'autre. Vous pouvez avoir l'amour et le travail en même temps.

— Non, je ne peux pas ! J'ai passé un an à essayer avec Roman. Je ne peux pas en passer encore un avec vous, pour ne pas y arriver. Au final, tout le monde est triste, déçu, amer…

Gianluca secoue la tête d'un air incrédule.

— C'est ce que vous pensez ?

— C'est ce que je *sais.*

Il contemple l'Hudson, comme je l'ai fait tant de fois. Il voit une rivière grise, alors que moi, je vois des eaux qui filent pour rejoindre un océan, une immensité de possibles. J'ai le sentiment qu'il n'aime pas du tout ma rivière.

Au bout d'un moment, il dit :

— Votre ville… est très bruyante.

Puis il s'en va. J'entends la porte se refermer et ses pas qui descendent l'escalier. Je ne quitte pas des yeux la rivière qui ne m'a jamais laissée tomber, elle. Ma muse, mon indéfectible soutien. La West Side Highway s'étire près d'elle comme un coupon de soie indienne émaillée de minuscules miroirs. C'est la rivière que j'aime, et c'est ma ville. Bruyante, oui, mais à moi – et j'y suis parfaitement bien.

*
* *

J'allume des bougies orange sur la table de Grannie dressée pour Thanksgiving. Gabriel aide mes sœurs à apporter les plats et les assiettes depuis la cuisine. Je lui presse l'épaule au passage.

— Merci d'être venu.

— Tout le plaisir est pour moi. Il me fallait une raison pour m'empiffrer de crumble, et grâce à toi, j'ai une excuse parfaite.

— Roman vient ? interroge ma mère.

— Non, il ne pouvait pas se libérer. Mais il a fait livrer un crumble.

Je n'ai pas du tout envie que ce repas de fête tourne autour de ma rupture avec Roman, aussi je décide de mentir, du moins de fournir des réponses aussi vagues sur le sujet que ma mère lorsqu'on lui demande son âge. Roman et moi voulions essayer de nous voir plus souvent, mais quand Grannie est sortie de l'hôpital, je n'ai pas réussi à m'occuper d'elle, de l'atelier et de lui à la fois. Nous avons donc décidé de nous séparer pendant quelque temps.

— Roman est une brute de travail, soupire ma mère.

Tess me tend un pichet d'eau afin que je remplisse les verres sur la table. Elle m'emboîte le pas, une saucière dans chaque main.

— Tu ne vas pas dire à Maman que tu as rompu avec Roman ? me chuchote-t-elle.

— Non.

— Elle m'a posé des questions sur Gianluca, tu sais.

— Il n'y a rien à raconter.

J'évite le regard de ma sœur, qui sait tout : la pleine lune à Capri, les baisers, la grotte. Et pour elle, ce que j'appelle « rien » est *énorme.*

— Tu plaisantes ! D'abord, tu tombes amoureuse de Roman, et ensuite tu as un coup de foudre pour Gianluca en Italie. Deux hommes fabuleux en un an. C'est un vrai conte de fées… Cendrillon, avec *deux* princes.

— Oui, mais quand j'ai voulu enfiler la pantoufle de vair, c'était un 36. Et je fais du 39.

— Et alors ? Rentre ton pied *de force* !

— J'ai essayé ! Non, je suis une Cendrillon qui va devoir fabriquer sa propre pantoufle.

La famille s'assied, mon père en bout de table, Grannie de l'autre côté. Il lève son verre.

— Rendons grâce d'abord pour la bonne santé de notre famille, surtout pour le rétablissement de Grannie après sa chute. Et pendant qu'on y est, remercions Dieu aussi pour la nouvelle petite Teodora.

Tout le monde se tourne vers Jaclyn qui tient son bébé dans ses bras.

— Comme d'habitude, poursuit mon père, nous te remercions, Seigneur, pour les surprises que nous apporte la vie. Les fiançailles de Grannie en étaient une belle. Quel choc. Gabriel, je suis bien content de te voir…

Les prières de mon père se terminent souvent ainsi, lorsqu'il passe tout simplement à autre chose. Des regards sont échangés autour de la table et nous faisons le signe de croix pour pouvoir commencer à servir.

— J'aimerais que tout le monde voie ça ! s'exclame Tess en brandissant un exemplaire de *InStyle.* Je suis tellement fière de toi.

Ma sœur fait circuler le magazine ouvert à une page qui montre Anna Christina, la star du film *Lucia, Lucia,* chaussée de bottines Angel en cuir de veau corail ornées d'ailes d'ange dorées. J'ai envoyé une paire à Debra McGuire en Californie et elle en a commandé cinq autres, dont l'une est aujourd'hui portée par une étoile montante du cinéma.

Maman contemple la photo d'un air ravi.

— Je les adore. Elles sont *tellement* toi, Valentine.

— Les commandes vont affluer, j'en suis sûre, déclare Tess.

Quand le magazine arrive à Alfred, il y jette à peine un coup d'œil et le passe à Pamela, qui, pour la première fois depuis qu'elle la fréquente, semble impressionnée par la famille de son mari.

— Tu as fixé la date de ton mariage, Grannie ? interroge Jaclyn.

— Le 14 février, jour de la Saint-Valentin, à Arezzo, répond Grannie. Je viens de le décider. Parce que j'adore cette fête, presque autant que le prénom de ma petite-fille.

La conversation se concentre sur le mariage. Quelle compagnie d'aviation choisir, quelle est la meilleure agence de location de voitures, combien de chambres nous réserverons au Spolti Inn. Mes sœurs imaginent déjà leurs tenues, le nombre de jours de congé que leurs maris devront poser, et ma mère, perplexe, se demande comment elle pourra organiser la réception à distance avec un traiteur et un fleuriste d'Arezzo.

Alfred me tend le magazine.

— C'est un sursis qui tombe bien.

— Tant que je paie les traites, tu ne peux pas exiger la fermeture.

Je lui ai répondu sur un ton aimable, mais ferme, par lequel je lui indique que je refuse d'engager la discussion. Je ne montre plus aucune colère et je n'ai tout simplement pas l'énergie de me disputer avec mon frère. Alfred se drape dans un silence glacé. Il a compris que la femme que j'étais il y a un an est devenue une tigresse prête à en découdre avec le monde des affaires. Nos tractations sont loin d'être terminées, mais au moins il connaît ma position. Pour l'instant.

Mes sœurs m'aident à faire la vaisselle et à ranger la cuisine pendant que les hommes regardent un match de foot. C'est le dernier dîner de Thanksgiving à Perry Street. En novembre prochain, Grannie habitera avec son mari à Arezzo, dans l'appartement au-dessus de la tannerie.

J'emballe les restes du repas afin que chacun en emporte chez soi. Gabriel prend la fin du crumble de Roman, sachant qu'il n'y aura plus droit sauf s'il mange à une table du Ca' d'Oro. Grannie monte dans sa chambre pour téléphoner à Dominic, et je me retrouve enfin seule après une longue journée. Mais bientôt j'entends une clé tourner dans la porte. Sans doute ma mère qui a oublié quelque chose.

Une voix feutrée m'appelle au pied de l'escalier.

— Valentine ?

Quand Roman entre, je suis debout à côté du bar.

— Comment était le crumble ?

— Délicieux.

Je brandis un plat en céramique blanche.

— Tiens, ton plat…

— C'est pour ça que je suis venu, dit-il en souriant. Pour le plat.

Je le regarde, absorbant avec avidité tous les détails de sa personne, depuis les mèches effilées de ses cheveux jusqu'à ses chaussettes Wigwam. J'aurais même envie d'embrasser ses sabots en plastique jaune, sauf qu'il porte ce soir de vraies chaussures (il est temps !), des mocassins Tod's en daim. Vu sous cet angle, à ce moment de notre histoire, je n'arrive pas à croire que nous ayons rompu. C'est tout de même étrange comme je veux ce que je ne peux pas avoir, et puis, quand je l'ai, je ne m'en satisfais pas.

— Tu te pointes toujours chez tes copines une fois que tu n'es plus avec elles ?

— Non. Seulement chez toi.

Il s'approche, me prend dans ses bras et m'embrasse sur la joue, puis dans le cou.

— J'ai toujours envie de toi.

— Roman… Notre problème n'a jamais été le désir.

— Oui, je sais.

Apparemment, il a réfléchi et est parvenu à la même conclusion que moi.

— On restera peut-être amis, dis-je. Et quand on sera vieux, on se retrouvera, comme Grannie et Dominic. On louera un camping-car et on fera un grand voyage.

— Quelle idée horrible.

Son intonation est telle que je ne peux pas me retenir de rire.

— Je me rappelle quand je t'ai vue sur le toit, continue-t-il. J'essayais de ne pas regarder, mais je ne pouvais pas m'en empêcher. Je ne *voulais* pas m'en empêcher. Parfois je repense à ce premier soir… J'imaginais comment tu serais, si j'avais la chance de te connaître. Et puis je t'ai connue, et tu étais encore mieux que tout ce que j'avais imaginé. C'est là que je suis tombé amoureux. Tu dépassais mes attentes. Aujourd'hui encore, tu m'intrigues, tu m'étonnes, comme jamais aucune autre femme ne m'a étonné. C'est bizarre… Je sais que c'est fini, mais je n'y crois pas. Je n'arrive pas.

Je le serre très fort.

— Je ne peux pas être avec toi, maintenant, parce que tu ne mérites pas de venir en deuxième position. Tu devrais avoir la priorité. Je ne veux pas que tu m'attendes, mais plus tard, si la situation a changé et que tu penses encore à moi…

Je prends son visage dans mes mains.

— … sers-toi de la clé.

Il acquiesce.

Roman sait, tout comme moi, qu'il n'utilisera sans doute jamais la clé. Elle atterrira au fond de son tiroir où il la dénichera un jour, en cherchant quelque chose, et il se rappellera alors ce que nous étions l'un pour l'autre. Mais pendant quelque temps, il la conservera dans sa poche, il la sortira et la regardera quand il voudra croire que nos retrouvailles sont possibles.

Je glisse le plat sous son bras et le suis des yeux pendant qu'il s'en va. J'écoute son pas décroître dans l'escalier. Brusquement, je me souviens que je ne lui ai jamais fait les bottines que je lui avais promises. Il y a tant de choses que je voulais accomplir, tant de projets qui n'ont pas été réalisés.

*
* *

En ce matin de décembre, le soleil luit derrière les gratte-ciel comme une perle enfermée dans les nuages. Grannie et moi sommes debout au coin de la Cinquième Avenue et de la 58e Rue, nos gobelets de café chaud à la main – elle boit le sien noir, le mien est additionné de lait et de sucre. L'émeraude qu'elle porte au doigt se détache contre le gobelet blanc et bleu du traiteur grec, formant une jolie composition de couleurs.

Tels deux architectes de la Rome antique, nous contemplons notre œuvre d'un œil froid et clinique, en inspectant chaque détail. J'incline la tête et me balance d'un pied sur l'autre, tandis que Grannie recule de plusieurs pas pour rechercher une vue d'ensemble. Nous n'avons pas construit une coupole, une cathédrale, ni même une statue de jardin ; mais à voir ainsi exposées dans les vitrines de Noël du Bergdorf toutes les chaussures de mariage que nous fabriquons depuis un siècle, nous avons le souffle coupé.

À peine entendons-nous le fracas des camions de livraison sur l'avenue, ou les marteaux-piqueurs qui, dans un coin de notre esprit, nous rappellent qu'à New York, à n'importe quelle heure du jour ou de la nuit, quelqu'un, quelque part, est en train de faire quelque chose. Nous restons là un long moment en silence.

Finalement, je demande :

— Alors ? Qu'est-ce que tu en penses ?

Grannie soupire.

— Tu sais, ton grand-père et moi n'avions pas les mêmes goûts au cinéma. Lui, il aimait *Le Docteur Jivago*, les grandes épopées dans les steppes de Russie. Moi, je préférais *Nos plus belles années* et les histoires d'amour de notre époque. Mais maintenant…

Elle boit une gorgée de café.

— Je crois que je vais devenir une fan du *Docteur Jivago*.

— Moi aussi, dis-je en passant un bras sur ses épaules.

Durant les fêtes de Noël, le Bergdorf ne s'adresse pas à un public enfantin. Celui-ci défile un peu plus loin, le long d'un cordon de velours rouge, devant les vitrines de Saks Fifth Avenue ou de Lord & Taylor. On y voit des montagnes enneigées étincelantes, des lacs gelés sur lesquels tournoient des patineurs et des trains miniatures qui transportent des chargements de minuscules cadeaux d'une vallée à l'autre.

Mais ici, tout n'est que luxe et élégance. Entre la 57e et la 58e Rue, sur une centaine de mètres, la Cinquième Avenue devient le théâtre de scènes romanesques à la russe dont les héroïnes sont des mariées incarnant le summum du chic américain. Troïkas tirées par des attelages de chevaux enrubannés, calèches ruisselant de pierres précieuses, de colliers en or massif, de bracelets sertis de diamants, bagues et boucles d'oreilles éparses sur la neige qui est en fait un plancher jonché de riz, entre des volumes reliés de cuir : *Le Docteur Jivago* (évidemment), *Anna Karénine*, *Les Trois Sœurs*, *Les Frères Karamazov*, *Guerre et paix*.

En arrière-fond, des tableaux peints à la main offrent de pittoresques visions de la campagne russe et racontent des histoires. Car les scènes se composent de divers personnages : une couturière, une femme de chambre, une marchande de fleurs, et même un cordonnier à genoux qui enfile une chaussure (notre Lola !) au pied d'une mariée entièrement vêtue de velours blanc, le front ceint d'un bandeau d'hermine.

Les robes sont signées Rodarte, Marc Jacobs, Zac Posen, Marchesa, John Galliano et Karl Lagerfeld, autant de grands noms qui se détachent en lettres d'or au coin de chaque vitrine. C'est une profusion de satin, de soie et de tulle, de fourrure et de velours, un éblouissant défilé de fourreaux, de corolles, de traînes et de jupons.

Et chaque mariée, dans cette valse étourdissante, chante sans le savoir l'une des arias préférées de mon arrière-grand-père, selon qu'elle porte l'Ines, la Gilda, la Mimi, la Flora ou l'Osmina.

Mais c'est surtout la dernière vitrine qui me bouleverse. La Bella Rosa habille le pied d'une mariée dans un tailleur de laine blanc Giorgio Armani. Un billet de train à la main, arrachant son diadème, elle court pour échapper à un mariage malheureux dans les rues de Saint-Pétersbourg. La chaussure semble donner des ailes à sa fuite et la conduire vers l'amour qui l'attend.

Si seulement Costanzo Ruocco pouvait voir sa Bella Rosa ! Le point d'orgue de cette symphonie. J'emprisonne l'image dans ma mémoire en me promettant de la lui faire revivre de mon mieux quand je retournerai à Capri.

Au coin de la vitrine, on lit :

Toutes les chaussures ont été créées par
l'atelier de chaussures Angelini
Greenwich Village
Depuis 1903

— Oh, mon Dieu ! Oh, mon Dieu !

Grannie et moi nous retournons au moment où ma mère saute d'un taxi avant l'arrêt complet de la voiture et se précipite vers nous.

Moi qui me demandais comment ma mère serait habillée pour découvrir les vitrines du Bergdorf, je ne suis pas déçue. Elle porte un tailleur-pantalon en laine gris, une grande étole en fausse fourrure léopard drapée sur ses épaules, et des escarpins à talons argent mat dont la pointe s'orne d'une grosse boucle en cuir. Je ne sais pas comment elle s'y prend, mais elle réussit toujours à harmoniser sa tenue avec le temps qu'il fait. D'une main, elle relève ses grosses lunettes noires ovales sur son front, tandis que de l'autre elle nous tend un sac de bagels de chez Eisenberg avant de s'approcher des vitrines.

Là, elle lève les bras en signe de triomphe et pousse un cri de joie chaque fois qu'elle repère une de nos chaussures. Jamais elle ne s'est montrée aussi fière, même lorsque Alfred a obtenu une mention très honorable avec les félicitations du jury à la fin de ses études à Cornell.

Maman revient vers nous et serre Grannie dans ses bras.

— Papa serait tellement heureux !

Je vois qu'elle essuie une larme avant de se tourner vers moi.

— Et toi ! C'est à toi que nous devons cette victoire ! Tu as repris le flambeau Angelini et tu le portes au pinacle... Ça se dit, ça, porter un flambeau au pinacle ? Bref. Vous vous rendez compte ? Au Bergdorf ! Les chaussures Angelini avec Prada et Verdura et Pucci ! Tout le travail de notre petite famille, cette tradition qui remonte à quatre générations... Oh, je suis tellement fière de ma fille !

J'ai parfois un peu honte de ma mère et de son enthousiasme débordant. Mais pas ce matin. Elle est sincèrement émue, et pleine d'amour. Elle ne voit ni ligne secondaire, ni stratégie commerciale, ni marge de profit. Non, ce qu'elle voit, c'est *nous,* notre famille et le ciment qui nous unit, la constance avec laquelle nous avons toujours voulu produire de la beauté et de la qualité, à la sueur de nos fronts et avec nos propres mains. Ce qui l'émerveille aujourd'hui, c'est la reconnaissance accordée à notre labeur, dans un monde qui ne valorise plus beaucoup le concept du fait main.

Les nuages s'entrouvrent et laissent émerger un soleil tout blanc, rond comme une pleine lune. Frappées par la lumière, les vitrines deviennent des miroirs étincelants, et en un instant, ce qu'elles offraient à la vue disparaît. Les mariées dans la neige, les bijoux, le cuir, le satin, la soie de nos chaussures, tout s'efface. Ne reste plus que notre reflet, mère, fille et petite-fille, trois générations d'Italiennes debout au coin de la Cinquième Avenue. J'aimerais que ce moment dure une éternité. Mais comme c'est impossible, je fais de mon mieux pour tenter de l'immortaliser : je prends la main de ma grand-mère, je passe mon bras autour des épaules de ma mère, et j'attends que le pâle soleil d'hiver s'éclipse afin que notre chance nous soit à nouveau révélée.

REMERCIEMENTS

Ma mère, Ida Bonicelli Trigiani, et sa sœur, Irma Bonicelli Godfrey, ont de merveilleux souvenirs de leur père, Carlo, à qui est dédié ce roman. J'ai librement pioché dans leur enfance pour étayer mon récit, ce qui m'a beaucoup rapprochée de cet homme, mon grand-père, que je n'ai jamais connu. Toute ma gratitude pour elles !

Jane Friedman est un esprit visionnaire qui m'a amenée chez Harper, où elle m'a remise entre les mains formidables de Jonathan Burnham, Brian Murray et Michael Morrison, et livrée aux bons soins d'une équipe extraordinaire : mon éditrice adorée, Lee Boudreaux, son fabuleux bras droit, Abigail Holstein, ainsi que : Kathy Schneider, Christine Boyd, Kevin Callahan, Tina Andreadis, Leslie Cohen, Mary Bolton, Archie Ferguson, Christine Van Bree (oh, la couverture !), Sarah Maya Gubkin, Lydia Weaver, Emily Taff, Nina Olmsted, Jeff Rogart, Stephanie Linder, Kathryn Pereira, Jeanette Zwart, Andrea Rosen, Virginia Stanley, Josh Marwell, Brian Grogan, Carl Lennertz, James Tyler, Cindy Achar, Roni Axelrod, Kyle Hansen, Carrie Kania et David Roth-Ey.

Je me suis formidablement amusée à faire mes recherches sur le métier des artisans bottiers en Italie.

Gina Casella a coordonné les apports de tous les participants et assuré la traduction (!), avec l'aide de Patrizia Curiale, Confartigianato MODA ; Andrea Benassi, secrétaire générale de l'UEAPME (Union européenne de l'artisanat et des petites et moyennes entreprises) ; Emmanuela Picozzi, responsable des relations publiques à l'ambassade américaine à Rome ; et Elio Chiarotti, notre guide italien. Au cours de nos déplacements, la fille de Gina, Isabella Padasak, a été une excellente compagne de jeux pour notre petite Lucia.

Je remercie du fond du cœur le maître artisan bottier Costanzo Ruocco et son fils Antonio, de Da Costanzo, sur l'île de Capri. Costanzo a généreusement donné de son temps pour expliquer les techniques du métier et raconter l'histoire de sa famille, que je chéris bien au-delà des pages de ce roman. À Rome, Carmelo et Pina Palmisano, de Il Calzolaio, ont partagé leur savoir-faire et de précieuses informations à propos de l'entreprise de cordonnerie familiale.

Suzanne Gluck, mon amie chère et mon agent, est une source inépuisable d'énergie, de compétence et de sagesse (sans parler de son bon goût !). Merci aussi à l'équipe de William Morris : Sarah Ceglarski, Liz Tingue ; Cara Stein, Alicia Gordon, Philip Grenz, Erin Malone, Tracy Risher, Eugenie Furniss, Cathryn Summerhayes, Theresa Peters, David Lonner et Raffaella de Angelis.

Chez Endeavor, merci à mon amie de longue date et mon agent, Nancy Josephson, à Graham Taylor et à l'adorable Michelle Bohan.

Chez Movieland, toute mon affection et ma sympathie à : Susan Cartsonis, Roz Weisberg, Julie Durk, Lou Pitt, Raquel Carreras, Mark Lindsay et Nancy Klopper.

Michael Patrick King, je te suis infiniment reconnaissante pour tes conseils et ton soutien.

Merci à la meilleure assistante du monde : Kelly Meehan. Et aussi à nos stagiaires Megan Stokes et Kasey Tympanick. Pour leur regard d'aigle, merci à : Suzanne Baboneau, Emily Lavelle, Lauren Lavelle, Jean Morrissey, Rachel

Desario et Brenda Browne. Merci à Antonia Trigiani pour sa vision et ses compétences marketing.

Ann Godoff, merci d'avoir ouvert la porte à ma carrière littéraire.

Mes remerciements et mon affection à : Larry Sanitsky, Ian Chapman, Caroline Rhea, Nancy Bolmeier Fisher, Catherine Brennan, Craig Fisse, Todd Doughty, John Searles, Jill Gillet, Kim Hovey, Libby McGuire, Jane Von Mehren, Laura Ford, Nigel Stoneman, Debbie Aroff, Meryl Poster, Gayle Perkins Atkins, Joanna Patton, Bill Persky, Mario Cantone, Jerry Dixon, Debra McGuire, Gail Berman, Tom Dyja, Jake Morrissey, Carmen Elena Carrion, Cynthia Rutledge Olson, Brownie et Connie Polly, Susan Fales-Hill, Connie Marks, Wendy Luck, Mary Testa, Dolores et Emil Pascarelli, Elena Nachmanoff, Sharon Watroba Burns, Jim et Mary Hampton, Dee Emmerson, Diane Festa, Joanne Curley Kerner, Jack Hodgins, Ruth Pomerance, Donna Gigliotti, Sally Davies, Sœur Karol Jackowski, Allison Roche, Karen Fink et Max et Robyn Westler.

Merci Tim et Lucia, pour tout ce qui existe sous le soleil, y compris le soleil !

Achevé d'imprimer en France
par CPI Bussière
à Saint-Amand-Montrond (18)
Dépôt légal : mai 2019
N° d'impression : 2043470